Lise Gast

Nichts bleibt, mein Herz, und alles ist von Dauer

Lise Gast

Nichts bleibt, mein Herz, und alles ist von Dauer

Roman

Bechtermünz

Lizenzausgabe
mit Genehmigung der
Ehrenwirth Verlag GmbH, München
für Weltbild Verlag GmbH, Augsburg

Umschlaggestaltung: DYADEsign, Düsseldorf
Umschlagmotiv: AKG, Berlin
Gesamtherstellung: Ebner Ulm
Printed in Germany
ISBN 3-8289-6762-0

2003 2002 2001 2000

Die letzte Jahreszahl gibt
die aktuelle Lizenzausgabe an.

1

Das Doktorhaus in Camenz

1900

»Kinder, seid ihr denn bei Trost! Meine schönste Glasschüssel! Die könnt ihr doch nicht zum Bleigießen nehmen! Wenn die platzt!«

»Die platzt nicht! Die wird doch mit kaltem Wasser gefüllt! Ich hab's ausprobiert!« prahlte Schorschel.

»Mit der Schüssel? Untersteh dich!«

Regine lachte schadenfroh. Wenn Schorschel mal was auf den Deckel kriegte, freute sie sich. Immer wurde er vorgezogen.

Nun ja, er war erst dreizehn, das war noch kein Alter. Aber er tat, als wäre er der Sohn des Hauses, dabei war er nur der Neffe und der Patensohn.

»Regine, sei so gut und hol eine andere Schüssel!« Immer begannen Mutters Aufträge oder Bitten mit ›Kind, sei so gut!‹. Mutter war so höflich, jedem gegenüber. Manchmal konnte Regine diese Höflichkeit nicht ertragen; meist jedoch fand sie sie liebenswert. Mutter war überhaupt liebenswert, gütig, heiter.

Die Spieluhr zirpte die ›Letzte Rose‹, danach kam die ›Fledermaus‹, Regines Lieblingsstück. Sie rannte aus der Eßstube in die Küche, um wieder zurück zu sein, wenn dieses Stück begann. ›Mein Herr Marquis – ein Mann wie Sie –‹

Heute wurde Blei gegossen, weil Silvester war. Ein besonderes Silvester; nicht nur ein neues Jahr fing an, nicht nur ein neues Jahrzehnt, sondern ein neues Jahrhundert. Morgen war *Neunzehnhundert!* Vater und Schorschel hatten schon den ganzen Nachmittag gestritten, ob das neue Jahrhundert mit neunzehnhundert oder mit neunzehnhunderteins beginne. Regine wußte genau, daß Vater nur stritt, um Schorschel in Zorn zu bringen.

Schorschel war oft bei ihnen. Seine Mutter, Tante Mieke, wohnte neun Kilometer entfernt in Patschkau. Sie war Witwe, Vater war der Vormund Schorschels und seiner großen Schwester Hanna. Regine mochte sie nicht, sie war so tugendreich. Dann schon lieber der ungezogene Bengel Schorschel.

Regine setzte die große Porzellanschüssel auf den Tisch, und Schorschel goß sofort das Wasser aus der Glasschüssel hinein. Regine wollte helfen, aber sie stieß ihn an, und die Hälfte floß aufs Tischtuch und über Mutters schwarzes Kleid.

»Na, aber Kinder –«, mehr sagte sie nicht. Sie schüttelte den Rock ein wenig. Immer trug sie Schwarz, immer die gleichen schwarzen Kleider; anders angezogen konnte man sie sich nicht vorstellen. Majestätisch, aber stets freundlich saß sie in ihrem Stuhl auf dem Podest am Fenster und strickte oder häkelte, – oder sie saß am Tisch und schrieb Briefe oder teilte das Essen aus. Sie bewegte sich nicht gern, und doch war sie sehr fleißig. So hatte sie einmal unter einen neunzehn Seiten langen Brief geschrieben: ›Gott befohlen, morgen schreibe ich wieder.‹ Die Leute im Dorf schätzten und liebten sie, die ›Frau Rat‹. In Lodz geboren, sprach sie Polnisch wie Deutsch, ihre Muttersprache. Wenn ihr Mann, Dr. Haberland, einen polnischen Patienten betreute und ihn nicht verstand, riß er die Tür zur Eßstube auf und rief: »Mutter, da ist –«, dann erhob sich Frau Rat von ihrem Thron und kam herüber, dolmetschte, half – und schenkte. Schenken war ihr Liebstes. Schenken, Gedichte aufsagen – Regine kannte keinen Menschen, der so viele Gedichte auswendig wußte wie ihre Mutter – und Vorlesen. Die Mutter las sehr gern vor, in einem Winter las sie den gesamten Fritz Reuter vor. Und wie herrlich erzählte sie!

Sie war in einem neunköpfigen Geschwisterkreis aufgewachsen; ihr Vater war früh gestorben, an Typhus. Ihre Mutter mußte sich von Brüdern und Schwägern erhalten lassen. Das war nicht leicht. Aber aus allen Kindern wurde etwas – einer der Brüder war Adjutant des österreichischen Kaisers, Onkel Eugen, ein wahrer Märchenonkel. Er kam selten, doch wenn er kam, brachte er fürstliche Geschenke mit.

Regine hatte als Kind das Ehrenamt inne, darauf zu achten, daß das Tischtuch keinen Flecken bekam. Wenn es geschah, mußte derjenige, der ihn gemacht hatte – im Doktorhaus gab es viele Gäste –, ein Geldstück darauf legen, um den Fleck zu verdecken. Als Onkel Eugen einmal einen winzigen Spritzer machte, rief Regine gleich, er müsse Strafe zahlen. Da legte er ein Goldstück darauf – zwanzig Mark – damals ein Vermögen.

Auch die anderen Onkel waren bemerkenswert: Eines Tages gingen zwei dieser Onkel durch Warschau und trafen einen Freund des einen der beiden. Der stellte den anderen vor: »Das ist mein Bruder Tonda, einst der schönste Mann von Warschau, heute eine Ruine.« Worauf Tonda liebenswürdig hinzusetzte: »Denken Sie an die Akropolis!«

Und was für Streiche spielten die Brüder als Jungen! Regine wollte diese Geschichten immer wieder hören. Wie sich alle Geschwister bei Tisch stets um einen bestimmten Teller zankten, der ein schönes Bild trug. Wilek, der Kleinste, hatte einmal darauf gespuckt, damit die anderen ihm den Teller ließen. Später hieß es dann: »Ach, der Teller ist nun aufgewaschen, jetzt können wir ihn auch einmal haben.« Worauf Wilek eine Laus von seinem Kopf nahm und sie über den Teller laufen ließ. Von da an wurde ihm der Teller nie mehr streitig gemacht.

Regine gefielen diese Geschichten, und sie beneidete ihre Mutter, weil sie so viele Geschwister gehabt hatte. Sie wünschte sich auch welche. Zwar war sie schon siebzehn, aber trotzdem ...

Schorschel brachte ein paar zerbrochene Bleisoldaten an, um sie zu schmelzen. Auch Mutter hatte etwas Blei gesammelt. Regine entzündete die Kerze, über die man den Blechlöffel mit dem Blei halten mußte, als der Vater dazukam. Er knurrte: »Schon jetzt? Es ist erst acht Uhr, noch lange nicht Mitternacht.«

»Bleigießen kann man schon vorher –« Schorschel zappelte vor Ungeduld. Er konnte kaum den Löffel stillhalten.

Das Blei sank in sich zusammen, wurde silbern, bekam eine graue Haut, die wohl von der Farbe der Soldaten herrührte. Regine schob sie vorsichtig mit einem Streichholzende beiseite. Und dann war es soweit.

Zischend ergoß sich das geschmolzene Blei ins Wasser. Es sah aus wie Silber. Regine und Schorschel griffen danach, Schorschel obsiegte. Nun begann das Rätseln, was dieser Klumpen wohl bedeuten könnte.

»Scheffel läßt in seinem ›Ekkehard‹ Praxedis, die reizende junge Griechin, sagen: ›Die Zukunft sieht diesmal aus wie ein Tannenzapfen!‹ – ›Wie eine Träne‹, sagte die Herzogin«, erzählte Mutter.

Regine kannte den Ekkehard und liebte ihn sehr. Einmal dort hinkommen, an den Bodensee, an den Hohentwiel – wie unendlich weit das war! Schorschel drehte das gegossene Bleistück in den Händen.

»Wie 'ne Wiege!« sagte er ablehnend. Mutter blinzelte ein wenig. Vater brummte:

»Quatsch, Wiege. So sieht doch keine Wiege aus!«

»Wie ein Pferd!« sagte Mutter. Jetzt zuckte Vater mit den Augenbrauen.

»Kein Pferd! Rechteckig ist das, ziemlich flach. Und Pferde brauchen wir uns ja nicht zu wünschen, haben ja welche.«

Damals fuhr er noch zweispännig, mit Unkas, dem Fuchs, und dem »Kleinen«. Der hatte keinen richtigen Namen, immer hieß er nur »der Kleine«.

Regine interessierte sich nicht für Pferde. Sie fuhr zwar mit dem Vater auf Praxis in die Dörfer ringsum, aber sie bat nie darum, die Zügel führen zu dürfen. Dazu war der Kutscher da. Der saß auf dem Bock in vorschriftsmäßiger Haltung, die Peitsche, die ihm der Doktor immer erst hinaufreichte, stramm in der Hand.

Dr. Haberland ließ den Wagen nie vor dem Haus warten, sondern an der Hintertür. Wenn Schorschel mitfuhr, durfte er neben dem Kutscher auf dem Bock sitzen, aber auch er bekam die Zügel nicht in die Hand.

Ja, die Peitsche. Der Doktor behauptete immer, kein Kutscher könne mit Peitschen umgehen, er nahm sie stets, wenn er von einem Patientenbesuch heimkam, mit ins Haus, trug sie in die Eßstube und stellte sie hinter den Glasschrank. Seine Frau mochte das nicht leiden.

»Du siehst aus wie ein Pferdehändler«, sagte sie manchmal, wenn er, die Peitsche in der Hand, sich vor ihrem Lehnstuhl verbeugte. Dort blieb er auch stehen, wenn er wieder einmal losgedonnert hatte, was sie gar nicht liebte. Er war ein ausgesprochen aufbrausender Typ.

»Na, Frau Rat?« fragte er dann, seine Augen zu ihr aufgeschlagen, halb ernsthaft und halb lustig. Er hatte friderizianisch blaue Augen, die manchmal dunkel, manchmal blitzend hell waren, mitunter auch veilchenfarben.

»Ist schon gut«, sagte sie dann, von seinem Charme bezwungen. Er hatte einen ungeheuren Charme, der Doktor Haberland, das machte ihn unwiderstehlich. Versöhnt stapfte er hinaus.

Es war eine gute Ehe, so verschieden die beiden Partner auch sein mochten. Sie groß und füllig, er kleiner als sie und beweglich. Von ihr, der Frau Rat, stammte das schöne Wort:

»In den vielen, vielen gemeinsamen Jahren denkt man doch manchmal: Jetzt hat es sich mit der Liebe ausgeliebt. Aber da braucht nur eine große Freude oder ein großer Schmerz zu kommen, und eine Hand greift nach der anderen.«

Noch ein Wort, eine Lebensmaxime, stammte von ihr:

»Ich *will* nicht unglücklich sein.« Dieses Wort sollte ihren Kindern und Enkeln, die es nie vergaßen, viel und oft helfen.

Sie dachte es auch an diesem Silvesterabend. Der ›kleine Fritz‹, das spät empfangene zweite Kind, wurde schon bald erwartet. Ob sie die Geburt überstehen würde, vierzig Jahre alt jetzt, nach so langer Pause? Sie rechnete nicht damit, sprach es aber nie aus. Er, der Vater, freute sich so kindlich auf den Sohn.

›Fritz‹ sollte er heißen, das stand längst fest. Fritz war ein alter Familienname, es gab viele Fritze in der Haberlandschen Familienreihe. Auch er, der Doktor, stammte aus einem großen Geschwisterkreis; zehn waren sie gewesen, aber nur fünf wurden groß. Sein Vater war Handwerker, ein Färber; er, Rudolf, der erste Akademiker in der Familie. In der Schule sehr gut, machte er ein hervorragendes Abitur. Dann studierte er voller Eifer und Interesse, promovierte mit summa cum laude.

Seine erste Praxis eröffnete er in Reichenstein, dort wurde auch Regine geboren. Die Praxis lief nicht gut, ein alter einheimischer Kollege hatte den größeren Zulauf. Dr. Haberland bezeichnete seine Praxis als die mit der nicht gezogenen Klingel, bis ihm ein glücklicher Zufall eine Patientin zuführte, die er von einem schier unstillbaren Husten befreite. In Reichenstein wurde im Bergwerk gearbeitet; ein Schacht hieß ›der goldene Esel‹. Es ging die Sage, daß man dort einmal einen Esel aus Gold gefunden hätte. Dic Kumpels im Schacht brachen eines der goldenen Beine ab, gingen damit in die Stadt, verkauften es und versoffen das Geld. Als sie wiederkamen, um den restlichen Schatz zu holen, war er verschwunden. Seitdem grub und suchte man nach dem goldenen Esel.

Wie in vielen Bergwerksorten ging auch in Reichenstein die Tuberkulose um, damals eine Volksseuche, die kaum zu besiegen war. Nachdem es Dr. Haberland geglückt war, jene Frau gesund zu machen, bekam er plötzlich Zulauf von Patienten. Trotzdem zog er weg. Camenz, das Dorf am Rande der Grafschaft, lockte ihn, nicht zuletzt wegen des kleinen Krankenhauses, das es dort gab. Es hieß das ›Mariannenhaus‹ nach der hohenzollerischen Prinzessin, die im Schloß wohnte, einem breiten Gebäude auf dem Berg, mit vier Türmen an den Ecken und einem Park von fünfhundert Morgen rundherum, in dem es Wasserspiele gab, ähnlich denen in Sanssouci, nur schöner. Das Schloß war nach einem Entwurf von Schinkel gebaut, später jedoch verkauft worden, als man merkte, daß man von den Fenstern nicht über die Stallgebäude ringsum hinübersehen konnte. Aber Schloß ist Schloß. Es wurde geliebt, und der Prinz, ein großer Gärtner vor dem Herrn, ging oft selbst mit der Baumschere umher und ästete aus. Wenn er ein Diner gab, wurde Dr. Haberland oft mit eingeladen, ein großes Fest für die ganze Familie. Einmal zerriß ein Hund ihm die Frackhose, kurz bevor er sie brauchte, und eine neue war im Dorf nicht zu beschaffen. Aber unter Frau Rats geschickten Fingern entstand eine kunstvolle Stopfstelle, niemand sah der Hose die Wunde an, und beim Diner brauchte Dr. Haberland nicht zu fehlen.

Manchmal kam auch der Kaiser. Dann wurde auf dem Bahnhof ein roter Teppich ausgerollt, und alle Bahnbeamten standen stramm.

Dr. Haberland war auch Bahnarzt und durfte erster Klasse fahren, unentgeltlich, was sogar Schorschel imponierte. Einmal fuhr der Doktor in einem Abteil mit einem großen, würdigen Herrn zusammen, den er nicht kannte. Als die Bahnstation nahte, an der er aussteigen mußte, stand der andere Herr auf, nahm einen dunklen Mantel um und schob sich einen ziemlich großen, auffallenden Ring über den Handschuh an den Finger. Dr. Haberland sah es staunend. Noch mehr staunte er, als er aus dem bremsenden Zug schaute und auf dem Bahnsteig eine Gruppe weißgekleideter Mädchen warten sah. Nanu, so ein Empfang? Wie oft war er hier schon aus dem Zug gestiegen, ohne daß er empfangen worden war!

Er war nicht für große Empfänge. Schon stand er an der Tür, die von außen aufgerissen wurde, sprang hinaus – und ein fröhliches Lied erklang. Daß die Gesichter der Wartenden vor Erstaunen erstarrten, sah er noch, dann aber verschwand er mit der ihm eigenen Fixigkeit. Der hohe Herr, der erwartet wurde, war nämlich der Bischof. Schlesien war ein vorwiegend katholisches Land. Auch Haberlands waren katholisch.

Sie waren keine fleißigen Kirchenbesucher. Aber einmal im Jahr wurde die Kutsche eingespannt, nicht, um zu kranken Leuten zu fahren, sondern nach Wartha, dem Wallfahrtsort einer wundertätigen Muttergottes. Dorthin fuhr die Frau Rat und beichtete. Der Doktor nannte das die Sündenfuhre.

Als ob seine Frau einen Wagen gebraucht hätte, um ihre Sünden abzuladen!

Als Regine zur Ersten Kommunion gegangen war, durfte sie mitfahren. In Wartha gab es wundervolle kleine Pfeffernüsse, Warthapusserle genannt, ein Grund mehr, sich auf die Sündenfuhre zu freuen.

»Ich muß noch mal weg«, sagte der Vater, als das Bleigießen beendet war, »dauert nicht lange, ich geh' zu Fuß.«

»In den Ort?«

»Zum Nentwig-Tischler, Viertelstunde.« Hinaus war er.

»Zum Nentwig-Tischler?« Mutters Gesicht wurde nachdenklich. Sie kannte diese Geschichte, nicht der Vater hatte sie ihr erzählt, sondern die Frau des Patienten. Der hatte sich die rechte Hand verletzt, schlimm, so schlimm, daß man in Erwägung zog, sie zu amputieren. Aber einem Schreiner die rechte Hand abnehmen? Er bat und bettelte, noch zu warten, und der Doktor schwankte. Unterließ er die Operation, wie der Patient es wollte, so befürchtete er eine allgemeine Sepsis. Nahm er die Hand ab, so machte er den Mann arbeitsunfähig.

Er entschied sich schließlich abzuwarten. Und siehe, sie hatten Glück. Es gab keine Sepsis, die Hand heilte. Nentwig war überglücklich und seine Frau auch. Sie brachte ein Körbchen mit herrlich duftenden Walderdbeeren ins Doktorhaus und weinte und küßte der Frau Rat die Hand. Dorthin war der Doktor also gegangen. Sollte etwa ...?

Nein, nichts Gefährliches. Der Doktor ging nicht in die ›gutte Stube‹, wo der Christbaum noch stand und man Gäste von Rang empfing, sondern in die Werkstatt. Er fand Nentwig bei der Arbeit. Es roch gut nach Holz und Leim. Der Schreiner stand sofort auf, als er seinen Gast erkannte.

»Nee, der Herr Duktor, nee nee, a su eene Ehre –«

»Ich komm' wegen dem Pferdel. Wegen dem Schaukelpferd –«

»'s iees aber no nie fattich –«

Ein etwa drei Spannen hohes Gebilde hielt er dem Doktor entgegen. Man sah schon, daß es ein Pferd werden würde, ein Schaukelpferd für ganz kleine Reiterlein. Gerade war er dabei, den Kopf zu schnitzen.

Wer viel mit Tieren umgeht, weiß, daß auch Tiere Gesichter haben. Wie etwa eine Mutterstute, die gerade gefohlt hat und ihren Kopf dem Fohlen zuwendet, das hinter ihr liegt. Jeder, der dies je erlebt hat, wird nicht abstreiten können, daß ein solches Pferdegesicht einen zärtlichen Blick haben kann, daß ein liebevoller Ausdruck solch ein Tiergesicht erleuchtet. Nentwig, der sonst ganz nüchterne Dinge herstellte oder reparierte, hatte wohl einen glücklichen Moment gehabt. Das Gesicht des kleinen Pferdes hatte einen sprechenden Ausdruck, wenn man so sagen will, der Doktor jedenfalls erkannte es. Und seine vom vielen Waschen gebleichte Arzthand fuhr dem Pferdchen über die Mähne, sacht, zärtlich.

»Daos habt er aber schien hingekriegt«, sagte er halblaut, bewundernd, dankbar. »A su a schienes Feadel –«

»Nu jaja, nu nee«, sagte der Handwerker verlegen, aber auch geschmeichelt, »es ies doch für damals, Herr Rat ...«

Als der Vater heimkam, sah Mutter ihm sofort an, daß er etwas Besonderes erlebt hatte. Sie fragte nicht, aber sie wußte: jetzt kommt was.

»Ich hab' was gesehen, für den kleinen Fritz –« und nun erzählte er. Alle drei, Mutter, Regine und Schorschel, lauschten atemlos.

»Und was krieg' ich?« krähte Schorschel, als sein Onkel schwieg. Der fuhr auf ihn los, sich berserkerhaft wütend stellend: »Prügel! Ab morgen ist es dem Vormund verboten, seine Patenkinder durchzuhauen. Komm, wir machen es heute noch ab, auf Vorrat –« Er hatte die Hundepeitsche genommen, die ›neunschwänzige Katze‹, wie sie in der Familie hieß. Sie wurde nie benützt; woher sie stammte, wußte keiner. Schorschel rannte schreiend davon, rund um den Tisch, Vater mit der Peitsche hinterher.

»Jesses, Kinder, muß das sein –« Mutter vertrug keinen Lärm. Sie hielt sich lachend die Ohren zu. Auch Vater, Regine und Schorschel lachten.

Gegen elf setzte sich Schorschel, der zum ersten Mal aufbleiben durfte, in den großen Lehnstuhl, der Uhr gegenüber.

»Bist du müde?« fragte Mutter Haberland.

»Aber nein. Hier sitzt sich's nur so schön. Eine Stunde noch.«

»Schlaf ja nicht ein!« mahnte Regine. Schorschel grinste.

»Ich werd' doch das neue Jahrhundert nicht verschlafen!«

Viertel vor zwölf war er noch wach. Als um zwölf die Glocken läuteten – Regine hatte die weißgefaßte Glastür zur Veranda geöffnet, damit man sie gut hörte –, schlief er fest und ließ sich nicht mehr wecken. Die drei andern lachten. Sie küßten einander und wünschten sich ein gutes neues Jahr, Jahrzehnt und Jahrhundert.

Vater und Mutter blieben noch lange wach, als Regine schon schlafen gegangen war. Schorschel ließen sie in seinem Lehnstuhl sitzen. Sie sprachen von früher, von jetzt, von später.

Was würde das neue Jahr bringen?

In dieser Silvesternacht tat Mutter etwas, was keiner bemerkte. Sie behielt das gegossene Stück Blei in der Hand und legte es keinen Augenblick weg. ›Wie eine Wiege‹, hatte Schorschel gesagt und ›wie ein Pferd‹ der Vater. Sie, die Mutter, sah etwas anderes darin. Etwas Großes, Plattes.

Ein Buch.

Bücher gab es genug im Doktorhaus. Neulich aber hatte Gustel, die Botenfrau des Dorfes, die jeden Tag nach Frankenstein fuhr, um Besorgungen zu machen, ein großes, dickes Buch mitgebracht, ein Märchenbuch. Die Märchen der Gebrüder Grimm.

Mutter hatte es betrachtet und sogleich an sich genommen. Sie besaß eine Truhe, in der sie Geschenke sammelte, da hinein tat sie es. Jetzt nahm sie es, als Vater gerade den Punsch ansetzte, unauffällig wieder heraus, schlug es auf und überlegte. Dann schrieb sie mit ihrer ausgeschriebenen und trotzdem leserlichen und schönen Handschrift auf die erste leere Seite:

»Ein gesegnetes Leben denen, die nach uns kommen.
In der Silvesternacht 1899 zu 1900.«
Marie Haberland.

Dr. Haberlands Schlafstube hatte vier Fenster nach der Straße hinaus, auf der noch keine Autos oder gar Laster lärmten. Der Doktor hatte die Lage so gewählt, weil nächtens Hilfesuchende, die sonst hätten läuten müssen, gleich rufen oder ›Steindel schmeißen‹ konnten. Er fluchte oft gottsjämmerlich, wenn er geweckt wurde, ging dann aber doch ans Fenster, rief hinunter, er komme, und machte sich auf. Seine Frau schlief meist nicht mehr ein, bis er wieder zurück war. So ist das in Doktorhäusern.

Eines Tages ereignete sich wegen der Lage der Schlafstube eine etwas peinliche Geschichte, die allerdings auch Grund zum Lachen gab. Dr. Haberland hatte mit einem Kollegen, Dr. Schulz, und dessen Sohn, der gerade das Physikum gemacht hatte, zusammengesessen und gefeiert, und es war etwas spät, besser: früh geworden. Wenn man erst um fünf heimkommt, steht man nicht gern um halb sechs auf, weil ein werdender Vater unterm Fenster steht und um den Besuch des Doktors bittet.

»Der Duktor Haberland is nie ze Hause«, rief Vater aus dem Fenster, »gehnse ock zum Duktor Schulz, der is schon uffe.«

Der Bittende befolgte diesen Ratschlag. Ein paar Tage später half Vater Haberland einem anderen Kind auf die Welt. Die Hebamme sah ihn ein wenig zweifelnd von der Seite an. Vater fragte, was denn los sei.

»Ja, mir hat vorgestern eener, den ich nach Ihnen schickte, erzählt: Der Duktor Haberland is ni dao, aber a fremder Herre war in seinem Schlafzimmer und hat mr Bescheid gegeben, ich sullte zum Duktor Schulz gehen.«

Über diese Geschichte lachte die ganze Verwandtschaft.

In seiner Schlafstube hatte der Doktor eine Dusche einbauen lassen. In der Ecke unter der Stubendecke befand sich ein Wasserkasten, den der Kutscher jeden Tag füllen mußte. Zog man an einer Schnur, so ergoß sich das Wasser auf den Darunterstehenden. Vater empfahl diese Art der Morgenerfrischung seinen Nachkommen, und keiner war da, der widersprach. Es ist allen bestens bekommen.

In dieser nicht sehr hellen Schlafstube kam Haberlands zweites Kind zur Welt, neunzehn Tage nach jenem Silvesterabend, an dem Schorschel ziemlich verächtlich »wie 'ne Wiege« gesagt hatte, als er das prophetische Stück Blei betrachtete, und er schrie, als er es hörte: »Set ersch, ich hoas zuerscht gewußt!«

»Ihr habt ein Schwesterle bekommen«, verkündete Vater ihm und Regine. Keinen kleinen Fritz. Regine sah den Vater an: War er enttäuscht? O nein. Vaters Augen strahlten. Die Geburt war nicht leicht gewesen, aber Mutter und Kind lebten, und nun war alles gut. Regine fiel dem Vater um den Hals, sie ahnte wohl, daß sie in dieser Nacht hätte mutterlos werden können, und sie freute sich über das Schwesterchen fast noch mehr als über einen Bruder.

»Nur – wir haben ja keinen Namen! Wie wär' es mit einer kleinen Friederike? Immer haben wir vom kleinen Fritz gesprochen, und jetzt –«

»Jetzt ist es eine Dame, und vielleicht bringt sie uns eines Tages einen Schwiegersohn mit Namen Fritz ins Haus.«

Vater zog die große Tochter ins Schlafzimmer an Mutters Bett. Die dicke Grulichen, die Hebamme, war auch da, räumte im Zimmer auf, begrüßte Regine respektvoll und ließ sie in den Stubenwagen gucken, der neben Mutters Bett stand. Ein Köpfchen, schwarz behaart, und zwei nach oben gerichtete Fäustchen. So klein, so klein ...

Dann beugte sich Regine über ihre Mutter, legte einen Augenblick ihre Wange an deren Gesicht. Ein heißer Tropfen fiel darauf, war's Glück, war's Angst, war's einfach Rührung? Eine kleine Schwester – nun war sie nicht mehr die »Einzige« ihrer Eltern. Das war schön – und schwer, wie alles Große und Wunderbare auf dieser Welt. Regine erfuhr es in jungen Jahren.

Die Mutter erholte sich langsam, Regine pflegte sie treu. Es waren zwei Dienstmädchen im Haus und der Kutscher für die schwere Arbeit, trotzdem war die Siebzehnjährige überfordert. Sie schlief in dem Zimmer neben der elterlichen Schlafstube, und manchmal, wenn der Vater nachts von einem Patientenbesuch heimkam, saß sie in ihrem Bett, hatte ihr Kopfkissen in den Armen und wiegte es wie ein Steckkissen, wobei sie »Pschpsch« machte. Nebenan schlief Friederike tief und fest.

Mutter konnte nicht stillen. So mußte Regine für die Babyflaschen sorgen, mit denen die Kleine gefüttert wurde, mußte Windeln wechseln und Badewasser holen, sich um das Essen kümmern und den Vater beruhigen, wenn er aus dem Mariannenhaus kam. Er hielt früh Sprechstunde daheim, ging dann ins Krankenhaus und kam zu unregelmäßigen Zeiten zurück, verlangte aber, daß das Essen sofort auf den Tisch komme.

»Regine, sei so gut und mach ein bißchen Unruhe«, pflegte Mutter dann zu sagen, und so lief Regine ein und aus, klappte mit der Tür, wedelte das weiße Tischtuch über den Tisch, klirrte mit dem Porzellan und klapperte mit dem Besteck. Dann war Vater zufrieden, denn ›es tat sich was‹, und er verschwand mit der Zeitung in die Sprechstube, bis zu Tisch gerufen wurde.

Solange Mutter lag, ging dies alles nicht ganz ohne Schwierigkeiten über die Bühne. Regine mußte treppauf, treppab laufen, die schöngeschwungene Treppe, die nach oben führte, mit den flachen Stufen und dem glatten Geländer. Die Enkel machten es sich später leicht, sie rutschten das Geländer hinunter, lachend vor Wonne, im Reit- und Damenreitsitz, hui, um die Kurve und unten geschickt abspringend. Regine, die lange Röcke und ›erwachsene‹ Kleider trug, hätte diese Möglichkeit weit von sich gewiesen. So etwas tat man nicht. Sie lief und lief, wurde blaß und dünn dabei und atmete auf, als die Mutter wieder in der Eßstube auf ihrem Platz saß, auf dem Podest am Fenster, im Lehnstuhl, majestätisch und freundlich. Es war wie ein Wunder: sobald sie dort saß, lief alles wie am Schnürchen. Jedes Dienstmädchen wurde von ihr angelernt, sie selbst war eine hervorragende Köchin, und ein Mädchen, das nicht begriff, worauf es ankam, blieb nicht lange. Die aber, die der Frau Rat die Kniffe abguckten, blieben lange und verließen das Haus erst, um zu heiraten, als rundum ausgebildete Hausfrauen.

Die Mutter verstand viel von Pilzen. Oft brachten Patienten Pilze mit, oft auch der Kutscher. Mutter putzte sie immer selbst. Auf der Straße vom Dorf zur Neiße hin kam man am Pilzwald vorbei – der Wald hieß wirklich so. Auf den Wiesen vor dem Wald gab es im Frühling große Mengen von Schneeglöckchen, und die Schulkinder gingen um diese Zeit gern ›ei de Schniegleckla‹ und brachten der Frau Rat riesige Sträuße. Sie verließen das Doktorhaus nie ohne ein Stückchen Schokolade oder eine Handvoll Bonbons. Die Mutter schenkte ja so gern.

In diesem Doktorhaus wuchs Friederike heran. Der Vater verwöhnte sie maßlos, die Mutter erzog sie streng. Sie hing an beiden. Zu einem Vertreter, einem jungen Arzt, der kam, als Vater Urlaub machte, sagte sie einmal: »Hat dich dein Vater auch so lieb wie meiner mich?«

»Ich denke doch«, sagte der junge Mann.

»Küßt er dir auch immer die Hand, wenn du ungezogen warst?«

»Nein«, sagte der junge Kollege etwas konsterniert.

»Aber meiner!« triumphierte Friederike.

Das war so: War sie ungezogen, maulte sie oder war gar frech, so fürchtete der Vater, daß sie krank sei. Er fühlte ihr den Puls und küßte dann das kleine dicke Patschhändchen: »Ist gesund!«

Mit den Vertretern, die kamen, während der Vater Urlaub machte, hatte die Mutter allerlei Schwierigkeiten. Der eine brachte seine Familie mit, Frau und mehrere kleine Kinder; er verlangte, daß in der Eßstube ein Sandhaufen aufgeschüttet werde, damit die Kinder bei Regenwetter dort spielen könnten. Einer war Morphinist. Einer nahm sich das Leben, er erschoß sich auf dem Weg zum Krankenhaus. Aber auch damals bat

Mutter ihren Mann nicht heimzukommen, sondern stand alles alleine durch.

Sie selbst machte Urlaub in Bad Gastein; sie nahm Friederike mit, während Regine sie zu Hause vertrat. Doch vorher reiste sie nach Wien, um ihren Bruder Eugen zu besuchen. Als Adjutant des Kaisers war er beim Kaisermanöver in Österreich. Ein Bild, das in der Familie erhalten blieb, zeigte die beiden Kaiser, den deutschen und den österreichischen, und Onkel Eugen lachend auf dem ›Schlachtfeld‹. Sie waren zu Fuß durch das Biwak gegangen. Von einem der Lagerfeuer hatte ein Soldat ihnen zugerufen: »Kommt doch, ihr drei, und setzt euch zu uns, hier ist's warm!« Natürlich ohne zu ahnen, wen er da aufforderte.

Im selben Jahr, ein paar Wochen nach dem Wiedersehen, starb Onkel Eugen. Die Mutter fuhr mit Friederike sofort nach Wien zur Beerdigung.

Das war ein großes und unvergeßliches Ereignis. Am meisten imponierte der kleinen Friederike, daß des Onkels Reitpferd, mit einer schwarzen Schabracke bedeckt, vor dem Sarg hergeführt wurde. Dahinter kam der Wagen, von vier Rappen gezogen. Oben auf dem Sarg lagen des Onkels Orden. Ein langer, langer Leichenzug folgte. Der Onkel war Generalmajor gewesen. Seine Frau und seine beiden Töchter, Eugenia, genannt Genia, und Christel, folgten in einer schwarzverhangenen Kutsche, in der folgenden saßen Mutter und Friederike. Nach dem Begräbnis fand ein großer Empfang statt.

Friederike war durch die vielen Menschen, die so ernst blickten – die meisten Damen weinten –, verwirrt und eingeschüchtert und wich nicht von der Hand ihrer Mutter. Später, als sie mit Mutters Schwägerin und deren Töchtern zusammensaß und die Mutter von Bad Gastein erzählte, brach Friederike plötzlich in lautes Weinen aus. Sie wollte heim. Sie hatte Sehnsucht nach ihrem ›Feadel‹, so hieß das hölzerne Schaukelpferd auf gut schlesisch. Ihre Mutter versuchte sie zu trösten, schließlich versprach sie heimzufahren und verzichtete auf den Rest der Kur. Sie sah sich reich belohnt, als sie heimkamen und Friederike, getröstet und zufrieden, sogleich ihr Pferdchen suchte, es fand, umarmte und selig küßte.

»Ihr hättet es mitnehmen sollen«, sagte Vater tadelnd. Mutter lachte gerührt über das Töchterchen und über ihren Mann.

Nun saß sie mit ihrer feinen Strickerei am gewohnten Platz, die Welt war wieder in Ordnung. Auch Regine konnte wieder aufatmen. Und schon erschien die Gustel, die Botenfrau des Dorfes, um sich Aufträge zu holen.

Die Gustel kam jeden Tag. Die Mutter mochte sie sehr gern, denn die

Botenfrau war ein Original, wenn auch ein ungewaschenes. Kinder, Enkel und Urenkel wuchsen mit dem tadelnden Ruf ihrer Mütter auf: »Wie die Gustel!«, wenn sie einmal sehr schmutzig heimkamen.

Die Gustel besaß einen kleinen Planwagen, den ein Hund zog. Diese jeweiligen Hunde – die Gustel blieb Botenfrau ihr Leben lang – hießen immer Waldi, sie nannte sie zärtlich ›Walderla‹. Sie hatten ihre Hütte im Hof des Doktorhauses, wurden auch dort gefüttert. Gustel liebte ihre Walderlas sehr, brachte sie aber nie mit ins Haus.

Jeden Tag zog sie mit ihrem Hundewagen und den Aufträgen aus dem Dorf nach dem neun Kilometer entfernten Frankenstein und kaufte dort ein. Aufträge bekam sie immer. Einmal sollte sie für die Tochter des Generaldirektors einen Brautschleier mitbringen. Als sie wiederkam, fand sich das Wertstück nicht mehr. Sie schwor darauf, es besorgt zu haben. Ein paar Tage später erschien ein anderer ihrer ›Kunden‹ und brachte ihr ein schwärzliches, zusammengeballtes Etwas, das er aus seinem Stiefel herausgeholt hatte, weil es ihn so drückte. Es war der Schleier.

Für die Frau Rat mußte sie allerlei besorgen, auch manche Sachen auf Vorrat. Da sie so gern schenkte, hielt sie sich immer ein paar Spielsachen für kranke Kinder. Da gab es Puppen und Soldaten, Bilderbücher und andere Herrlichkeiten, die in der Truhe warteten. Manchmal durfte Friederike das aussuchen, was ein weinendes Kind bekommen sollte. Das war ein Ehrenamt.

Die Gustel war äußerst höflich. Sie sprach die Frau des Doktors nur in der dritten Person an. Wenn ihr etwas nicht paßte, begann sie ihre Rede so: »Frau Rat sein ja sehr gietig, aber ...« Dann wußte die Mutter Bescheid. Gustel pflegte Friederike ihr ›Guldschwänzla‹ zu nennen und lobte sie und schmeichelte ihr. Regine hörte es und ärgerte sich oft darüber. Gustels Lobgesänge auf dieses Kind sprengten alle Grenzen. Die Mutter schien es nicht zu merken. Das kränkte Regine.

Für sie war es ganz und gar nicht leicht, die Liebe der Eltern mit der kleinen Schwester zu teilen. Regine hatte die Dorfschule besucht, Friederike brauchte das nicht. Für sie kam der Lehrer Adolf ins Haus und unterrichtete sie. Damit sie nicht allein sei, nahm die Mutter ein Kind aus dem Dorf ins Haus, die Schätz-Martha, die mit Friederike zusammen lernte, spielte und die Mahlzeiten teilte. Zum Schlafen ging die Martha heim. Darin war die Mutter sehr gerecht, ja übergerecht: oft genug gab sie bei einem Streit der Schätz-Martha recht, auch wenn Friederike recht gehabt hätte, um das fremde Kind nur ja nicht als Prügelknabe zu mißbrauchen.

In mancher Beziehung war die Mutter überhaupt altmodisch und entsprechend unbequem. Wie wünschte sich Regine ein Fahrrad! Aber sie bekam keins.

»Das ist zu gefährlich. Du könntest stürzen«, sagte ihre Mutter. Auch Schwimmen lernen durfte sie nicht. Das holte sie später nach, als sie nach Freiburg ins Pensionat kam. Regine war nicht sehr sportlich, und wenn Vater manchmal von dem Beruf sprach, den sie einmal ergreifen müsse, fand Mutter, das solle man abwarten. Krankenschwester, was nahegelegen hätte, sei zu anstrengend. So blieb sie weiterhin zu Hause, Vaters Kamerad bei den Patientenfahrten in die umliegenden Dörfer und Mutters ›Hilfe‹.

Eine Freundin hatte sie. Am Ende des Dorfes, gegenüber dem ›Schwarzen Adler‹, lag der Kaufladen Dempe. Mit der einzigen Tochter des Inhabers war Regine befreundet, und diese Freundschaft sollte bis zum Tode dauern. Kaum ein Tag verging, an dem Regine nicht bei Dempes war. Der Laden war groß und dunkel, die ›aale Dempen‹, Lores Mutter, saß an der Kasse, klein und verhutzelt, und begrüßte Regine jedesmal mit gleicher Herzlichkeit. Dr. Haberlands waren gute Kunden. Im Laden roch es nach Sauerkraut und Bohnerwachs, Kaffee, Hanf und kaltem Porzellan. Denn auch Porzellan kann riechen, wenn es gestapelt in den Regalen steht. Vor Weihnachten gab es auch Spielzeug zu kaufen. Und Christbäume. Vater schimpfte immer, wenn Mutter einen Baum aussuchte, und nannte ihn »een Ladenhüter von der aalen Dempen«. Die Mutter war stets etwas nervös, wenn sie ihn geschmückt hatte – sie mußte sich des Vaters Kritik anhören. Der Vater ruckte den Baum hin und her, weil er, wie er fand, schief stand, und brachte es schließlich zuwege, daß er umfiel. Das war ihm peinlich; nun erinnerte er sich eines Krankenbesuchs und verließ fluchtartig das Haus. Zum Weihnachtsfest war meist Tante Agathe da, eine von Mutters Schwestern, und die beiden Damen mühten sich aufs neue um den Baum, stellten ihn wieder auf, befestigten ihn mit einer Wäscheleine und beschlossen dann, sich etwas auszuruhen, bis Vater wiederkomme. Tante Agathe legte sich aufs Sofa, und Mutter setzte sich in ihren Stuhl. Später entdeckte Regine am Kleid der Tante auf der Rückseite lauter runde braune Flecken. Das waren die Spuren des Christbaums, an den zur damaligen Zeit Näschereien gehängt wurden, so auch Schokoladentaler, die beim Sturz über dem Sofa abgefallen und unter Tante Agathes Gewicht und Wärme beim Erholungsschlaf geschmolzen waren.

Da lachte auch der Vater, als man es ihm erklärte. Aber Dempes machte er weiterhin schlecht, sooft sich die Gelegenheit bot.

2

Der lustige Sachse

1905

Wieder war es Sommer, und der Vater machte mit Regine Ferien in Südtirol. Sie hatten einen langen Wandertag hinter sich. Regine kam die Treppe herunter und stieß die Tür zu dem kleinen Schankraum auf. Ach, wie gemütlich! Niedere Decke und blank gescheuerte Tische; ein Beisl nannte man das wohl. Ihr Vater saß am Fenster und las die Zeitung.

»Hast du schon etwas bestellt?« fragte Regine und setzte sich zu ihm. Er nickte. Regine war so herrlich müde, wie durchmassiert von diesem Wandertag, aber nicht schläfrig. Gerade kam die Suppe.

»Heiß. Verbrenn dich nicht, Väterchen«, warnte sie und nahm den Löffel auf. »Was meinst du, ob wir den lustigen Sachsen morgen wieder treffen?«

Der ›lustige Sachse‹ war heute der Dritte im Bunde gewesen. Er wanderte allein. Der Vater hatte ihn nach dem Weg gefragt, den sie gehen wollten. Da hatte er sich ihnen angeschlossen.

Er war älter als Regine, sah gut aus und sprach sein Sächsisch sehr mild, sozusagen ein höfisches Sächsisch. Während sie wanderten, erzählte er von einer Aufführung der ›Fledermaus‹ in Leipzig, und Regine lachte und sagte, ein Stück aus dieser Operette sei ihr Lieblingsstück auf der Spieluhr. Sie kannte nur das, wann wäre sie je ins Theater oder gar in eine Operette gekommen!

Der lustige Sachse sang ihr sogleich vor, was sie am liebsten hatte: »Mein Herr Marquis, ein Mann wie Sie müßte das besser verstehen ...«

Ihr Vater war so unmusikalisch wie ein Krokodil, auch Regine war nicht sehr begabt für Musik. Aber sie liebte Musik. Mittags waren sie zusammen eingekehrt, hatten gegessen und Tiroler Rotwein getrunken. Der Wanderkamerad hatte sich inzwischen vorgestellt: Dr. Geist aus Leipzig, am Bibliographischen Institut tätig. Nach dem Essen gingen sie zu dritt wieder los.

Jetzt durchfuhr Regine ein kleiner angenehmer Schreck, als die Tür aufging und Dr. Geist hereinkam, sich umsah, sie und ihren Vater am Fenster erblickte und daraufhin die Tür leise hinter sich zuzog. Er trat an ihren Tisch. Der Vater sah auf.

»Wie nett. Setzen Sie sich doch zu uns«, sagte er.

Regine freute sich darüber. Ihr Vater war manchmal etwas schwierig in bezug auf Leute, die er nicht kannte. Siehe Dempes. Dr. Geist aber schien er zu mögen.

So nahmen die Dinge ihren Lauf. Am nächsten Morgen setzte man sich schon wie zusammengehörig an einen Tisch, und Regine konnte vor Aufregung kaum schlucken. Dr. Geist fragte nach ihren Wanderplänen und meinte, er könne den seinen dem ihren vielleicht anpassen, wenn es ihnen recht sei. Regine wandelte wie auf Wolken.

›Ich bin meinem Schicksal begegnet‹, dachte sie im Stil der damaligen Romane, und wenn man es recht betrachtete, so war sie das auch. Diesmal sang Dr. Geist nicht Melodien aus der ›Fledermaus‹, sondern erzählte, von Regines Vater freundlich aufgefordert, von sich.

Er lebte in Leipzig, war aber nicht dort geboren, sondern in Hosterwitz an der Elbe, wo sein Vater Pfarrer war. Diesem zuliebe hatte er zuerst Theologie studiert, seine Examina gemacht, hatte seine Probepredigten gehalten und dann eine Unterredung mit seinem Vater geführt, in der er ihn wissen ließ, daß er nicht Pfarrer werden wolle. Das kränkte seine Eltern tief, da sie einer langen Ahnenreihe von Pastoren entstammten und es als selbstverständlich angenommen hatten, daß Martin die Tradition fortsetzen würde. Er teilte ihnen mit, daß er sich für die Philologie entschieden habe, aber nicht Lehrer werden wolle, sondern ins Bibliographische Institut eintreten würde.

Martin hatte drei Geschwister, er war der Älteste. Eine Schwester war mit einem Landschaftsgärtner verheiratet, der auf der Insel Mainau lebte und genau gesagt – aber Dr. Geist drückte sich bescheiden und sehr vorsichtig aus – die Mainau gestaltete und umgestaltete. Regine mußte sofort an ihr geliebtes Buch Ekkehard denken. Die andere Schwester hatte die Tradition gewahrt und einen Pastor in Sachsen geheiratet, der aus erster Ehe einen Sohn hatte, für den er eine zweite Mutter suchte. Der jüngste Bruder wollte später die Forstkarriere einschlagen und sollte Güterdirektor beim König von Sachsen in Sibyllenort werden. Jetzt war er noch im Studium.

Dies alles erzählte Dr. Geist nach und nach auf Vaters freundliche Fragen hin, und Regine lauschte mit klopfendem Herzen. Sie versuchte herauszubekommen, wie lange sie noch gemeinsam wandern würden, konnte abends nicht einschlafen und heulte vor Glück und Angst um dieses Glück, kurz, sie benahm sich, wie man sich benimmt, wenn man das erste Mal richtig verliebt ist. Als dann der Abschied kam – Dr. Geist mußte seinen Urlaub früher beenden –, feierten sie am Abend mit einem Glas

Wein, tauschten ihre Adressen aus, und Dr. Geist ließ sich versprechen, daß Regine am Morgen nicht aufstehen würde, um ihn zu verabschieden, da er zeitig wegmüsse. Sie war natürlich trotzdem auf und erwartete zitternd den ersten Kuß, den Dr. Geist ihr dann doch nicht zu geben wagte. Von nun an wanderten Vater und Tochter wieder allein, aber Regine hatte große Sehnsucht nach daheim und Martins erstem Brief, der auch prompt auf sie wartete. Sie widersprach nicht, als ihr Vater beim Einsetzen schlechten Wetters zeitiger heimfahren wollte. Von nun an wurden Briefe gewechselt, und am dreizehnten Dezember kam der erwartete, der den Heiratsantrag enthielt. Regine war selig.

Für sie war die Welt verändert, es galten nur noch die Tage, an denen sie einen Brief von Martin erwarten konnte. Sie schrieb eifrig wieder, sie träumte, sie lief spazieren, um ungestört an ›ihn‹ denken zu können, und sie weinte am Neujahrstag herzlich und mit Genuß, weil gerade an diesem Tag kein Brief kam. Er kam am nächsten Tag, und dann, ja dann war es eines Tages soweit, daß Martin selbst kam.

In diesem Jahr war es zeitig Frühling geworden. Regine hatte das Gefühl, als schmücke sich die Welt für den Tag ihres Wiedersehens, und wenn der Garten auch nicht viel hergab – Haberlands waren beide keine geschickten Gärtner –, so stand doch der Park im schönsten Frühlingskleid, und Regine brannte darauf, Martin alles zu zeigen.

Um diese Zeit hatte die Familie es schwer mit Friederike. Es war, als ahnte das Kind, daß es nun für einige Zeit die zweite Geige spielen würde, und das gefiel ihm gar nicht. Friederike war gewöhnt, daß Regine ihr abends vorlas, aus dem geliebten schönen Märchenbuch, das Mutter vor Jahren gekauft hatte. Regine tat das gern, doch jetzt waren ihre Gedanken so von Martin erfüllt, daß diese Vorlesestunde manchmal ausfiel, und fiel sie nicht aus, so fühlte das Kind unbewußt, aber deutlich, daß Regines Gedanken woanders waren, auch wenn sie vorlas. Friederike reagierte, wie ein bis dahin im Mittelpunkt der Familie stehendes Kind, das jetzt an den Rand geschoben wurde, reagieren muß: mit Zorn, mit Eifersucht, mit wütender Trauer. Einmal kam Regine dazu, wie die kleine Schwester dabei war, Seiten aus dem Märchenbuch herauszufetzen. Erschrocken nahm sie das geliebte Buch an sich.

»Was fällt dir denn um Himmels willen ein!« rief sie.

»Weil du nur ›Die zertanzten Schuhe‹ gelesen hast!«

›Die zertanzten Schuhe‹ waren ein ziemlich kurzes Märchen, und Friederike wünschte es sich nie, wenn sie ein Märchen aussuchen durfte. Sie erkannte es aber an den Bildern und hatte an dieser Stelle angefangen, die

Blätter herauszureißen. Regine war sehr bestürzt, sammelte die Fetzen ein und klebte sie mühevoll wieder zusammen. Der Mutter erzählte sie zunächst nichts.

Aber auch den Eltern war Friederikes Veränderung aufgefallen. Die Mutter meinte, sie sei einfach ungezogen.

»Vielleicht wächst sie«, sagte der Vater, der kein Krankheitssymptom an ihr feststellen konnte. Dann aber geschah etwas, was nicht verborgen bleiben konnte: der Kutscher meldete, daß Fräulein Friederike, wie er sagte, ihm das Beil gestohlen habe. Er brauche es aber zum Holzhacken. Mutter schickte Regine, um nach der kleinen Schwester zu sehen. Sie fand sie im oberen Flur, wo das Kind dabei war, das Pferdel zu zertrümmern. Die Beine waren schon abgeschlagen – eigentlich eine erstaunliche Leistung für ein so junges Kind. Regine erschrak heftig, sammelte die einzelnen Teile ein und trug sie hinunter zur Mutter. Auch die Mutter war entsetzt.

»Das darf Vater nie erfahren«, sagte sie und tupfte sich die Augen aus, »lauf schnell zum Nentwig, er soll herkommen, ich will mit ihm sprechen.«

Regine gehorchte, und Mutters verzweifelte Bitten, hier helfend einzugreifen, rührten den alten Handwerker sehr. Er versprach, alles wieder in Ordnung zu bringen, und nahm mit, was vom Pferdel noch übrig war.

»Keene Sorge, ich mach's schunt«, beruhigte er Mutter, die ganz verstört war von der Gewalttätigkeit ihrer kleinen Tochter. Als er gegangen war, berieten sich die beiden Frauen.

Daß Vater nichts davon erfahren dürfe, war beiden klar. Regine meinte, man müsse die Kleine tüchtig »aus den Lumpen schütteln«, wie man dort sagt; die Mutter aber war für Geduld.

Vielleicht war das falsch. Wenn eine von ihnen einmal richtig mit dem Kind gesprochen hätte – »sieh mal, Regine freut sich auf ihren Bräutigam (diese Vokabel benutzte man damals noch), sie will mit ihm ein neues Leben anfangen und kennt ihn noch sehr wenig, aber sie denkt immerzu an ihn; das geht einem so, wenn man verlobt ist« oder so ähnlich. Vielleicht hätte das Kind das schon verstanden. Auf diese Idee aber kam keine von ihnen.

Denn es war so: Die kleine Schwester war für Regine an den Rand des Bewußtseins gerutscht, das spürte das Kind und litt darunter. Immerhin unternahm Friederike keine weiteren Handgreiflichkeiten, sah aber blaß und verstört aus und fand sich erst langsam wieder zurecht. Regine lief mit roten Backen und bemehlter Schürze umher, buk Kuchen, stellte Salate zusammen, zählte die Tage und Stunden und befand sich in einem Rausch, als ein Telegramm eintraf: »Ganymed, Zeile zwanzig.«

»Was kann das heißen?« fragte sie. Ihre Mutter wußte es sofort. Sie war eine große Goetheverehrerin, konnte den ersten Teil des Faust fast ganz auswendig, dazu den gesamten Westöstlichen Diwan und sehr viele andere Gedichte.

»Wenn ich mal nach Weimar käme, das wäre, wie wenn ein gläubiger Katholik nach Rom führe«, sagte sie manchmal.

Jetzt wußte sie gleich, was gemeint war.

»Ich komme, ich komm' –«

Regine riß den Band mit den Goethegedichten aus dem Regal, um sich zu vergewissern. Und siehe, die Mutter hatte recht. Da stand: »Ich komme, ich komm' –«

Martin war die Nacht durchgefahren und erschien mit dem ersten Zug. Der Vater hatte den Kutscher mit Regine, die sich das nicht nehmen ließ, zur Bahn geschickt. Sie strahlte mit dem Morgen um die Wette.

Unvergeßlich blieb ihr Martins Begegnung mit der Mutter. Er beugte sich tief über ihre Hand, und sie weinte ein bißchen, aber es waren glückliche Tränen.

»Du hast mir ja gar nicht gesagt, wie schön deine Mutter ist«, sagte Martin später. Regine lächelte glücklich. Ihre Mutter und Martin verstanden sich auf den ersten Blick, beim ersten Wort. Sie sah es ohne Eifersucht und mit tiefer Freude. Diese Liebe von Schwiegermutter zu Schwiegersohn blieb gleich stark, solange die Mutter lebte.

Es war ein Sonnabend, an dem Martin kam. Sie frühstückten auf der Veranda, eine unvergeßlich schöne Stunde in der Frühlingssonne. Die Mutter fragte, ob Martin sich nicht hinlegen wolle. Aber er versicherte, er sei gar nicht müde, er habe die ganze Fahrt über geschlafen, und wenn Regine einverstanden sei, wolle er lieber ein Stück mit ihr spazierengehen.

Und ob sie einverstanden war! Sie trug ein weißes, fußfreies Kleid und einen großen weißen Hut; Martin fotografierte sie darin, es wurde ein reizendes Bild, das jahrelang in einem Rahmen auf dem Klavier des jungen Paares stand. Eine etwas säuerliche, Regine nicht sehr zugetane Tante bedachte es mit dem Ausspruch: »Im günstigsten Moment«, was die Familie lachend übernahm. Regine war damals sehr hübsch.

Sie gingen los. Wohin? Natürlich »aufs Schloß«, wie man dort sagte, es war der schönste Spaziergang. Erst durchs Dorf, an Dempes Laden vorbei – diesmal vorbei und nicht hinein, Regine wollte dieses erste Wiedersehn mit Martin allein erleben –, über die kleine Brücke, die den Mühlengraben überspannte. Am Anfang und Ende der Brücke standen, wie heute noch, die beiden steinernen Heiligen. Einerseits der Florian, der gegen Feuer hilft – »Heiliger Sankt Florian, verschon mein Haus, zünd andere an –«, hieß es so menschenfreundlich, er stand und goß steinernes Wasser auf ein winziges steinernes Haus. Regine erzählte Martin die alte Geschichte, mit der man die Kinder foppte. Wenn man frühmorgens nichts ißt, danach schweigend dreimal um die Kirche geht und zuletzt vor dem Heiligen niederkniet und sagt: »Heiliger Sankt Florian, was hab' ich heut gegessen?«, dann sagt er – sie verstellte ihre Stimme, daß sie tief und männlich klang: »Nächts.«

Martin lachte, zog sie im Dämmerlicht des Brauertors, durch das sie jetzt gehen mußten, an sich und drückte ihr schnell einen Kuß auf den Mund, den allerersten. Regine wurde rot vor Freude und Geniertheit.

Auf der anderen Seite der Brücke stand der heilige Nepomuk, kenntlich am Strahlenkranz, den er immer ums Haupt trägt. Dann kam man auf den großen Kirchplatz, wo die alte Kirche steht. Regine zog Martin gleich hinein. Sie liebte, wie jeder in der Familie, diese Kirche über alles. Flüsternd erzählte sie Martin all das, was sich hier zugetragen hatte. Und ging mit ihm, eng eingehakt, von einem Heiligenbild zum andern.

Schlesien ist reich an Barockkirchen, diese aber ist besonders schön. Ein verständnisvoller Geistlicher hatte alles Bunte daraus verbannt und die Figuren in Weiß und Gold gehalten. Da gab es Heilige, die durch ihr Martyrium berühmt geworden waren: einer trug seinen abgeschlagenen Kopf auf einem Buch vor sich her, ein anderer drehte sich mit einem merkwürdigen Instrument den Darm aus dem aufgeschlitzten Bauch.

»Den mußte ich als Kind immer ansehen, es gruselte mich dann so schön«, flüsterte Regine. Die Kanzel hatte ein Dach, auf dem eine Leiter stand, die Jakobsleiter, und auf dieser stiegen kleine steinerne Engel, dikke, überernährte Putten, auf und nieder.

»Der Alte Fritz war oft hier, er war mit dem Abt befreundet«, erzählte Regine eifrig, »einmal fragte er ihn, warum die Engel denn eine Leiter brauchten. Sie hätten doch Flügel. ›Ja, Majestät‹, antwortete der Abt – er hieß Tobias Stusche – ›sie waren damals wahrscheinlich gerade in der Mauser!‹«

An einer der dunklen Bänke aus Holz stand:

»Hier stand und sang Friedrich, der Zweite, der Große, als Mönch verkleidet, während die Österreicher die Kirche nach ihm durchsuchten.« Der Abt hatte ihn schnell in eine Kutte gesteckt und mit den Mönchen in die Kirche ziehen lassen. Wie anders wäre die Geschichte verlaufen, wenn er nicht diese rettende Idee gehabt hätte! Den Adjutanten fanden die Feinde hinter dem Hochaltar. Er hieß von Glasenapp.

»Und draußen an der Prälatur, das sind solche Pfeiler mit kleinen Bänken, dort hat er gesessen und Flöte gespielt.«

»Du kanntest ihn wohl persönlich?« fragte Martin lächelnd.

»Ich glaub' fast, jedenfalls beinah«, ereiferte sich Regine, »und nachher gehen wir an einem Maulbeerbaum vorbei, den hat er noch gepflanzt oder pflanzen lassen –«, schränkte sie ein. »Er hat die Seidenraupenzucht hier eingeführt.«

Sie gingen über die Himmelbrücke in den Park hinein und stiegen die Terrassen hinauf zum Schloß. Die schön gepflegten Wege schwangen auseinander und wieder zusammen, Bronzefiguren zierten kleine Wasserbecken. Hier ein Knabe mit einem Delphin, dort einer mit einer Schildkröte. Und jetzt der große Platz vor dem Schloß, mitten darauf ein Wasserbecken, auf dessen Rand steinerne Frösche hockten. Laubengänge und verschwiegene Bänke, fast verhüllt, auf stille Besucher wartend. Treppen, die man leicht und beschwingt emporging, der Blick vom Schloß über das Dorf bis zu den Bergen hinüber, die duftblau am Horizont standen. Rings um das Schloß führte ein Weg zum Rosengarten und zur Siegessäule. Martin und Regine schwiegen miteinander, Worte wären zuviel gewesen. Hier sollten einmal ihre Kinder und Enkel gehen, wenn Gott ihnen das gewähren wollte. Martin hatte einen sehr guten Arbeitsvertrag erhalten, den hatte er abgewartet, ehe er Regines Eltern offiziell um die Hand ihrer Tochter bat. Er erzählte jetzt davon, und Regine versteckte ihr Gesicht an seiner Schulter.

Am Sonntag fand das Festessen statt. Der Tisch war aufs schönste geschmückt, Silber und Kristall glänzten, und der Vater hielt eine Rede, zu der er sich erhob. Regine sah vor Verlegenheit in ihren Schoß, Martin entgegnete mit Wärme und Anstand. Kaum hatte er geendet, als es klopfte und Marie, die diesjährige Küchenfee, mit einem Telegramm hereinkam.

»Ich sullts halt glei abgeba, hot er gesaot«, murmelte sie entschuldigend. Der Vater nahm es ihr ab. Aber es war an Martin gerichtet. Martin entfaltete es – las es für sich und dann halblaut vor. Sein Vater war gestorben.

Alle schwiegen.

Später hieß es, dies sei geschehen, weil es dem alten Herrn das Herz gebrochen habe, daß Martin eine Katholikin heiraten wollte. So erzählte man es in Martins Verwandtschaft. Jetzt war davon noch keine Rede.

»Da mußt du wohl gleich wieder fort?« flüsterte Regine, nachdem alle Martin ihr Beileid ausgesprochen hatten. Sie weinte. Martin legte seine Hand auf die ihre.

Die Mutter sprach dann ein paar freundliche Worte. Niemand hatte von ihr eine Tischrede erwartet, aber es tat gut zu hören, wie sie mit dem Herzen mitfühlte. Der Vater stand auf und holte das Kursbuch. Zum Glück ging der nächste Zug erst am Abend.

»Wir können also noch in Ruhe beieinandersitzen bis dahin«, sagte Martin, »laßt euch den schönen Tag nicht verderben.«

Sie gaben sich alle Mühe, einer wie der andere. Regine hatte ihre Kochkünste zeigen wollen und sozusagen künstliche Eier zubereitet. Es waren zwar richtige Hühnereier, aber ausgeblasen und mit einer cremigen Mayonnaise gefüllt. Nun achtete niemand darauf, nur der Vater sagte grimmig, als er das dritte aufschlug: »Wieder eins ohne Dotter!«

Da mußten alle lachen, und der Bann war gebrochen. Beim Kaffee danach wurde schon wieder munter geschwatzt; es wurden Pläne gemacht für die Hochzeit im Mai, es wurde auch gelacht, obwohl man sich dessen ein bißchen schämte. Regine zeigte sich tapfer der raschen Trennung gegenüber, sie tröstete sich damit, daß Martin im Mai nicht ohne sie abfahren würde. Trotz allen Kummers war es ein harmonischer Nachmittag, und Martin fuhr freundlich winkend ab, nachdem er Regine nun richtig und liebend geküßt hatte.

»Jetzt dürfen wir es ja«, sagte er leise, als er merkte, daß Regine verschämt nach dem Bahnbeamten guckte, der mit seiner roten Mütze auf dem Kopf darauf wartete, das Zeichen zur Abfahrt des Zuges zu geben. Er war ein Patient ihres Vaters und kannte sie natürlich. Aber die Verlobung war im Dorf längst bekannt.

»Wie isses denn, richtig verlobt zu sein? Ich meine, so wie du, mit Ring und rumgeschickten Anzeigen und so«, fragte Lore Dempe eines Tages. Sie saßen im Laden, der geschlossen war. Sie hatten noch kein Licht gemacht. Die ›aahle Dempen‹ saß hinter der Kasse, Regine und Lore hockten an der Seite, je auf einem Sack. Die Säcke mit ungebranntem Kaffee, mit Erbsen und Linsen lehnten am Ladentisch. Vorhin war jemand mit einem Brett oder einem Stock an der heruntergelassenen Jalousie entlanggefahren. Das hatte ein schnarrendes Geräusch gegeben – da waren alle drei vor Schreck hochgefahren.

»O diese bösen Bubenhände«, seufzte Frau Dempe. Friederike kroch in den Winkeln des Ladens herum.

»Schön, aber auch nicht schön«, sagte Regine. »Wenn er schreibt, ist's schön, aber sonst wartet man nur. Und wenn ich denke, ich warte ja darauf, daß ich hier fortmuß, – dann ist es noch schlimmer.«

»Ja, da hab' ich es besser«, sagte Lore, »ich brauch' nicht fort. Josef übernimmt den Laden hier.«

Josef Kirchner, ihr Verehrer, war Kaufmann.

Natürlich wußte man im Doktorhaus darüber Bescheid, aber Vater hatte sofort gesagt: »Na, der liebt den Laden und nicht die Lore.«

Regine fand es gräßlich, so zu denken. Und doch verglich sie gleichzeitig in Gedanken Josef mit ihrem Martin. Da tat ihr die Freundin leid. Sie war erleichtert, als Friederike, die sich langweilte, jetzt anfing zu quengeln. Sie wollte nach Hause.

»Bringst du uns noch ein Stück?« fragte sie Lore. Untergehakt bummelten sie die Dorfstraße hinunter.

Es war ein lauer Abend. Sie gingen mitten auf der Straße. Auf dem Fußgängersteg kam ihnen eine kleine Gestalt entgegen, die Gustel, wie sie errieten. Sie ging mit eiligen Schritten, den Kopf vorgebeugt, am Staketenzaun entlang und rannte gegen den Lichtmast, der seit einiger Zeit hier stand. Auch auf die Dörfer kam jetzt Elektrizität, was vor allem Regines Vater sehr freute.

Rums, machte es. Die beiden jungen Mädchen erschraken, mußten aber heftig lachen, als sie hörten, wie die Gustel murmelte: »Ach entschuldigen Sie, Herr Generaldirektor!«

Warum sie den Lichtmast ausgerechnet für diesen hohen Herrn hielt, war unerfindlich. Regine lachte noch, als sie die Messingklingel an der Tür des Doktorhauses zog.

Lore war umgekehrt. Regine trat in die Eßstube, wo ihre Mutter zu sitzen pflegte – nein, nicht allein. Auf dem Stuhl, vor ihrem Platz am Fenster, stand etwas, was Regine lauthals aufjuchzen ließ: Friederikes kleines Schaukelpferd. Da stand es, so gut repariert, daß es kaum auffiel, neue Beine eingeschraubt, tipptopp in Ordnung. Es war nun nicht mehr so hell wie früher, sondern, von liebevollen Kinderhänden glatt gestrichen, dunkler geworden, aber mit dem gleichen ausdrucksvollen Kopf. Die Mutter war sehr gerührt.

»Nun brauchen wir es Vater nicht zu erzählen.«

Aber die beiden Frauen erlebten eine Überraschung. Friederike hatte das kleine Schaukelpferd natürlich auch gesehen, sie stürzte sich aber nicht, wie man hätte annehmen sollen, auf ihr bisher so geliebtes Spielzeug, sondern blieb mit funkelnden Augen davor stehen.

»Das will ich nie mehr haben«, stieß sie hervor, »das könnt ihr behalten.

Ich will kein Pferdel mehr – macht damit, was ihr wollt –« Sie drehte sich um und rannte aus dem Zimmer. Als Regine später nach ihr schaute, fand sie die Kleine im Bett liegen, schlafend, das Gesichtchen tränenverschmiert. Merkwürdig. Sie ging zur Mutter zurück.

»Mutter«, sagte sie nach einer kleinen Weile, als sie berichtet und dann geschwiegen hatte. »Wenn wir, Martin und ich, einmal Kinder haben sollten – gibst du es uns dann?«

»Wollt ihr denn Kinder?« fragte die Mutter sacht. Über so etwas sprach man in den Familien nicht. Regine war froh, daß es dunkel war. Kinder. Sich Kinder wünschen, Kinder bekommen – dies alles war ein Kapitel, über das man nicht sprach. Nicht Mutter, nicht Vater, nicht einmal hier, in einem Arzthaus.

»Na ja – Lore sagte –« Regine verstummte.

»Was sagte denn Lore?« fragte Mutter geniert.

»Sie sagte – ich meinte, ob sie glaube, daß sie Kinder bekäme.« Regine brach ab, sich des Unpassenden dieses Satzes bewußt.

»Na? Was –«

»Sie sagte: ›Hach, das wär' gelacht!‹« gestand Regine und war erleichtert, als sie die Mutter lachen hörte. Mutters halblautes, zärtliches Lachen, das sie so liebte; aber bei solch einem heiklen Thema ...

Sie entfloh, sobald es ging, in ihr Zimmerchen hinauf. Die Mutter blieb zurück. Nachdenklich, auch geniert und mit schlechtem Gewissen. Wäre das nicht eine – ja *die* Gelegenheit gewesen?

Aber sie hatte sich nicht getraut.

Die Hochzeitsreise des jungen Paares ging nach Wölfelsgrund, einem Luftkurort in der Nähe. Regine hatte, wie es üblich war, weinend am Hals ihrer Mutter gehangen, als sie sich verabschiedeten, und der Abschied vom Vater tat auch weh. Wer würde nun mit ihm auf Praxis fahren? Friederike war noch zu klein.

»Man kann nicht gewinnen, ohne zu verlieren«, hatte Mutter Regine noch zugeraunt. Ob die Tochter es verstanden hatte? Ob sie verstand, daß auch sie, die Mutter, hergeben mußte?

3
Leipzig
1907

Im August des folgenden Jahres kam Regines erstes Kind zur Welt, ein sehr ersehntes Kind, mit Freude und Dankbarkeit begrüßt, der schönste und herrlichste Sohn der Welt.

»Eigentlich müßte er ja Fritz heißen, meinen Eltern zuliebe«, sagte Regine, als sie endlich mit Martin allein war. Sie hatte zu Hause entbunden, in Leipzig-Reudnitz, auf dem Täubchenweg (sprich: Deibschenwech), im dritten Stock, mit Hilfe einer Hebamme und eines Arztes. Es war nicht ohne Zange gegangen. »Aber weil er so ein besonderes Kind ist – er wird bestimmt einmal etwas ganz Großes –, bleiben wir doch bei Alexander.« Alexander der Große – er war fünf Zentimeter länger, als sie selbst bei der Geburt gewesen war, wie sie durch Zufall wußte.

Martin war nach einigem Überlegen einverstanden. Seiner Bescheidenheit stand Regines Begründung ›weil er doch etwas ganz Großes wird‹ zwar absolut entgegen, aber Alexander war gleichzeitig auch ein traditioneller Name in der Familie Geist. So konnte er es vor sich selbst begründen. Regines Mutter kam auf das sofort abgeschickte Telegramm hin angereist, um die Tochter zu pflegen, und Martin fuhr mit dem Schwiegervater in die Alpen. Sie erstiegen die Zugspitze. Das Foto, das dort geknipst wurde, hielt sich generationenlang in der Familie: der Vater mit einem Kopftuch, das über seinen Hut gebunden war. Den Damen wurde diese Besteigung erst hinterher mitgeteilt.

Alexander entwickelte sich normal und bekam, schneller als erwünscht, eine Schwester. Martin war mit einem Kind einverstanden gewesen, er hielt es für seine Pflicht, der Familie einen Erben zu bringen, aber gleich danach ein zweites Kind und noch dazu ein Mädchen? Er sah sehr bedenklich drein und ließ auch ein paar Worte fallen, etwa: dies sei nun genug. Die Mutter und Regine schwiegen.

Der Name für die Tochter machte Schwierigkeiten. Da der Sohn einen so hochtrabenden Namen erhalten hatte, meinte Martin, dürfe man das zweite Kind nicht entgelten lassen, daß es ein wenig zu zeitig und sozusagen ungefragt zur Welt gekommen sei, und stimmte Regine zu, daß es Isolde heißen solle. Isolde Geist, warum nicht?

Das Kind war klein, häßlich und sah einem wenig geliebten Vetter der

Familie ähnlich. Dabei war es recht ungebärdig, nicht solch ein pflegeleichtes Baby wie Alexander, der in seinem bisher kurzen Leben noch keine Sorge und keinen Ärger verursacht hatte. Es war gierig und verfressen und wurde vom ›großen‹ Bruder wenig freundlich empfangen.

Auch später entwickelte sich Isolde nicht zu einem hübschen Kind, nicht einmal in der Zeit, in der alle Halbwüchsigen reizend aussehen. Sie hatte etwas zu hellblaue Augen unter einem dunkelblonden Schopf, einen breiten Mund und ziemlich abstehende Ohren. Deshalb flocht Mutter Regine ihr, sobald es möglich war, Zöpfe und rollte sie über den Ohren zu Schnecken auf, eine Frisur, die Isolde haßte. Das Haar kurz zu tragen wie ein Junge, was sie sich heiß wünschte, erlaubten die Eltern ihr nicht. Alexander mochte die Schwester nicht, er faßte sie nie an.

Obwohl diese beiden Kinder zunächst die einzigen blieben und daher aufeinander angewiesen waren, vertrugen sie sich nicht gut miteinander. Alexander, zart und muttergebunden, neidete der Schwester den Platz, den diese robust und ziemlich rücksichtslos bei der Mutter erkämpfte, er nannte sie Isott und später Idiot, ein Spitzname, den die Mutter lachend duldete, stammte er doch von ihrem angebeteten Ältesten. Isolde aber litt darunter, als sie verstand, was er bedeutete. Zunächst war sie dem Bruder körperlich überlegen; wehrte sich, wenn er sie angriff, spuckte und kratzte. Als Alexander mit etwa fünf Jahren zu den Großeltern nach Camenz fuhr – er litt an immer wiederkehrenden Asthmaanfällen, da war Luftveränderung angezeigt –, wurde er dort von der Großmutter mit gleichaltrigen Jungen zusammengebracht und entwickelte sich zu dem, was man einen ›richtigen Jungen‹ nannte. Jedenfalls war er fortan der Dominierende und blieb es sein Leben lang, bemüht, diese Vorherrschaft beizubehalten und Isolde zu ducken, wo es nur ging. Er war der weitaus Begabtere, war älter und ein Junge, also in jeder Beziehung im Vorteil. Aus jener Zeit stammte wohl auch Isoldes sehnlicher Wunsch, ein Junge zu sein.

Die Familie war inzwischen umgezogen und wohnte jetzt nicht mehr auf dem Täubchenweg, sondern in einer netten Vorstadtstraße, allerdings im Osten der Stadt, weil das Bibliographische Institut auch im Osten lag und Martin in Sparsamkeit und Bescheidenheit darauf bestand, seinen Weg zur Arbeit täglich zu Fuß zurückzulegen. Im zweiten Stock einer hübschen Neubauwohnung mit Vorgarten und zwei Balkonen wuchsen die Kinder auf, ohne einen Kindergarten zu besuchen, da sie ja zu zweit waren.

Isolde mußte sich dem überlegenen Bruder unterordnen. Sie tat das nicht ohne Widerspruch. Sie schrie, wenn ihr etwas nicht paßte, und so entstand der Familienruf: »Iso keift.« Sie keifte wirklich, und Alexander triumphierte schadenfroh, wenn nach damaligen Erziehungsregeln derjenige sein Teil abkriegte, den man hörte. Das war immer die Schwester. Trotzdem verlebten die beiden eine bis zu einem gewissen Grade harmonische Kindheit.

Das kleine Schaukelpferd war wirklich mit ihnen gezogen und wurde von Iso zärtlich geliebt. Alexander machte sich nicht viel daraus. Iso jedoch hatte ein liebevolles Verhältnis zu ihm. Friederike fragte nie nach dem Pferdel, wie Großmutter Haberland in ihren langen und gutgelaunten Briefen berichtete. Friederike wuchs heran, entwickelte sich zu einer Schönheit und bekam mit dreizehn Jahren den ersten Heiratsantrag. Ein Maler, der ihr Porträt malte, verliebte sich insgeheim wild und melancholisch in dieses Mädchenkind und schrieb Gedichte auf sie, die Mutter Haberland allerdings unter Verschluß hielt. Friederike bekam sie nie zu sehen, auch dann nicht, als Regine später den Nachlaß der Eltern ordnete und die Gedichte fand. Schorschel, der für Friederike eine freundlich-brüderliche Liebe hegte, besuchte das Doktorhaus oft, er studierte Jura und verbrachte fast jeden Sonntag bei den Haberlands.

Alexander und Iso hatten ein hübsches Kinderzimmer, in dem sie spielten, wenn sie nicht mit Mutter Regine spazierengehen mußten, eine Notwendigkeit, da sie keinen Garten hatten, um darin zu toben. Diese Gänge stahlen Mutter Regine viel Zeit, und sie begann sie zu hassen. Zu Hause – das Doktorhaus war noch immer ihr Zuhause, was sie allerdings konsequent verschwieg – hatte der große Garten ihre Kinderspiele umhegt, und die Mauer, die ihn abschloß, war ihr Lieblingsplatz gewesen, jeder Baum ein guter Kamerad. Manchmal weinte sie im Schlaf vor Heimweh und erwachte mit schlechtem Gewissen – mußte nicht Martins Heim jetzt ihr Zuhause sein?

Er ahnte nichts davon. Arbeitswütig, wie er war, gewissenhaft, ungeheuer fleißig, brachte er jeden Abend Arbeit mit nach Hause, saß bis elf Uhr abends am Schreibtisch und sah die Kinder nur bei den Mahlzeiten. Im Urlaub allerdings fuhr man nach Schlesien, und darauf freuten sich Mutter Regine und die Kinder das ganze Jahr über.

Alexander und Iso waren in ihrem Kinderzimmer immer beschäftigt. Beide hatten viel Phantasie. Ihre Spiele erstreckten sich über Monate und wurden auch durch die Schule nicht beeinträchtigt. Vorläufig war das Spiel noch die Hauptsache.

Eines Tages entwischte ihnen ein Luftballon und stieg oben an die Zimmerdecke. Sie wollten ihre Mutter nicht zu Hilfe rufen und versuchten ihn selbst herabzuholen. So schoben sie – sie waren vier und fünf Jahre alt – ihren Kindertisch unter den Ballon. Alexander kletterte hinauf und angelte nach dem Faden, aber es reichte nicht. Sie holten das kleine Schaukelpferd, das neben Isos Bett stand, und stellten es auf den Tisch. Immer noch zu niedrig! Alexander brachte den großen Baukasten, nahm ein paar Klötze heraus und legte sie unter die Kufen des Pferdes. Dieser Aufbau war wacklig genug zum Umkippen, aber Kinder haben bekanntlich einen Schutzengel. Alexander stieg auf das Schaukelpferd, und als es noch immer nicht reichte, ließ er sich von Iso die große Papierschere von Vaters Schreibtisch holen, mit der er den Faden schließlich erreichte, ohne herunterzufallen oder sich die Augen auszustechen. Von dieser Unternehmung erfuhr Regine erst Jahrzehnte später.

Iso bewunderte den Bruder nicht, sondern geriet in Zorn, weil er mit Schuhen auf das geliebte Pferd gestiegen war. Als der Luftballon gefangen war, nahm sie das Pferd an sich, legte es in ihr Bett und streichelte es sacht. Alexander sah zu und verhöhnte sie:

»Der dumme Holzgaul!« spottete er. »Der fühlt doch nichts!«

Iso brach in Tränen aus.

»Und wenn ich dir auf dem Rücken herumtrampele – mit Schuhen?«

»Versuch's doch –!«

Diesmal ließ Iso sich nicht einschüchtern. Sie stieß mit dem Fuß nach dem Bruder, erwischte ihn an der Hüfte und warf ihn um. Er flog gegen den Tisch und brüllte – da kam die Mutter herein.

»Iso, was tust du da –?«

Ritsch, ratsch, kriegte die Tochter ein paar Ohrfeigen, und der Sohn wurde getröstet. Iso kroch zu ihrem Schaukelpferd ins Bett und heulte, aber leise – ihre Mutter hörte es nicht. Die Mutter hörte und verstand häufig nichts von Isos Kümmernissen …

»Ich will wieder nach Camenz, ich nehm' dich mit«, flüsterte Iso ihrem Pferd zu, »wir beide gehören hier nicht her – wir wollen nach Hause –«

Sie malte sich aus, wie sie, das geliebte Tier unterm Arm, bei ihrer Großmutter ankäme und wie diese sie in die Arme nähme, sie samt dem Schaukelpferd, und die wunderbarsten Worte der Welt sagte: »Ich hab' euch lieb. Ihr bleibt bei mir …«

Im Kinderzimmer über der großen Klappbank, die das Spielzeug beherbergte, hing ein großes Bild. Es zeigte einen Meeresstrand mit Brandung und eine Schar junger Reiter in der Badehose auf Schimmeln, die dem Betrachter entgegensprengten, daß es spritzte. Dieses Bild prägte sich Iso tief ein und lenkte sehr viel später ihren Lebenslauf in eine der Familie wenig erfreuliche, für sie aber von Sehnsucht getragene Richtung.

Iso war eigentlich seit Anbeginn ihres Lebens der heikle Punkt der Familie, das unregelmäßige Verb, das Ärgernis und der Sorgenstein. Sie war kein ›richtiges Mädchen‹, spielte nicht mit Puppen, las Jungensbücher und wäre am liebsten in Hosen herumgelaufen, aber das war damals unmöglich. Als Alexander vier Jahre alt war, begriff sie zum ersten Mal den Unterschied und bildete sich ein, daß man mit vier Jahren ein Junge würde. Diese Enttäuschung an ihrem vierten Geburtstag! Die Mutter fragte, warum sie weine, und Iso gestand es unter Schluchzen. Da lachte ihre Mutter hell auf, und *daß* sie lachte, nicht tröstete, nicht versuchte, dem Kinde klarzumachen, daß ein Mädchen nicht weniger wert sei als ein Junge, das vergaß Iso nie. Immer hieß es: »Du bist bloß ein Mädchen, du darfst dieses oder jenes nicht.« Daß es ein Vorteil sein könne, ein Mädchen zu sein, war undenkbar.

Die Spiele der beiden Geschwister waren natürlich nach Alexander ausgerichtet, denn er hatte zu sagen. Die Puppenstube, die Iso geschenkt bekommen hatte, damit sie endlich Mädchenspiele lernte, wurde zur Kajüte eines Schiffes. Die Kinder besaßen das Abenteuerbuch »Siegesmund Rüstig«, das wochen- und monatelang nachgespielt wurde. Hauptpersonen dieser Spiele waren kleine Bären, Plischel und Plummel, Petzel und Schluckel. Eine weiße Maus aus Zelluloid hieß Karoline und stellte merkwürdigerweise eine Negerin dar. Auch traurige Erlebnisse gab es für die Kinder. Sie waren schon größer und durften allein zur »Völkerschlacht« gehen – kein Leipziger sagte jemals »Völkerschlachtdenkmal« –, ein Spaziergang, den sie sonst täglich mit Mutter Regine hatten machen müssen. Sie nahmen ein kleines Segelboot mit, das Alexander gehörte. Da hinein kam Petzel, ein Bär des Bruders, und an der »Völkerschlacht« wurde das Schiff unter Beachtung der Windrichtung in das Wasserbecken gesetzt, das dem riesigen Denkmal vorgelagert ist. Nun sollte Petzel dieses Weltmeer überqueren. Den Kindern war es streng verboten, im Wasser zu waten, sie mußten das Schiff also am andern Ufer erwarten.

Aber o weh! Der Wind hielt nicht, was er versprochen hatte, und Petzel segelte keineswegs dem gegenüberliegenden Ufer entgegen. Die Geschwister warteten, lauerten, wünschten, hofften und verzweifelten. Schließlich kenterte das kleine Boot auf hoher See. Sie wußten beide, daß sich ein solches Schiffchen mit nassem Segel nicht wieder aufrichten würde. Da befahl Alexander seiner Schwester, Petzel zu retten. Und trotz des Verbots der Mutter zog sie Schuhe und Strümpfe aus, schürzte ihr Kleid und watete ins Wasser.

Es war eine Verzweiflungstat. Sie glich den vorwärts stürmenden Teutonen, denen, um die drohende Niederlage auszuschließen, die Häuptlinge mit der blanken Waffe folgten. Es gab kein Zurück. Iso watete und watete, weinend und in der Gewißheit, daß dieser Ungehorsam auch noch vergeblich sein würde.

Und er war es. Sie erreichte das Schifflein, aber Petzel war nicht mehr darin. Er war ertrunken. Und auch als Alexander von neuem befahl, den kleinen Bären zu suchen, blieb der Erfolg aus, wenn man es nicht als solchen rechnen wollte, daß Iso unterwärts klatschnaß zurückkam, was zu Hause nicht verborgen bleiben würde.

Schließlich mußten sie den Heimweg antreten. Alexander schickte Iso voraus, um den Sturm zunächst auf sie zu lenken, aber o Wunder, die Mutter schalt diesmal nicht ob des Ungehorsams, sondern lächelte immerhin mitleidig. Sie ging dem Sohn entgegen, gewärtig, er würde wie sie den Verlust ein wenig kindisch finden. Aber nein, auch Alexander war untröstlich.

Die Mutter redete ihm gut zu. Sie stellte in Aussicht, daß das Becken irgendwann abgelassen und man den Petzel denn sicherlich finden würde. Das erstere geschah eines Tages, aber auch intensive Suche nützte nichts. Petzel blieb verschwunden.

4

Der Erste Weltkrieg

1914

In diesem Jahr kam Friederike nach Leipzig, um die höhere Schule zu besuchen. Sie wohnte natürlich bei Geists und war viel mehr eine Schwester der beiden Kinder als eine Tante. Einmal fragte ein Lehrer Alexander, wer ihn denn von der Schule abgeholt habe, und der Junge sagte: »Meine Tante.«

»Wie alt ist die denn?« fragte der Lehrer. Alexander gestand, sie sei fünfzehn.

»Das ist 'ne schöne Tante«, lachte der Lehrer.

Dann brach der Erste Weltkrieg aus.

Martin, zehn Jahre älter als Regine, wurde zunächst nicht eingezogen. Damals erwartete Regine ihr drittes Kind. Sie freute sich sehr darauf. Der Krieg war noch fern, er bestand vorläufig aus Siegen, die auf Extrablättern bekanntgegeben wurden. Und wenn man von Gefallenen hörte, so waren es junge Männer aus der weiteren Bekanntschaft. Schorschel wurde eingezogen, kam aber noch nicht an die Front.

Viele Lehrer fehlten in den Schulen, und ihre Vertreter waren oft merkwürdig. So unterrichtete in Friederikes Klasse ein zwanzigjähriger Medizinstudent, der sie sehr verehrte. Ging die Familie am Freitagabend in die Motette, was üblich war, so erschien er regelmäßig auf der Grimmaischen Straße, überholte sie, grüßte Friederike und blieb dann an einem Schaufenster stehen. Wenn Mutter Regine mit den Ihren weitergegangen war, überholte er sie wieder, und das wiederholte sich durch die ganze Innenstadt. Auch in der Thomaskirche stand er immer so, daß er Friederike betrachten konnte. Alexander und Iso lachten darüber, Regine fand es unpassend. Friederike sei noch zu jung für so etwas. Das gleiche fand sie später auch bei ihrer eigenen Tochter, als Iso in das entsprechende Alter kam. Mütter sind Schwestern und Töchtern gegenüber oft wenig sachlich. Warum eigentlich? Sie waren doch selbst einmal jung. Aber nun verbieten und warnen sie und liegen nachts schlaflos. Sind sie selbst zu ihrer Zeit zu kurz gekommen? Man könnte es annehmen.

In diesem Jahr, da Großvater Haberland zwei große Lazarette betreute, das Schloß und das Mariannenhaus, und auf der Höhe seines Schaffens stand, ereignete sich etwas Entsetzliches, etwas, vor dem jeder Arzt zittert. Er wollte an einem jungen Soldaten eine kleine Ohrenoperation vornehmen. Die Schwester, mit der er seit Jahren zusammenarbeitete, reichte ihm die Spritze für die örtliche Betäubung, und er setzte sie an. Sie enthielt jedoch nicht Novokain, wie er angeordnet hatte, sondern Kokain. Der Patient starb auf der Stelle.

Dr. Haberland wurde von diesem Ereignis zutiefst getroffen. Er zeigte sich sofort selbst beim Schwurgericht in Glatz an. Dort wurde er nicht freigesprochen. Die Sache kam vors Reichsgericht in Leipzig. Beide Großeltern fuhren in die Stadt, und sosehr sich Regine sonst über einen Besuch der beiden Eltern gefreut hätte, jetzt waren alle sehr bedrückt. Auch die Kinder saßen still und verschüchtert in den Ecken und sagten nichts.

Iso fragte den Bruder, was denn eigentlich los sei. Er konnte ihr eine ungefähre Erklärung geben. Zur Verhandlung begleitete Martin seinen Schwiegervater. Die Großmutter und Regine erwarteten bebenden Herzens das Urteil. Telefon hatte Martin nicht legen lassen, um, wie er sagte, in seiner ›Freizeit‹ nicht behelligt zu werden, im Grunde aber aus Sparsamkeit. So warteten die Damen auf die Rückkehr der Männer, tapfer bemüht, die andere nicht merken zu lassen, wie sehr sie sich sorgten. Was jetzt entschieden wurde, war endgültig. Das Reichsgericht war die oberste Instanz.

Geists hatten ein Klingelzeichen, das sie unten von der Haustür aus gaben, wenn sie heimkamen: kurz–lang.

»Wenn es gutgegangen ist, klingelt er von unten«, hatte Regine gesagt. Die Zeit schlich dahin. Die Kinder waren von der Schule zurück und hockten still und bedrückt in ihrem Zimmer.

»Wird Großvater dann eingesperrt?« fragte Iso leise. Alexander zuckte die Achseln.

Endlich hörten sie den Schlüssel an der Wohnungstür. Martin schloß auf. Kein Klingelzeichen von unten. Er trat ins Zimmer.

»Frei«, sagte er.

»Ach du lieber Gott«, flüsterte die Großmutter und fing an zu weinen. Regine fiel Martin schluchzend um den Hals. Keiner sagte etwas.

»Und was ist jetzt?« fragte Iso verstört, durch die offenstehende Tür spähend.

»Es ist alles gut«, erklärte der Bruder. Iso verstand die Welt nicht. Und da weinten die Großen?

Später fragte sie einmal die Großmutter danach, es ließ sie einfach nicht ruhen. Die strich ihr übers Haar.

»Wenn man sich sehr freut, weint man manchmal«, sagte sie.

»Nee, Großmutter, mir könntest du den allergrößten Affen schenken, ich tät nich heulen«, sagte Iso mit Überzeugung.

Ein großes Aufatmen ging durch die Familie. Vater schenkte den jungen Leuten einen Teppich, Friederike eine goldene »Erbsen«kette und den Kindern ein schönes neues Spiel, »Poch«, mit einem buntbemalten Pochbrett und blankem Spielgeld, das viele Jahre lang Freude machte. Die Schwester übrigens bekam nur ein halbes Jahr Haft auf Bewährung. Sie hat den Großvater später bis zu seinem Tode gepflegt, als er alt und in Pension war. Sie war die Treueste der Treuen.

Regines und Martins Ehe ging gut, wenig aufregend, aber ohne Katastrophen. Martin verspann sich mehr und mehr in seine Arbeit und war oft vor dem späten Abend nicht ansprechbar. Er war auch ungeduldig mit den Kindern, die sehr laut sein konnten. Dr. Martin Geist war Herausgeber eines Lexikons und sehr gewissenhaft, übertrieben auf

Ordnung und Ruhe fixiert und sehr ernst. Regine kam nicht auf die Idee, sie käme zu kurz, sondern nahm ihr Leben hin, wie es war.

Nachmittags ging sie spazieren mit der Schwester und den beiden Kindern, die das haßten, immer zur ›Völkerschlacht‹, samstags – dort hieß es sonnabends – mit Martin samt ihren drei Anhängseln. Dieses friedliche Leben inmitten des immer bedrohlicher werdenden Krieges wurde unterbrochen, als auch Martin seine Einberufung erhielt. Damit wendete sich das Leben der Familie. Die Kinder begriffen nicht, daß die Mutter weinte, als sie dem Vater vom Erkerfenster aus nachwinkte, sie jubelten und waren außer sich vor Freude, weil die Mutter mit ihnen zu den Großeltern ziehen würde. Was sollten sie in Leipzig, wo bereits die Lebensmittelknappheit um sich zu greifen begann. In einem Doktorhaus auf dem Dorf würde es bestimmt einmal etwas extra geben, außerdem würde ein Doktorvater dasein, wenn das dritte Kind geboren wurde. So siedelte man wieder nach Schlesien über; das weiße, schöne, weiträumige Haus mit dem geliebten Garten darum herum hatte reichlich Platz für die Großfamilie.

5

Wieder Camenz. Ängste

1916

Es waren zunächst glückliche Jahre für die Kinder. Sie sprachen wieder Schlesisch. Sächsisch hatten sie in Leipzig nicht sprechen dürfen. Großvater Haberland hatte seinen Spaß an den Dummheiten, die sie machten. Mitunter wetterte er auch, aber er verschwieg es, wenn er Iso zu Pferde sah – sie hielt sich mehr im Stall auf als im Haus, ritt in die Schwemme, zum Schmied und war gut Freund mit den jeweiligen Kutschern. Mutter Regine wartete auf ihr Kind, eingehüllt in die Liebe und Sorge ihrer Eltern, und war selig, wenn Martin auf Urlaub kam. Friederike ›half‹ im Haus, las den Kindern abends aus dem alten bewährten Märchenbuch vor, zankte sich mit Regine und hatte zwar keinen Schulabschluß, dafür aber um so mehr Verehrer. Eines Tages verlobte sie sich mit einem jungen Lehrer aus der Nachbarschaft. Ihren Eltern paßte das gar nicht, und sie erreichten, daß die Verlobung wieder gelöst wurde. Ein sehr entfernter Vetter, der zufällig Fritz hieß, Fritz Haberland, und aus Neustadt in Oberschlesien stammte, dem Ort, in dem auch Großvater Haberlands Wiege gestanden hatte, verehrte sie von fern. Er schrieb ihr viele Feldpostbriefe – er war in Palästina eingesetzt und erlebte den Krieg wie ein großes Abenteuer. Elfmal wurde er verwundet. Ein Mann, der immer guter Laune war, ein großer, kräftiger, liebenswerter Mann, der Friederikes Eltern als Schwiegersohn sehr willkommen gewesen wäre. Friederike las seine Briefe, steckte sie weg und antwortete nicht oder nur selten. ›Vielleicht lern' ich noch mal einen netteren kennen‹, dachte sie, und sie hatte insofern recht, als sie noch so jung war.

Im Doktorhaus gingen viele Leute aus und ein. Ein nur leicht verwundeter Medizinstudent, der in einem der beiden Lazarette im Dorf lag, schloß sich an Vater Haberland an und kam dadurch in die Familie. Er war zwei Jahre älter als Friederike und flog natürlich auf die Reize der schönen jungen Arzttochter. Wer sich jedoch bis zum Wahnsinn in ihn verliebte, war nicht Friederike, sondern Iso.

Ein bißchen schmeichelte es Friederike auch, daß dieser junge Mann sie bewunderte. Er hatte schöne, große blaue Augen – Augen wie ein gestochenes Kalb, bemerkte Alexander, als er entdeckte, wie es um Iso stand –, hing an Großvater Haberland, spielte mit Alexander Schach und versäumte keine Unternehmung des jungen Volkes. Er ging mit den Kindern Krebse fangen, brachte Alexander und Iso im Mühlengraben das Schwimmen bei, half im Garten und war ein eifriger Schüler Vater Haberlands. Friederike hatte eben das »Buch der Lieder« von Heinrich Heine entdeckt, das Iso ihr bald stibitzte und daraus auswendig lernte, was immer ihr gefiel. Sie erlebte ihre erste Liebe sehr stürmisch, vergoß Tränen in der Nacht, machte Gedichte, war selig, wenn der Angebetete zu Tisch geladen wurde, kurz, es war eine herrliche Zeit im Doktorhaus. Zwar drängte der Krieg mit Extrablättern und Verwundetenlisten herein, aber sie waren doch ziemlich seitab. Martin war auf Borkum eingesetzt, wo der Landsturm sozusagen auf Wache stand, bräunte sein blasses Gelehrtengesicht und schrieb zuversichtliche Briefe. Die einzige, die Unheil ahnte, war Großmutter Haberland. ›Mütter sind wie Seevögel, sie wittern den Sturm, lange ehe er ausbricht‹, sagte sie manchmal. In dem sehr kalten Winter neunzehnhundertsiebzehn kam Regines drittes Kind zur Welt, Christiane, gesund und mit Begeisterung begrüßt. Friederike erwies sich als die zärtlichste Tante, und Regine dankte Gott, daß ihr Vater das Kind in Empfang nahm, sie wäre ohne Arzt an einer starken Blutung gestorben, hätte er nicht rechtzeitig tamponiert.

Die Taufe wurde ein großes Familienfest. Natürlich richtete man sich mit dem Termin nach Martins Urlaub, dann aber wurde alt und jung eingeladen. Iso mußte ein Festlied nach der Melodie »Wohlauf, noch getrunken den funkelnden Wein!« dichten, das gemeinsam gesungen wurde. Sie tat es mit Freuden, weil sie gerade die Lyrik entdeckt hatte. Alexander allerdings fand, was sie ›dichte‹, sei Kitsch; einmal aber fiel er gehörig herein. Er hatte ein von ihr geschriebenes Poem irgendwo gefunden – Iso versteckte zwar ihre Elaborate meist, ließ sie aber andererseits auch wieder herumliegen, da sie zu Regines Kummer und Ärger sehr liederlich war – und brachte es voller Hohn vor der ganzen Familie zum Vortrag.

»Hört mal, was Idiot von sich gegeben hat!«

Alles verstummte. Er begann mit Pathos:

»Das Hängelämpchen qualmt im warmen Stalle,
in dem behaglich sich zwei Kühe fühlen,
Der Hahn, die Henne, um den Sproß die Kralle –«

Es war ganz still. Alle hörten zu.

»Na? Wunderbar! Einfach klassisch!« kommentierte Alexander, als er die beiden Strophen zu Ende rezitiert hatte. Die Familie schwieg noch immer. Dann sagte die Großmutter langsam, ein wenig in sich hineinhorchend, aber überaus deutlich:

»Das, Alexander, ist, glaube ich, nicht von deiner Schwester. Sie hat es wohl irgendwo abgeschrieben, weil es ihr gefiel. Wenn ich mich nicht täusche, ist es von Detlev von Liliencron. Sei so gut, bring mir mal das dicke Buch dort, da steht es sicher drin.«

Es stand darin. Und Alexander war der Blamierte.

»Sie dichtet aber sonst immer fürchterlichen Quatsch«, knurrte er und warf seiner Schwester einen wütenden Blick zu. Jeder in der Runde verstand, daß dies nur ein schwaches Rückzugsgefecht war. Iso freilich wußte, daß es noch ein Nachspiel geben würde. Alexander boxte, wenn er wütend war, absichtlich grob, ihre Oberarme trugen ständig blaue Flekken. Da sie nicht petzte – Petzen war verpönt –, mußte sie hinnehmen, was ihr blühte. Immerhin, in diesem Fall war er der Dumme gewesen, das war nicht mehr zurückzunehmen.

Isos Liebe zur Dichtkunst wurde in diesem Jahr sehr unterstützt. Der junge Mediziner, mehr und mehr zur Familie gehörend, schlug vor, daß die Jugend des Hauses, also Friederike, die beiden Kinder und er nun jede Woche ein Gedicht lernen und am Sonntag vortragen sollten. Jeder hatte die freie Wahl. Friederike entschloß sich als erstes für die »Wallfahrt nach Kevelaer«, Iso für die »Schwäbische Kunde«. Bald lernte man freiwillig ein zweites dazu, oft lange Balladen wie die »Bürgschaft«; das Auswendiglernen fiel immer leichter. Sogar an die »Glocke« und Wildenbruchs »Hexenlied« wagte sich der eine oder andere. Es war eine höchst anregende Zeit. Meist hockte irgendwo in einer Ecke einer, die Finger in die Ohren gesteckt, und memorierte.

Großmutter Haberland sah es mit Freude und leichter Rührung. Sie selbst wußte unzählige Gedichte auswendig und ließ sich nicht lange bitten, wenn die Kinder mitunter stürmisch nach Bürgers »Lenore« verlangten oder auch nach anderen geliebten Gedichten. Bei manchen wußte sie selbst nicht, woher sie sie kannte, und die Kinder, nun schon größer, baten immer wieder um Gedichte, die sie ihnen ganz, ganz früher aufgesagt hatte: »Wie hoch mag wohl der Himmel sein« oder das Storchengedicht »Man soll nicht aus der Schule plappern«. Vor allem für Iso, die sich so oft und mit Absicht ruppig und jungenhaft benahm, waren Gedichte ein heimlicher Schatz, den sie hütete und stetig erweiterte, ihr ganzes Leben lang.

Im Doktorhaus befand sich unterm Dach eine schöne, helle Giebelstube, in der die Hase-Rosa wohnte. Schon Regine hatte bei der Hase-Rosa Stricken gelernt, und das, meinte sie, müsse auch Iso, obwohl sie für weibliche Arbeiten wenig Talent und niemals Lust hatte. Lieber mistete sie den Pferdestall aus oder schnitt Gras für die Ziegen. Darüber war Regine oft unglücklich und sogar böse.

Die Hase-Rosa war klein, bucklig und, ähnlich wie die Gustel, der Frau Rat gegenüber oft schmeichlerisch, doch zu den Kindern war sie nett. Sie hielt immer Vögel, die frei in ihrem Zimmer umherfliegen durften. Seit Iso erfahren hatte, daß einer davon ein Gimpel war, bewunderte sie diese Vögel noch mehr. Im ›Buch der Lieder‹ hatte sie gelernt: »Du bist ja hold den Gimpeln und heilest Gimpelschmerz.« Demnach mußte ein Gimpel wohl eine Art Paradiesvogel sein.

Die Hase-Rosa verdiente ihr karges Geld mit dem Flicken und Ausbessern von Kleidern. Sie konnte wunderbare Gruselgeschichten erzählen und hatte ein etwas hexenhaftes, aber für die Kinder irgendwie faszinierendes Lachen.

Iso sollte also Stricken bei ihr lernen. Das wurde ihr arg sauer. Der Topflappen, an dem sie sich mühte, wurde und wurde nicht größer, nur dunkler; Maschen fielen, das Ding sah aus wie ein Putzlappen. Wenn Rosas Geschichten nicht gewesen wären ...

Die waren seltsam, sehr verschieden, glichen einander insofern, als sie keine Pointe hatten. Iso wußte nicht, was eine Pointe ist, aber sie fragte oft am Schluß: »Und? Und dann? Was kam dann?« Dann wußte die Rosa aber nicht weiter.

Diese Gruselgeschichten hatte die Rosa alle selbst erlebt, wie etwa die, als sie an der Neiße entlanggegangen war: Da sah sie eine Frau, die Laub zusammenrechte (zusammenrechnete, sagte die Rosa, so sagten auch die Kinder in Schlesien, sogar in der Schule). Rings um einen Baum herum rechnete die Frau, aber nur so weit, wie die Baumkrone reichte. Und hinter sich her zog sie einen breiten, nassen Schwanz, obwohl es überall ringsherum trocken war. Man denke, einen nassen Schwanz! Und als das Weib sie, die Rosa, erblickte, war sie plötzlich verschwunden. Dieses Weib war die Wassernixe.

Iso hatte schaudernd zugehört. Mehr aber kam nicht.

Oder: Die Rosa war beim Pilzesuchen gewesen. Auf dem Heimweg ging sie an einer Hecke entlang. Es war schon dämmerig, und in der Hekke hing etwas Weißes. ›Vielleicht ein Taschentuch, das jemand verloren hat‹, dachte die Rosa, ›ich nehm' es mir mit und wasch' es aus.‹ Als sie aber in die Hecke griff, schlugen die Zweige über dem Weißen zusammen, und weg war es. Iso lief es kalt über den Rücken.

Etwas Schönes besaß die Hase-Rosa: ihre Hände. Sie hatte trotz ihrer kleinen Figur große, schöne, bewegliche Hände. Iso sah ihr gern zu, wenn sie spann. Die Hase-Rosa hatte nämlich auch ein Spinnrad.

Einmal sprach Großmutter mit ein paar zufälligen Besuchern über Hände. Iso saß mit einem Buch in der Fensterecke, las aber nicht, sondern lauschte dem Gespräch. Einer der Anwesenden sagte, Bucklige hätten oft schöne Hände, ausdrucksvoll und lebendig. Und nicht nur diese, auch Hexen. Die Großmutter erzählte, sie habe einen Holzschnitzer gekannt, der habe für eine Hexe – er schnitzte Marionettenfiguren – sicherlich ein halbes Dutzend Hände gearbeitet, ehe ihm ein Paar schön genug gewesen sei. Ja, auch ihre Flickfrau habe so schöne Hände.

Wie es manchmal so geht: Ein paar Tage später war Iso hingefallen. Sie hatte sich am Handballen eine Wunde gerissen und zeigte sie ihrer Großmutter. Der Großvater war auf Patientenbesuch.

»Komm, Kind, ich verbinde es dir. Nur wasch dir erst die Hände, wasch sie warm, um die Wunde herum. In die Wunde soll kein Wasser kommen.« Dr. Haberland war immer dafür, ausbluten zu lassen und dann erst zu verbinden. »Sonst wäscht man ja nur alles in die Wunde hinein.«

Iso gehorchte, die Großmutter nahm die verletzte Hand in ihre weichen, glatten, gepolsterten Hände, deckte die Wunde ab, wickelte schneeweißen Mull herum und steckte das Ende der Mullbinde fest.

»So. Morgen ist es heil. Was für schöne Hände du hast, Kind«, sagte sie, die Kinderhand in der ihren drehend. »Was wirst du mal damit anfangen? Bildhauerin werden oder modellieren? Oder –«

»Bucklig werden wie die Hase-Rosa«, zischte Alexander herüber, der der Unterhaltung gefolgt war. »Idiot wird sicher mal bucklig. Mutter sagt das auch. Immer steht sie krumm ...«

Daran war etwas Wahres. Iso war in der letzten Zeit sehr schnell gewachsen und hielt sich schlecht. Mutter Regine sah es mit Ärger. Dauernd hieß es: »Halt dich gerade!«

Überhaupt war Regine dieser Tochter gegenüber recht unduldsam. Alexander, ja, der machte ihr Freude, war gut in der Schule, spielte recht nett Klavier und hervorragend Schach. Iso dagegen hatte eine bockige und schwierige Zeit. Kümmerte sie sich etwa um ihr Schwesterchen? Keineswegs. Die Mutter hatte gehofft, Iso würde nun endlich ein richtiges Mädchen werden; sie würde die Kleine ausfahren, sich darum reißen, sie zu versorgen, kurzum, ein Hausmütterchen werden. Sie selbst hatte sich damals um die kleine Friederike gekümmert, obwohl der Stachel in ihrem Herzen immer ein wenig schmerzte, weil sie glaubte, daß die Eltern Friederike wohl mehr liebten als sie. Daß Iso keine Notiz von dem geliebten kleinen Mittelpunkt der Familie nahm, kränkte die Mutter.

Iso sah zu ihrem Bruder hinüber.

»Selber Idiot!« giftete sie. Alexander klopfte mit dem Knöchel des Zeigefingers an seine Stirn.

»Retourkutsche! Nee, der Idiot der Familie bist du. Immer schon und von nun an bis in Ewigkeit. Und jetzt wirst du auch noch bucklig.«

»Du bist gemein!« schrie Iso wütend. »Immer bist du so gemein zu mir –«

»Kinder, Kinder, gebt Ruhe«, mahnte die Großmutter, »man hört euch bis ...«

Es klopfte. Marie öffnete die Tür, nachdem die Großmutter ›Herein‹ gerufen hatte.

»Die Frau Prinzeß –«

Das fuhr Alexander und Iso in die Beine. Sie waren im Nu verschwunden, hinter dem schweren roten Vorhang, der den Erker von der Eßstube trennte. Die Prinzessin stand schon im Zimmer.

Sie war die Frau des Landrates in Frankenstein, eines Neffen des Kaisers und Bruders des Schloßbesitzers. Sie wohnte mit ihrer Familie auch dort im Schloß. Vier kleine Töchter hatte sie, von acht Jahren abwärts, keinen Sohn. Sonst hätte dieser das Schloß geerbt.

Die Prinzessin war jung und schön; sie trug große weiße Hüte wie die Kaiserin Auguste Viktoria und kümmerte sich um die Verwundeten. Iso und Alexander kannten sie. Die Prinzessin kam öfter zur Frau Rat, war reizend, immer weiß gekleidet, auch die Töchter. Wie kleine Märchenprinzessinnen, mit langen blonden Schlangenlocken, und – das erregte Isos größten Neid – sie hatten ein eigenes Pferd.

Der Prinz besaß sowieso Pferde, und die Prinzessin ritt anmutig und elegant im Damensattel, bewundert vom ganzen Dorf und allen Verwundeten. Den Kindern hatte der gute Onkel eine halbhohe Stute gekauft, Ferrah, auf der sie im Park am »Ende der Welt« reiten durften, einem runden Platz mit schönster Aussicht auf die Berge. Die Prinzessin und ein Reitknecht begleiteten sie, und die kleinen Mädchen stritten sich darum, wer das Pferd führen dürfe. Iso schlich oft hinterher und beobachtete, hinter Sträuchern verborgen, wie sie im Kreis trabten und galoppierten, und starb beinahe vor Neid.

Kam die Frau Prinzeß – sie ließ sich niemals »Königliche Hoheit« nennen, zumindest nicht von der Frau Rat, die sie sehr schätzte –, dann entflohen Alexander und Iso. Sie haßten es, wenn die Großmutter sie bat, sich um die kleinen Prinzessinnen zu kümmern, während deren Mutter bei der Großmutter saß. Mit sauren Gesichtern zogen sie mit dem kleinen Besuch in den Hof, Alexander machte sich sofort unsichtbar, und Iso zeigte den kleinen Mädchen ihre Karnickel. Es waren die einzigen Tiere, die ihr gehörten. Sie wünschte sich sehnlichst, aber vergeblich einen Hund. Mit Karnickeln konnte man nicht viel anfangen, aber den kleinen Prinzessinnen gefielen die Tierchen, sie streichelten und liebkosten sie. Manchmal erzählten sie von Ferrah.

»Wir haben auch ein Pferd«, sagte Iso dann schnell. Es war zwar nur ein Doppelpony, wie man damals sagte, ein Beutepferd aus dem Krieg. Der Großvater fuhr jetzt einspännig und kutschierte selbst, manchmal durfte Iso mitfahren. Davon erzählte sie stolz, auch, daß sie kutschieren durfte.

Eigentlich waren die kleinen Prinzessinnen recht nett. Sie bewunderten alles, was Iso ihnen zeigte, und erzählten von den Hunden ihres Onkels. Er hatte Möpse, die damals Mode waren.

»Einer ist im Park begraben, den hat Onkel sehr liebgehabt«, erzählten sie, »er hat einen weißen Stein auf seinem Grab, darauf steht:

›*Hier ruht mein treuer Mops,*
auch oft genannt die Moppe,
er teilte meinen Lebensweg von –‹

Die Zahlen weiß ich nicht. Darunter kommt noch:

›Erhöhte mir die Freude,
erhellte mir das Leid
durch stete Freundlichkeit.‹«

Das gefiel Iso. Aber einen Mops wünschte sie sich nicht, lieber einen Foxel. Die Foxel waren munter und zum Spielen aufgelegt, zum Toben und sogar zum Rattenfangen. Hier gab es viele Ratten, denn im Nebenhaus war ein Lebensmittellager, von dort kamen sie. Mutter Regine und Friederike grausten sich vor ihnen, Iso stellte Fallen auf. Der Großvater versprach für jede erlegte Ratte zehn Pfennig.

Eines Tages erschien Schorschel. Er trug eine Uniform, die ihm recht gut stand, und brachte seine Frau mit. Er hatte, wie es jetzt im Krieg üblich geworden war, ganz schnell geheiratet, ehe er an die Front mußte. Zwar war er erst Assessor, aber heute konnte man nicht warten, bis alles komplett war: der Beruf und die Wohnung, die Ausstattung und was sonst noch zu einer standesgemäßen Hochzeit gehörte. Er strahlte vor Stolz und Liebe.

Heidi, seine Frau, war gleichaltrig mit ihm und bereits berufstätig. Sie war Krankengymnastin und Masseuse. Iso fand das großartig. Alles an Heidi war braun, die kurzgeschnittenen Haare – etwas ganz Neues –, die Haut, braun und glatt, als käme sie soeben von der See, und wie lachten ihre Augen! Die waren allerdings nicht braun, sondern grün, schilfgrün, und sie trug auch ein Kleid in dieser Farbe. Diese Augen …

»So was hat man im Mittelalter verbrannt«, sagte der Großvater und lächelte in diese Augen hinein, »man verbrannte nicht nur alte, krumme, scheußliche Hexen, sondern erst recht junge, schöne …«

Schorschel war allerdings nicht nur gekommen, um seine Heidi vorzustellen, sondern fragte an, ob man sie ›brauchen‹ könne. Es gebe so viele Verwundete hier und da sei vieles, was in ihr Fach schlage, und ob sie vielleicht auch im Doktorhaus wohnen dürfe …

»Natürlich darf sie«, sagte Großmutter sofort, »gern, gern, Schorschel! Dann haben wir eine Tochter mehr.«

Es war ihr auch insofern lieb, daß Heidi zu ihnen zog, als Regine und Friederike sich zur Zeit nicht recht verstanden. An wem es lag, der älteren oder der jüngeren, war schwer zu entscheiden. Vielleicht ging es zu dritt besser als zu zweit.

Nun war die Jugend im Haus um eine Person vermehrt, und um was für eine muntere! Heidi freundete sich sofort mit Friederike an, ließ die kleine Christiane nach dem Bad turnen, betreute Großmutters Ischias und lief mit Regine spazieren, wenn sie es zeitlich einrichten konnte.

»Vielleicht denken die Leute, das ist mein Kind«, sagte sie lustig, wenn sie den Kinderwagen im Geschwindschritt durch's Dorf schob. Nun, die Leute waren wohl besser informiert über die Familie des Doktors, aber Freunde gewann Heidi sofort und überall. Sie wußte schon bald, wer ihr da zunickte, sie hörte zu, wenn man ihr von Krankheiten und Geburten erzählte, sie erteilte Ratschläge und griff zu, wo zuzugreifen war. Auch der junge Mediziner, Heinrich, wie er genannt wurde, sah sie bewundernd an. Er hieß eigentlich gar nicht so. Eines Tages war von Christianes Kinderwagen ein Rad abgefallen – kein Wunder bei Heidis Tempo –, und die Kinderkutsche hing schief.

»Heinrich, der Wagen bricht!« rief Heidi, und der junge Mann stürzte herbei, um zu helfen. Seitdem wurde er Heinrich genannt, und er ließ sich's gern gefallen. Trug doch einer der Prinzen den Namen Friedrich Heinrich. Der andere hieß Friedrich Wilhelm. Beide Prinzen, hochgewachsen, sehr schmal, überzüchtet, wurden im Dorf sehr verehrt. Sie besaßen das erste Auto in Camenz, einen offenen schwarzen Wagen.

»Halli, hallo!« machte die Hupe. Die Kinder sangen nach der Tonfolge:

Halli, hallo,
mich beißt ein Floh,
ich weiß nicht wo,
bald hie bald do.

Die letzte Zeile war aus Rücksicht auf Eltern und Großeltern geändert und entschärft worden, denn eigentlich lautete sie anders. Aber Wörter wie dieses, das hierher gehört hätte, durften die Geistkinder nicht aussprechen.

Eines abends traten die Eltern – Vater Martin war auf Urlaub da – nachts an die Betten der Kinder, ehe sie selbst schlafen gingen, und unterhielten sich halblaut. Regine zog Alexander die Zudecke zurecht und entwirrte dann Iso, die wie immer verwickelt und merkwürdig verdreht in ihrem Bettzeug lag.

»Nie liegt sie ausgestreckt wie ein vernünftiger Mensch, immer zusammengedreht und krumm. Und ich sag' ihr jeden Abend, sie solle sich gerade auf den Rücken legen. Meinst du, daß sie krumm wird?«

»Verwachsen? Da sei Gott vor!« sagte Martin erschrocken. »Gibt es in eurer Familie Bucklige?«

»Ich wüßte keinen. Aber sie hat auch solche Hände, so schöne Hände, aber –«

»Weil Bucklige oft schöne Hände haben? Aber damit ist doch noch nicht gesagt –«

Iso schlief nicht. Sie tat nur so. Ein heißer Schreck fuhr ihr durchs Herz. Bucklig werden! Vielleicht fand Alexander sie so häßlich, weil man es schon merkte?

Im Dominium, das zum Schloß gehörte, gab es noch eine Bucklige, die Tochter des Verwalters. Sie war ein paar Jahre älter als Iso, nicht so klein wie die Hase-Rosa, aber auch sie war verwachsen. Sabine hieß sie, war freundlich und lachlustig und wurde allgemein Bine genannt. Obwohl Bine bei jedermann beliebt war, quälte sich Iso bei dem Gedanken, daß sie so werden könne wie Bine. Sie vergaß nie, was die Eltern gesagt hatten, versuchte jeden Abend, gerade auf dem Rücken liegend einzuschlafen, und wachte verkrümmt und zusammengerollt wieder auf. Niemand hatte eine Vorstellung davon, wie sie sich ängstigte und litt.

Es war überhaupt eine dunkle Zeit. Der Krieg wurde immer härter. Gasvergiftete Verwundete kamen ins Lazarett, übermüdete, kaputte, hoffnungslose Landser. Heidi wurde oft zwölf Stunden am Tag eingesetzt, um mit den Beinamputierten das Gehen zu üben, und kam erschöpft und todmüde heim. Friederike wurde von den Eltern nach langem Überlegen in ein Internat nach Gnadenfrei geschickt, es ging und ging nicht mit den beiden Schwestern. Und dann kam die Grippe.

Erst hieß sie die Spanische Grippe und dann Influenza. Es war erstaunlich, wie schnell auch auf dem Lande, wo es immer noch mehr zu essen gab als in der Stadt während der Steckrübenwinter, die Menschen geschwächt und schnell umgeworfen wurden. Viele starben. Die Ärzte, überfordert, versuchten der Krankheit Einhalt zu gebieten, aber auch in die Arzthäuser drang sie ein, diese neue Geißel Gottes. Im Haberlandschen Haus war es Iso, die am heftigsten von ihr befallen wurde. Sie fieberte hoch, phantasierte, behielt nichts bei sich und wurde von den schrecklichsten Träumen geplagt. Aber damals merkte sie, daß ihre Mutter Regine auch sie zu lieben schien. Einmal wachte sie auf und sah die Mutter an ihrem Bett sitzen und weinen.

»Was ist denn?« fragte sie erschrocken.

»Ach ich – ach Iso –«, die Mutter hielt inne. Iso war tief erschrocken. Nach einer Weile fragte sie halblaut, schüchtern, gewöhnt, als das kleine Dummerle angesehen zu werden: »Du, Mutter, wenn man jemanden küßt, der die Grippe hat, kriegt man sie dann selbst?«

»Das kann schon sein«, erwiderte die Mutter.

»Und der andere wird gesund? Man küßt sie ihm ab?« fragte Iso weiter.

»Ach nein, Isokind, leider nicht. Wie gern würde ich sie dir abküssen«, flüsterte die Mutter.

Das vergaß Iso nie. Mutter mußte wohl auch sie gern haben, nicht nur den hübschen, gescheiten älteren Bruder und das süße kleine Knuddelkind.

Auch Großmutter wurde krank. Großvater ging es schon eine Weile schlecht, doch er sprach nicht darüber, er gehörte zu den Ärzten, die die eigene Krankheit leugnen; er operierte noch mit neununddreißig Grad Fieber. Kurzum, es war eine Zeit voller Ängste.

Regine, auch überfordert, achtete wenig auf Iso, und so stand diese zu zeitig auf, angeblich, um der Mutter keine Mühe zu machen. Die Folge war ein übler Rückfall. Sie mußte wieder ins Bett, keiner hatte Zeit für sie, Alexander, vorläufig noch gesund, nützte die Zeit ohne Aufsicht und trieb sich im Dorf herum.

In den Zeitungen standen schlimme Dinge. Großvater, der viel über Politik sprach, erging sich in den düstersten Prophezeiungen. Er sollte recht behalten.

Iso lag in der ›Martinsklause‹, wie das Zimmer genannt wurde, in dem Martin gewohnt hatte, und war viel allein. Über ihrem Bett hing eine quadratmetergroße Deutschlandkarte, die Karte des Deutschen Reiches von damals, von der Maas bis an die Memel, von der Etsch bis an den Belt. Unvergeßlich prägte sich ihr die Gestalt dieses Landes ein, die Zipfelmütze des schmalen Memellandes, die Verbindung Ostpreußens mit dem Reich, die dann sehr bald durch den polnischen Korridor unterbrochen werden sollte, Schlesien, herausragend in der Gestalt eines Eichenblattes, mit dem kleinen, viereckigen Auswuchs, der Grafschaft Glatz. Die Oder, ihre Nebenflüsse – Oppa, Zinna, Hotzenplotz – diese hatten sie in der Schule auswendig lernen müssen. Iso schaute und schaute, und wenn sie einschlief, sah sie noch immer das Land vor sich. Es war, als sollte sie Abschied nehmen und es sich deshalb noch einmal ganz fest einprägen, für immer, für ihr ganzes Leben. Deutschland und Schlesien, ihre Heimat.

Abschiednehmen tut weh. Iso weinte oft, aus Schwäche, aus Angst vor der Zukunft, in der sie sich bucklig sah, aus einem Gefühl der Verlassenheit heraus. Einmal fand Heidi sie so. Heidi, die ihr erstes Kind erwartete und dadurch noch stärker, noch positiver, noch zukunftsgläubiger war als sonst, setzte sich erschrocken und voller Mitleid an Isos Bett, nahm deren fieberheiße Hände in die ihren und lächelte in Isos Augen hinein.

»Iso, Isomädchen, wer wird denn weinen! Komm, sag mir, was los ist. Sag es mir. Du bist nicht allein.«

Ein Strom von Tränen. Aber bereits der tat wohl. Heidi ließ sie weinen.

»Ich hab' so Angst ...«

»Wir jagen die Angst fort. Ich helf' dir dabei. Was glaubst du, welche Angst die Verwundeten haben, daß sie wieder an die Front müssen oder geschädigt und nicht mehr voll arbeitsfähig entlassen werden! Grad heute las ich in einem zerfetzten Buch, das ein Soldat jahrelang im Tornister mitgeschleppt hatte, durch alle Schrecklichkeiten der Front:

Laß doch das Sorgen sein,
das gibt sich alles schon,
und fällt der Himmel ein,
kommt doch eine Lerche davon.

Es ist von Goethe. Glaub mir, auch damals gab es Gründe, Angst zu haben. Das gab es immer, in jedem Jahrhundert. Wir sind keine Ausnahme.«

»Ach Heidi, du – ja du! So schön, wie du bist! Aber ich – ich werde bucklig –« Jetzt war es heraus. Iso hatte es bis dahin niemals ausgesprochen.

»Du, bucklig? Wie kommst du denn auf die Idee?«

Nun endlich war die Schleuse geöffnet. Iso schluchzte und schluchzte. Und unter dem stoßweisen Weinen kam zutage, was sie ängstigte: Sie habe gehört, wie ihre Eltern sich unterhalten hätten, daß sie würde wie die Hase-Rosa oder wie die Bine, keiner würde sie liebhaben, nie würde sie heiraten und Kinder bekommen ...

Heidi ließ sie erst einmal alles herausweinen, ohne ihre Hände loszulassen. Als nichts mehr kam, legte sie ihr Gesicht an Isos Wange, ganz dicht, ganz nahe.

»Hör zu, Iso, ich erzähl' dir was«, sagte sie leise. »Mir ist es ähnlich gegangen. Nicht, weil mir jemand prophezeit hat, was deine Eltern gesagt haben – sie sagten bestimmt nicht, du würdest verwachsen, sondern befürchteten es nur –, bei mir war es anders. Ich bin mal dumm gestürzt, ganz dumm, von einem Wagen herunter – und hab' mir die Wirbelsäule verletzt. Ich mußte ein halbes Jahr in Gips liegen. Ich sag' dir, das war eine Qual. Und niemand weit und breit konnte mir sagen, ob ich mich wieder würde bewegen können wie vorher. In diesem halben Jahr hab' ich gelernt, trotzdem zu hoffen, zu beten, nicht aufzugeben. Und als ich aus dem Gips herauskam und Übungen machen mußte, die mir sehr, sehr schwerfielen, da hab' ich gelernt *zu wollen*. Und wenn man beten und hoffen und wollen gelernt hat, so schwer es einem auch fällt, dann hat man schon gewonnen. Willst du es versuchen?«

»O Heidi!«

»Sieh mal, ich bin den ganzen Tag mit Männern zusammen, die verletzt sind. Die meisten von ihnen wissen nicht, ob sie wieder gesund werden. Da ist mancher, der aufgeben möchte. Immer, immer muß ich dagegenhalten, trösten, ermutigen. Es gibt eine chinesische Geschichte, da jammert ein Mann, weil er keine Schuhe hat. Und dann trifft er einen, der hat keine Füße.

Du hast noch alles, Isokind, was man zum Leben braucht, und sollte sich wirklich herausstellen, daß du eine Neigung hast, nicht ganz gerade zu wachsen – ich sage: sollte; ich selbst glaube es nicht, und ein bißchen von diesem Handwerk verstehe ich ja auch –, dann kann man mit Hoffen und Wollen viel erreichen. Viel? Alles! Berge versetzen. Glaubst du mir das?«

Iso sah sie an, die geliebte und bewunderte Freundin. Frisch und jung, stark und gläubig saß sie da auf dem Bettrand, leuchtend und schön. Iso wußte, daß sie ein Kind erwartete, sie hörte sie früh im Bad röcheln und würgen. Wenn sie herauskam, wischte sie sich Augen, Mund und Nase und lachte: ›So, das hätten wir wieder mal!‹ Und ihre warmen, trockenen, starken Hände taten so wohl.

»Ich will werden wie du, Heidi«, sagte Iso voller Begeisterung. Heidi lachte und gab ihr einen Kuß auf die Nasenspitze.

Eines Tages kam der Großvater von einem Krankenbesuch zurück und brachte einen Hund mit, einen halberwachsenen, schwarzweißen, sehr schmutzigen Foxterrier.

»Da, zum Rattenfangen«, sagte er und ließ ihn in die Eßstube springen. Der kleine Hund lief zielbewußt auf die Großmutter zu und sprang mit einem Satz auf ihren Schoß. Dort blieb er sitzen, an sie gekuschelt, und hob das Schnäuzchen zu ihr empor.

»Ach lieber Gott, du kleines Kerlchen!« sagte sie und lächelte ihn an. Sie machte sich nicht viel aus Hunden, aber alle Hunde liebten sie. Immer liefen sie sofort zu ihr, wenn Dr. Haberland einen anbrachte.

Im Doktorhaus hatte es immer Hunde gegeben, meist größere wie Hektor und Nimrod und Loki. Einer hieß Fafnir, schon als sie ihn bekamen, und der Großvater rief ihn auf gut schlesisch ›Nirdel‹, was Großmutter nicht sehr passend fand.

»Nirdel – wenn du das auf der Straße rufst!« sagte sie leicht entrüstet. »Entweder die Leute denken an einen Nierenbraten oder an eine Operation.«

Iso kannte alle Geschichten, die Großmutter von früheren Hunden erzählte. Wie die Hunde den heimkehrenden Doktor begrüßten, wie Loki, wenn Großvater »Potschen!« rief, sogleich ins Schlafzimmer schoß und die warmen Hausschuhe holte, einen nach dem andern, und dem Herrchen brachte. Großvater war gut Freund mit den Hunden, verwöhnte sie aber, statt sie zu erziehen. Bei Tisch stellte er, wenn er satt war, seinen Teller mit den Resten auf die Erde, und der jeweilige Hund fraß ihn leer. Er als Arzt!

»Jesses, Rudolf, das kannst du doch nicht machen!« schalt die Großmutter und gab der hereinkommenden Marie einen Wink, diesen Teller nachher extra und doppelt abzuwaschen.

»Jesses, Rudolf!« hörten die Kinder manchmal. Es war Großmutters halb resignierter, halb amüsierter Ruf, nie klang er aggressiv, immer irgendwie verdeckt zärtlich. Auch der Großvater hatte einen Standardseufzer, der aber klang oft verzweifelt, vor allem wenn er die Zeitung gelesen hatte und sie fortwarf. »Ach Jerusalem!«

Als Iso aus der Schule kam, stürzte sie sich sogleich auf den Hund.

»Gehört er uns?« juchzte sie entzückt. »Wie heißt er denn?«

»Schuftel«, sagte Großmutter.

»O Schuftel, mein Schuftel! Darf ich ihn baden?« Die ganze Liebe, die Mutter bei Iso der kleinen Schwester gegenüber vermißte, häufte die Tochter nun auf den Hund.

»Aber Ratten muß er fangen, hörst du!« sagte Großvater. »Sonst kommt er wieder weg!«

»Er wird schon«, sagte Iso, als kenne sie ihn bereits seit Jahren.

So wurde Schuftel Isos Hund.

Die Liebe zu ihm überstieg bei ihr alle Grenzen. Damals bereits wuchs in Mutter Regine die Sorge um dieses Kind, das so leidenschaftlich zu lieben vermochte. Ihr Vater nannte es ›hemmungslos‹, ohne zu verstehen, daß Iso sehr wohl gehemmt war, weil sie in der Familie die problematische Stellung des mittleren Kindes einnahm. Regine, deren Leben bürgerlich und in gemäßigten Grenzen verlief, entsetzte sich über die Leidenschaft, zu der Iso fähig war.

»Sie muß streng gehalten werden«, meinte sie und nahm sich vor, so zu handeln. Iso sollte dies ihre ganze Jugend über spüren.

Die Mutter begann sofort, ihre Vorsätze auszuführen. Es kam zum Beispiel nicht in Frage, daß der Hund in Isos Zimmer schlief. Er würde ins Bett wollen; das durfte keinesfalls geschehen. ›Dürfen‹ oder besser ›nicht dürfen‹ wurde für Jahre der Tenor in Isos Leben.

Die Liebe zu diesem Hund war wahrhaftig grenzenlos. Immerzu saß er auf Isos Schoß; sie sprach mit ihm in einer nur ihr und ihm verständlichen Sprache und dichtete ihm die seltensten Eigenschaften an. Schuftel war ein intelligentes Tier und wurde durch die intensive Berührung mit einem Menschen noch wacher und aufmerksamer als ein normaler Hund. Er kannte Isos Schritt, wenn sie aus der Schule kam, und rannte ihr entgegen, sprang an ihr hoch und quiemte und hechelte vor Wonne. Er konnte sehr bald ›schön machen‹ und ›Pfote geben‹, sich tot stellen und durch einen Reifen springen, den Iso ihm hinhielt. Er stieß auf Befehl das Schaukelpferdchen an und lief auf den Hinterpfoten, wenn Iso es verlangte. Nur eines tat er nicht: Ratten fangen. Das machte Iso Sorge. Großvater hatte gesagt: »Ratten muß er fangen, sonst kommt er weg.« Wie brachte man das dem Hund bloß bei?

Eines Tages schien die Gelegenheit da. In der Futterkammer befand sich ein leeres Faß, in dem Hafer oder ein anderes Futtermittel gewesen war. Darin rannte eine Ratte herum, die verzweifelt nach einem Ausweg suchte. Iso glaubte, eine Chance zu sehen, und rief Schuftel. Sie zeigte ihm die Ratte, neigte die Tonne ein wenig und machte dem Hund ein Zeichen hineinzuspringen. Sie nahm fest an, er würde sich jetzt auf die Ratte stürzen und sie erlegen. Wenn sie ihn dann loben und belohnen würde, wäre der Anfang gemacht. Foxterrier wurden ja auch Rattler genannt.

Weit gefehlt! Die Ratte fauchte und schoß auf den viel größeren Gegner los, sprang ihn an, biß ihn seitlich in die Lefze, so daß er aufjaulte, und schon rasten die beiden über den Hof, Schuftel voran, den Schwanzstummel eingezogen, die Ratte hinterdrein.

Dieses Ereignis wurde für Schuftel zum Trauma. Er war noch jung, und es war seine erste Begegnung mit einer Ratte gewesen. Von nun an nahm er Reißaus, wo immer eine Ratte erschien – es gab ja so viele! Der Kutscher trat frühmorgens manchmal auf eine Ratte, wenn er seine Treppe herunterstieg. Die Scheusale waren unglaublich frech. Das Schwein, das in einem Nebengelaß des Pferdestalles lebte, wurde nachts von ihnen angeknabbert, während es schlief. Morgens flog der Marie, die zum Füttern kam, das Blut des Tieres entgegen, als es den Kopf schüttelte: sie hatten seine Ohren angenagt, ohne daß es erwacht wäre.

Dieses Ereignis hatte Folgen.

»Da muß der Köter ran!« sagte der Großvater, als man es ihm erzählte, und Iso erschrak furchtbar. Jetzt mußte es kommen!

Und es kam.

»Wenn der Kerl nicht unter den Biestern aufräumt, muß er weg. Wozu haben wir ihn denn!«

Wütend stampfte er aus der Eßstube. Iso war in den Erker geflüchtet und erstickte dort ihr Weinen, damit die Großmutter es nicht hörte. Die Angst um ihren Liebling zerriß ihr das Herz. Was aber konnte sie unternehmen, um ihn zu behalten?

Die Zeiten wurden immer dunkler. Iso vergaß es nie: Sie turnte außen am Treppengeländer im Flur, versuchte dort hinaufzuklettern, wo die hellgrauen Steinstufen ein ganz klein wenig hervorragten. Innen auf der Treppe stand Rudi, Sohn des Kurzwarenhändlers zwei Häuser weiter. Er ging in ihre Klasse. »Der Kaiser ist weg«, sagte Rudi.

Iso sagte erst nichts. Daß dies etwas Schreckliches bedeutete, merkte sie an Rudis Ton. Scheu flüsterte sie: »Wer sagt denn das?«

»Der Kurt hat's mir erzählt.«

Der Kurt war Rudis älterer Bruder. Er ging schon in die Oberklasse beim Kantor wie Alexander – Iso und Rudi waren noch in der Mittelklasse bei Frau Reimann. Herr Reimann war eingezogen. Daß die beiden großen Brüder klüger waren, sah Iso ein. Aber weg?

»Ist er tot?« fragte sie scheu.

»Nee, weg«, antwortete Rudi. Iso konnte sich das nicht vorstellen.

Der Kaiser weg? Der, für den alle kämpften und so viele gefallen waren?

»Gefangengenommen?« fragte sie noch.

»Nee, ausgerissen.«

Am nächsten Tag stand es in der Zeitung. Großmutter und Mutter hatten verweinte Augen. Iso wagte nicht zu fragen. Auch Alexander fragte sie nicht. Ob der Krieg nun verloren sei, ob die Franzosen einmarschieren würden, ob alle Häuser abgebrannt werden müßten? Ratlos blieb sie allein und verstand die Welt nicht mehr.

Gern hätte sie Heidi gefragt. Aber Heidi lebte nicht mehr im Doktorhaus. Schorschel, ihr Mann, war in englischer Gefangenschaft, daher war sie zu Tante Mieke, seiner Mutter, nach Patschkau gezogen, um sie zu pflegen. Hanna, seine Schwester, war Lehrerin, aber sie wohnte nicht in Patschkau.

Eines Tages, als Großmutter und Mutter Besuch hatten, stahl sich Iso aus dem Haus. Sie hatte insgeheim Radfahren gelernt und sich das Fahrrad einer Mitschülerin ausgeborgt, mit dem sie die neun Kilometer nach Patschkau bewältigen wollte – sie hatte solche Sehnsucht nach Heidi! Schuftel lief mit, es war ein trockener, sonniger Spätherbsttag, und Iso fühlte sich irgendwie erleichtert, einmal von zu Hause fort zu kommen.

Auf halbem Wege begegnete sie einem älteren Mann, der sie nach dem Weg fragte. Iso stieg ab, sie wollte ihm Bescheid sagen und die Richtung erklären. Da trat er nahe zu ihr hin, näherte sein Gesicht dem ihren – er stank aus dem Mund –, faßte sie an, erst mit beiden Armen, dann mit einem, drückte sie fest an sich und fuhr mit der andern Hand unter ihr Kleid. Iso, völlig unwissend bezüglich dessen, was er vorhatte, versuchte sich zu befreien. Sie schrie aber nicht, was, ohne daß sie es ahnte, ihr Glück war. Sonst hätte er ihr wohl die Kehle zugedrückt.

»Lassen Sie mich los! Was wollen Sie denn von mir?«

»Das wirst du schon merken!« keuchte der Mann. Er zerrte jetzt am Ausschnitt ihres Kleides und fuhr mit der Hand hinein. In diesem Augenblick fühlte Iso, daß sein Griff lockerer wurde, und gleich darauf hörte sie einen gurgelnden Schrei.

»Mistvich, elende verdammte Lerge«, stöhnte der Mann, und da begriff sie, daß Schuftel eingegriffen hatte. Er hing mit dem Maul am Arm des Mannes, mit festem Biß, riß und riß – der Angefallene schrie vor Schmerz und Wut, ließ Iso aber nicht los. Sie verstand endlich, daß er ihr Böses wollte, und versetzte ihm mit dem Knie einen Stoß vor den Bauch – und war im Augenblick frei. Sie hob das Fahrrad, das auf der Erde lag, hoch, schob es zwei Schritte vor und sprang dann in den Sattel, wie wild in die Pedale tretend. Der Hund hielt den Mann, der nach dem Gepäckträger greifen wollte, um sie aufzuhalten, in Schach, der Griff ging daneben, und schon war Iso ein paar Meter entfernt. Sie fuhr davon wie eine Rasende.

»Schuftel, komm mit!« rief sie noch und merkte, daß ihr die Tränen kamen. Der Hund gehorchte. Nebeneinander jagten sie die Landstraße entlang, bis sie zu einer Kurve kamen und Iso, rückblickend, den Kerl nicht mehr sah. Da stieg sie ab; sie fühlte, wie ihre Knie einknickten, hielt sich mit Mühe aufrecht und lief ein paar Schritte, während sie das Fahrrad schob, saß wieder auf und fuhr weiter. Gottlob, jetzt sah sie die Häuser eines Dorfes, oder war das schon der Anfang von Patschkau?

Heidis Wohnung war nicht leicht zu finden. Als sie endlich dort angelangt war und Heidi auf ihr Klingeln öffnete, war Iso so erschöpft, daß sie der andern nur schluchzend um den Hals fallen, aber kein Wort herausbringen konnte. Heidi merkte, daß etwas Schlimmes geschehen war, zog Iso ins Zimmer, packte sie in einen Sessel und holte zuerst den Kognak, der in der Flasche auf Schorschels Rückkehr wartete, sonst respektiert, aber hier als nötig erkannt wurde. Iso schluckte und hustete, er brannte ihr in der Kehle, aber die Tränen versiegten. Während sie sich das Gesicht abwischte und die Nase putzte, hatte Heidi schon einen Tee aufgebrüht und Honig hineingerührt. Als Iso den Tee getrunken hatte, wurde ihr besser. Heidi blieb bei ihr, Tante Mieke lag, wie Heidi sagte, im Nebenzimmer auf dem Sofa. Das war gut. In ihrem Beisein hätte Iso ihr Erlebnis nie erzählen können. So aber kam sie, wenn auch stückweise und manches nur andeutend, dazu, Heidi über das zu informieren, was sie so außer sich gebracht hatte, und Heidi fand die richtigen Worte. Dieser Mann sei sicherlich Soldat gewesen und habe jahrelang kein Mädchen gesehen, vielleicht war er auch betrunken ...

»Ja, er roch so«, flüsterte Iso.

»Und Betrunkene sind immer gefährlich –«

»Ich fahr' nicht zurück! Vielleicht lauert er auf mich«, jammerte Iso, aber auch hier wußte Heidi tröstlichen Rat.

»Wir rufen in Camenz an, daß du erst morgen kommst. Ich würde ja gern mit dir fahren, aber du weißt ja, ich hab' zwei kleine Kinder, Caspar und Mutter.« Sie hatte ihren Sohn Caspar genannt, ein Name, den Iso wunderbar fand. Heidi holte jetzt das Kind ins Zimmer, und Iso vergaß über dem strammen kleinen Pausback ihre Angst.

Freilich, das spätere Gespräch mit der Mutter bedrückte sie sehr. Regine war höchst ungehalten, als man sie endlich erreicht hatte: Iso solle auf jeden Fall noch am gleichen Abend heimkommen. Notfalls mit der Bahn. Als Heidi erwiderte, es gehe kein Zug mehr, schalt Regine noch mehr. Schließlich wurde beschlossen, daß Heinrich, der junge Mediziner, hinüberfahren und Iso heimbegleiten solle. Dabei war noch kein Wort von dem Überfall erwähnt worden, und Iso bat inständig, ihn zu verschweigen. Heidi versprach es ihr. Heinrich erschien endlich auf einem geborgten Fahrrad, aber Iso klammerte sich an Heidi und wollte nicht fort, verstört, wie sie war. Heidi hatte große Mühe, sie zu beruhigen. Und was es mit dem Kaiser auf sich hatte, hatte Iso auch noch nicht gefragt.

Zu Hause gab es schlimme Vorwürfe von Mutter Regine, mit Tränen auf beiden Seiten.

»Nie wieder tust du so etwas! Allein wegzufahren! Wir haben Sorgen genug. Radfahren gibt es von jetzt an nicht mehr. Ich habe mir selbst immer ein Fahrrad gewünscht und nie eines bekommen, du wirst das auch überleben.«

Alexander stand mit glitzernden Augen dabei und verfolgte das Strafgericht mit Schadenfreude.

Am nächsten Tag kam es noch schlimmer. Der Mann, der Iso belästigt hatte, besaß die Frechheit, zum Großvater in die Sprechstunde zu kommen und seinen Arm zu zeigen.

»Ihre Hundelerge war das, ich zeig' Sie an!«

Großvater gab ihm eine Tetanusspritze und versorgte die Wunde, dann schickte er den Mann weg und nahm Iso vor.

»Dazu ist der Hund nicht da, daß er mir Patienten ins Haus bringt«, grollte er. »Er tut doch sonst keinem was! Wie kam er dazu, diesen Kerl zu beißen?«

Daß er ›diesen Kerl‹ sagte, erleichterte Iso ein wenig. Aber sie brachte es nicht über sich zu berichten, wie die Sache wirklich gelaufen war, sondern heulte und heulte nur.

»Alexander radelt ja auch heimlich, das heißt, Mutter weiß es, aber dagegen hat sie nichts«, schluchzte sie. Und da sagte der Großvater, der sonst immer zu ihr hielt, den Satz, den sie nicht hören mochte: »Ja, der ist aber auch ein Junge!«

Welche Schmach, nur ein Mädchen zu sein!

»Wenn der Hund nur Ärger ins Haus bringt und nicht mal Ratten fängt, kommt er weg«, sagte Mutter Regine noch, als der Großvater Iso mit einem schon wieder liebevollen Klaps aus dem Sprechzimmer geschoben hatte. Iso antwortete nicht.

Von da an war das Verhältnis zwischen Mutter und Tochter noch schwieriger. Iso galt als verbockt und verstockt. Selbst das sanfte Mahnen der Großmutter, das Kind komme jetzt in die Entwicklungsjahre, nützte nichts. Das Wort Pubertät wurde damals noch nicht gebraucht, bestimmt nicht von Laien. ›Unausstehlich‹, ›nimm dich zusammen‹, ›so war ich nie‹ hörte Iso jeden Tag. Dazu die Angst um den geliebten Hund. Iso sann und sann, wie sie es fertigbringen könnte, ihn zu behalten. Schließlich hatte sie eine Idee.

Sie hatte nie aufgehört, Rattenfallen zu stellen. Jetzt sagte sie sich: Wenn nur mit den Räubern aufgeräumt wird, ist es schließlich egal, wie. Warum sollte sie die Ratten, die sie in den Fallen erlegte, nicht als Schuftels Jagdbeute erklären? Nur merken durfte es keiner, vor allem nicht Alexander. Der würde sofort diese Mogelei an die große Glocke hängen und dem Großvater erzählen, was Iso da ausgeheckt hatte. Er stellte sich immer sehr tugendhaft, wenn es Isos Fehler betraf, während er selbst Mutter und Großeltern fröhlich belog. Und zwar log er mutig und ausdauernd, gab nie zu, wenn er ertappt wurde, nach der Devise, die er einmal von Schorschel gehört hatte: ›Man braucht eine Lüge nur unentwegt zu wiederholen, so wird sie geglaubt. Versuch das mal mit der Wahrheit!‹

Iso dagegen litt unter ihrem schlechten Gewissen und sehnte sich danach, beichten zu dürfen. Das aber durfte sie nicht, wenn sie Schuftel nicht verlieren wollte.

Dazu kam, daß die Großmutter in diesem Jahr nichts von Weihnachten wissen wollte. Weihnachten war für die Geistkinder von jeher der Höhepunkt des Jahres gewesen, die Großmutter aber sagte, nach einem verlorenen Krieg dürfe man nicht feiern. Hier erwies sich Regine als energisch. Sie ging selbst zur Forstmeisterei und besorgte einen Christbaum. Alexander und Iso atmeten auf. In diesem Fall waren sie einer Meinung. Und Regine fand, auch Christiane habe ein Recht auf ihr Christkind.

Vater Martin war noch nicht zurück, so blieb Regine mit den Kindern in Camenz: ›Bis auf weiteres.‹ Den Kindern war es nur recht. Sie fühlten sich mehr und mehr in Schlesien zu Hause, und auch die Nach-, besser Vorhilfestunden in Französisch und Mathematik, die sie von Frau Reimann erhielten, störten sie wenig. Sie befanden sich jetzt im Alter für die höhere Schule, machten sich aber keine Sorgen um die Zukunft in Leipzig. Auch Regine sorgte sich nicht darum, sie war überzeugt, daß Alexander überdurchschnittlich begabt sei und meinte, für die Tochter sei die Schule nicht so wichtig. Sie selbst hatte ja auch keine höhere Schule besucht.

Christiane war inzwischen zu einem hübschen, gepflegten Kleinkind herangewachsen. Da sie ständig betreut wurde – entweder von Mutter oder Großmutter –, machte ihre Erziehung keine Schwierigkeiten. Aber die Mutter stellte laufend Vergleiche mit der größeren Tochter an: ›Christiane ist artig‹, ›Christiane hält sich sauber‹, ›wie kann man nur so aussehen wie du, Iso‹, ›Christiane wird nie so werden –‹ hörte Iso immer wieder – was ihre Zuneigung zur Mutter nicht verstärkte. Als Friederike dann heimkam, schloß sie sich an diese an. Am liebsten aber hatte sie Heidi, doch die kam nur selten. Tante Mieke ging es schlecht, und Schorschel war noch nicht heimgekehrt.

Friederike war sehr schön geworden. Nicht sehr schlank, was zu jener Zeit noch nicht Mode war, aber blühend, mit den schönsten Farben, das dunkle Haar gelockt, so ging sie durchs Dorf, besuchte Lore Dempe, die inzwischen eine quicklebendige Tochter bekommen hatte, und wurde nicht nur von Gustel und Hase-Rosa, sondern eigentlich von jedem im Dorf bewundert und verehrt.

Eines Tages erhielt sie eine Einladung aus Neustadt in Oberschlesien, dem Ort, aus dem ihr Vater stammte. Dort gab es noch viel Verwandtschaft von Haberlands. Fritz Haberland, aus dem Krieg zurück, bewirtschaftete das Stadtgut dort, das die Größe eines Rittergutes besaß; seine Eltern lebten noch, ein Bruder war gerade mit dem Studium der Tierheilkunde fertig, Schwestern gab es auch. Friederike sträubte sich, die Einladung anzunehmen. Sie trug den Eltern immer noch nach, daß diese ihre Verlobung mit jenem jungen Lehrer durchkreuzt hatten, obwohl es keine allzu leidenschaftliche Liebe von ihrer Seite aus gewesen war. Sie weigerte sich zu fahren.

»Du tätest uns einen großen Gefallen«, sagte Vater Haberland, »es sind alles mehr oder weniger nahe Verwandte von uns, und wir haben uns nie um sie gekümmert. Wenn sie uns jetzt die Hand reichen ...«

Er beschäftigte sich in den knappen Stunden, die ihm neben dem Beruf blieben, seit einiger Zeit viel mit Ahnenforschung, und die Haberlands waren eine weitverzweigte Sippe.

»Ihr wollt bloß, daß ich den Fritz heirate«, sagte Friederike wütend, »aber da könnt ihr lange warten. Ich lass' mir meinen Mann nicht aufzwingen und von den Eltern aussuchen. Wir leben ja nicht mehr im Mittelalter.« Sie las Alexander und Iso abends vor, nun nicht mehr aus dem alten Märchenbuch, sondern aus einer Folge von Bänden mit dem Titel »Am deutschen Herd«, woraus man Geschichte lernte. Da opferten sich die Mädchen für die Eltern, indem sie einen reichen Schwiegersohn anbrachten, den sie nicht liebten, oder sie gingen ins Kloster. Iso fand das alles sehr spannend. Alexander hörte auch zu, aber ihn interessierte mehr die Zeitgeschichte. Er las längst die Zeitungen und focht mit Großvater wilde Debatten aus. Dabei spielten die »Ultramontanen« eine große Rolle. Immer wieder hörte Iso dieses Wort, unter dem sie sich nichts vorstellen konnte, und erlebte die wütende Verzweiflung ihres Großvaters, wenn er die Zeitung gelesen hatte und sie fortwarf.

»Jesses, Rudolf«, hörte sie die Großmutter seufzen.

Und dann kam eines Tages Vater Martin zurück.

Aus dem lustigen Sachsen, der die »Fledermaus« gesungen hatte, war ein ernster, verantwortungsbewußter Mann geworden, der sich um seine Familie sorgte. Nach kurzem Aufenthalt bei den Schwiegereltern, die meinten, er müsse sich erst erholen, fuhr er nach Leipzig und verhandelte mit dem Bibliographischen Institut, das ihn sogleich wieder anstellte. Zu Beginn des neuen Schuljahres würden Geists wieder nach Leipzig ziehen.

Inzwischen hatte sich in Neustadt in Oberschlesien einiges getan. Das Haberlandsche Gut lag am Rande der Stadt, und man betrieb neben der Landwirtschaft feldmäßig Gemüsebau, der viel einbrachte. Das Gut umfaßte über fünfhundert Morgen Land, fünfzig Kühe und sechs Pferde, dazu noch eine Ziegelei. Der junge Landwirt Fritz war groß, breit und weißblond; durch die Kriegsjahre war er erwachsener als andere junge Männer seines Alters. Er verliebte sich auf der Stelle in die ziemlich weitläufig verwandte Cousine, die schöne Arzttochter, die den gleichen Namen trug wie er. Und sie verliebte sich in ihn. Binnen kurzem kam sie für einen Tag nach Hause und rief als erstes den Eltern zu:

»Ich hab' mich mit Fritz verlobt. Nie hätte ich gedacht, daß ich einen Menschen so liebhaben könnte wie ihn!«

Die Eltern waren zufrieden. So kamen sie doch noch zu dem heißersehnten Sohn Fritz, den sie vor zwanzig Jahren erwartet hatten.

»Wir sind Glückskinder«, dachte Mutter Haberland und faltete die weichen, weißen, gepolsterten Hände.

6

Nachkriegszeit

1920

»Wir sind gar nicht in Leipzig! Wir sind in Chlorodont! Da steht es ja!« rief Iso, sich weit aus dem Zugfenster lehnend. Der Zug hatte seine Geschwindigkeit gedrosselt und fuhr in die weite Bahnhofshalle ein. Alexander trommelte mit dem Zeigefinger an seine Stirn.

»Chlorodont! Du bist noch bescheuerter, als ich dachte.«

»Du!«

Iso gab ihm von ihrem erhöhten Standpunkt aus – endlich einmal überlegen – einen Ellbogenstoß, der seine Schulter erwischte. Alexander taumelte zurück und fiel gegen Christiane, die Mutter auf die Bank gehoben hatte und anzog, Mäntelchen und Haube. Christiane fiel nach hinten und brüllte. Mutter Regine schalt.

»Immer müßt ihr euch zanken!«

»Idiot hat angefangen!«

»Nein, du!«

Das alte Lied. Der Zug hielt. Iso angelte nach dem kleinen Schaukelpferd, holte es aus dem Gepäcknetz, worin es die Reise mitgemacht hatte. ›Aus Versehen‹ streifte sie dabei Alexanders Kopf. Der schrie wütend auf: »Aua!« und boxte Iso, die gerade herunterkletterte. Nun schrie sie auch.

Ein Idyll. Vater Martin hatte soeben das richtige Abteil gefunden und sah durch die Fensterscheibe herein. Er hatte das Gefühl, als tobe darin eine gemischte Raubtiergruppe. War das seine Familie, mit der er nun täglich zusammensein würde? Borkum erschien ihm jetzt als ein verlorenes Paradies, eine Insel der Stille. Ihm wurde heiß.

Drei Kinder. Und das nach einem verlorenen Krieg, während einer Inflation. Das Geld war von Tag zu Tag weniger wert, dafür wurden die Lebensmittel teurer. Da sollte er nun drei Kinder ernähren, kleiden und ausbilden. Und hatte dazu eine Frau, die aus einem wohlhabenden Haus stammte!

Vater Martin fühlte sich einen Augenblick lang schwach und elend. Er dachte an seine eigene Kindheit, sein Zuhause, in dem gespart und gespart wurde, – ein kleines Pastorenhaus neben dem Kirchlein, ein Garten, in dem Gemüse und Obst gezogen wurden, unter Mitarbeit der Kinder, die ungern halfen, weil Mutter Geist nie mit ihnen zufrieden war ...

›Und du als Ältester! Von dir sollte man doch erwarten können –‹

Er hörte jetzt noch die scharfe Stimme seiner Mutter. Unwillkürlich kam ihm über die Lippen:

»Alexander, du als Ältester –«

»Sie hat mich gehauen! Mit Absicht!« Der Bruder riß Iso das Schaukelpferd aus der Hand und schlug damit auf sie ein. Iso zeterte. Vater Martin stand ratlos dabei.

Schließlich mischte sich die Mutter ein.

»Hör auf, Junge. Jetzt ist es genug. Und du, Iso, schrei nicht so, als würde man dich umbringen!«

Das war kein schöner Anfang in Leipzig, in der alten, nun neuen Heimat. Konnte etwas Heimat sein ohne Garten, Baum und Bach, ohne Weide und Wald, Mühlgraben und Berge? Nein, der Anfang war nicht schön.

Es ging auch nicht allzu schön weiter. Die kleine Wohnung machte die Kinder aggressiv. Auf der steingepflasterten Straße konnte man nicht spielen. Freunde hatte man noch nicht, und Iso vermißte ›ihren‹ Schuftel sehr. Sie schlief meist unter Tränen ein, krank vor Heimweh nach Schlesien. Und dann die Schule!

In der Dorfschule hatte man jeden gekannt. Man gehörte dazu, man focht miteinander Schneeballschlachten aus und streifte im Sommer durch den Wald und den Park und über die Wiesen, fuhr bei Hochwasser in hölzernen ›Schafflern‹ und in der Schneeschmelze auf einer ›Pleta‹, wie man dort die Eisschollen nannte, ein streng verbotener, heißgeliebter Sport; man stahl Äpfel vom Nachbarn und ritt in die Schwemme. Hier? Keine Möglichkeit, etwas zu erleben.

Isos Schule lag ziemlich weit entfernt. Alexanders Gymnasium war nahe, und er faßte sofort Fuß dort, gescheit, wie er war. Bereits am dritten Tag kam der Primus seiner Klasse zu ihm und ließ sich von ihm Mathematik erklären, was Mutter Regine außerordentlich stolz machte. Sie erzählte es ihrem Mann und schrieb es ihrer Mutter, und die schrieb lange und herzliche Briefe zurück. Iso hatte es schwerer.

Im Haus gegenüber wohnte eine Familie mit zwei Töchtern im Alter der Geistschen Kinder. Die größere ging in die höhere Mädchenschule, die der Vater auch für Iso ausgesucht hatte. Dort sollte Iso in die gleiche Klasse wie jene Erna gehen. Sie würden einen gemeinsamen Schulweg haben und einander bei den Aufgaben helfen können. Erna war sehr strebsam und geradezu abscheulich brav, und Iso mochte sie vom ersten Augenblick an nicht. Mutter Regine brachte Iso am ersten Tag in die Schule, um sie anzumelden. Eine temperamentvolle Lehrerin nahm die ›Neue‹ mit in ihre Klasse, um sie zu prüfen. In Französisch.

Bei Frau Reimann hatten sie Französisch nach dem Buch des Gymnasiums gelernt, in das Alexander nun gekommen war. Nur ein einziges Kapitel aus dem Lehrbuch der Mädchenschule hatte Mutter Regine mit ihnen durchgenommen, und, o Wunder, dieses Kapitel wurde den Neuanfängern jetzt diktiert. Iso kannte es auswendig und schrieb es fehlerlos hin. Bei der mündlichen Prüfung benahm sie sich wie in der Dorfschule zu Hause, rannte, wenn sie antworten wollte, mit schnipsendem Finger, den sie hochreckte, vor und rief: »Ich-ich-ich!«, wie sie es gewöhnt war. Die Lehrerin war entzückt.

»Die kommt in meine Klasse!« bestimmte sie. Es war die Parallelklasse von Erna. Iso war erleichtert darüber. Den Schulweg konnten sie trotzdem gemeinsam machen.

Der war weit, baumlos, trist, nichts als Pflastersteine. Die Mädchen in ihrer Klasse waren bereits im Tuschelalter; Iso war noch nicht soweit. Ständig flüsterten sie einander etwas ins Ohr und lachten dann, halb geniert, halb schlau. Iso stand daneben als Dorftrottel. Ach, hätte sie doch Schuftel hier, den würde sie auf diese dummen Gänse jagen, das malte sie sich zum Trost immer wieder aus. Aber Schuftel war weit, und das Zuhause war weit. Großmutter mit ihrem Verständnis und ihrer liebenden Güte war noch weiter entfernt – das hatte Iso im Gefühl.

Mutter Regine bewältigte ihren neuen Pflichtenkreis mit Mühe, konnte sich um Iso nicht kümmern, ärgerte sich, wenn diese nicht ›half‹, so, wie der Vater es verlangte. Sie kam mit dem Geld nicht aus und hielt sich, als Trost, an die Jüngste.

Nein, es war kein guter Anfang in Leipzig. Dazu kam, daß Iso durch Zufall ein Buch in die Hand fiel, in dem das Heimweh eine große Rolle spielte, ›Heidi‹, das unsterbliche Kinderbuch aus der Schweiz. Schon der Name Heidi löste bei Iso einen Sturzbach von Tränen aus, und als sie dann las, wie das Kind Heidi in Frankfurt vor Heimweh nach seinen Bergen schier einging, konnte sie sich nicht retten vor Traurigkeit. Überdies wurde sie von Alexander unentwegt getriezt und gefrozzelt. Die Zeit der Handgreiflichkeiten war zwar vorbei, um so mehr hatte er Vergnügen daran, die Schwester zu verhöhnen und zu ducken. Iso war sehr unglücklich und hatte ein schlechtes Gewissen, daß sie es war. Immer wieder betonte ihre Mutter, daß sie undankbar wäre; der Vater sei doch nun da und sie seien alle zusammen eine richtige Familie – und wie viele Familienväter waren gefallen! Aber Iso sehnte sich zurück.

Doch eines Tages fand sie einen Trost, den sie nie erwartet hätte. Mutter, die ihre Jüngste, Christiane, zärtlich liebte, mußte eines Nachmittags fortgehen, ohne daß sie die Kleine hätte mitnehmen können. Sie mußte sie also zwangsläufig der größeren Schwester überlassen.

»Sei aber lieb zu ihr und nicht so wild, und gib acht, daß ... und antworte ihr freundlich ... und sieh ja zu, daß sie nicht ...« Es nahm kein Ende und verdroß Iso fürchterlich. Immer nur Sorge um die kleine Schwester, und wer sorgte sich um sie? Christiane heulte, als sie merkte, daß die Mutter ohne sie fortging, und Iso stand hilflos dabei, ohne sie beruhigen zu können. Schließlich nahm sie den kleinen Brüllaffen auf den Arm und schleppte Christiane in ihr Zimmer, ohne eine Vorstellung zu haben, wie sie sie wohl trösten könnte. Da entdeckte Christiane das kleine Schaukelpferd. Es stand mitten im Zimmer, Iso hatte es dort hingestellt, in einem vor sich selbst versteckten Spiel- und Trostdrang. Sie hatte es mit einem Sattel aus blauem Samt verziert, es gestreichelt und liebkost. Christiane streckte sogleich die Ärmchen danach aus. Iso setzte das Schwesterchen auf das Schaukelpferd, und die Kleine streichelte und klopfte es beglückt. An diesem Nachmittag waren die beiden Schwestern einander erstmals nahe, ja, sie waren einander so innig nahe wie nie zuvor.

»In Camenz wohnte es im Erker hinter der Eßstube«, erzählte Iso und strich mit dem Zeigefinger die geschnitzte Mähne entlang, »hinter dem roten Vorhang. Dort hatte ich ihm einen Stall gebaut, aus einem Korbstuhl mit Decken darüber, dort stand es, wenn ich in der Schule war. Einmal kam Großvater dazu, als ich es fütterte. Ich hatte mir eine flache Schüssel aus der Küche geholt und sie mit Löwenzahnblättern gefüllt.

Großvater stand wohl schon ein paar Minuten hinter mir und sah auf uns herunter, auf das Pferdel und mich, und als er sich dann bewegte, erschrak ich ein bissel. Ich hatte mit dem Pferdel gesprochen, weißt du, aber er lachte mich nicht aus. Er hat mich auch nie verraten, wenn er mich im Dorf traf mit unserm großen Pferd. Der Kutscher ließ mich immer in die Schwemme reiten oder zum Schmied. Mutter konnte das nicht leiden, und auch Großmutter fand es nicht passend, daß ich ritt. Alexander durfte es, aber der machte sich nichts draus. Und –« Sie verstummte. Christiane sah sie an.

»Was und?«

»Ach, nichts.« Iso fuhr sich mit dem Unterarm übers Gesicht. Und dann weinte sie auf einmal, obwohl sie versuchte, die Tränen zurückzuhalten.

»Iso, was ist?«

»Nichts. Komm, wir bauen ihm hier auch einen Stall.«

Als die Mutter heimkam, war sie erst erleichtert, daß Iso und Christiane so einträchtig beieinanderhockten, dann aber direkt ein bißchen eifersüchtig.

»Hast du mich denn noch lieb, Christel?« fragte sie, und Christiane antwortete gehorsam: »Ja«, aber es klang sehr nebenbei, und dann kam: »Guck mal! Das Pferdel! Ist es nicht süß? Und es gehört mir auch ein bissel, hat Iso gesagt –« Und das klang gar nicht nebenbei.

Von nun an war Isos erste Frage, wenn sie aus der Schule kam: »Wo ist Christiane?« Sie spielte mit der kleinen Schwester wie mit einem Hündchen, brachte ihr Kunststücke bei, trug sie Huckepack, nahm sie mit, wenn sie für die Mutter einkaufen mußte – ›einholen‹, sagte man hier –, und war stolz auf sie, wenn die Kleine etwas Neues gelernt hatte.

Mutter Regine sah dies alles mit ziemlichen Bedenken. Sie hatte sich immer gewünscht, Iso würde ›endlich ein Mädchen‹, und dazu gehörte natürlich, daß sie sich liebevoll um die kleine Schwester kümmerte. Nun aber, da sie sich förmlich um die Kleine riß, war sie darüber auch nicht glücklich. Mußten es immer Jungenspiele sein, die die beiden trieben? Nicht nur das Pferdel war ihnen wichtig, sie spielten auch Indianer, malten sich mit Wasserfarben an oder übten sich im Speerwerfen, als Christiane größer wurde; spielten Fußball und Handball und ruinierten dabei die Schuhe, wo das Neubesohlen doch jetzt so teuer war! Aber alles war teuer und wurde immer teurer, der Dollar stieg, die Inflation verschlang Vermögen und Einkommen.

Am schlimmsten machte sich diese Zeit bei Haberlands bemerkbar.

Der Großvater hatte die Praxis einem Nachfolger übergeben, der nun samt seiner Familie mit im Hause wohnte. Das erwies sich als Fehlgriff. Dieser Arzt sprach nur davon, wie er alles einrichten würde, wenn ›sie‹ – damit meinte er Haberlands – nicht mehr da wären. Wenn die Großeltern nicht in einem Teil des Hauses einen Untermieter und früheren Patienten aufgenommen hätten, der treu und ergeben war, es nie unterließ zu zahlen, kleinere Schäden im Haus reparierte und auch ein Schutz war, wäre es schlecht um die alten Leute bestellt gewesen. Denn es geschahen merkwürdige Dinge.

Großvater Haberland verstand die Welt nicht mehr. Durch seine rastlose Arbeit vermögend, ja reich geworden, war er jetzt bitterarm, besaß nichts als sein Haus, verzweifelte am Leben und wurde zu einem grämlichen Alten. Obendrein war er auch noch ziemlich schwerhörig. All sein funkelnder Humor war dahin, seine Frau hatte es schwer mit ihm. Sie selbst blieb souverän, hielt sich an das Unvergängliche, an Goethe, Hölderlin und Heine; sie las den Messias von Klopstock bis auf die vorletzte Seite, dann warf sie ihn weg – »ich kann nicht mehr!« – und war froh, Friederike mit einem ordentlichen Mann verlobt zu wissen. Landwirte und Landwirtschaft standen damals in großem Ansehen. Ein Jahr Verlobungszeit hatten sich die Eltern der Braut ausgebeten, obwohl Friederike das dumm fand. Sie hätte am liebsten sofort geheiratet. Aber ihre Mutter war der Ansicht, sie habe noch viel zu lernen.

Es war ein heißer Sommer. Die Himbeeren im Garten reiften und trugen wie noch nie. Friederike und Marie, die treue Küchenfee, pflückten und pflückten. Im Garten scharrten und glucksten die Hühner, die man hielt, um wenigstens Eier zu haben. Einmal sah Friederike, wie ein Hahn hinter einer Henne herjagte, auf sie sprang und sie trat, während er ihr in den Kamm hackte.

»Marie, guck nur mal, die arme Henne!« rief Friederike mitleidig und scheuchte den Hahn, der soeben mit seiner Pflicht fertig geworden war. Marie antwortete nicht. Aber als sie die Milchkannen voller Himbeeren hatten und damit ins Haus gingen, klopfte Marie bei ihrer Chefin.

»Herein!« rief Großmutter Haberland freundlich. Sie saß am Tisch und schrieb einen Brief.

»Entschuldigen, Frau Rat«, setzte Marie an, »ich wullte blußig sagen, das Fräulein Friederike is noch ni uffgeklärt, glaub' ich –«

Großmutter sah auf, fragte Marie, wie sie darauf komme. Marie schilderte die Szene.

»Danke, Marie«, sagte die Großmutter. Was sollte sie tun?

Sie hatte damals mit Regine nicht über ›diese Dinge‹ gesprochen, auch ihr Mann nicht. Es war die Zeit der verschämten Prüderie, und sogar ein Arzthaus war nicht frei davon. Selbst als die Leipziger in den Ferien bei ihnen waren, wagte Großmutter das Thema nicht anzuschneiden. Es hätte doch nahegelegen, Regine zu bitten, daß sie mit der jüngeren Schwester sprechen möge. Aber auch Regine hätte es nicht getan. Als später Iso mit siebzehn Jahren, schwerste Hemmungen überwindend, zu ihr kam und sich Bescheid holen wollte, sagte Mutter Regine nur:

»Aber bei den Blumen weißt du es doch.«

Damit konnte Iso nichts anfangen. Friederike dagegen befand sich in argen Nöten, als Heinrich, jener junge Mediziner, sich mit einem Kuß von ihr verabschiedete, der vielleicht etwas leidenschaftlicher ausfiel als der einer Großmutter, die den einjährigen Enkel küßt. Friederike fürchtete, nun ein Kind zu bekommen, vertraute sich niemandem an und erwog, ins Wasser zu gehen.

Die Inflation war vorbei, alle Vermögen waren dahin, überall war Armut, vor allem im Mittelstand. Vater Martin trug schwer an seinen Sorgen, und Mutter Regine war zum Sparen verurteilt, was sie bis dahin nicht gekannt hatte. Iso und Alexander befanden sich im Tanzstundenalter, man liebte hin und her, es gab Tränen und Glückseligkeiten um den Kuß unter der Haustür, von dem diese Generation keine Gefahr erwartete, während die vorhergehende es mit Empörung sah. Jedenfalls nahm Mutter Regine ihre Tochter kräftig ins Gebet, als diese sich vorübergehend, aber bis zum Geht-nicht-mehr in einen jungen Mann verliebte.

»Das Kind muß raus aus diesem Milieu«, sagte Regine verantwortungsträchtig zu Martin, »sie hat nichts im Kopf als Jungens, wohin soll das führen! Sie muß mal weit fort.«

Das sagte sie auch der Tochter. Iso brach in Tränen aus und verweigerte jede Aussage, als die Mutter darauf drang, daß sie ihr ›alles‹ beichten solle. Iso hatte keine Ahnung, worauf die Mutter abzielte. Sie nahm es hin, als ihr verkündet wurde, sie müsse, da sie nicht die Absicht habe, Abitur zu machen, erst einmal arbeiten lernen. Eine Freundin der Mutter, mit einem Förster in Oberschlesien verheiratet, würde sie für ein halbes Jahr zu sich nehmen, wofür sie ihr sehr dankbar sein müsse. So verließ Iso das Elternhaus, halb noch gehorsames Kind, halb rebellierende Halbstarke, die sich ihre Meinung vorbehielt. Heulend, aber nicht gebrochen stand sie am Zugfenster und sah die Eltern und Freunde, die sie zum Bahnhof gebracht hatten, kleiner und kleiner werden. Höhnisch klang ihr die Melodie eines Kommersliedes als Ohrwurm im Kopf – ›O wonnevolle Jugendzeit mit Freuden ohne Ende –‹. Später, viel später, als es ihr nicht mehr half, kam ihr durch Zufall ein Buch in die Hände: ›Jungsein tut weh‹. Da wurde ihr klar, wie falsch und verlogen so vieles gewesen war, mit dem sie aufwuchs, und daß »Gehorchet euren Altvorderen, denn sie wissen nicht, was sie tun« ein zwar blasphemisch klingender, aber sinngemäßer Spruch war. Jetzt marschierte das Jahrhundert des Kindes.

Zunächst hatte man Iso zu den Großeltern beordert. Die Begleitung fiel aus, da man finanziell dazu nicht mehr in der Lage war. Iso hatte unbewußt erwartet, daß es wie früher sein werde, wenn sie in den Ferien dort waren. Jetzt brach sie in wildes Weinen aus, als sie bei Großmutter ankam und diese sie in die Arme nahm. Die verkleinerte Wohnung, das Ankommen ohne Geschwister, die Verbannung, die ihr drohte – das alles löste Tränenströme in ihr aus, und Großmutter Haberland wußte ihr nicht zu helfen, konnte nur stammeln: »Dann bleib bei uns. Hier bist du zu Hause. Hier tut dir niemand etwas.«

Iso blieb also. Dann aber hörte sie zufällig einmal, wie Großmutter zu Marie sagte: »Nein, das ist zu teuer, Marie, Butter können wir uns nicht mehr leisten, Margarine tut's auch.«

Iso verstand: die Großeltern waren jetzt arm. Ihr wurde schwindlig vor Angst. Und so wagte sie nicht zu widersprechen, als allmählich die Rede davon war, daß sie nun bald in die Försterei müsse. Noch etwas anderes bedrückte sie: ihre damaligen Lügen wegen Schuftel.

Sie wollte beichten. Alexander kam so etwas nicht in den Sinn, er blieb standhaft bei seinen Lügen und Mogeleien und stritt so lange, bis man ihm glaubte. Trotzdem war er überall der Beliebtere, vor allem bei Mutter Regine. Bei den Großeltern vielleicht nicht ...

So gab sich Iso einen Stoß und beichtete der Großmutter, daß die Ratten, die Schuftel angeblich erlegt hatte, in den von ihr aufgestellten Fallen gefangen worden seien. Zu ihrer Erleichterung sah Großmutter das nicht als so tragisch an, wie Iso gefürchtet hatte. Inzwischen hatte Schuftel sich so in Großvaters Herz eingenistet, daß keine Rede mehr davon war, daß er ›weg‹ müsse. Iso weinte vor Dankbarkeit und Erleichterung, als Großmutter versprach, mit dem Großvater zu reden. Doch als es eben soweit war, erschien Heidi, Schorschels Frau, mit ihren zwei Kindern. Iso fiel ihr glückselig um den Hals. Heidi war noch genau wie früher: braungebrannt, lachlustig und reizend. Sie erwartete ihr drittes Kind und freute sich mächtig darauf. Schorschel pflegte mit Frau und Kindern oft übers Wochenende nach Camenz zu kommen. Er hatte eine Anwaltspraxis in der Nähe von Breslau, es ging ihnen gut, sie besaßen einen hübschen Garten und wollten darin bauen. Auch Heidi fühlte sich in Camenz zu Hause, und Großmutter Haberland freute sich an der jungen Familie. Sie und ihr Mann hatten Schorschel immer als ihren Beinahesohn empfunden.

Heidi war mit Schorschels Auto gekommen. Sie fuhr selber, und als sie hörte, daß Iso nach Ratibor müsse, erbot sie sich, sie dort hinzufahren.

»Wenn ich die Jungen bei dir lassen kann, Großmutter.«

Aber klar. Auf diese Weise wurde Iso der Abschied vom geliebten Doktorhaus nicht so schwer.

In Leipzig kämpfte Vater Martin hart um seine Existenz. Er war jetzt Chefredakteur für das neue Lexikon, arbeitete bis spät in die Nacht und saß früh schon am Schreibtisch, wenn Regine aufwachte. Oft gab es Streit zwischen ihm und dem Besitzer des Verlages, der sich gern als Boß aufspielte. Regine schrieb ihrer Mutter davon; als Echo traf ein Brief von Großmutter Haberland, der friedlichsten Frau der Welt, ein, der erstaunlich kriegerisch begann:

Liebste Regine,
Martin hatte doch gewiß in Griffnähe ein paar Lexikonbände, um sie dem Chef an den Kopf zu schmeißen, oder hat sich wenigstens gewünscht, Max Schmeling zu sein. Eine Mordsunverschämtheit! Mich packt die Wut, wenn ich nur dran denke! Denn ich hatte so sehr gehofft, daß Martin wenigstens eine Woche Sonderurlaub bekommen würde. Eben hol' ich mir etwas Tinte, da sagt Vater: ›Wozu denn, es ist doch noch genug Tinte im Tintenfaß! Du mußt doch immer urschen.‹ Da hab' ich mir grade recht viel eingegossen, und nun kleckse ich. Gerade kam Klärla-Merla (eine frühere Hausgehilfin) *mit ihren beiden Kindern, einer Ente, einem Pfund Butter und dreihundert Mark. Diese Woche ist eine gesegnete: Vater bekam die Nachricht, er erhalte weiter die Freifahrtscheine der Bahn und sei befreit von irgendeinem Beitrag, und dann Märles nahrhafter Besuch! (Unterbrechung, abends weiter.)*

Mit viel zuviel Kalorien, dafür aber friedlicheren Gefühlen setze ich mich nach dem Abendbrot wieder zum Schreiben hin. Rudis Verlobung (Rudi war der Bruder ihres Schwiegersohns Fritz in Neustadt) *erfolgte erst nach unserer Abreise, aber nicht etwa von selbst. Fritz mußte ihm die Pistole auf die Brust setzen und ihm sagen, er würde schlecht an dem Mädchen handeln, wenn sie wieder unverlobt nach Hause fahren müßte. Es kostete Schweiß, die Fettmassen in – na, Brand ist zuviel gesagt, schreiben wir: zum Glimmen zu bringen. Friederike schreibt, daß er rührend glücklich war nach vollbrachter Anstrengung. Rudi ist unheimlich fett geworden, man könnte versucht sein, einen Docht durchzuziehen und ihn als Lüsterweibchen an die Decke zu hängen.*

Nun, das ist seine Sorge, und vielleicht trimmt ihn seine Maria von nun an auf dünner. Wir haben eine andere Sorge: Denkt Euch, Vater kommt Sonnabend nachmittag vom Spazierengehen, und als er den Drücker ins Schloß stecken will, sieht er einen ganz richtigen Dietrich drin, kann ihn aber nicht gleich herausziehen. Da kommt der Josef angeschossen, greift dem Vater über die Schulter, reißt den Dietrich aus dem Schloß und läuft weg. Da sein Onkel wegen Notzucht und Beihilfe zum Vatermord im Zuchthaus sitzt, hat man doch wirklich Grund zur Beunruhigung. Ich bin schon darauf gefaßt, daß wir eines schönen Morgens abgemurkst aufwachen. Es kommt doch vor, daß der Neffe nicht allzu weit vom Onkel fällt. Schließlich fürchtet man in unseren Jahren den Tod an sich nicht, aber die Art und Weise, wie man stirbt, ist doch nicht ganz gleichgültig. Wir sind diesen Leuten, die viel mit unserem Nachfolger zu tun haben, auf Gnade und Ungnade ausgeliefert. Ich freue mich nur, daß Schuftel die ganze Bagage nicht ausstehen kann, er kläfft wie verrückt, wenn einer von ihnen aufkreuzt.

Vater geht es soweit gut, nur merkt man seine siebzig Jahre doch schon. Er läuft viel mit Schuftel, manchmal zu viel, meine ich, ich sorge mich um ihn. Nun Schluß und Kuß, ich schreibe eben die Adresse und meine, warum klebt man eigentlich noch immer die gerupfte Krähe auf die Briefe? Verlangt doch die Fridericus-Marke, die ist ungleich schöner und sympathischer. Gott befohlen, morgen schreibe ich wieder.

In Liebe Eure Mutter und Großmutter

Die Försterei, in der Iso ›arbeiten‹ lernen sollte, lag zwischen Gleiwitz und Kieferstädtel, nicht sehr weit von Ratibor entfernt, ganz allein am Waldrand. Sie gehörte zwar zu einem Dorf, lag aber doch so weit davon entfernt, daß man die Häuser des Dorfes nicht mehr sah. Davor war die ›Hutung‹, wie man dort ein Stück Weideland nennt, dahinter der Wald. Die Förstersleute hatten zwei Töchter, elf und dreizehn Jahre alt, also jünger als Iso, und einen etwa sechzehnjährigen Sohn, der aber nicht zu Hause wohnte. Ein halbwüchsiger Kutscher versorgte die beiden Pferde, eine Magd die Kühe und das Schwein. Diese beiden sprachen Wasserpolnisch, Deutsch nur gebrochen. Der Förster war ein stattlicher, aber nicht sehr umgänglicher Fünfziger, seine Frau klein, rund und jünger als er, sehr mütterlich. Sie schloß Iso sofort in ihr Herz. Auch Heidi wurde mit Liebe begrüßt und aufgefordert zu bleiben, solange sie nur könne.

»Hier hast du's herrlich«, sagte Heidi zu Iso, noch ehe diese ihren Koffer ausgepackt hatte, »hier ist gut sein. Tante Mips –«, die Töchter nannten ihre Mutter Mips, und Iso setzte die ›Tante‹ davor – damals nannte man Tanten noch Tanten und Onkel noch Onkel, auch die Eltern wurden noch nicht mit dem Vornamen angeredet –, »die Tante Mips ist richtig. Den Onkel kannste vergessen, geh um ihn herum und ärgere dich nicht über ihn. Halt dich an sie, sie ist ein Anachronismus an Güte und Selbstlosigkeit.«

Heidi hatte recht. Iso wurde von der Försterin behandelt wie ein geliebter Besuch, verwöhnt, verhätschelt, gefüttert – letzteres mit bestem Willen zuviel. Iso legte Speck an, der sie ihr Leben lang ärgern und betrüben sollte. Sie lernte melken, was ihr Spaß machte, und trieb sich viel im Wald herum. Nur an die Pferde kam sie nicht heran, der kleine Kutscher ließ es nicht zu. Iso wäre gern geritten. Sie mußte sich aber damit begnügen, die Pferde im Stall zu streicheln und mit Leckerbissen zu verwöhnen. Der Förster war brummig und ärgerlich, wenn sie in den Stall lief. Sie solle arbeiten, knurrte er.

Dieses eine konnte Tante Mips nicht: jemanden zur Arbeit anhalten. »Laß nur, ich mach' es schon selbst«, sagte sie meist, und Iso war nicht selbstsicher genug, trotzdem zuzugreifen. Natürlich ›half‹ sie, wie es zu Hause auch von ihr erwartet wurde, half Wäsche aufhängen und trocknete ab, aber das befriedigte sie nicht. Schon wenn sie im Stall beim Füttern helfen wollte, schrie Amalie, die Magd: »Jesses Maria, doch nich so!«, und der Garten war ihr ein fremdes und gar nicht liebes Gebiet.

So verging ihr Tag meist mit Warten auf die Post – manche Freundinnen schrieben ihr ja, auch manche Jungens, mit denen sie getanzt hatte – und mit dem Suchen nach den Gänsen. Die Förstersgänse erwiesen sich in diesem Sommer als wahre Teufel. Dauernd liefen sie weg, und Iso rannte los, um sie zu suchen. Dabei mußte man bewaffnet sein, denn der Gansch, wie man in Schlesien den Gänserich nennt, war recht kriegerisch. Groß, schwer und stark, mit grellblauen Augen, mit denen er nach den Raubvögeln schielte, den Kopf schräg erhoben, war er gefährlicher als ein böser Hund. Er ließ niemanden an seine Familie heran und fuhr einem in die Beine, wenn man nicht aufpaßte. Entweder man hielt ihn mit einem Knüppel in Schach, oder man war gezwungen, ihn am Hals zu erwischen und fortzuschleudern, wozu aber Kraft und Entschlossenheit gehörten. Iso haßte ihn.

Schön waren die Abende. Tante Mips hatte eine hübsche kleine Stimme und kannte unzählige Lieder. Iso selbst liebte die Lieder aus dem Zupfgeigenhansl und freute sich, eine gleichgesinnte Seele gefunden zu haben. Abends saßen sie mit den Besuchern – in der Försterei gab es immer Besucher, Tante Mips erzählte, daß sie seit ihrer Hochzeit noch nie mit ihrer Familie allein gewesen sei – und mit der Lehrerin des Dorfes vor der Haustür und sangen, während der Tag sich neigte. Das waren schöne Stunden. Am meisten liebte Tante Mips sentimentale Kunstlieder und Landsknechtslieder, wie sie damals in Mode kamen: ›Vom Barette schwankt die Feder‹ und ›Mädel, du Augenweide‹ lernte Iso von Tante Mips. Sie selbst sammelte Reiterlieder und brachte sie den Erwachsenen bei. Sie schlossen fast immer mit einem Schlesierlied, ›Wer die Welt am Stab durchmessen‹ oder ›Und von dem Schneegebirge‹ oder ›Blaue Berge, grüne Täler‹ mit dem Kehrreim: ›Riesengebirge, deutsches Gebirge!‹. Noch Jahrzehnte später trieben Iso diese Weisen die Tränen in die Augen, wenn sie sie hörte. Es waren unvergeßliche Abende.

Sonntags kamen die beiden Töchter heim, die in Gleiwitz die Höhere Schule besuchten. Dann spielte Iso mit ihnen ›Siegfried‹. Der Nibelungenfilm, den sie in Leipzig gesehen hatte, war auch in Gleiwitz gelaufen, und er hatte die beiden Mädchen ebenso begeistert wie Iso. Sonntag für Sonntag spielten sie den Film nach. Die Rollenbesetzung war denkbar einfach: Hertha spielte den Siegfried, Ilse, die jüngere, die Kriemhild. Alle anderen Rollen übernahm Iso. Sie verkleideten sich dazu, so gut sie konnten, und die Mädchen sprachen ihre Texte so unbefangen und ohne Scheu, daß sie auch Iso ansteckten. Diese, endlich von ihrem ewig spottenden Bruder befreit, anerkannt von den Jüngeren und gelobt von Mutter Mips, durfte zum ersten Mal in ihrem Leben ganz sie selbst sein und spielte voller Inbrunst mit. Sie ›war‹ Hagen, Gunter, Gernot und Giselher, sie war ein wunderbarer Drache, auf den Siegfried einschlug, ohne daß es Iso störte, ja, sie ließ sich sogar dazu herab, in den nicht zu umgehenden Szenen die Mutter Ute zu sein. Einmal, als sie den Knaben Giselher darstellen mußte, den sie besonders liebte, waren ihr ihre beiden langen Zöpfe sehr im Wege. Kurz entschlossen lief sie ins Haus, erbat sich von Mutter Mips die große Schneiderschere und drückte sie Hertha in die Hand.

»Schneid sie runter, ich wollte sie schon lange los ein«, bestimmte sie in ihrer neuen Selbstsicherheit, und Hertha, die kurze Haare trug, tat ihr den Willen. Ein schicker Schnitt wurde es freilich nicht, aber Fräulein Aulich, die Lehrerin, die das Treiben der Kinder wohlwollend beobachtete, half am Abend etwas nach und machte Iso ›schön‹. Was Mutter Regine sagen würde, daran zu denken weigerte sich Iso vorläufig mit Erfolg. Nach Leipzig würde sie lange, lange nicht mehr kommen, sagte sie sich.

Der kurze Schnitt stand ihr auch gut.

»Hättest eben ein Junge werden sollen«, sagte Tante Mips. Das hörte Iso gern. Dann aber geschah etwas, was niemand hatte voraussehen können: eines Tages stand Alexander auf der Lichtung, er und noch ein junger Mann, unangemeldet und für alle verblüffend.

»Wie kommt ihr denn hierher?« stammelte Iso, und die Antwort der beiden war beinah noch verblüffender.

»Geflogen. Mit dem Flugzeug. Extra zu dir«, sagte der Begleiter. Iso erkannte ihn erst jetzt: er war ein Freund ihres Bruders aus dem Sportverein und älter als Alexander. Er war einige Male in Geists Haus gewesen, ohne daß Iso ihn besonders beachtet hatte. Er hatte sich allerdings sofort in das Mädchen mit den langen Zöpfen verliebt, wenn er das auch nie hatte merken lassen. Nun hatte er seinen ersten Alleinflug hierher gelenkt und stand da vor einem Mädchen, das keine Zöpfe mehr hatte, eine schwarze Augenklappe und einen dunklen Überwurf trug – sie verkörperte gerade Hagen – und ihn entsetzt anstarrte. Einmal, weil sie auf den Besuch nicht gefaßt war, und zum zweiten, weil Alexander sofort in brüderlichem Abscheu rief:

»Wie siehst du denn aus! Na warte, das gibt was zu Hause, wenn die das sehen!«

Jetzt erst wurde Iso so recht klar, was sie getan hatte. Ein kurzer Haarschnitt – ein »Bubikopf« – galt damals nicht nur als Mode, sondern verkörperte sozusagen eine Weltanschauung wie später Jeans oder vergammelte Turnschuhe. »Ein deutsches Mädel trägt Zöpfe«, so hieß es.

Iso wußte sich im Augenblick nicht zu helfen. Sie riß die Augenklappe herunter, warf sie samt Umhang in die Wiese und rannte davon, in den Wald. Die beiden Jünglinge schauten ihr nach, der eine verwirrt, der andere verächtlich.

Schließlich rettete Mutter Mips die Situation. An plötzlichen Besuch gewöhnt, nahm sie die beiden mit ins Haus, verpflegte sie und redete ihnen gut zu, dieses alles nicht so tragisch zu nehmen. Iso befinde sich in einem schwierigen Alter, sei sonst aber gut zu leiden und brav. Sie suchte einen Bus heraus, der die beiden zurück nach Gleiwitz bringen würde, wo sie auch gelandet waren, und begleitete sie selbst zur Haltestelle. Dann begann sie Iso zu suchen, unterstützt von Hertha und Ilse, die Iso auch bald aufstöberten. Eine verstörte, verzweifelte Iso, die Tante Mips um den Hals fiel und weinte und weinte.

»Na, so schlimm ist es ja nicht, die Haare wachsen wieder nach«, tröstete sie, aber Iso war nicht zu beruhigen. Und sie hatte auch Grund dazu. Mutter Regine schrieb sofort, nachdem der Sohn ihr die Geschichte erzählt hatte, und es war ein Brief, den sich keine Tochter hinter den Spiegel stecken konnte.

»Diese Angelegenheit ist ein Vertrauensbruch. Du wußtest genau, daß Du das nicht durftest. Daß Du Deine Abwesenheit von zu Hause so mißbraucht hast, tut uns sehr weh. Ich habe mit Vater gesprochen, und wir sind übereingekommen, daß Du diesen Sommer nicht nach Camenz fahren wirst, wo wir unseren Urlaub verbringen. Du bleibst bei Tante Maria, die in ihren Briefen sehr gut von Dir spricht, und was im Herbst mit Dir geschehen wird, müssen wir erst sehen. Einen Beruf mußt Du erlernen, das ist Dir wohl klar. Überleg Dir alles und denke daran, daß wir Dein Bestes wollen, Vater und ich.«

Nicht zu den Großeltern dürfen! Christiane nicht wiedersehen! Auf die sie sich so gefreut hatte! Hierbleiben müssen, ausgestoßen aus der Familie! Iso lief in den Wald, nachdem sie Tante Mips den Brief der Mutter hingelegt hatte, und diesmal mußte man sehr lange nach ihr suchen.

»Da ist ein Kurzschluß möglich«, sagte Tante Mips sorgenvoll und nahm den Hund an die Leine, nachdem sie ihn an einer Jacke von Iso hatte schnuppern lassen. »Such, Wulli, such, wir müssen Iso finden. Wie kann Regine nur so unerbittlich sein!«

Es wurde bereits dunkel. Schließlich fanden Fräulein Aulich, die mit Taschenlampe und Trillerpfeife losgezogen war, sowie Hertha und Ilse, jede auf einem anderen Weg, Iso. Als sie heimkamen, war Mutter Mips ebenfalls gerade angekommen, todmüde, verzweifelt, voller Angst um das anvertraute Kind. Iso wurde sofort ins Bett gesteckt, bekam heißen Tee und vom Förster einen Schnaps, und Tante Mips blieb an ihrem Bett sitzen, bis Iso schlief.

Am andern Morgen erschien Waldemar, der Sohn der Förstersleute, überraschend, er hatte sich ein Fahrrad erjobbt und kam damit nach Hause geradelt, zur großen Freude von Mips und den Schwestern. Man erzählte ihm zunächst nichts von Isos Schwierigkeiten; er bekam Spiegeleier und Buttermilch und wurde gelobt und gefeiert. Als Iso gegen Mittag herunterkam, ausgeschlafen und sehr schüchtern, begrüßte er sie erstaunt und besonders freundlich, und alle bemühten sich nach Kräften, Isos Kummer zu überspielen.

»Da fließt noch viel Wasser die Oder runter«, tröstete Tante Mips Iso später, »und deine Haare wachsen auch wieder. Laß mal heute das Melken, das machen wir schon, und lauf ein Stück mit Waldemar. Der liebt den Wald so sehr. Gelt, Waldi, du nimmst Iso mit, sie muß mal einen Tag Erholung haben.«

Erholung – na ja. Viel tat Iso hier ja nicht, es war mehr ein Ferienaufenthalt mit kleinen Arbeitsunterbrechungen. Aber warum nicht, wenn es ihr angeboten wurde? Tante Mips hatte ja von Anfang an gesagt, Iso solle sich nach den vielen schweren Schuljahren erholen.

An diesem Tag war der Herr des Hauses nicht da, das wußte Iso nicht, aber Waldemar wußte es. Er machte ein schlaues Gesicht.

»Weißte was? Wir reiten!« schlug er vor. Iso dachte, sie höre nicht recht.

»Richtig reiten? Und Oskar?« Das war der kleine wasserpolnische Pferdejunge.

»Dem sag' ich schon Bescheid, daß er die Klappe hält«, verhieß Waldemar. »Oder hast du Schiß?«

Isos Augen blitzten.

»Schiß? Da kennst du mich schlecht!«

Sie liefen zum Stall. Im Nu waren die beiden »Katzen«, wie Tante Mips die »halbhohen« Pferde zu nennen pflegte, aufgehalftert, und Waldemar führte sie hinaus. Sattel? Keinen. Rauf aufs nackte Pferd!

So kam Iso zu ihrem ersten Ritt in Oberschlesien. Sie nahmen den Weg hinten ums Haus herum – auch Tante Mips durfte nichts merken – und tauchten in den Wald ein. Iso saß ja nicht das erstemal zu Pferde, sie fühlte sich rasch sicher, und Waldemar nickte ihr anerkennend zu. Den ersten Galopp begann er bergauf, was ja am leichtesten ist, und Iso hielt sich wacker. Nach einer Weile meinte Waldemar, man sollte jetzt eine Pause machen, saß ab und ließ sein Pferd grasen. Iso tat es ihm nach.

Ihr war, als seien all ihre Sorgen vergessen, als habe sie sie im Galopp hinter sich geworfen. Kurze Haare, na wenn schon! Schelte von Mutter? Mochte sie goschen! Nicht zu den Großeltern dürfen? Wenn sie hier reiten konnte ...

Sie lagen in der Sonne, die es gut, aber nicht zu gut meinte. Iso schloß genießerisch die Augen. Es lag sich gut hier nach dem Ritt.

Nach ein paar Minuten kitzelte sie etwas unter der Nase, sie dachte, es wäre eine Bremse, und griff danach. Es war aber ein Grashalm, den Waldemar hin und her bewegte, um sie zu necken.

Sie schlug nach ihm. Er lachte. Und dann war er auf einmal ganz nahe bei ihr, legte seinen Arm quer über ihre Brust, so daß sie sich nicht aufrichten konnte, und blies ihr ins Ohr, lachte merkwürdig aufgeregt und kam mit seinem Mund an ihre Wange, schließlich auf ihren Mund. Sie drehte den Kopf weg und versuchte, sich loszumachen, und es gelang ihr auch. Er saß neben ihr, rasch atmend, und sprang plötzlich auf.

»Komm, wir reiten weiter.«

Sie mußte sich erst wieder zurechtfinden. Das gelang ihr, sobald sie wieder zu Pferde saß, und sie bemühte sich, so zu tun, als sei nichts gewesen. Sie erreichten den Stall, ohne daß jemand etwas merkte, stellten die Pferde ein und schlenderten dann in die Küche, wo Tante Mips sich mit dem Butterfaß abmühte. Es war ein altmodisches Ding, in das man hineinstampfen mußte, und Waldemar nahm ihr die Arbeit sogleich ab. Tante Mips atmete auf.

»Heute will und will die Butter nicht werden –«

»Das haben wir gleich!«

Iso war froh, daß Waldemar seine Mutter entlastete. Sie wollte ihn nett finden und die Szene im Wald vergessen. Es war ja nichts gewesen als eine dumme Balgerei. Nicht einmal richtig geküßt hatte er sie, und als Tante Mips fragte, wie lange er bleiben könne, sagte er:

»Am Sonntag fahr' ich wieder.«

Da tat es Iso fast leid, obwohl sie eigentlich erleichtert war. Er sollte ihr lieber nicht noch einmal zu nahe kommen.

Abends saßen sie noch lange vor der Haustür. Der Förster hatte ein Dach über dem Eingang gebaut und zwei Bänkchen rechts und links aufgestellt. Tante Mips stimmte ein Lied an, und Waldemar summte mit. Die Mädchen waren nicht da, sie waren in Gleiwitz in der Schule. Fräulein Aulich sang mit, und auch Iso fiel ein. Sie kamen von Schnaderhüpferln in ernste und schließlich in traurige, zumindest wehmütige Volkslieder, »Es waren zwei Königkinder –« und »Es liegt ein Schloß in Österreich«. Iso fühlte, wie Waldemar im Dunkeln an sie heranrückte, ihr Knie streichelte – sie zog es weg. Aber irgendwie tat es ihr auch gut, und sie ärgerte sich über sich selbst. Die Sterne kamen heraus, es war eine mondlose Nacht. Eine bezaubernde, stille, geheimnisvolle Sommernacht ...

Als sie dann sangen »Dat du mien Leevsten büst –«, kamen Iso die Tränen. Sie war enttäuscht, als Tante Mips schließlich zum Schlafengehen mahnte, und sehnte es gleichzeitig herbei. Im Bett weinte sie, ohne zu wissen, warum. Da ging die Tür, ganz leise. Wer mochte das sein? Wohl niemand anderer als Tante Mips. Vielleicht hatte sie doch gemerkt, daß sie geritten waren.

»Ja?« hauchte Iso. Jemand schlich an ihr Bett, setzte sich darauf. Waldemar. Iso atmete nicht.

»Schläfst du noch nicht?« fragte er flüsternd, kaum hörbar. Jetzt näherte sich seine Hand ihrem Halse.

Iso lag ganz still. Dann zog er die Hand zurück, bewegte sich, und sie merkte, daß er das Hemd über den Kopf zog, aus der Hose stieg, ungeduldig, mit fahrigen Bewegungen. Und dann lag er neben ihr, dicht, dicht, atmete in ihr Gesicht, küßte es. Eine Panik ergriff sie, obwohl es auch schön war, einen Menschen so nahe zu fühlen.

Schön und schrecklich. Sie stemmte die Fäuste gegen seinen Körper, drehte den Kopf weg, und als seine Hände an ihre Brust faßten, bäumte sie sich auf.

»Nein! Nicht! Nein!« stöhnte sie und hoffte, daß er doch bleiben würde. Dann aber riß sie sich empor, rutschte ans Fußende des Bettes und sprang heraus. Raffte die Sachen zusammen, die auf dem Stuhl neben dem Bett lagen, und war schon an der Tür.

»Iso!« flüsterte er, aber das war sie bereits im Flur, drückte die Tür zu, schob den Riegel vor. Hinunter die Treppe.

Als sie auf der Hutung stand und sich anziehen wollte, merkte sie, daß sie Hemd und Hose von Waldemar ergriffen hatte. Ihre eigenen Sachen mußten darunter gelegen haben. Sie zögerte und überlegte, zog dann an, was sie im Arm hatte, Hemd und Hose, nicht die Schuhe. Denn hier lief man eigentlich immer barfuß. Ein Plan zuckte durch ihr Hirn, sie tastete sich in den Flur zurück und angelte nach einer Mütze. Eine Schirmmütze kam ihr in die Hand. Sie setzte sie auf, stopfte hinten die Haare hinein und schlich zur Haustür, machte sie lautlos auf und zu. Hinaus. Erst auf der Chaussee nach Gleiwitz kam ihr richtig zum Bewußtsein, was sie vorhatte.

Zu Heidi! Heidis muntere, frische Lebensart erschien ihr als die Rettung. Irgendwie würde sie schon hinkommen. Nur Geld hatte sie nicht, fiel ihr jetzt ein. Unwillkürlich griff sie in die Hosentasche: da steckte ein Portemonnaie. Wieviel mochte drin sein? Egal, erst mal los, bis Gleiwitz waren es zehn Kilometer. Je weiter sie sich von der Försterei entfernte, desto besser. Sie schauderte noch, wenn sie an Waldemar dachte. »Nein, so nicht. Nur fort, fort!«

Was die Eltern sagen würden, war ihr gleich. Nie wieder kehrte sie dorthin zurück, wo – ja, was hatte er denn gewollt? Es mußte das sein, was Männer und Frauen zusammen tun, wovon die Erwachsenen schweigen und die Mädchen tuscheln. Abscheulich. Unwillkürlich fing sie wieder an zu rennen.

Hinter ihr tauchten Lichter auf, wohl die Scheinwerfer eines Autos. Sie wollte sich hinter einem Straßenbaum verstecken, aber sie schaffte es nicht mehr. Der Wagen hielt.

Es war ein alter Herr, der ausstieg und sich ihr näherte. Iso unterdrückte das Schluchzen, das in ihr hochstieg. Er sagte:

»Nanu? Wer hat denn da Angst vor einem alten Doktor?«

Ein Doktor! Ein Arzt, der bei einem Patienten gewesen war! Iso atmete auf. Sie versuchte zu lachen. Es mißlang.

»So, so, so.« Der Doktor zog sie vor dem Wagen, der von einem Chauffeur gefahren wurde, ins Licht der Scheinwerfer. »Bist du ein Junge oder ein Mädel? Ein Junge hätte wohl keine Angst. Also komm, Madla, steig ein. Besser als draußen ist es im Auto immer noch. Biste ausgekniffen zu Hause?«

Iso nickte. Er erinnerte sie an Großvater, obwohl er anders aussah, dick und gemütlich. Wenn er lachte, klang es freundlich, liebevoll, hinten im Gaumen brummelnd.

»Meine ist auch mal weggerannt. War's so schlimm? Und wohin willste?«

»Nach Breslau.«

»Na, ganz nahe ist das nicht. Da kommst du heute nicht mehr hin. Fahr los, Josef, es ist spät genug.«

So fuhren sie. Iso fühlte sich gerettet. Sie würde nicht zurückmüssen, das hatte sie ganz sicher im Gefühl. Nach einer kleinen Weile fragte der Doktor noch mal sachte:

»War's denn so schlimm zu Hause?«

Iso seufzte tief.

»Ich komm' gar nicht von zu Hause. Ich war bei Bekannten. Und da war – da ist – ein großer Junge – und –«

»Na? War er nett?«

»Nein. Er – er – das kann ich nicht sagen. Niemandem –«

Iso weinte wieder. Er tätschelte ihre Hand, sanft, beruhigend.

»Brauchst du auch nicht. Brauchst du keinem zu erzählen, auch mir nicht. Komm jetzt mit zu meiner Frau, die bringt dich ins Bett, und keiner fragt dich. Meine Tochter ist verreist, also ist ihr Zimmer leer. Gut so?«

»Ja, gut. Danke«, preßte Iso hervor. Ihr Kopf taumelte an seine Schulter. Gleich darauf hörte er ein leises Schnarchen. Er lachte.

Sebastian schrie, es klang wie eine Fabrikpfeife. Caspar hatte beide Hände in Brüderchens Haare gekrallt und riß daran, als wolle er ihm eine sehr fest klebende Perücke abreißen. Beide Jungen waren puterrot und schwitzten. Iso versuchte, den Griff des größeren aus den Haaren des kleinen zu lösen, hatte aber keinen Erfolg damit. Gottlob kam Heidi gerade aus der Tür.

»Laß los, du Ungeheuer!« rief sie laut, packte ihren Erstgeborenen an den Schultern und zog ihn zurück. Der ließ los, brüllte aber:

»Er hat angefangen! Er –«

»Egal, dann hörst du eben auf.« Heidi hielt ihn vorsichtshalber fest, damit er sich nicht erneut auf den Kleineren stürzte, drückte ihn an sich und hielt ihm den Mund zu. Caspars Geschrei ging in ein Gurgeln über, verstummte. Sebastian erspähte seine Chance.

»Hier hat er mich gebissen – hier –« Er zeigte seinen rechten Unterarm. Man sah die Spur von zwei Reihen Zähnen. Heidi blickte auch hin, aber nicht so entsetzt wie Iso. Der grauste es.

»Jetzt ist Ruhe. Jetzt gibt's Mittagessen. Ich back' Eierkuchen.«

»Oh!« klang es zweistimmig, und schon war Frieden. Heidi, Iso und die beiden Bengels liefen ins Haus. In der kleinen gemütlichen Wohnküche rauchte es. Heidi riß die Pfanne vom Herd.

»Das habt ihr davon. Der ist hin.« Sie kratzte die verbrannten Reste aus der Pfanne und säuberte diese. Ein paar fertige Eierkuchen standen schon auf dem Tisch, auch Teller und Löffel. Heidi hob den Kleineren auf sein hohes Stühlchen und gab ihm den Löffel in die Hand.

»Nun los! Wart, hier ist Marmelade!«

Auch für sie und Iso war gedeckt. Heidi setzte sich aber nicht, sondern blieb am Herd stehen.

»Los, los, los, iß, sonst bleibt für dich nichts –«

»Und du?«

»Ich ess' aus der Pfanne. Nein, nein, laß mich stehen, ich komm' so schwer vom Stuhl hoch.«

Heidi war im neunten Monat, sie sah aus wie eine Kaffeemütze, fand Iso. Aber es entstellte sie nicht. Bei Heidi hatte man überhaupt immer das Gefühl, als könne nichts sie aus dem Gleichgewicht bringen. Iso freute sich jeden Tag hierzusein.

»Ich hab' am Telefon gesagt, daß ich dich brauche«, sagte sie und naschte ein Stück Eierkuchen aus der Pfanne, »autsch, das war heiß. Du wärst zu mir gekommen, weil ich jetzt Hilfe nötig habe.«

Sie hatte Isos Eltern angerufen, als das Mädchen zu ihr geflüchtet war. Aber erst am nächsten Morgen, die Eltern sollten sich ruhig etwas ängstigen. »Dann sind sie besser auf dich zu sprechen, und du kamst ja zu mir wie ein Engel vom Himmel.«

»Na, weißt du –«

»Doch. Und genau zur rechten Zeit. Spätestens in vier Wochen ist das nächste da. Meine Kinder erscheinen mit Vorliebe nachts. Und dann ist doch jemand bei den anderen Kindern! Ich hab' schon Vorwehen, aber die könnten auch – aua!«, sie krümmte sich ein wenig, »auch anzeigen, daß es sich erst senkt. Lieber Gott, hoffentlich – der gesegnete Zustand – vermaledeit – wär' er nur erst vorbei ...«

Iso bewunderte die Freundin. Trotz der beiden kleinen Reißteufel sah die Wohnung immer hübsch und schmuck aus, man sah Heidi nie putzen, hörte sie nie über den Haushalt stöhnen. Immer standen Blumen da, immer hübsche Tischdecken – es war wie Zauberei. ›So werde ich das nie können‹, dachte Iso, die sich auch ein Heim, einen Mann und Kinder wünschte, manchmal verzagt. ›Wie macht sie es nur?‹

Schorschel kam am Abend. Auf sein »Wie geht's?« antwortete Heidi nur mit einem verzerrten Gesicht: »Los geht's! Hast du getankt? Welch ein Glück! Tschüß. Iso, mein Engel! Und wenn sie brüllen, steck sie in die Badewanne, laß sie spritzen und toben. Rechts neben dem Schränkel steht ein Kasten mit Gummitieren; wenn du die zu den Jungen ins Wasser schüttest, hast du Frieden und Ruhe. Mach's gut –« Raus war sie, Schorschel hinterher. Iso stand und wußte nicht, was zuerst tun. Die Jungen brüllten gar nicht, und das war ihr eigentlich unheimlich. Der größere sah zu ihr auf.

»Kommt jetzt das Baby aus Mutters Bauch?«

»Ja.« Mehr traute sich Iso nicht zu sagen.

»Aus dem Bauchknöppel?« forschte der Jüngere. Iso nahm ihn auf den Arm.

»Ich glaub', das wär' gut. Aber weißt du, ich hab' noch kein Baby gekriegt, da weiß ich das nicht so genau –« Feige, feige, du bist genauso wie die anderen, schalt sie sich innerlich. Aber die Jungens waren ja noch so klein, mußte sie wirklich heraus mit der Sprache? »Ich les' euch im Bett noch was vor«, versprach sie, »aber erst müßt ihr in die Wanne, hat die Mama gesagt.«

Als die Jungen endlich, todmüde vom Wassertoben und Vorlesen, mit Gesichtern wie sündlose Engelchen, eingeschlafen waren, atmete Iso auf, aber nun begann für sie das Warten. Sie kam sich vor wie ein junger Vater, dem dies das erste Mal geschieht, sie fand nirgends Ruhe, weder mit einem Buch noch bei dem Versuch, einen Brief zu schreiben. Immer horchte sie, ob das Telefon nicht endlich klingelte. Schorschel würde sie doch sicher anrufen, wenn etwas mitzuteilen war. Aufzuräumen gab es weiter nichts, höchstens in der Kinderstube, aber sie wollte die Jungens nicht stören. Endlich hörte sie, wie jemand den Schlüssel in der Flurtüre drehte. Sie stürzte hin – ja, Schorschel!

»Ist es da?« stammelte sie. Er nickte und ließ sich auf dem Stuhl an der Garderobe fallen.

»Ja.«

Tiefer Atemzug.

»Und was?«

»Eine Tochter.«

»Oh!« Sie wußte, daß beide, Schorschel und Heidi, sich das gewünscht hatten.

»Und?«

»Ja, es ist –«

»Lebt es?«

»Und wie! Quietschlebendig und strampelnd, nur –«

»Nur? So sag doch –«

»Es hat eine Hasenscharte.«

Da war es heraus. Iso, die lange genug in einem Arzthaus gelebt hatte, fragte sofort:

»*Und* Wolfsrachen?« Sie wußte, was das bedeutete.

»Nein, das gottlob nicht. Und die – die Hasenscharte ist klein, soll diese Woche noch operiert werden.« Schorschel nahm sich zusammen, richtete sich auf. »Iso, es ist trotzdem ein Wunder. *Das* Wunder. Ich durfte dabeisein, das erste Mal. Ein Kind, ein neuer Mensch, eine neue Chance für die Welt ...«

»Ja!« Iso fiel ihm um den Hals. »Und das mit der Hasenscharte kommt bestimmt ganz in Ordnung. Niemand wird es später bemerken. Und Heidi, was sagt Heidi?« forschte sie. Schorschel lachte ein bißchen.

»Ja, das war echt Heidi. Die läßt sich nicht unterkriegen. ›Schön bist du nicht‹, sagte sie, als die Schwester ihr das Kind in den Arm legte, ›aber das wird noch. Häßliche Wiegenkinder, schöne Gassenkinder, sagt man bei uns zu Hause. Nun weine man nicht, ich hab' dich genauso lieb wie deine schönen Brüder, und wehe, wenn sie dich ärgern. Und zu Hause ist ja auch noch Iso –‹«

»Die hat dich jetzt schon lieb«, schluchzte Iso, »die war auch immer häßlich, und keiner konnte sie leiden. Schorschel, darf ich Patin sein? Bitte, bitte! Und wie wird sie heißen?«

»Wir wollten sie eigentlich Beatrix, das heißt die Glückselige –«

»Was heißt wollten! Beatrix, nun gerade! Ich nenn' sie Trixi. Unsere süße kleine Trixi! O Schorschel, und sie soll glücklich werden. Mit dem zweiten Namen Felizitas, das heißt noch einmal die Glückliche.« Sie lachten und weinten beide, Schorschel nahm die Brille ab, und Iso putzte sich die Nase, daß es dröhnte. Diese Stunde vergaßen sie nicht, er nicht und sie nicht.

7
Wanderjahre …

1931

Alexander hatte Abitur gemacht, ein hervorragendes Abitur mit lauter Einsen, als Primus Omnium der Schule. Er war in den letzten Jahren immer Primus gewesen, nun hielt er die Abschiedsrede: »Goethes Faust im Licht Spenglerscher Philosophie«. Spengler war Alexanders Leib- und Magenautor, Goethe weniger. Iso bedauerte das. Sie stopfte sich in jeder freien Minute voll mit Goethes Gedichten, das war Großmutters Einfluß. Natürlich bewunderte sie den großen Bruder sehr und bedauerte, nicht hinfahren zu können, wenn er ›auftrat‹. Doch Mutter Regine berichtete darüber in einem langen und stolzen Brief.

Iso konnte nicht fort, sie besuchte in Breslau eine Schule für Krankengymnastik. Sie hatte es durchgesetzt, diesen Beruf zu erlernen – dazu brauchte sie kein Abitur, sondern nur die mittlere Reife, die sie hatte. Entgegen ihrer Faulheit bei Tante Mips, deren sie sich jetzt insgeheim sehr schämte, war sie ausgesprochen fleißig und ernsthaft bemüht, den Anforderungen zu genügen, die an sie gestellt wurden. Sie wohnte bei Bekannten von Schorschel und Heidi in Breslau, verbrachte aber jedes Wochenende bei ihnen, hatte sich innig an Heidi angeschlossen. Schorschel hielt treu zu Regine, die er als seine Beinaheschwester betrachtete, schickte ihr, als Alexander zu studieren begann – er hatte Freiburg gewählt, und wer konnte wohl diesem Sohn widerstehen! –, fünfhundert Mark als ›kleine Beihilfe‹, damals eine ungeheure Summe, wiederzugeben erst, wenn Alexander Regierungsrat wäre. Regine nahm es dankbar an. Auch nach Camenz, zu Haberlands, kam Schorschel nie, ohne etwas mitzubringen, da er ahnte, wie schlecht es ihnen ging. Er war ein rührend guter »Beinahesohn«.

Christiane ging nun auch auf die Höhere Schule und machte den Eltern viel Freude. Immer wieder hob Regine es hervor. Sie empfand es als Glück, daß sie diese Tochter noch bekommen hatte. Iso machte ihr nach wie vor Sorgen; Regine war unzufrieden mit ihr und sollte es bis an ihr Lebensende bleiben. Außer Heidi hielt eigentlich nur noch die Großmutter zu Iso, die sich nicht ausreden ließ, daß auch aus Iso noch etwas werden würde. Großvater, der Iso doch als Kind so sehr geliebt hatte, konnte ihr nicht verzeihen, daß sie ihr Haar modisch kurz trug. Iso bedauerte es, daß dieses früher so gute Verhältnis nicht mehr das alte war. Und der Beruf, den sie gewählt hatte, kam dem des Arztes doch in gewisser Beziehung nahe. Vielleicht war es sogar das, was Dr. Haberland verdroß.

»Krankengymnastinnen haben es im Krankenhaus schwer: die Ärzte nehmen sie nicht für voll, und die Schwestern mögen sie nicht.« Das mußte Iso hören, die ohnehin darunter litt, daß sie nicht anerkannt wurde zwischen dem hochbegabten älteren Bruder und der bildhübschen kleinen Schwester. An eine eigene Praxis zu denken wäre bei der finanziellen Enge des Mittelstandes Blasphemie gewesen. Großvater sagte auch das.

Dieses Urteil zeigte, daß Großvater Haberland keineswegs altersgestört war, wie es mitunter den Anschein hatte. Er war nur verbittert und besorgt um sein geliebtes Deutschland und verschloß sich mehr und mehr vor den Menschen.

Eine große Freude erlebten er und seine Frau noch: die goldene Hochzeit. Regine hatte mühsam und entsagungsvoll am täglichen Wirtschaftsgeld gespart, um der ganzen Familie die Reise zu ermöglichen. Alexander und Iso sollten auch dabeisein, fand sie. So gab es noch einmal ein großes und vielköpfiges Familienfest im Doktorhaus Haberland. Die beiden ›Kinder Geist‹ kamen für die Großeltern überraschend; das gesamte Dorf nahm teil. Friederike war natürlich auch da, mit ihren ältesten Kindern, und der Tag verlief über die Maßen großartig. Selbst Großvater Haberland lebte auf, er sah, wie die Dorfleute immer noch an ihm hingen, sie brachten Blumen und Lebensmittel, Eier, Geräuchertes, Würste, Kuchen und Torten. »Allein zwölf Torten«, berichtete Friederikes ältester Sohn, »ich hab' schon dreimal gebrochen.« Er hieß übrigens nicht Fritz nach seinem Vater, sondern Walter nach dessen gefallenem Bruder. Er war ein lustiger, verschmitzter, vergnügter Kerl und Isos Liebling. Sie war seine Patin und freute sich jedesmal sehr, wenn sie ihn traf.

Friederike, noch immer strahlend schön und von ihrem Mann bewundert und vergöttert, genoß es, im Kreise ihrer Kinder daheim zu sein und ihrer Mutter abnehmen zu können, was abzunehmen war an einem solchen Festtag. Regine stand ein wenig in ihrem Schatten. Ihre Kinder – nun ja, Alexander sah zur Zeit nicht besonders gut aus. Er hatte in den Ferien den Monte Rosa erklommen und sich dabei eine Augenentzündung geholt. Das Weiße darin war rot, und er sah recht entstellt aus. Mit Iso konnte man sowieso nie Staat machen. Sie trug das Haar jetzt in einem Herrenschnitt, der alte Leute entsetzte, und kämpfte mit ihrem

Gewicht. Nur Christiane konnte man ›vorzeigen‹, und das tat Regine auch. Großvater Haberland hielt bei Tisch eine Rede, die wenig erfreulich war.

»Das ganze Leben gearbeitet und geschuftet und nun am Ende nichts als Dornen am Gesträuch –« Wer hört das schon gern. Großmutter Haberland am wenigsten.

Als ihr Mann geendet hatte, hob sie beide Hände.

»Tille mal sein!« So hatte Friederike als Kind oft gerufen, wenn sie etwas sagen wollte. Und so rief jetzt Großmutter Haberland:

»Ihr meine geliebten Blüten am dornigen Gesträuch ...« Und dabei gingen ihr die Augen über. Und nicht nur ihr. Dieser Ausruf ging tiefer in die Herzen aller Anwesenden als Großvaters Klage. Man stieß an und küßte einander, und Großmutter flüsterte: »Danke, danke, danke, lieber Gott.« So wurde es ein schönes Fest, ein unvergeßliches.

Iso war still. Sie befand sich mitten in einer Herzenskrise. Denn sie hatte sich in einen verheirateten Mann verliebt, der sich angeblich scheiden lassen wollte und nicht hielt, was er versprochen hatte. Sie konnte sich nicht fangen, obwohl sie sich alle Mühe gab. Einzig Walters Augen brachten sie manchmal zu einem Lächeln. Mutter Regine betrachtete sie mit Sorge.

Daß man doch mit dieser Tochter nie klarkam! Nun hatte sie den ersehnten Beruf – Heidi jedenfalls berichtete immer wieder, wie fleißig und engagiert sie sei –, da verliebte sie sich in einen ganz unmöglichen Menschen. In einen verheirateten Mann! Das erschien Regine nicht nur unpassend, sondern ausgesprochen sündhaft. Ja, Töchter konnten einem schreckliche Sorgen machen! Dagegen wog Alexanders Besessenheit fürs Klettern nicht so schwer. Alexander war, fand Regine, wenn auch finanziell noch abhängig, doch ein erwachsener Mann, und Regine schätzte Männer sehr hoch ein. Iso würde in diesem Sinne nie erwachsen werden, sagte sie sich beklommen, sondern das Sorgenkind der Familie bleiben. Auch daß sie so dick geworden war, beschwerte Regines Herz. So lieb sie ihre eigene Mutter hatte, ihrer Tochter wünschte sie nicht, daß sie ihr in körperlicher Hinsicht gleichen möge. Sie selbst litt unter den Ansätzen, die in ihrem Alter natürlich waren, sehr und beneidete Friederike, die zwar auch nicht schlank, aber doch viel schöner war und so viel jünger. Dies alles ging ihr durch den Kopf, als sie am nächsten Tag in der Bahn saß, nicht schlafen konnte und versuchte, sich an Christianes Gesicht zu trösten, die, schlafend, so unschuldig und reizend aussah. Christiane würde ihr einmal keine solchen Sorgen machen, meinte sie.

Meinte sie. Christiane besuchte jetzt die Oberprima. Und wogegen die Eltern bei Iso seinerzeit Bedenken getragen, was sie verboten und unterbunden hatten, nämlich sich der Jugendbewegung anzuschließen, das fanden sie nun bei Christiane wünschenswert. Die kleine Schwester ›durfte‹ alles, was für Iso unerreichbar gewesen war: an Nestabenden teilnehmen und Volkstänze lernen, vor allem aber Fahrten mitmachen. Früher hatten sie erklärt, dies sei nur für Kinder, deren Eltern sich nicht um sie kümmerten. Iso könne ja sonntags mit den Eltern spazierengehen, da komme sie auch an die Luft. Alexander brauchte nie mitzugehen. Er hatte sich, zeitiger als seine Altersgenossen, von jenem Mann faszinieren lassen, der versprochen hatte, Deutschland groß und frei zu machen, und es statt dessen in Krieg, Brand, Blut und Elend stürzte. Mit seinem Vater konnte er sich in dieser Beziehung nicht verständigen, der sah schwarz und warnte nur. Regine glaubte, von Politik zuwenig zu verstehen, und gab am liebsten dem vergötterten Sohn recht, auch wenn sie ihrem Mann widersprechen mußte. So herrschte in der Familie Geist wie in vielen anderen zu jener Zeit ein gespannter Zustand, der auch nicht gemildert wurde, als Alexander sich zum erstenmal richtig verliebte, in ein Mädchen, das den Eltern gar nicht recht war.

»Noch nicht fertig mit der Ausbildung und schon verlieben«, tadelte Dr. Geist. Seine Frau schwieg dazu. Freilich versuchte sie auch zu beschwichtigen, aber gut gelang es nicht. Sie selbst mochte das quicklebendige, gescheite und auch hübsche Mädchen von Anfang an gern und war, trotz der krausen Ideen, die die Kleine von sich gab, ganz zufrieden mit Alexanders Wahl. Freilich, daß Carola sehr emanzipiert auftrat, nie Hausfrau werden wollte und ›keinem Mann untertan sein würde‹, ›nie diesen Namen tragen‹, wie sie ungeniert äußerte, gefiel auch Mutter Regine nicht.

»Das endet mit Pistolen!« prophezeite Vater Martin, »überleg es dir recht, Alexander!« Das tat dieser keineswegs, sondern heiratete, allerdings erst zwei Jahre später.

Iso war inzwischen mit ihrer Ausbildung fertig geworden, ihr fehlte nur noch das Anerkennungsjahr. Da kam ihr ein Zufall zu Hilfe: Eine Cousine Heidis, eine Pfarrfrau, die im Alter zwischen Heidi und Iso stand, brach sich ein Bein, nachdem sie eben das vierte Kind zur Welt gebracht hatte. Kompliziert, wie der Bruch war, würde sie monatelang liegen müssen, sagten die Ärzte. Die Lage der Familie war hoffnungslos, denn eine Hausgehilfin konnte sich der Pfarrer nicht leisten.

»Menschenskind, Iso, dorthin solltest du gehen«, sagte Heidi sofort,

»das sind tolle Menschen! Kinderreich sind sie« – damals war man mit vier Kindern eine ›Vollfamilie‹ – »auf dem Lande leben sie, die Mutter ist besonders nett und sehr lachlustig, der Vater rund und voller Scherze. Zu ihnen kämst du wie ein Engel vom Himmel!«

»In ein Pfarrhaus?« fragte Iso zögernd. Sie kannte das Zuhause der Schwester und des Schwagers ihres Vaters, die auch in einem ländlichen Pfarrhaus lebten. Einmal war sie in den Ferien dort gewesen und hatte sich zwischen den braven Pfarrerskindern ziemlich bedrückt gefühlt. Zwar kannte sie den Spruch: »Pfarrers Kinder, Müllers Vieh gedeihen selten oder nie«, aber dort traf es wohl im besten Sinne zu. Heidi lachte.

»Keine Sorge. Bertram ist, wie gesagt, ein lustiger Patron. Er hält Hunde und Schafe, im Turm seiner Kirche nisten Schleiereulen, deren Junge er betreut. Er hilft im Dorf, wo es nötig ist, in Hemdsärmeln und Hosenträgern, versorgt zwei Kirchen und ist überall beliebt. Fahr doch wenigstens mal hin und sieh dir die Wirtschaft an.«

»Wo wohnen sie denn?« fragte Iso.

»In Taubergießen.«

»Nie gehört.«

Es war weit weg, vor allem für Leute, die nie Geld hatten. Heidi holte den Atlas. Sie beugten sich beide darüber.

»Hier fließt der Rhein, und hier ist ein Naturschutzgebiet, und hier –«

»Ist das schon Frankreich?«

»Ja, gegenüber. Ganz nahe.«

»Na schön, schreib mal hin. Aber die Fahrt ist sicher furchtbar teuer.«

Schorschel, der gerade hereinkam, hörte den letzten Satz und erkundigte sich, worüber man denn so ratschlage. Er griff den Plan auf und bot Iso an, ihr die Fahrt zu bezahlen.

»Deinem Bruder hab' ich auch mal was zugeschustert«, erzählte er, als Iso meinte, das könne sie doch nicht annehmen. Sie war ganz fassungslos über dieses noble Angebot. Daß man einem derart begabten und vielversprechenden Jungen beim Studium half, fand sie verständlich, aber ihr ...

»Meinst du, du bist weniger wert als ein Junge?«

Schorschel fragte es lachend, aber sie hörte den Ernst dahinter. Es verwunderte und beglückte sie. Noch nie hatte jemand das zu ihr gesagt.

Doch, einmal während ihrer Kindheit! Sie besann sich noch genau – eine Besucherin hatte Alexander und ihr Ausschneidebogen mitgebracht. Darauf waren Babys, ganz altmodisch, mit Tragekleidchen und ›Tunzebetteln‹, wie man in Schlesien die Steckkissen nennt. Eines der

Babys hatte die Augen geöffnet, das andere nicht. Natürlich wollten beide das mit den offenen Augen, und Alexander beanspruchte es sofort für sich. Da aber schaltete sich Vater Martin ein, der zufällig Zeuge dieser Verhandlung war.

»Wieso meinst du, du müßtest das hübschere haben? Weil du zufällig eher geboren und ein Junge bist? Nein, das kriegt Iso. Die ist ein Mädchen, und Puppen sind zunächst für Mädchen da.«

Iso stand stumm. Mädchen, die vor Jungens rangierten! So was gab es doch nicht!

Später, als der Vater nicht mehr dabei war, erntete sie ein paar kräftige Boxhiebe von Alexander, aber gegen die Entscheidung des Vaters wagte er doch nicht anzugehen.

»Ich will gar keins von den Dingern«, sagte er und warf ihr das seine vor die Füße. Iso hob den Bogen auf, verschüchtert, aber doch beglückt, und nahm das schlafende Baby erst recht an ihr Herz. Später kam sie auf die Idee, ihm geöffnete Augen anzumalen. Danach mußte sie beide Bogen vor Alexander verstecken. Diese Episode hatte sie nicht vergessen. Jetzt freute es sie, daß Schorschel ähnlich dachte wie damals ihr Vater.

So also rüstete sie sich, ihre Reise ins Unbekannte anzutreten, Schlesien zu verlassen. Es fiel ihr nicht leicht. Sie machte noch einen Abschiedsbesuch bei den Großeltern und stand lange vor der großen Landkarte, unter der sie, im Fieber liegend, ihre Grippe durchgemacht hatte. Einmal – sie besann sich noch genau – hatte sie einen schrecklichen Traum gehabt: sie mußte mit einem Schwein durch Deutschland reisen. Mit einem Schwein, nicht mit einem Pferdel, das damals neben ihrem Bett stand. Ihr Pferdel – sie konnte es jetzt nicht mitnehmen, es blieb in Leipzig. Lange, lange stand sie und betrachtete Deutschland, wie es vor dem Krieg gewesen war: von der Maas bis an die Memel, von der Etsch bis an den Belt …

Sie schnitt aus rotem Papier zwei kleine Herzen aus und klebte sie auf die Karte, dorthin, wo am Rande der Grafschaft Camenz, *ihr* Dorf, lag, und dorthin, wo sie ihren neuen Wohnsitz vermutete. Von einem Herzen zum anderen malte sie einen dünnen, kaum erkennbaren Strich mit Rotstift. Dabei kamen ihr die Tränen, obwohl sie sich immerzu halblaut vorsagte: ›Ich komme wieder. Ich komme wieder, bestimmt …‹

Bertram holte sie vom Bahnhof ab. Sie erkannte ihn sofort. Er hatte sich im Dorf einen Bretterwagen mit eisenbeschlagenen Holzrädern geliehen, gezogen von einem strammen Braunen, den Iso klopfte und streichelte. Bertram lud ihr Gepäck auf.

»Mehr Schrankkoffer hast du nicht? Ich dachte, es käme eine Dame von Welt«, sagte er vergnügt. Seine Augen zwinkerten lustig. Iso hatte ihr Fahrrad mitgebracht, und auch das wuchtete er auf den Wagen.

»Du sitzt neben mir, du bist jetzt meine zweite Frau«, sagte er und zerrte sie auf das Holzbänkchen hinauf, das den Bock des Gefährts darstellte. »Hüo, alte Scharteke, nun zieh uns mal nach Hause, Gundi wartet.«

Das Pfarrhaus lag neben der Kirche des Dorfes, dessen Name mit ›weier‹ aufhörte. Hier gab es viele Dörfer, die auf ›weier‹ endeten. Mönchsweier hieß dieses, »aber das ist schon lang, lang her, jetzt gibt's hier keine mehr. Mönche aus Straßburg sollen den Ort gegründet haben, so um 850, wir sind also sehr historisch. Nicht hysterisch, verwechsel' das bitte nicht!« Er lachte.

»So haben wir beispielsweise noch einen Fischer im Dorf, einen richtigen, berufsmäßigen, ich zeig' dir nachher sein Haus. Und kennenlernen wirst du ihn auch. Seine Rechte gehen bis in die Zeit der Maria Theresia zurück. Respekt, ja? Und wir liegen nahe am Rhein und können nach Frankreich hinübersehen, auch hinüberschwimmen. Versuch's aber nicht, sonst wirst du mitten im Fluß aufgefischt. Bewundere lieber die vielen schönen Fachwerkhäuser. Die alten sprechen für sich – du wirst nie wieder fortwollen, so schön sind sie – und die neuen auch, die in der Art der alten gebaut sind. Schön, zum Verlieben schön. Schade, daß wir gerade in einem andern wohnen! Dafür ist unseres innen das gemütlichste, das ich kenne, ein wirkliches Zuhause. Nur sehr ordentlich ist es bei uns nicht, zumal jetzt, da Gundi liegt und wir ein neues Kind haben. Das ist überhaupt das schönste von allen. Es heißt Lea.«

»Lea, war das nicht – –«

»Genau. Die Tochter des langen Laban. Ich bin etwas kürzer geraten, dafür mehr in die Breite gegangen. So gleicht sich alles aus. Und unsere Lea ist schön, du wirst sie bestimmt liebgewinnen.«

»Damals war es doch so, daß Jakob um Rahel warb, um die Jüngere, und man ihm dann Lea gab?«

»Genau. Aber Rahel bekam er dann doch noch, er mußte nur noch einmal sieben Jahre um sie dienen. Ich glaube allerdings, damals waren die Jahre kürzer, denn die Leute wurden älter als heute. Jakob, wie es heißt, hundertzehn Jahre.«

Als sie ankamen, rannten Bertrams größere Töchter ihnen entgegen, die älteste mit Lea auf dem Arm, alle rund und drall wie der Vater. Sie umarmten Iso und redeten auf sie ein, die eine Schwester zerrte sie gleich mit sich zum Schlafzimmer der Mutter. Gundi lag im Bett und lachte Iso entgegen, und ringsum sah es aus, als wäre das Zimmer drei Wochen lang nicht aufgeräumt worden. Spielzeug lag auf der Erde, Kleidungsstücke, Bücher und Zeitungen, man hätte keinen Fingerhut dazustellen können. In der Ecke stand ein Klavier, vor dem Benjamin, der Zweitjüngste, saß und zu spielen probierte, einen Schnuller im Mund. Er war sehr hübsch, hübscher als Lea, und der Schnuller prangte in der Farbe seines Anzugs, einem strahlenden Blau. Iso stieß in den ersten Tagen ihres Aufenthalts überall auf Schnuller in allen Farben, denn selbst Lea verlangte, so klein sie war, immer einen, der farblich paßte.

Iso lernte vieles. Es gab merkwürdige Sitten und Gepflogenheiten, vor allem aber erfuhr sie, wie herzlich und liebevoll es in dieser chaotischen Familie zuging. Einer half dem anderen, keiner tyrannisierte einen anderen, wie sie es daheim von Alexander gewöhnt war. Außerdem kümmerten sich die Töchter um Kranke in der Gemeinde, um den Kindergarten, sangen im Kirchenchor und fütterten einen alten Landstreicher mit durch, der im Heu schlief. Wer eigentlich kochte, war nicht auszumachen. Iso betrachtete das Ganze staunend und krempelte dann die Ärmel hoch, innerlich und äußerlich. Es wäre doch gelacht, meinte sie, wenn sie hier nicht Luft schaffen könnte! Sie war durch ihre Ausbildung als Krankengymnastin gewöhnt, sich nicht zu schonen. So sprang sie mit viel gutem Willen mitten hinein in die Arbeit.

Eines allerdings erreichte sie nicht, was ihr als das notwendigste erschien: die Stube, in der Mutter Gundi lag, einigermaßen in Ordnung zu halten. Dort übten die Töchter Klavier, dort komponierte Ben – sie hatte es anfangs nicht glauben wollen, aber so war es – den Schnuller im Mund –, dort wurde gebastelt und gespielt, Lea kroch umher und balgte sich mit zwei jungen Katzen und einem Hündchen, das zur Familie gehörte – es fehlte nur noch, daß die Schleiereulen einbezogen wurden und mit ihnen lebten. Irgendwann einmal äußerte sie es. Da lachte Gundi.

»Hauptsache, du bist da. Du glaubst ja nicht, wie es zuging, als nur hin und wieder eine Frau aus dem Dorf kam und nach mir sah. Da war es schwer für mich, zu liegen und nichts zu tun. Die Frauen griffen zum Teil auch zu, mehr oder weniger.«

»Meist wohl weniger«, sagte Iso und lachte auch, während sie das Hündchen unter dem Bett hervorholte, »nun komm schon, Kerlchen, du mußt jetzt in den Garten, hier ist keine Gelegenheit für dich!«

Nachts schlief oft die ganze Familie in den elterlichen Betten, am häufigsten die jüngeren Kinder, oft aber auch die größeren Töchter, wenn sie einen Kummer hatten und mit der Mutter flüstern wollten. Zum

Ensemble gehörte auch noch ein Opa, der ein Zimmer im oberen Stock bewohnte. Meist lag er im Bett. Er stand nur auf, wenn ihm eine der Töchter das Essen hinaufbrachte. Er litt sehr darunter, daß ihm, altersbedingt, manchmal Wörter nicht einfielen, an die er sich erinnern wollte. Dann rief er, wenn er jemanden durch den Garten oder über den Hof gehen hörte, mit Stentorstimme hinunter:

»Das Wort! Das Wort!«

Hörte Gundi ihn rufen, so rief sie ebenso laut zurück, was ihr gerade einfiel, etwa »Chlorophyll« oder »Gründonnerstag« oder »Schinderhannes«. Jetzt, da sie lag, mußte das ein anderer für sie tun. Auch Iso lernte, »das Wort« hinaufzurufen. Dann war der Opa zufrieden. Sein Fenster stand immer offen.

Nachts kroch der fünfjährige Ben häufig zu den Eltern in die Federn. Einmal vertraute er Iso an:

»Papi und Mami schlafen aber nicht immer. Manchmal, wenn ich aufwach', sind sie auch wach, und dann macht der Papi mit der Mami Fröschle. Das find' ich lustig. Aber ich bin immer ganz still und sag' nichts, damit ich sie nicht stör'.«

Eines Tages gab es einen großen Jubel, als Vater Bertram mit einem Telegramm ans Bett seiner Frau trat.

»Hängt Girlanden raus, Richard der Eroberer kommt.«

»Es heißt: William der Eroberer«, korrigierte Gundi, die die Bettruhe zum Lesen nutzte und Shakespeare liebte. »Aber Richard heißt er nun mal. Da müssen wir Salzkuchen backen. Den ißt er so gern und kriegt ihn nirgends sonst als hier. Jule weiß das Rezept.«

»Und wer ist Richard?« erkundigte sich Iso.

»Vatis Bruder, mein Schwager. Er ist wahnsinnig nett, Schauspieler, ein geborener Komödiant. Großartig. Aber eigentlich das Sorgenkind der Familie.«

»Wie ich«, sagte Iso. »Meine Eltern haben mit mir auch nur Sorgen gehabt.«

Jetzt konnte sie es aussprechen, ohne daß es weh tat. »Schauspieler ist er? Ich hab' noch nie einen Schauspieler kennengelernt, ich meine: persönlich.«

Es stellte sich heraus, daß es kaum verschiedenere Brüder geben konnte als diese beiden, Bertram und Richard Dominikus. Bertram nicht allzu groß und rundlich; Richard mager und eckig. Sein Gesicht wirkte älter, obwohl er der jüngere war. Vor allem fiel sein stürmisches Kinn auf. Iso beobachtete ihn, wie er mit den Kindern der Familie umging. Alle paar

Minuten brandeten Lachsalven auf, dann wieder sah sie, wie die ältere Tochter neben ihm saß und weinte – vielleicht hatte sie ihm gerade ihren Liebeskummer anvertraut, mit dem sie die Mutter nicht belasten wollte. Iso ging still hinaus, sie hatte den Ausdruck auf dem Gesicht des Mannes wohl gesehen.

Einmal traf sie mit Richard hinter der Kirche zusammen. Er stand vor einem Haufen alter Grabkränze, den er angezündet hatte, stieß mit dem Stiefel hervorstehende Äste in die Glut und schien ganz versunken. Sie blieb neben ihm stehen. Es war gegen Abend, eine schwarze Wolkenwand stand im Westen, reichte aber nicht bis zum Horizont hinab. Dort sah man einen breiten, lachsfarbenen Streifen.

»Schön, ja?« sagte Richard nach einer Weile und deutete auf den Himmel. »Ich bin gern hier bei meinem Bruder, und sooft ich kann. Hier hat alles seine Ordnung.« Er mußte lachen, und sie lachte auch. Ordnung war ja in diesem Haus sozusagen ein Fremdwort.

Doch sie hatte ihn genau verstanden. Nach einer Weile fragte sie: »Hast du kein Zuhause?«

Er schüttelte den Kopf.

»Vielleicht werde ich nie eines haben. Schauspieler – weißt du – das halbe Jahr ist man auf Tournee –«

Aber es gibt doch Schauspieler, die heiraten und eine Familie haben«, sagte Iso dann. »Man muß doch –«

»Was muß man?«

»Wissen, wo man hingehört. Oder nicht? In diesem Beruf nicht?«

»Doch. Deshalb – Bertrams Familie ist sozusagen die meine«, sagte er jetzt, wie erwachend. »Man kann eben nicht alles im Leben haben. Den Wunschberuf und ein Zuhause – ich führe ein Vagabundenleben, heute hier, morgen dort, und habe eigentlich keine Heimat, kein festes, warmes Zuhause –«

Sie schwiegen. Dann sagte er lachend, so, wie er meist sprach:

»Onkel heißt man bestenfalles,
aber dieses ist auch alles.«

»Ich wünschte, ich hätte so einen Onkel«, sagte Iso, »einen, der mich versteht. So wie Elke –«

»Du meinst, weil sie mir gestern ihr Herz ausgeschüttet hat? Ja, dazu sind Onkel gut.«

»Wir sind ohne Vater aufgewachsen«, sagte er nach einer kleinen Weile, »wir Geschwister. Aber wir hatten einen wundervollen Onkel. Mit dem konnte man alles besprechen. Mich hat es von jeher zum Theater gezogen, das war etwas Neues in der Familie. Es war üblich, daß ein Sohn Geistlicher wurde, mein Vater ist es gewesen –, und man erwartete es auch von mir. Bertram war damals lange krank, niemand dachte daran, was für einen Beruf er ergreifen würde. Ja, man fürchtete sogar seinen Tod. Die Familie erwartete von mir, daß ich die Tradition hochhalten würde. Als ich etwa achtzehn war, sprach mein Onkel mit mir.

›Nein, ich will Schauspieler werden‹, sagte ich ›ich will es, ich muß es. Nur das. Ich weiß es genau.‹

›Und nicht Geistlicher? Fehlt es dir am Glauben?‹ fragte der Onkel. Er fragte es so ruhig und sachlich, wie man etwa fragt: ›Brauchst du neue Turnschuhe?‹

›Nein, ich glaube‹, sagte ich heftig. ›Aber nicht immer. Als Geistlicher muß man doch immer glauben!‹

›Ach, du Kind‹, sagte der Onkel und lachte. Er konnte so liebevoll und freundlich lachen. ›Weißt du nicht, daß in der Bibel steht: Ich glaube, Herr, hilf meinem Unglauben.‹

›Steht das drin?‹ fragte ich staunend.

›Ja, bei Markus. Ist ja gleichgültig, wer es gesagt hat. Sieh mal, Junge, du willst Schauspieler werden. Das heißt, du mußt dich in jede Rolle, die du übernimmst, hineindenken, hineinzwängen, notfalls hineinprügeln. So lange, bis du derjenige wirklich bist. Ob das nun Richard der Dritte ist – das liegt bei deinem Namen ja nahe – oder der Volksfeind von Ibsen, der Dauphin in der Heiligen Johanna von Shaw‹ – die war damals neu und regte sozusagen die ganze Welt auf – ›oder ein Depp in einem bayrischen Volksstück – in der Rolle mußt du wirken, als wärest du es selbst. Als Geistlicher auch. Wenn du trösten mußt, so muß dein Trost so überzeugend, so umwerfend wahr sein, daß der Bedürftige deinen Trost annimmt. Es klingt vielleicht blasphemisch, ist es aber nicht: Diese beiden Berufe gleichen sich, der des Schauspielers und der des Geistlichen.‹ Ich hab' mich aber doch für den ersteren entschieden.«

Iso schwieg. Sie forschte in ihrem Inneren, versuchte ganz ehrlich zu sein. Sie hatte ihren Kinderglauben eigentlich nie abgelegt. Bei ihrer Situation innerhalb der Familie brauchte sie einen Halt. Ein sehr guter Konfirmandenunterricht hatte ihr die Gewißheit gegeben, auf dem richtigen Wege zu sein. Manchmal hatte sie gezweifelt, doch dann hatte sie sich wieder daran geklammert, daß sie ohne Gott allzu allein dastünde. »Ich glaube, Herr, hilf meinem Unglauben.« Sie hatte dieses Wort bisher noch nie gehört, nun erschien es ihr wie eine Erleuchtung. Sie sah zu Richard auf. Er lächelte.

In diesem Augenblick kam Ben angerannt, atemlos, und keuchte: »Die Eule! Die Eule!«

»Was ist mit ihr?«

»Sie sitzt auf der Tanne!«

Richard und Iso liefen hin. Wirklich, auf der hohen Tanne zwischen Kirche und Pfarrhaus hockte die Schleiereule. Man sah, daß sie verstört und ratlos war; sie schlug mit den Flügeln, flog immer wieder zum Pfarrhaus hinüber und versuchte, unter dem Dach in das runde Fensterchen zu schlüpfen, hinter dem der oberste Bodenraum lag. Dort hatte sie ihr Nest mit den Jungen. Das Fenster aber schien geschlossen zu sein. Sie prallte dagegen.

»Wer hat denn bloß das Fenster zugemacht?«

Iso wußte, daß heute früh eine Frau aus dem Dorf dagewesen war. Sie hatte irgendeinen Tee gebracht, der noch getrocknet werden mußte. Vielleicht hatte sie, ohne es zu wollen und zu wissen, die Eule ausgesperrt.

Iso sprang die Treppen hinauf, eine nach der anderen. Als sie auf dem obersten Boden anlangte, sah sie, daß sie recht vermutet hatte: es war dunkel, das Fensterchen geschlossen. Sie öffnete es, und ein schräger Lichtschein fiel in den Raum. Iso lief wieder hinaus.

Ben und Richard standen noch im Garten und schauten hinauf, wo die Eule auf der Tanne saß. Sie hatte es wohl aufgegeben, noch einmal anzufliegen. Wie sollte man ihr klarmachen, daß sie jetzt hineinkonnte?

»Ich klettere hinauf und scheuch' sie«, sagte Richard entschlossen. Und schon begann er, die Tanne zu erklimmen. Iso stand dabei und trat vor Spannung von einem Fuß auf den anderen.

»Sie wird ihm doch nichts tun?« fragte sie den kleinen Ben, der auch hinaufstarrte. Er schüttelte den Kopf.

Richard war jetzt ganz nahe bei der Eule. Er schien mit ihr zu sprechen, machte ein paar Bewegungen auf das Pfarrhaus zu. Iso hielt den Atem an. Jetzt – jetzt schien sie zu verstehen. Sie breitete die Flügel aus und flog hinüber. Husch, war sie in dem runden Fensterchen verschwunden.

»Hurra!« schrie Ben. Da krachte es über ihnen, und Iso sah Richard fallen. Er griff um sich, erwischte einen Ast und blieb daran hängen. Der Ast hielt sein Gewicht aus, glücklicherweise.

»Habt ihr eine Leiter?« fragte Iso, vor Aufregung ganz leise. Ben nickte und rannte zum Schuppen, Iso folgte. Aber noch ehe sie dort waren, hörte sie einen Aufprall. Sie sah zurück – Richard war zur Erde gesprungen, obwohl er noch ziemlich hoch war, war in die Hocke gegangen und richtete sich eben auf. »Richard!« schrie sie angstvoll. Aber er lachte.

»Nichts passiert. Gutgegangen«, beruhigte er sie.

Sie rannte zu ihm hin. Er fing sie auf und hielt sie einen Augenblick lang an sich gedrückt. Ben krähte:

»Das erzähl' ich Vati. Immer sagt er, wir sollen nicht so hoch runterspringen –«

»Ich tu' es auch nicht wieder«, versprach Richard und massierte seinen Knöchel, während er auf einem Bein balancierte. »Tut aasig weh. Ist aber wohl nicht gebrochen.« Er stützte sich auf Isos Schulter und versuchte aufzutreten. Es ging. Sie atmeten alle drei auf.

Ben berichtete es natürlich doch seinen Eltern, aber niemand schalt. Alle waren Richard sehr dankbar und priesen ihn über den grünen Klee. Iso bewunderte ihn. In dieser Familie nahm ein jeder teil an dem, was den anderen geschah. Auch Iso fühlte sich eingeschlossen.

8

Die Liebe

Ein paar Tage später bekam Richard die Aufforderung, sich in Leipzig am Alten Theater vorzustellen. Er freute sich sehr. Das Ensemble kannte er; eine Tournee wurde geplant. Er erzählte es sofort.

Iso war dabei, als er am Bett seiner Schwägerin saß und berichtete. Leipzig – es ging ihr durchs Herz. Das Alte Theater, der Tröndlinring, die Thomaskirche und das Denkmal Johann Sebastian Bachs. Wie oft hatte sie dort gestanden! Da traf sich nach der Freitagsmotette die musikliebende Jugend Leipzigs, vor allem die jugendbewegte. Leipzig, unvergeßlich und Heimat trotz allem ...

»Wie fährst du denn hin?« fragte sie nach einer Weile, als Richard schwieg.

»Hab' leider kein Auto, also mit der Puffbahn«, sagte er. »Soll ich dir was mitbringen?«

»Ach ja. Ach, wär' das schön! Aber ich weiß nicht –«

Das Pferdel. Sie hatte noch nie davon gesprochen. Jetzt aber brandete die Sehnsucht danach in ihr auf, ganz unerklärlich stark. Ihr Pferdel ...

Konnte sie Richard zumuten, daß er es, unter den Arm geklemmt, in der Bahn mitbrachte? Sie wußte es nicht. Sie wußte auch nicht, warum ihr plötzlich die Tränen in die Augen schossen, wandte sich rasch ab. Gundi aber hatte es bemerkt.

»Da denkt wohl jemand an seine Eltern?« fragte sie freundlich. Iso nickte beklommen.

»Deine Eltern wohnen in Leipzig? Ich dachte, in Schlesien?« sagte Richard jetzt. »Fahr mit, das wär' doch schön! Kannst du sie drei Tage entbehren?« Er sah Gundi an.

»Wenn sie möchte –«. Natürlich sagte Gundi nicht nein. »Klar wird sie wiederkommen. Und die Fahrt bei diesem traumhaft schönen Wetter –«

»Ein Auto treiben wir schon auf«, sagte jetzt Bertram, der dazugekommen war. »Fahrt nur, ihr beiden. Iso hat sich ein paar Tage Ferien wohl verdient, und Richard hat unser Eulengelege gerettet ...«

Richard ging ans Telefon und kam strahlend wieder. Auch Iso strahlte. Sie lief, um sich noch eine Bluse zu waschen, und Gundi gab Elke, der zweitältesten Tochter, Anweisungen, was für Kuchen sie backen solle. »Erstens fürs Mitbringen zu Geists und dann für unterwegs ...«

Leipzig lag hinter ihnen. Alles war gutgegangen, sowohl am Theater wie bei Isos Eltern. Nun waren sie auf dem Rückweg. Das Wetter war immer noch traumhaft, Nachsommer, Frühherbst. Sie sangen. »Geh aus, mein Herz, und suche Freud ...« Plötzlich schleuderte der Wagen. Richard fing ihn gerade noch ab.

»Was ist?« fragte Iso.

»Wir haben vorn einen Platten. Na ja, wir haben ein Reserverad. Es dauert nicht ewig –« Er hielt. Sie durchfuhren ein Waldstück, ein Weg ging links ab, man konnte gut halten. Sie sprangen beide aus dem Wagen.

Richard, ein Kind seiner Zeit, wußte natürlich Bescheid. Er kramte das Werkzeug hervor, setzte den Wagenheber an, leierte ihn hoch, und Iso half ihm mit Handgriffen, die saßen. Keine zehn Minuten, und der Wagen stand wieder auf vier Rädern. Richard hob das Handgelenk: »Rekordzeit, bravo, bist ein hervorragender Kumpel.«

Er sah sie an. Sie hatte den ›guten‹ Rock abgelegt und stand in der Turnhose da, die Ärmel der Bluse hochgekrempelt, ein paar Schmutzflecke auf dem Gesicht, wie ein großer Junge mit ihrem kurzen, verstrubbelten Haar. Wie ein Troßjunge aus dem Dreißigjährigen Krieg ...

»Feiner Kumpel«, sagte er zögernd, so, als hielte er eine große Zärtlichkeit zurück. »Du –«

»Och –« Diese Silbe klang anders, als Iso bisher gesprochen hatte, sie klang so, daß Richard aufhorchte. Er sah in ihr Gesicht. Das war anders, als er erwartet hatte. Hatte er sie nicht eben gelobt?

»Was heißt ›och‹?« fragte er halblaut. Iso sah ihn trotzig an.

»Kumpel! Vielen Dank für die Blumen!« Es hörte sich beleidigt an, voll unterdrückter Wut, gekränkt. Richard ließ die Radkappe, die er soeben hatte einpassen wollen, auf die Erde fallen und wandte sich Iso zu.

»Was hast du? Was machst du für ein Gesicht?«

»Mein Normalgesicht«, knurrte Iso. »Was für ein Gesicht soll denn ein Kumpel schon machen?«

Richard schwieg. Er putzte seine Hände an der Hose ab, sah die Handflächen kritisch an und legte sie dann um ihre Schultern.

»Kumpel. Was hast du denn dagegen?«

»Immer Kumpel. Immer guter Kamerad, der alles mitmacht, Pannen und Dreck und – und – und –«

»Und?« forschte Richard, als sie abbrach.

»Und nie –« Doch das konnte sie nicht aussprechen. Nein, das nicht. Richard sah sie an, dann fragte er leise:

»Ist Kumpel etwas, was du nicht magst?«

»Mag ich auch nicht. Immer nur –«

»Komm«, sagte Richard, trat zum Auto und nahm eine Decke heraus, »wir haben noch Zeit.« Er faßte ihre Hand und sprang mit ihr über den kleinen Seitengraben. Auf dem Boden breitete er die Decke aus. »Wir haben eine Pause verdient. Komm her!«

Er warf sich auf die Decke, klopfte mit der Hand auf die Stelle neben sich. Iso folgte zögernd. Sie lagen nebeneinander.

»Kumpel ist doch was Schönes«, sagte er dann sanft, »Kumpel, Troßjunge, Kamerad, in Rußland sagen sie Towarischtsch. Einer, auf den man sich verlassen kann. Ein Tüchtiger, Getreuer. Einer wie du –«

»Mehr nicht?« fragte Iso. Er klang noch immer aggressiv, aber auch traurig. Sie wunderte sich selbst, daß sie es aussprach. »Ich will aber mehr sein. Nicht bloß Kumpel, nicht bloß der Schmiermaxe, wie man beim Motorradrennen sagt, nicht nur –«

»Sondern?« fragte Richard sachte.

»Mehr. Richtig. Immer bin ich bloß –«

»Weißt du, was du eigentlich bist?« Er schob eine Hand unter ihren Nacken, zog sie ein wenig zu sich heran. »Ein Königskind. Mein Königskind. *Und* ein Kumpel von echtem Schrot und Korn. Mehr kann man nicht sein.«

»Kumpel – und Königskind? Beides auf einmal?«

»Ja. Beides. Alles.« Sein Gesicht war nahe an ihrem. Sie spürte seinen Atem an ihrem Ohr. Sein Arm lag unter ihrem Genick, die andere Hand streichelte sie, streichelte sanft, in zärtlichem Rhythmus.

»Hast du's schon mal getan?« fragte er ganz leise. Sie schüttelte den Kopf, die Augen geschlossen. Er küßte sie in die Halsgrube. Es drang ihr bis ins Herz.

»Ich wollte es nie. Es waren so scheußliche – es waren –« Sie brach ab. Er legte seine Wange an die ihre.

»Möchtest du?« fragte er fast unhörbar. Sie öffnete die Augen einen ganz kurzen Moment, sah ihn an. Ganz leise:

»Ja. Mit dir.« ›Mit dir alles, alles‹, schlug ihr Herz.

Er war unsagbar behutsam. Beim zweiten Mal fühlte sie eine winzige Süße, atmete tief. Er lächelte.

»Nicht wahr?« Das sagte er so zärtlich, so liebevoll, so verstehend – sie warf die Arme um seinen Hals, leidenschaftlich und kindlich zugleich, drückte sich an ihn. Er lachte. Beinahe hätte sie ›danke‹ gesagt. Sie verschluckte es. Er hörte es trotzdem.

»Wie fandest du den jungen Mann?« fragte Mutter Regine am Abend. Sie saßen auf dem schmalen Balkon vor der Wohnstube. Dr. Geist sah von der Zeitung auf.

»Den Schauspieler? Na, wie halt Schauspieler so sind.«

»Du meinst –«

»Nun, von einem einzigen Abend kann man das schwer beurteilen.«

»Jedenfalls sollte Iso nicht so mit ihm durch die Welt fahren«, sagte Regine und kramte in ihrem Stopfkorb. »Als ich so alt war, wie sie jetzt ist –«

»Hattest du schon ein Kind oder zwei«, fiel Alexander ein, der eben nach Hause gekommen war. »Klar war das damals anders. Aber sie ist doch erwachsen genug.«

Es war selten, daß Alexander einmal Isos Partei ergriff, natürlich nur in ihrer Abwesenheit. Deshalb blickten die Eltern erstaunt auf.

»Meinst du –«

»Ja, ich meine. Vielleicht kommt sie auf diese Weise sogar zu einem Mann, und dann seid ihr alle Sorgen um sie los. Dieses Streichelmäuschen-Dasein, na, ich weiß nicht. Ein richtiger Beruf ist das doch nicht!«

»Und ob das einer ist! Die Ausbildung war jedenfalls teuer genug!«

»Sicherlich. Aber sie übt ihn ja gar nicht aus. Dort, wo sie jetzt ist, ist sie doch nur ein unbezahltes Dienstmädchen, finde ich.«

»Sie arbeitet auch in der Lebenshilfe«, fiel hier Christiane ein, die bisher still über einem Buch gesessen hatte. »Sie hat mir davon erzählt. Und sie pflegt die Hausfrau dort, die vier Kinder hat.«

»Ja, umsonst, soviel ich weiß. Ach ja, Iso war immer ein Sorgenkind ...«

Das Sorgenkind war zur Zeit selig. Die Liebe war über Iso gekommen wie ein goldener Regen. Richards Engagement begann am ersten Oktober, bis dahin konnte er im Pastorenhaus bleiben. Iso erlebte die Liebe, vor der sie nach den ersten Annäherungsversuchen solche Angst gehabt hatte, auf die süßeste Art. Richard verbrachte jede Nacht bei ihr, er war der geschickteste und zärtlichste Liebhaber. Iso ahnte nicht, wie selten das war. Sie erlebte eine Liebe, die zur richtigen Zeit kam und sich steigerte, als sei sie ein Musikstück, das vom Piano zum Forte anschwoll, erst süß und romantisch verspielt, dann mächtig ansteigend und schließlich brausend wie eine Orgel, bei der eine kluge Hand alle Register zieht. Selig war kein Ausdruck für das, was sie erlebte.

Einmal trafen sich die Brüder Dominikus im Hof. Bertram war eben dabei, das Lager des Landstreichers in der Scheune neu zu richten, der wieder einmal unterwegs war. So konnte man der Sache auf den Grund gehen. Neues Stroh mußte heran, das alte Heu war zu Ende, und in neuem Heu konnte man nicht schlafen, ohne Kopfschmerzen zu bekommen. Richard faßte mit an.

»Na?« fragte Bertram und sah zu ihm auf. »Ohne Iso? Wo steckt denn dein Edelstein?«

»Sie hilft Gundi. Sie ist wirklich einer. Findest du nicht auch? Wird immer hübscher.«

»Natürlich. Liebe verschönt. – Du, ich fand sie auch vorher hübsch. Aber jetzt – sie ist wie ein blühender Apfelbaum, jeden Tag entzückender. Oh, daß sie ewig grünend bliebe ...«

Richard schwieg. Wer findet seine Liebste nicht hübsch? Aber darüber sprechen?

Iso hatte sich wirklich verändert. Sie trug das Haar noch immer kurz, doch so, daß es nicht streng wirkte, sondern weicher, es drehte und lockte sich ein wenig um den Kopf und ließ die Stirn frei, es verdeckte die Ohren, machte das Gesicht weich – es war, als lächele dieses Gesicht von innen heraus, immerzu. Die Wangen, die Stirn, selbst das Kinn schien zu lächeln, und die Augen ...

»Mir hat sie von Anfang an gefallen«, sagte Bertram und zog einen Strohballen herunter, »gleich, sofort, als ich sie sah. Ein Menschenkind, zu dem man *gut* sein möchte, gut, gut, gut – es wärmen, schützen, lieben – ein Leben lang. Wenn ich meine Gundi nicht hätte –«

»Sie hat vielleicht in ihrem Leben bisher nicht viel Liebe erfahren, diese junge Iso. Beklagt hat sie sich nie, aber es ist, als staune sie noch immer, daß jemand so um sie wirbt. Bist du auch nett zu ihr?« Das letzte klang gleichermaßen lustig und dringlich ernst. Richard hörte es genau. Er war versucht, lustig zu antworten, etwa ›Ich prügle sie jeden Samstag‹ oder so, wie sie häufig miteinander redeten, aber er tat es nicht. Er sah seinen Bruder einen Augenblick an, und dann lächelte er. Bertram vergaß diesen Ausdruck auf dem Gesicht seines Bruders nie. Sie sprachen nicht weiter.

»Ehe ich nach Leipzig gehe, machen Iso und ich noch eine Reise«, sagte Richard eines Tages. »Ich borg' mir ein Motorrad, das ist billiger als ein Auto, und wir fahren nach Süddeutschland. Mindestens acht Tage. Das holen wir uns aus dem Leben heraus. Ob Gundi uns fortläßt?«

Sie fragten Gundi. Die sah die beiden nachdenklich an. Natürlich wußte sie wie alle anderen im Haus, was hier gespielt wurde. Es leuchtete um die beiden, daß man es nicht zu übersehen vermochte.

»Klar geht es mal für eine Weile ohne Iso, jeder Mensch hat ein Recht auf Ferien. Wie sagte unsere Tante Marina immer? ›Kinder, schafft euch Erinnerungen. Wer Erinnerungen hat, dem blühen im Dezember Rosen.‹ Also: laßt blühen, laßt blühen ... Elke wird mich schon über die Runden bringen.«

Sie saßen bei dieser Unterredung um Gundis Bett. Lea hatte das Pferdel vor sich und ließ es nicken, streichelte es und flocht ihm aus dem Schweif einen Zopf. Es war nun nicht mehr hell, sondern durch das viele Anfassen nachgedunkelt, glatt und fühlte sie sehr angenehm an. Iso dachte daran, wie sie es als Kind geliebkost hatte, wenn es an ihrem Bett stand und sie, kaum erwacht, nach ihm griff.

»Die Stätte, die ein edler Mensch betrat, ist heilig«, sagte in diesem Augenblick Bertram und setzte sich dazu, »und wenn es gar zwei edle Menschen sind –«

»Edel hat mich noch keiner genannt«, sagte Iso lachend und stand auf. »Ich bügle dir noch die Hemden, die ich gestern gewaschen hab'. Und Bens gute Hose hat einen Riß, den flick' ich noch –«

»Dann fahrt also, ihr beiden edlen Menschen«, sagte Gundi vergnügt, »ich kann mir genau vorstellen, wie euch zumute ist.«

›O Gundi, nie, nie kannst du das‹, dachte Iso. ›Noch nie hat es eine solche Liebe gegeben ...‹

Sie sprach das natürlich nicht aus. Sie sagte nur: »Danke – danke – danke –«, aber Gundi verstand auch das andere.

Es war ein herrlicher Morgen, als sie aufbrachen. Silbern die Luft, mit der Verheißung, daß es schön bleiben würde.

»Ein Wetter zum Heldenzeugen«, sagte Bertram zu seiner Frau, als er sein Taschentuch einsteckte, mit dem er ihnen nachgewinkt hatte. »Hoffentlich machen sie es nicht wahr.«

»Nun ja, warum eigentlich nicht?« lächelte Gundi. »Das hätten sie übrigens auch hier gekonnt. Wozu in die Ferne schweifen ...«

Da ging die Haustürglocke.

Bertram guckte durchs Fenster hinunter zur Haustür, sah den Postboten. Die Post pflegte sonst später zu kommen, er wunderte sich, lief die Treppe hinunter und kam zu Gundi zurück, einen Brief in der Hand.

»Per Eilboten. Für Iso.«

Er drehte ihn nachdenklich in der Hand, sprang dann plötzlich die Treppe hinunter, warf sich ins Auto und fuhr davon, wie er war, im offenen Hemd und der sogenannten Haushose, die niemand aus seiner Gemeinde sehen durfte, schäbig, wie sie war. Vielleicht erreichte er die beiden noch? Sie hatten etwas von »erst mal tanken« gesagt. Eilbriefe sind ja meistens wichtig.

»Jetzt geht's los«, sagte in diesem Augenblick Richard und streichelte Isos Knie, eine uralte Liebkosung der Motorradfahrer. »Sechs Tage Himmel auf Erden. Iso, freust du dich, Königskind? Sag, wie sehr. Hundertfach, tausendfach? Oder –« Sie hatten sich wie so manche Liebende eine eigene Sprache erfunden, die nur sie verstanden.

»Hundert Millionen reichen nicht«, flüsterte Iso an den Rand seiner Ledermütze – einen Helm trug man damals noch nicht. Er tätschelte weiter ihr Knie, dann sagte er:

»Aber tanken müssen wir. Gleich kommt eine Zapfstelle. Ich mußte gestern noch einiges besorgen –« Er klopfte auf die Packtasche, die das meiste, was sie brauchten, aufgenommen hatte. Er wollte sie später demjenigen, der ihnen die Maschine geborgt hatte, als Dank vermachen.

Da war die Tankstelle. Richard setzte die Füße auf die Erde, um das Gleichgewicht des Rades zu halten, und Iso schwang sich vom Soziussitz. Kein Mensch war zu sehen. Aber als der Motor schwieg, hörte man aus dem Radio eine langsame, getragene Melodie ... Sie kannten sie beide. »Ich hatt' einen Kameraden ...«

Von diesem Augenblick an konnte Iso dieses Lied nicht mehr hören, ohne an diesen Tag zu denken. Strahlend heller Tag, dunkle, trauernde Musik. Sie schwiegen beide.

Als der Mann im blauen Overall zu ihnen trat, den Tankschlauch betätigte und wieder weghängte, fragte Richard halblaut: »Was ist denn geschehen?«

»Die ›Niobe‹ ist untergegangen«, sagte der Tankwart leise, »fast alle ertrunken. Lauter junge Leute. Unser schönes Schulschiff.«

»Die ›Niobe‹! Das darf nicht wahr sein«, flüsterte Richard, »und fast alle ertrunken? Lauter Abiturienten! Ich weiß das durch einen Bekannten. So was gibt es doch nicht!«

Und doch war es geschehen. Als der letzte Vers verklang, hielt ein Wagen neben ihnen. Bertram stieß die Autotür auf.

»Da seid ihr ja noch! Ein Glück!« Er hielt Iso den Brief hin. »Und was gibt's?«

Richard sagte es ihm. Dannach schwiegen alle, Richard und Bertram, der Tankwart und Iso. Es war, als lege sich ein dunkler Schatten über den hellen Tag. Hatte der Tag gestrahlt? Sie wußten es nicht mehr.

Iso riß den Brief auf, las ihn, setzte sich auf den steinernen Rand der Benzinpumpe. Sie las ihn noch einmal. Richard sah sie an.

Er war dann gar nicht erstaunt, als sie es ihm sagte. Ihr Gesicht spiegelte es wider.

Der Brief war von Friederike. Ihrem Vater – also Isos so sehr geliebtem Großvater – ging es schlecht. Er lag, um es ehrlich zu sagen, im Sterben. Großmutter konnte ihn nicht allein pflegen. Und sie, Friederike, sei im neunten Monat. Ob Iso kommen könne? Alles andere sei zweitrangig, das müsse sie einsehen. Iso saß da wie erschlagen.

»Na also, dann fahr mich zurück«, sagte sie schließlich zu Richard. »Oder zum Bahnhof. Wir müssen einen Zug raussuchen.«

Richard sah erst sie an und dann Bertram. Keiner sagte ein Wort. Iso saß auf, und Richard trat die Maschine an. Bertram fuhr heim, um sich umzuziehen. Er saß an Gundis Bett, als die beiden ankamen, mit bekritzelten Zetteln in der Hand. Iso betrachtete die Aufzeichnungen.

»Ich muß die Nacht über fahren, unter Tags gibt es keine Möglichkeit mehr –« Sie sah auf die Uhr. »Da kann ich noch die Küche fertigmachen, wenn ich nun schon da bin.«

»Und wenn ich dich hinfahre? Mit dem Motorrad? Da könnten wir jetzt gleich starten, und du wärst eher dort als mit dem Nachtzug.«

Richard sagte es fragend. Gundi nickte ihm bestätigend zu. Auch Bertram fand den Plan gut. So wurde es beschlossen.

Sie blieben noch eine kurze Zeit, Iso hatte Kaffee gekocht, den sie an Gundis Bett tranken. Sie sprachen nicht viel. Einmal fragte Gundi: »Wirst du wiederkommen, Iso?«

Die sah sie nur an. Alle verstanden ihre Antwort, obwohl sie kein Wort gesagt hatte.

9
Wolken

1932

Das vertraute großelterliche Doktorhaus in Camenz war verändert, verengt. Großmutter hatte das eheliche Schlafzimmer in den Erker verlegt, der an die Eßstube anschloß; einmal, um dem Mieter Werner mehr Platz zu geben, andererseits, um sich selbst das Treppensteigen zu ersparen. So lag der Großvater im Erker; er erkannte Iso noch, als sie mit Friederike an sein Lager trat, und streichelte ihre Hände. Die getreueste der Schwestern aus seinem kleinen Krankenhaus kam jeden Tag, um bei der Pflege zu helfen. Friederike wich nicht von Väterchens Bett, und Iso, die so schweren Herzens auf ihre Reise mit Richard verzichtet hatte, durfte nur Handreichungen tun, was sie sehr betrübte. Friederike merkte das schließlich und schlug vor, Iso solle nach Neustadt gehen und dort an ihrer Stelle nach dem Rechten sehen. Richard fuhr sie dorthin. Friederikes Nachwuchs war eben im schlimmsten Alter, vor allem Walter, und eine Aufsicht war recht nötig. Kurz darauf kam auch Regine ins Elternhaus. Iso durfte den Großvater noch einmal sehen, ehe er starb; sie hatte heiß und wild darum gebeten. Regine war mit Martin in Urlaub gewesen. Sie wunderte sich sehr, als sie merkte, wie Iso am Großvater hing. Das hatte sie nie wahrgenommen. Fast wollte sie eine Art Eifersucht beschleichen: die Tochter hatte sie zu lieben, sie und den Vater, danach erst die Großeltern.

Es waren schwere und dunkle Tage, und doch gab es kurz vor der Beerdigung noch ein allgemeines großes Gelächter. Regine war zu Schornsteinfeger Werners gegangen, die immer treu zu Haberlands gehalten hatten, und hatte gebeten, den Hund während der Bestattung zu sich zu nehmen. In ihrer Betrübnis und Abgelenktheit sagte sie:

»Nicht wahr, Herr Schuftel, Sie nehmen uns den Werner so lange ab.« Noch während sie es aussprach, wurde ihr die Verwechslung der Namen bewußt, und als sie es dann den andern erzählte, lachten alle so, daß sie sich hinterher schämten.

Der Sarg wurde durch die Hoftür hinausgetragen – dort, wo Großvater immer eingestiegen war – und auf den Wagen gehoben, vor den man Fallada gespannt hatte. Da im Augenblick nur drei Männer zur Stelle waren, um den Sarg zu tragen, faßte Iso als vierter an. Es tat ihr im Innersten wohl, Großvater diesen letzten Liebesdienst erweisen zu können.

Die Erwachsenen – Iso galt noch immer als Kind, über das verfügt wurde – beschlossen, daß Regine bei der Großmutter bleiben solle, solange Martins Urlaub währte. Martin, der die Erholung dringend brauchte, würde ins Riesengebirge fahren und, damit er nicht allein sei, Iso mitnehmen. Iso war außer sich über diesen Plan, verlor sie doch dadurch die allerletzten Tage mit Richard. Aber danach fragte keiner. Drei Tage nach der Beisetzung fand sie sich mit ihrem Vater, vor dem sie einen unheimlichen Respekt hatte, in den Lahrbauden, wo es ihr unter anderen Voraussetzungen sicher gut gefallen hätte. So aber ...

Wie gesagt, keiner fragte sie.

Vater Martin war freundlich zu Iso, ihm war die Situation auch neu, und er hatte nicht das Talent, das Großvater Haberland besessen hatte, als er damals mit Regine gewandert war. Iso war ihm fremd, ja irgendwie unheimlich, wenn er sich sagte, dies sei sein Kind, ein Mensch, an dem er ›schuld‹ war. Sie gingen vorsichtig miteinander um, bis Iso sozusagen den Kamm ›entdeckte‹. Als sie das erste Mal auf der Koppe standen, war sie überwältigt. Sie wollte laufen, laufen – der Vater versuchte etwas mühsam, Schritt zu halten. Ihr aber war kein Einhalt zu gebieten, es war wie ein Rausch, der sie erfüllte. Nicht umsonst heißt es ja, die Luft auf dem Kamm sei wie Sekt. Iso lief und lief, als wolle sie sich selbst davonlaufen. Der Wind blies herrlich aus den Gründen, er schmeckte nach Schnee, jetzt im Herbst schon, die Latschen dufteten bitter und unvergeßlich, jeder Tannenzapfen, ja jeder Stein hatte seinen eigenen Geruch. Und dann lag eines Tages eine Postkarte für Iso in den Lahrbauden, als sie von einer Wanderung zurückkamen.

»Ich komm' noch mal, ehe ich in Leipzig antrete, bring' Bertram mit. Eine Million. Dein Richard.«

»Was schreibt er denn?« fragte Vater Martin. Er fühlte sich zu dieser Frage verpflichtet, griff nach der Karte. Iso reichte sie ihm hin. Er las sie kopfschüttelnd.

»Bertram ist wohl der Pastor dort, der Bruder von dem Schauspieler, mit dem du damals bei uns warst?« vergewisserte er sich.

»Ja«, sagte Iso und nahm die Karte wieder an sich, steckte sie, als der Vater nicht hinsah, in den Ausschnitt ihres Kleides.

»Eine Million«, murmelte Vater Martin, »merkwürdig. Na ja, ihr habt eine andere Sprache. Statt schön sagt ihr forsch oder knorke, und eure Musik, ich weiß nicht ...«

Hatte er einmal ›Ganymed, Zeile soundso viel‹ telegrafiert? Die ›Fledermaus‹ gesungen? Er erinnerte sich nicht.

Richard kam. Es wurde ein kurzer Besuch. Vater Martin ließ Iso nicht aus den Augen, aus ›Verantwortungsgefühl‹, redete er sich ein; er unterhielt sich vorsichtig-konventionell mit den Brüdern und fühlte vor der eigenen Tochter eine Scheu, die ihn hinderte, sie richtig anzusehen. In ihren Augen war etwas, was ihm unheimlich war. ›Das gehört sich nicht‹, dachte er, wußte aber nicht zu benennen, was ›das‹ war.

Bertram dagegen sprach gern und unbefangen mit Isos Vater. Der war ja auch Theologe gewesen, und so fanden sich viele Anknüpfungspunkte. Dr. Geist taute ein wenig auf, wenn er mit dem Bruder sprach, während er mit Richard nur mühsam in eine Unterhaltung kommen konnte. Er ertappte sich dabei, daß er die beiden Brüder miteinander verglich und durchaus fand, Bertram sei der ›wertvollere‹. Er sah ihn gern an.

Dabei war der ältere der Brüder bei weitem nicht der besser Aussehende von den beiden, aber in seiner Art sehr angenehm und anziehend. Nicht so groß wie Richard, ging er mehr in die Breite, hatte etwas liebenswert Bodenständiges an sich. Braungebrannt durch die viele Arbeit im Freien, das Haar schon ein wenig schütter, aber das runde Gesicht freundlich, herzlich aufgetan und bereit, den andern gelten zu lassen, konnte man ihn als das Inbild eines Dorfpfarrers ansehen. Und wie gern er lachte!

»Ja, wenn sich Iso für diesen jungen Mann entschieden hätte – aber der ist ja verheiratet«, korrigierte der Vater sich sogleich. »Ach ja, Iso – überhaupt die Jugend von heute! Alexander mit seiner Carola und dieser Mann hier. Schauspieler, vermutlich hat er nichts gelernt …«

Iso litt. Einmal, ein einziges Mal gelang es den beiden Liebenden, sich zu küssen, hinter einer Verkaufsbude, wo es Postkarten und Schneekugeln, bemalte Holzherzen und ähnlichen Kitsch zu kaufen gab. Es war der letzte Kuß für lange Zeit. Iso fühlte sich knieweich, selig und verzweifelt. Und dann fuhr Richard wieder ab, nach Leipzig. Von dort aus sollte Bertram das Motorrad heimbringen. »Gundi wartet«, sagte er zu Iso. Die konnte nicht antworten.

Im Doktorhaus in Camenz gingen die Tage hin, die Großmutter war gefaßt und ruhig. Einmal, als sie eine fiebrige Bronchitis hatte, meinte sie: »Seht ihr, er hält's nicht lange aus ohne mich!« Sie wurde wieder gesund, aber es lag ihr nichts mehr am Leben.

Friedrike hatte einen Sohn bekommen, den vierten, in Vaters Krankenhaus. Die Schwestern waren zärtlich um sie besorgt. Regine besuchte sie jeden Tag. Sie waren einander herzlich nahe.

Regine fürchtete sich vor dem Tag, an dem sie wieder heimfahren mußte. Ihr Mann brauchte sie ja auch. Da kam ein unerwarteter Helfer ins Haus: Bine, die bucklige Tochter des Dominiumverwalters, die Haberlands immer schon gern besucht hatte. Ohne Beruf, nahm sie Regine vieles ab, saß bei der Großmutter, von der sie von Kindheit her geduzt wurde, ließ sich von ihr Briefe diktieren und war auf eine unauffällige Art ein wahrer Gottessegen. So konnte Regine nach Ablauf von Martins Urlaub wieder nach Leipzig fahren, und Iso mußte nicht, wie sie geglaubt hatte, in Camenz bleiben, um die Großmutter zu betreuen. Isos Beruf nahm sowieso niemand von der Familie ernst, also ›durfte‹ sie wieder ins Taubergießener Land, nach dem sie sich leidenschaftlich sehnte. Denn nun war eingetroffen, was zu vermeiden sie allzu leichtsinnig und glücklich gewesen waren, Richard und sie. Sie war schwanger.

Doch Alexander heiratete. Nur standesamtlich, das hatte Carola sich ausgebeten. Wenn Vater Martin seinem Sohn bis zum letzten Tag vor der Hochzeit zugesetzt hatte, ihm abriet, ihn warnte, so ahnte er nicht, wie begründet diese Warnungen waren. Nur Alexander und Carola wußten es, sonst niemand – Carola hatte eine nichtarische Urgroßmutter. Da es ›nur‹ die Ur- und nicht die Großmutter war, versuchte Alexander sich einzureden, das sei nicht so schlimm. Freilich ahnte er, der sich um einen Posten im Ministerium beworben und ihn auch bekommen hatte, was Deutschland bevorstand, er *ahnte* es, aber vor sich selbst und Carola suchte er es zu bagatellisieren. Carola war klüger. Sie ließ sich von ihm versprechen, daß sie ins Ausland gehen würden, ehe ›es‹ über Deutschland hereinbräche. Und sie hatte eine penetrante Art, Versprechungen einzuklagen. Alexander, verliebt bis zur Vernarrtheit in seine junge Frau, gab nach. Sie zogen nach Genf und fingen dort neu an.

Inzwischen hatte sich Christiane verlobt, und auch hier gab es Grund zur Sorge. Ihr Verlobter war nicht gesund. Er war Anwalt wie Alexander, stammte aus einer sehr vermögenden Familie und drang wie sein zukünftiger Schwager darauf, sofort zu heiraten. Aber Christiane wollte nicht, sie wollte sich erst im Leben bewähren, machte ihr Abitur, ging freiwillig in den Arbeitsdienst, weil sie meinte, sie müsse dem Vaterland dienen. Im Grund war es die Scheu vor der Ehe, für die sie sich noch zu jung fühlte. Sie glaubte auch nicht so ganz an ihre eigene Liebe, sosehr sie überzeugt war, daß ihr Verlobter sie aufrichtig liebte. Schließlich widerstand sie seinem Drängen nicht mehr, da sie merkte, daß seine Krankheit sich verschlimmerte. Sie machten noch eine schöne Hochzeitsreise nach Capri, was zu jener Zeit etwas ganz Großartiges war, aber als sie heimkamen, hatte sich der Zustand ihres Mannes sehr verschlechtert. Ihre Ehe währte insgesamt nur ein halbes Jahr und bestand daraus, daß sie ihren kranken Mann pflegte. Sie wohnten in Leipzig. Mutter Regine stand der Tochter tapfer zur Seite. Christianes Mann hätte in eine Klinik gemußt, aber er bat inständig, zu Hause bleiben zu dürfen. So pflegten ihn die beiden rührend und liebevoll bis ans Ende.

Zur Beerdigung kam Iso nach Leipzig. Ihr tat die kleine Schwester unendlich leid, und sie half ihr mit ihrer Gegenwart über die schwersten Tage hinweg. Christiane war erst zwanzig, und wenn die Liebe zu ihrem Mann auch eher eine Freundschaft, eine tapfere Kameradschaft gewesen war, so litt sie doch sehr. Mit Iso verstand sie sich außerordentlich gut, und beide empfanden es als Erleichterung, wenn sie sich von den beiden Müttern – Regine und Christianes Schwiegermutter, mit der diese sich nicht besonders gut verstand – einmal zurückziehen konnten. Dann saßen die beiden jungen Schwestern beieinander, sprachen oder schwiegen, lachten auch manchmal, wie bei der Gelegenheit, als Christianes Schwiegermutter etwas aus dem Keller holen wollte und die Treppe hinunterfiel. Darüber mußte Christiane so sehr lachen, trotz aller Trauer, wie man das nur in diesem jungen Alter kann. Von dem Kind, das sie erwartete, erzählte Iso der kleinen Schwester nichts. Sie meinte, diese würde dann noch trauriger, da sie nun keine Aussicht mehr auf ein Kind hatte. Iso sah man noch nichts an, und Mutter Regine war mit ihrer jüngsten Tochter allzusehr beschäftigt, um die andere überhaupt wahrzunehmen.

Die Beerdigung ging vorbei, alles Amtliche, was nötig war, erledigte der ältere Bruder des Verstorbenen. Danach wollte Christiane den Willen ihres Mannes erfüllen, demgemäß sie einen Segelkurs auf einem der süddeutschen Seen oder einen Reitkurs in Wermsdorf, *der* Reitschule in Sachsen, mitmachen sollte. Sie wählte das erstere, was Iso nicht verstand. Sie selbst hätte das Reiten vorgezogen.

»Ich will weit weg, verstehst du«, sagte Christiane, »nach Wermsdorf käme Mutter sicherlich jeden zweiten Tag, um nach mir zu sehen. Niemand braucht zu wissen, daß ich Witwe bin ...« Sie sah Iso flehend an. Iso stand ihr sofort bei, als die Eltern von ›riskant‹ und ›gefährlich‹ sprachen. Die Schwestern wußten sie zu überreden.

»Und du gehst nicht nach Mönchsweier zurück, Iso«, sagte Mutter Regine zu ihrer älteren Tochter im gleichen Ton, in dem sie früher über die Fünfjährige bestimmt hatte. »Du bleibst in Leipzig.«

»Ich muß zurück. Ich – man erwartet mich dort. Ich hab' versprochen –«, stammelte Iso. Aber das wurde vom Tisch gefegt.

»Du kannst auch hier arbeiten, in deinem sogenannten Beruf. Ich sehe nicht ein, daß ich alle drei Kinder auf einmal verlieren soll. Es gibt in Leipzig Stellen, in denen du arbeiten und zu Hause wohnen kannst. Nun zieh kein Gesicht ...«

Iso zog keins. Aber sie rief heimlich Heidi an. Heidi hatte ihr immer geholfen.

Durch Heidi erfuhr Iso schließlich den Grund für Mutters Befehl. Vater Martin ging es schlecht, er hatte sich durch sein unentwegtes Sitzen in der trockenen Büroluft und den Verzicht auf jeglichen Sport eine Tuberkulose geholt und sollte in ein Sanatorium im Schwarzwald. Doch das wäre für die Familie viel zu teuer gewesen und so beschlossen die Eltern, nach Camenz ins Haberlandsche Haus zu ziehen. Großmutter lebte noch, würde aber wohl bald ihrem geliebten Rudolf nachfolgen. All dies wirkte bei dem Entschluß von Martin und Regine mit; das Haus lag in einem großen Garten und besaß einen wunderschönen Balkon. Dort würde Vater Martin vielleicht Erholung finden, zumal sich seine Dienstjahre ihrem Ende zuneigten.

»Du siehst sicherlich ein, daß deine Mutter diesen Umzug nicht allein bewältigen kann«, sagte Heidi am Telefon in ihrer freundlichen Art. »Gundi geht's besser, hab' ich gehört, und du ziehst wieder nach Schlesien, hoffentlich in unsere Nähe. Das wäre für uns alle eine große Freude. Ich hab' immer Sehnsucht nach dir.«

»Ich auch«, sagte Iso. ›Und meine Schwangerschaft?‹ dachte sie, sprach es aber nicht aus.

»Danke, Heidi, danke«, stammelte sie noch. Dann war die Verbindung unterbrochen.

Ihre Schwangerschaft. Sie konnte nur ›Schwangerschaft‹ denken und noch nicht ›Kind‹. Richard war weit, nicht zu erreichen, manchmal war ihr, als habe sie alles nur geträumt: Richard und das süße Glück in seinen Armen, als sei es nie Wirklichkeit gewesen.

Manchmal schrieb er eine Karte. Wenn sie eintraf, war das Ensemble schon wieder weitergefahren. Iso rief Gundi an. Aber auch diese vermochte nicht zu sagen, wo man Richard erreichen konnte. Es war eine verwirrende Situation, und sie wäre kaum zu ertragen gewesen, wenn nicht der ungeheure Anspruch des Umzugs auf Iso gelegen hätte. Eine Wohnung auszuräumen, in der eine Familie fünfundzwanzig Jahre gewohnt hatte, erwies sich als Riesenaufgabe, die nicht nur körperlich, sondern auch seelisch kaum zu meistern war. Dann, eines Tages, war Richard plötzlich da. Iso öffnete die Flurtüre, und da stand er vor ihr.

Sie warf die Arme um seinen Hals, schluchzend vor erschrockenem

Glück. Mutter Regine war zum Glück nicht anwesend. Iso zog Richard mit sich in Vaters Zimmer auf die Couch – dort saßen sie und sahen einander an.

»Ich krieg' ein Kind«, stammelte Iso schließlich nach einem endlosen Kuß. Nun war es heraus, nun war es ein Kind und keine geglaubte Möglichkeit mehr. Richard war sehr bestürzt.

»Was wird nun?«

›Das wollte ich dich fragen‹, dachte Iso. Ihr ganzes Innere war ein einziger Aufruhr. Wenn er sie jetzt nicht in die Arme nahm ...

Doch, er tat es. Iso fühlte, daß sie jetzt nicht weinen durfte. Es gelang ihr. Draußen ging die Flurtür. Sie horchte: Mutter Regine.

Iso war aufgestanden und ging ihr entgegen.

»Richard ist da, Mutter«, sagte sie. Es klang rauh vor Erregung, sie fühlte es selbst. Ihre Mutter sah sie erstaunt an. Richard war zu ihnen getreten und küßte Regine die Hand. Iso lief in die Küche, um einen Kaffee aufzubrühen. Vielleicht sagte Richard jetzt der Mutter, was zu sagen war.

Oder kam ihr das zu? War das ihre Aufgabe, die erste, die sie für ihr Kind leisten mußte? Ihr Kind – jetzt dachte sie ›Kind‹, ihr und Richards Kind. Ganz groß stand das vor ihr, bewußt, beseligend und bestürzend.

»Ja, nur einen Tag hab' ich erübrigen können, und mit was für Schwierigkeiten«, sagte er gerade. Beide saßen still und friedlich beieinander. Ihr Tablett klirrte, als sie es abstellte. Einen Tag nur –

Während Iso den Kaffee einschenkte, ging das Telefon. Vater hatte es endlich einbauen lassen, da Alexander nun in der Schweiz lebte. Der mußte doch anrufen können, zum Schreiben käme er bestimmt nicht und Carola erst recht nie.

»Ja, Friederike, ist sie –? Ja –«

Iso sah auf Mutter, die sich zurückgelehnt hatte. Sie brauchte nicht zu fragen, sie wußte es noch im gleichen Augenblick. Ihre Großmutter war gestorben.

Richard blickte zu den Frauen auf, dann auf die Kaffeekanne, die Iso noch immer schräg hielt. Die Tasse war längst voll, und die braune Flüssigkeit lief und lief. Er faßte zu und richtete die Kanne auf. Der ganze Tisch war braun überschwemmt.

»Iso«, sagte er dann halblaut, stand auf und nahm sie in die Arme, trotz der Anwesenheit der Mutter. Er wußte, wie sehr Iso die Großmutter geliebt hatte.

Es hieß, schnell zu handeln. Iso wurde wie üblich nicht gefragt. Sie mußte an Ort und Stelle bleiben.

»Morgen kommen die Packer, da muß jemand hiersein«, sagte Mutter Regine und war schon dabei, ihren Koffer zu richten. »Ich fahre heute abend. Für wie lange, weiß ich nicht. Ich gebe Bescheid. An Vater telegrafieren wir erst, wenn alles vorbei ist, er bringt es sonst fertig, auch zu kommen, und das darf er unter gar keinen Umständen.«

»Sie fahren doch heute abend noch?« war das letzte, was Mutter aus der anfahrenden Taxe hinausrief. Richard nickte. Er stand mit Iso vor dem Haus auf dem Trottoir und sah dem abfahrenden Auto nach.

Als es um die Ecke gebogen war, legte Richard den Arm um Iso. Sie fing erst jetzt an zu weinen. Weinte sie um Großmutter oder weil Richard genickt hatte? Heute abend schon ...

»Nun komm erst mal rauf«, sagte er und zog sie ins Treppenhaus. Dort küßte er sie so, daß ihr die Knie versagten. Atemlos sanken sie im Zimmer des Vaters auf die Couch.

»So, und jetzt hör zu, Iso«, sagte Richard, »du mußt jetzt sehr tapfer sein. Während ihr gepackt habt, hatte ich Zeit zum Überlegen. Heiraten können wir nicht. Ich bin jugendlicher Liebhaber, die müssen ledig sein. Das sagt dir jeder Theatermann, und Schauspieler ist ein Beruf wie jeder andere, nach dessen Regeln man leben muß. Das Kind wegmachen: nein. Ich weiß, daß du das nicht willst. Das Kind bekommen –?«

»Ich geh' ins Wasser. Das verzeihen mir meine Eltern nie ...«

»Quatsch, ins Wasser«, sagte Richard freundlich, »du kannst doch schwimmen. Na also. Wer schon schwimmen kann ...«

»Ich – du – du hast gesagt, du liebst mich –?«

»Stimmt.« Richard hielt sie ganz fest. »Tu' ich. Hör zu, vielleicht könnten wir heimlich heiraten? Wenn es keiner erfährt, nur du und ich – aber dafür brauchen wir Papiere.«

»Was für welche braucht man denn?« schnupfte Iso. Er sagte es ihr.

»Meine hab' ich mit. Ich dachte, mal für alle Fälle –«

»Vielleicht sind meine in Vaters Schreibtisch?« Sie deutete dorthin. Richard grinste.

»Ist er offen?«

»Ja. Mutter hat mir Wirtschaftsgeld daraus gegeben.«

»Dann sieh doch nach!« Und als sie ihn flehend ansah, schüttelte er den Kopf. »Ich geh' nicht an fremde Schreibtischschubladen. Das mußt du tun.«

Iso sah ihn an. Dann mußte sie lachen, mit nassen Augen. Sprang auf und lief hinüber. Nach kurzem Suchen hatte sie gefunden, was sie brauchte. Ihr Vater war peinlich ordentlich.

»Na wunderbar. Weißt du, wo hier das Standesamt ist?«

»Keine Ahnung. Ich hab' noch nie geheiratet.«

»Ich auch nicht. Gib mal das Telefonbuch her.«

Sie suchten die Nummer heraus, und Richard rief an. Iso beobachtete mit atemloser Spannung sein Gesicht. Endlich legte er auf.

»Also – was hast du erfahren?«

»Wir müssen beide persönlich hin. Und acht Tage im Kasten hängen. So heißt das. Und wenn du keinem andern versprochen hast, ihn zu heiraten, dann dürfen wir.«

»Aber du kannst das doch nicht, sagtest du –«

»Ich muß es eben können.« Er schwieg, überlegte. Und fing dann aufs neue an zu telefonieren. Iso, die nur die eine Hälfte des Gesprächs hören konnte, ging schließlich hinaus. Sie flüchtete in ihr Zimmer. Es war nicht mehr das ihre. Die Mutter benützte es als Gästezimmer. Iso warf sich aufs Bett. Großmutter – nie wieder ihre Stimme hören, ihre Hände fühlen. Nie wieder sich geborgen wissen, wenn man neben ihr saß, an sie gekuschelt, und hörte: »Kind, sei so gut ...« Nie wieder ...

Sie konnte es noch nicht fassen. Als die Tür aufging und Richard hereinguckte, richtete Iso sich jäh auf. »Ist –«

»Kommt alles in Ordnung«, sagte er und lächelte. Sie warf sich an seine Brust. Kommt alles in Ordnung – o Richard, o unser Kind, o Seligkeit, wo eben noch wilde Verzweiflung und Angst und Trauer um Unwiederbringliches gewesen waren. Niemals, nirgends auf der Welt hatte es solch ein überströmendes Glücksbeieinander gegeben wie in dem schmalen Gästebett in der Wohnung der Familie Geist.

Später schüttelte Iso den Kopf über sich. So traurig sein über den Tod der Großmutter – Großmutter, die ihr mehr gewesen war als nur Großmutter, die eigentlich Isos Mutter gewesen war, die Hand, die sie geführt hatte, der Ort, an dem sie daheim war – und gleichzeitig so glücklich sein mit Richard. Gab es so etwas? Einmal hatte sie bei Goethe gelesen: ›Fühlst du nicht an meinen Liedern, daß ich eins und doppelt bin?‹ Gab es so etwas? Auch bei anderen Menschen?

Oder mußte sie sich schämen, daß ihr Herz fast barst vor Liebe, während ihre Augen überströmten aus Kummer über Großmutters Tod? O rätselhaftes, schwer zu verstehendes Leben, in das man hineinwuchs.

Sie war spät dran mit dem Erwachsenwerden. Sie merkte es deutlich. Es schmerzte in der Seele wie einst im Körper, als man wuchs ...

10

Eintrübung

1938

»... und stell dir vor, was uns neulich passierte! Fritz und ich saßen beim Frühstück, Fritz die Zeitung vor sich, da sagte er plötzlich: ›Na, heutzutage können es die Mädels ja nicht erwarten. Hier hat sich die Tochter vom Rektor des Gymnasiums verlobt. Höchstens achtzehn kann die sein.‹«

›Vom Neuss?‹ fragte ich. ›Zeig mal her.‹ Na wirklich, und mit wem? Mit Walter Haberland, unserem erstgeborenen Sohn ...

Wirklich, da stand es in der Zeitung. Wir waren beide sprachlos. Walter hat ja eine Klasse wiederholt, steht jetzt kurz vor dem Abitur. Eine Zeitlang war er mit dieser Sibylle befreundet, aber verlobt?

Wir sind der Sache dann nachgegangen, und es stellte sich heraus, daß es jemand in die Zeitung gesetzt hatte, um ihm eins auszuwischen. Es kam auch raus, wer. Walter will übrigens zur Marine. Er ist ganz verrückt darauf. Fritz meint, wir könnten nichts dagegen tun.«

Iso stützte den Kopf in die Hände, nachdem sie den Hörer aufgelegt hatte. Zur Marine, Krieg. Niemand wagte auszurechnen, wann er kommen würde – wie nah oder fern er noch war. Walter also würde sich sofort freiwillig melden, und dann würde einer nach dem andern von Friederikes Söhnen gehen. Welch ein Glück, daß man selbst als erstes eine Tochter hatte. Nikola war fünf, die beiden Jungen drei und zwei.

Seit Iso in Heidis früherer Wohnung lebte, war alles leichter. Sie konnte ein Pflichtjahrmädel im Haus haben und wieder arbeiten. Iso arbeitete sehr gern in ihrem Beruf, zumal Richard selten zu Hause war.

Schorschel und Heidi hatten gebaut und in den Garten, den sie schon vorher daraufhin angelegt hatten, ein schönes, modernes, aber nicht protziges Haus gestellt. Iso war oft bei Stefans, manchmal jeden Abend, wenn die Kinder schliefen und sie sonst allein gewesen wäre. Die Abende ohne Richard waren lang und einsam. Gestern hatte er wieder einmal angerufen, er war auf Tournee. Wenn er kam, war es immer herrlich. Aber mit einem Schauspieler verheiratet zu sein hatte seine Nachteile. Es war sozusagen eine Seemannsehe.

Da war es gut zu arbeiten. Man kam mit Menschen zusammen, nahm an Schicksalen teil, und mitunter konnte man sogar helfen. Iso entwickelte einen geradezu wilden Eifer, Erfolge zu erzielen, vor allem bei Kindern. Erst vor kurzem war sie zu Heidi gestürzt und hatte ihr strahlend erzählt, daß einer ihrer Spastiker, der bisher den rechten Arm kaum habe gebrauchen können, jetzt an dieser Hand schwarze Fingernägel habe. Das bedeute ...

Heidi verstand sie. Auch sie war wieder berufstätig, da ihre Kinder nun schon größer waren. Sie bezeichnete sie als den Schrecken der Prärie – zur Zeit jedenfalls. Der eine interessierte sich für Chemie, an sich eine gute Sache mit Zukunft, aber es war das reinste Wunder, daß er das Haus noch nicht in die Luft gesprengt hatte mit seinen Experimenten. Erst kürzlich war es nahe daran gewesen. Er hatte sich aus einer Flasche ein Unterdruckgerät gebastelt, da seine Leidenschaft das Tauchen war, und hatte sie unbekümmert im Wohnzimmer stehenlassen. Aus irgendeinem Grund hatte es die Flasche auseinandergerissen, mit einem Schlag, daß Heidi dachte, das Haus fiele ein. Die Splitter der Flasche waren nach allen Seiten geflogen und steckten zum Teil in den Wänden, ja einige sogar in der Glastür des altmodischen Bücherschranks, den Schorschel von seiner Mutter geerbt hatte.

Der andere, Sebastian, hatte es mit dem Segelfliegen. Das war auch nicht ungefährlich, fand Heidi, die absolut keine überbehütende Mutter war, aber mit wachen Augen durchs Leben ging. In der Schule waren beide Jungen »unter aller Sau«, wie Schorschel zu sagen pflegte, jeder war bereits einmal sitzengeblieben, und Sebastian hatte sogar das consilium abeundi bekommen, das heißt den guten Rat abzugehen. Hätte er nicht einen so famosen Klassenlehrer gehabt, der an ihn glaubte, er wäre längst geflogen.

Und Trixi stand den Brüdern in bezug auf Nichtsnutzigkeit nicht nach. Sie war zwar gut in der Schule, benahm sich aber sonst haarsträubend, wie Heidi sagte. Sie ›hatte es schon mit Jungens‹. Abends kam sie immer verspätet nach Hause und antwortete frech und schnippisch, wenn man wagte, sie zur Rede zu stellen. Ihre Hasenscharte war gut operiert und die Narbe fast nicht mehr sichtbar. Aber sie jammerte, daß sie dadurch fürchterlich entstellt sei. Von den Brüdern ließ sie sich nichts gefallen, was Iso imponierte. Wie hatte sie selbst damals unter Alexander gelitten!

Nein, leiden war nichts für Trixi. Iso war überzeugt, daß dieses Mädchen sich die Welt erobern würde, gerade weil sie sich gezeichnet fühlte und bewußt dagegen anging. War das ein Erbteil von Heidi? Iso hatte Heidis Elternhaus inzwischen kennengelernt und sich ein Bild machen können, wie Heidi in diesem Alter gewesen war.

»Kümmere dich ein bißchen um die jungen Männer«, hatte Heidis Mutter einmal zu ihr gesagt, als Besuch gekommen war, und Heidi befolgte den mütterlichen Befehl, indem sie sich mit einem der jungen Gäste nach dem andern auf die Ofenbank hockte und Küsse mit ihm tauschte. So allerdings hatte die Mutter das nicht gemeint. Und als die jüngere Schwester – sie waren damals noch Kinder – zu einem Geburtstag eingeladen hatte und ein Junge nicht in Pulli und kurzer Hose, sondern in einem richtigen Anzug erschien, zog sich Heidi achtmal um.

»Leidet also auch Heidi an Gedächtnisschwund wie die meisten Erwachsenen«, seufzte Iso bei sich, als sie bei Gelegenheit anhören mußte, wie Trixi sich benehme, sobald auch nur ein Stückchen Mann in der Nähe auftauchte. »Ich hatte immer gedacht –«

»Was machst du denn für ein Gesicht?« unterbrach Heidi plötzlich die Freundin und musterte sie mißtrauisch.

»Woher mag Trixi das wohl haben?« fragte Iso scheinheilig. Heidi mußte lachen.

»Ach so, Mutter hat ausgepackt, wie ich war, damals. Ja, du hast recht, keine erfreuliche Tochter, ist mir klar. Deshalb braucht's aber Trixi nicht auch so zu machen!«

Darüber kam Schorschel herein. Er küßte Iso, drückte sie an sich und lachte, als sie sich ein bißchen wehrte.

»Darf ein alter Onkel das denn nicht? Auch alte Onkel küssen gern mal junge hübsche Nichten.«

Er war nicht so vergnügt, wie er sich gab.

»Ärger gehabt?« fragte Heidi halblaut, als sie sich zu Tisch setzten.

»Nicht Ärger. Der wär' mir lieber! Alexander hat angerufen. Ja, die rechnen fest mit Krieg, die Schweizer. Und damit, daß er sie nicht betrifft. ›Wir halten uns raus‹, sagte er. Könnten wir das doch auch!«

»Doch der Westwall, der eherne, hält«, summte Trixi, die heute, o Wunder, zum Abendessen erschienen war. Iso trat ihr warnend auf den Fuß. Sie wußte, Schorschel mochte keine Nazilieder und -parolen. Sie eigentlich auch nicht, obwohl die Melodien oft schmissig waren. Trixi schubste den Fuß weg.

»Frag doch Onkel Fritz! Blitzkrieg, Endsieg … Sollst mal sehen!«

Fritz Haberland, Kreisbauernführer, fand die Einstellung des neuen Regimes zur Landwirtschaft goldrichtig und großartig und war innerlich davon überzeugt, auf dem richtigen Gleis zu sein. Friederike folgte ihm darin, hatte die Frauenschaft der oberschlesischen Stadt übernommen und war mit Eifer dabei.

Trixi war im BdM. Sie liebte den Sport und leistete darin Überdurchschnittliches. Kein Wunder, daß sie sich in dieser Gemeinschaft wohl fühlte. Sebastian, skeptisch veranlagt von Natur aus, widerstand der Zwang, der ›Dienst‹. Caspar hielt sich zurück. Er erwies sich als Diplomat, tat, was unbedingt sein mußte, enthielt sich aber jeder Kritik.

Heidi versuchte, das Gespräch auf ein anderes Thema zu bringen, denn meist endeten die Auseinandersetzungen bei Tisch mit einem wütenden Hin und Her. Das war zur Zeit übrigens in vielen Familien so. Iso überlegte, wie es bei ihnen sein würde, wenn Richard zu Hause wäre. Ach, wäre er doch! Immer wieder wurde ihr bewußt, wieviel besser es wäre, wenn ihr Mann einen andern Beruf hätte. Immerzu getrennt, und das Leben verrann ...

»Kommt, wir setzen uns noch ein wenig in den Garten, es ist ein so schöner Abend«, sagte Schorschel freundlich, und sie gingen hinaus. Trixi saß träumend abseits, die Jungen lümmelten herum, die Erwachsenen plauderten. Heidi hatte eine Schnur gespannt und ließ den Tennisring darübersausen, und Iso sprang gleich hinzu. Sie spielte leidenschaftlich gern Ringtennis. Auch Schorschel stand auf. Der große Apfelbaum blühte noch, die andern Bäume hatten schon ausgeblüht.

»Nur die Linde kommt noch dran, sie ist immer die letzte«, sagte Heidi, als sie aufatmend das Feld wechselten, »und nie sind wir da, wenn sie blüht. Immer gerade verreist. Dabei mag ich Lindenblütenduft so gern ... Damals in Rom, da saßen wir unter einer Linde wie in Honigduft gehüllt. Seltsam, daß ich gerade bei diesem typisch deutschen Baum – ›Am Brunnen vor dem Tore‹ oder ›Ich weiß einen Lindenbaum stehen‹ – die Erinnerung an Rom habe. Erinnerungen hängen so oft an Gerüchen.«

»Ja, Pferdestall zum Beispiel. Großvaters Stall –«, sagte Iso. Immer wenn sie an das großelterliche Haus dachte, erinnerte sie sich wehmütig an den Stall. Und jetzt wohnten Mutter Regine und Vater Martin in diesem Haus. Aber die beiden hatten keine Beziehung zu Pferden.

In diesem Augenblick schrillte das Telefon. Sie hatten es an den Rand der Veranda gestellt, um es nicht zu überhören. Heidi sprang die Treppe hinauf und winkte dann Iso.

»Richard! Richard ist dran!«

Iso rannte.

»Liebes, ich komm' in eure Nähe. Übermorgen, zu einem Gastspiel in Breslau. Kannst du kommen? Wäre großartig!«

Er sagte nicht, von wo er anrief. Das tat er eigentlich nie. Ihr war es gleich. Er kam! Er kam!

»Natürlich komm' ich. Was spielt ihr denn?«

»Ein Lustspiel von Molnar. Ich muß einspringen. Und noch fürchterlich büffeln.«

»Etwa ›Spiel im Schloß‹? Ja? Wunderbar! Das kenne ich doch! Vielleicht das hübscheste Lustspiel von Molnar. Wen spielst du?«

»Nicht den jungen, dummen, von allen geliebten, sondern den Hans, der alles wieder in die Reihe bringt, eine sehr schöne Rolle. Nur –«

»Nur?«

»Kein jugendlicher Liebhaber mehr. Charakterrolle. So vergeht der Glanz der Welt.«

»Welch ein Unsinn! Das ist ein Aufstieg! Jugendlich liebhaben kann man immer, aber Charakterrollen spielen – kann nicht jeder.«

»Danke. Ja, fassen wir es so auf. Wir sehen uns also? Wunderbar. Übrigens – Bertram hat angerufen, er ist nach Ostpreußen versetzt worden. So weit! Kannst du dir Bertram und Gundi woanders vorstellen als in Mönchsweier? Ich nicht. Was sollen denn die Schleiereulen machen?«

»Die du gerettet hast.« Iso konnte nicht ganz auf seinen Ton eingehen. Mönchsweier sollte zu Ende sein? Dieses Haus, in dem sie erstmals richtig sie selbst hatte sein können, wo Richard und sie sich kennengelernt hatten – die Liebe kennengelernt hatten –

Nein, vom Pferdel sagte sie nichts. Er verstand sie auch so.

»Ob wir noch mal hinfahren können? Ach Iso, mir geht's doch genauso wie dir. Für mich war dieses Haus so lange ein Zuhause, *das* Zuhause. Könntest du denn weg, wenn ich mich freimache? Die Kinder in den Rauchfang hängen?«

»Die nimmt Heidi. Ganz bestimmt.«

Es wurde wahr, wurde Tatsache, was es noch nie gegeben hatte: Iso saß im Parkett. Der Vorhang war noch geschlossen.

Sie fühlte ihr Herz schlagen. Noch nie hatte sie Richard auf der Bühne gesehen. Jedesmal war etwas dazwischengekommen. Aber jetzt –

Es wurde dunkel. Der Vorhang bauschte und öffnete sich. Drei Herren saßen an einem Tisch, und jeder zündete sich, ratsch, eine Zigarette an, genau im gleichen Augenblick. Der erste Lacher aus dem Publikum – schon spürte man: das Spiel war gewonnen. Iso atmete tief.

Ja. Das war Theater, wie man es liebte. Es ließ die Zuschauer auf die feinste und gleichzeitig unmißverständlichste Art schmunzeln oder hell auflachen, gekonnt gemacht, so gekonnt, daß die Zuschauer es nicht merkten, sondern mitgingen, als seien sie beteiligt. Iso genoß es, und sie sah ihrem Richard hingerissen zu, wie er das Ganze dirigierte und so lenkte, daß es zum Guten kam, souverän und selbst enzückt von den Repliken. Als das Happy-End, geschickt von ihm hingemogelt, eintrat, prasselte der Beifall nur so, und Iso stand wie die anderen Zuschauer aufrecht vor ihrem Sitz und klatschte und klatschte. Zu wissen, daß dieser Schauspieler ihr Mann war und sie heute nacht im Arm halten würde, gab ihr ein berauschtes und übermütiges Glücksgefühl, so, wie sie es noch nie bewußt empfunden hatte.

Richard hatte für die Fahrt ein Auto aufgetrieben. Bei einer Bahnfahrt hätten sie allzuviel Zeit verloren.

»Hochzeitsreise ahoi!« rief Heidi ihnen nach, als sie losfuhren. Es war ein offener Wagen, ein Viersitzer. Die beiden hinteren Sitze waren vollgepackt mit Zeug, das sie brauchen oder nicht brauchen würden. Richard machte ganz den Eindruck eines unbeschwerten, fröhlichen Jungen, der Erfolg seiner Reise schien ihm sehr wichtig zu sein. Iso kam sich manchmal wie seine Mutter vor. Lag es daran, daß sie nun wirklich Mutter von drei Kindern war, die sie brauchten und forderten, oder wurde sie alt? Jetzt schon? Wenn sie an Heidi dachte, schien ihr, daß diese sich nie veränderte. Sie war noch genauso jung und lachlustig wie früher. Eines Tages hatte sie mit ihr darüber gesprochen, auch über ihre Angst vor einem Krieg.

»Selbst wenn – aber Hitler will ja den Weltfrieden, das steht auf jeder Briefmarke – ich glaub' es zwar nicht und Schorschel schon gar nicht, aber man hat doch so ein Vertrauen. Und es würde schnell gehen. Mit unseren neuen Waffen braucht man nicht länger Krieg zu führen als höchstens sechs Wochen.«

»Meinst du? Ich denke an den letzten Krieg. Da war ich zwar noch winzig. Aber ich weiß noch genau, Großmutter sagte dasselbe wie du: Höchstens sechs Wochen, Weihnachten wird er vorbei sein. Und dann dauerte er vier Jahre.«

»Ja damals. Aber jetzt – ich weigere mich einfach, mir das vorzustellen.«

›Ich weigere mich auch. Ich will – will – will nicht unken‹, dachte Iso, als sie fuhren. Sommer und Sonne, Wind und flatternde Haare – und Richard neben ihr, für ein paar köstliche, kostbarste Tage. So waren sie damals gefahren, als sie von Leipzig kamen und sich fanden …

Der so wenig erfreuliche Nachfolger von Großvater Haberland hatte gebaut und war ausgezogen, die Wohnung im Parterre des geliebten Hauses war frei. Mutter Regine hatte für Geists die obere Etage eingerichtet. Hier schien die Sonne den ganzen Tag in die Stuben, die durch Glastüren voneinander getrennt waren. Hauptsächlich aber wohnte man auf dem Balkon. Da er nach der Wetterseite verglast und außerdem überdacht war, konnte man sich mit Tisch und Stühlen, Couch und Teppich dort einrichten.

»Wie herrlich habt ihr es! Wenn es nur Martin besserginge«, sagte Friederike, die gerade auf Besuch da war. »Nun würde ich unten vermieten. Wißt ihr nicht jemanden, den ihr gern habt und der euch eine Hilfe wäre?«

»O ja, Bines Eltern.«

Bine war jeden Tag bei Regine, half, wenn es etwas zu helfen gab, strickte für ›ihre‹ Verwandten, wo ein Baby in Aussicht war, und fühlte sich längst zur Familie gehörig.

Ihre Eltern wohnten seit ihres Vaters Pensionierung in Frankenstein, der kleinen Kreisstadt, neun Kilometer entfernt. Aber dort waren sie nicht glücklich. Sie sehnten sich nach Camenz zurück. Regine wußte es.

»Wollen wir sie mal fragen?«

Friederike fand, das sei ein guter Plan. Vater Nowak war ein bißchen umständlich und auch menschenscheu, ihn hieß es einfach überrumpeln. Er hatte, wie einst Großvater Haberland, dem Leben übelgenommen, daß sein Vermögen und seine Ersparnisse in der Inflation dahingegangen waren und auch die Sicherung für seine sehr geliebte Tochter Bine nach seinem Tode. Nowaks hatten noch einen Sohn, Erich, Landwirt wie der Vater. Er bewirtschaftete ein Rittergut in der Nähe von Oels. Iso kannte ihn von früher, er hatte sich einmal sehr um sie bemüht.

An einem schönen Wintertag brachen Regine und Friederike auf, um Nowaks zu besuchen und vorzufühlen, wie sie über den Umzug nach Camenz dächten.

Friederike, des Schnees wegen nicht mit dem Wagen, sondern mit der Bahn gekommen, war wie immer geschmackvoll rustikal gekleidet. So konnte man den Marsch unternehmen. Bine blieb bei Martin. Lore Dempe, die man kurz angerufen hatte, war entschlossen mitzumarschieren. Was die Gustel jahrelang mit ihrem Waldi bewältigt hatte, würden auch sie schaffen. Regine erzählte auf Friederikes Wunsch, wie die alte Gustel schließlich ihren Lebensweg in den Himmel gewandert war.

Zuerst hatte man sie ins Josefstift gebracht, weil sie ein Bein gebrochen hatte, just an dem Tag, an dem ihr letzter ›Walderla‹ gestorben war, berichtete sie. »Ich hab' sie dort besucht. Sie lag in einem weiß bezogenen Bett – wohl das erste Mal in ihrem Leben – und sah fremd und merkwürdig aus. Ihr Gesicht, von keiner Schmutzschicht mehr überzogen, hatte etwas Hoheitsvolles, was sich seltsam ausnahm zu den beiden Zöpfen, die die Schwester ihr geflochten hatte und die steif von beiden Seiten des Kopfes abstanden. In ihren mageren Händen hielt sie ein Gebetbuch. Sie erkannte mich gleich, aber nach Vater und Mutter fragte sie, als lebten sie noch. Ich ließ sie dabei. Wie es ihr gehe, fragte ich sie. ›Ach, soweit ganz gut. Blußig die viele Wascherei jeden Tag, das hält ja keen Menschenkind ni aus.‹«

Sie hatte die Sauberkeit nicht lange ertragen, sie starb sanft, müde von ihren Märschen.

»Ihr Nachlaß bestand aus sechzigtausend Mark, natürlich in der verfallenen Währung, das aber hat sie nicht mehr begriffen. Sie war schon ein Stück von unserm Leben, die gute alte Gustel«, schloß Regine ihren Bericht.

Sie näherten sich Frankenstein. In Zadel, dem letzten Dorf davor, wo es stetig bergauf geht, meinte Regine, sie sollten doch schnell einmal in die Kirche hineingehen. Schlesien besaß die schönsten Barockkirchen, selbst in den kleinsten Ortschaften wie Zadel oder Baitzen; außen Backsteingotik, innen Barock. Die beiden andern folgten. Katholische Kirchen sind ja immer offen, so daß man zu jeder Tageszeit hineinkann.

Auch diese war nicht verschlossen. Weihrauch wehte ihnen entgegen, in den Bänken saßen oder knieten betende Frauen, meist ältere, da und dort auch junge Leute. Regine tippte in den Weihwasserkessel und schlug, von Kindheit her daran gewöhnt, das Kreuz. Lore tat es ihr nach, auch Friederike. Letztere etwas scheu und geniert – ihr Mann, Fritz Haberland, war aus der Kirche ausgetreten. Sie selbst allerdings nicht, der etwas bigotten Schwiegereltern wegen, die jetzt freilich nicht mehr lebten. Der Dämmerhauch der Kirche umgab die drei geheimnisvoll und erhaben.

»Schade, daß niemand Orgel spielt!« flüsterte Regine, und im gleichen Augenblick rauschte sie auf.

»Kannst du zaubern?« fragte Friederike leise lachend.

Regine lächelte.

Was gespielt wurde, erkannte keine von ihnen. Aber es war schön, großartig, feierlich. In den Seitenschiffen der Kirche standen kleine Altäre, vor denen Wachskerzen brannten. Die gaben ein goldenes, warmes

Licht. Regine nahm dies alles auf wie etwas Vergangenes, etwas, das von der Kindheit herleuchtete, und eine Ahnung überkam sie, als würde sie es bald verlieren.

»Wir müssen auch wieder mal nach Wartha«, sagte sie, als sie die Kirche verließen. Lore lachte ein wenig.

»Aber nicht zu Fuß!«

Sie war weite Wanderungen nicht gewöhnt.

»Aber meine Liselotte, die wandert«, erzählte sie dann. Ihre Tochter befand sich im Internat in Wartha, bei den Ursulinerinnen. Sie war ein lebhaftes und gut zu leidendes Mädchen, das bei Haberlands ein und aus gegangen war und auch Regine noch oft besuchte. Großmutter Haberland hatte davon erzählt, wie sie als Kind einmal gekommen war und sehr bald gesagt hatte:

»Tante Doktor, ich muß immerzu an Schokolade denken!«

Die Frau Rat schmunzelte innerlich, ließ sich aber nichts anmerken.

»Denk mal an was anderes«, sagte sie freundlich, »dann hört es sicherlich auf.«

»Nee, Tante Doktor, es hört ni auf«, klagte Liselotte, und da erbarmte sich die Frau Sanitätsrat und sagte:

»Sei so gut, Kind, und gib mir mal meine rote Tasche herüber.« Liselotte sprang, und wie erhofft, entstieg der roten Tasche eine Tafel Schokolade.

Nowaks lebten in einem großen, scheußlichen dreistöckigen Mietshaus, das gar nicht nach Frankenstein paßte und auf die Eisenbahnkreuzung hinuntersah. Sie wohnten im dritten Stock.

Lore schnaufte ein wenig, als sie oben angelangt waren, sie trug eine ganz schöne Speckschicht mit sich herum. Friederike hielt das Guckloch an der Tür zu, ehe sie läutete.

»Sonst – wenn er –«, sie meinte Herrn Nowak – »wenn er uns sieht, macht er nicht auf.«

Aber wer aufmachte, war Frau Nowak. Klein, rund und lebhaft begrüßte sie die Gäste.

»Nee, a su eene Überraschung. Scheen, daß'r da seid. Wir haben blußig grade Besuch.«

»Macht nichts, Mutter Nowak, gehen wir halt in die Küche.«

»Da is aber ni aufgeräumt –«

Natürlich war aufgeräumt, sehr schön sogar.

»Ich mach' en Kaffee –«, Betonung auf der ersten Silbe – »kommt ock, kommt.« Die drei hatten nichts dagegen.

»Aber trinken tun wer'n drinne.«

Frau Nowak hatte die braune Bunzlauer Kanne gefüllt und hob sie hoch. Sie sah dieser Kanne ähnlich, fand Regine und sagte das auch. Alle lachten.

Draußen im Flur blieb Frau Nowak stehen.

»Hört ock, die sein ja so stille –«

Sie öffnete die Tür zum Wohnzimmer. Da stand ihr Mann in Hemdsärmeln, die Arme ausgebreitet, er hatte den Kopf zwischen die Schultern gezogen und flatterte mit beiden Armen. Jetzt hielt er inne, dann machte er ein paar kleine Schritte, äugte nach rechts und links und machte:

»Klock – klock – klock –«

Sein Besucher stand mit dem Rücken zum Fenster und schaute Herrn Nowak fasziniert zu.

»Hermann! Hermann, was ist denn?« stammelte Frau Nowak.

»Mußt du gerade jetzt –!« Herr Nowak ließ die Arme sinken und zog seine Weste zurecht, griff hinter sich nach seiner Jacke, die er aufs Sofa geworfen hatte, und zog sie brummend wieder an. Er war ärgerlich und verlegen. »Ich hab' nur dem Herrn Schneider – nu ja, er wollte wissen, wie man einen Auerhahn jagt.«

Herr Nowak war wie viele Landwirte sehr an der Jagd interessiert. Seine Frau begriff.

»Ach so. Na, da kommt ock und setzt euch, der Hahn ist inzwischen vergrämt.«

Sie nahmen Platz um den Tisch, Herr Schneider war vorgestellt worden, und Herr Nowak hatte nichts gegen einen Kaffee außer der Reihe einzuwenden. Es wurde recht gemütlich, und da wagte Regine den ersten Sturmangriff. Sie klagte, ihr Haus stehe leer und sie wollten doch nun vermieten, aber nur an jemanden, mit dem man nicht hereinfalle wie ihre Eltern mit dem Nachfolger, und –

Ein Wort gab das andere. Im Beisein des Herrn Schneider schien Herr Nowak etwas gehemmt zu sein. Er hatte sonst einen Dickschädel sondergleichen.

»Ma kennt's ja versucha«, sagte er schließlich, und da sprang Friederike auf und fiel ihm um den Hals. Friederike war noch immer schön, warm, üppig, mit herrlichen Farben, das gefiel dem alten Herrn nicht schlecht.

Kurzum, sie siegten. Nowaks gaben das Versprechen, zu ihnen zu ziehen, in den unteren Stock, für eine ganz geringe Miete. Die drei Frauen verließen siegesgewiß das Haus und wandten sich dem Bahnhof zu. Noch mal neun Kilometer marschieren, nein!

II

Kriegszeit

1941

»Benehmt euch anständig, ihr Bande«, sagte Iso. Ihre Stimme klang erstickt. Heidi hatte ihr den Jüngsten vom Arm genommen und tauchte die Nase in dessen Nackenlocken, von denen Iso sich noch nicht hatte trennen können. »Natürlich werden sie das«, sagte sie. »Ich bin noch mit ganz anderem fertig geworden.«

Vater Martin war gestorben. In zwei Tagen sollte die Beerdigung sein. Christiane war bei der Mutter. Auch Alexander würde kommen.

»Vor dem ist mir bange«, gestand Iso, »und vor alldem andern auch. Vater gönn' ich die Ruhe, er hat es zuletzt schwer gehabt. Aber Alexander – er hat mich nie leiden können.«

»Er tut dir nichts«, sagte Heidi und versuchte, es tröstlich klingen zu lassen.

Trost wurde schon Mangelware. Nachdem der Blitzkrieg gegen Polen mit den Sondermeldungsfanfaren aus dem Rundfunk vorüber war, hatte sich die Atmosphäre direkt körperlich spürbar zusammengezogen. Keine Spur mehr von ›das geht schnell vorbei, Weihnachten sind wir wieder zu Hause‹. Wenn Deutschland von Bomben auch noch verschont blieb und an den Fronten im Westen wie im Osten eine gewisse Ruhe zu herrschen schien – Krieg war Krieg. Schorschel war längst eingezogen, Richard war auf einer Fronttournee, wo er vor Soldaten mit seinem Ensemble Theater spielte. Iso bekam in Abständen Postkarten von ihm, richtige Feldpostkarten, wenn auch ohne Feldpostnummer, nur mit dem Absender O.U. Das hieß Orts-Unterkunft. Die Soldatenfrauen kannten sich aus damit. ›Tapfere kleine Soldatenfrau‹, ›Keine Angst, keine Angst, Rosmarie‹, plärrten die Schnulzen aus dem Radio. Die Lilli Marleen kam erst später.

Heidi plante, im Frühjahr zu Iso zu ziehen. Auf dem Dorf war manches leichter.

Alles änderte sich. Die Punkte der Kleiderkarten reichten für die Kinder kaum aus, auch nicht die Sonderzuteilung für Iso als Krankengymnastin, die im weißen Kittel erscheinen mußte, der höchstens zwei Tage hintereinander getragen werden konnte. Waschmittel waren knapp und schlecht. Mit der Ernährung, über die schon viele Leute klagten, war es für sie noch nicht so schlimm. Der Jüngste, Moritz, nährte sich trotz seiner nun fast zwei Jahre am liebsten noch bei der Mutter. Iso hatte die beiden Älteren auch voll gestillt, und es war so bequem. Wenn er angelaufen kam, schob sie die Weste, die sie stets trug, hoch, und das Kind trank sich satt. Da man als stillende Mutter mit drei Kindern relativ viel auf die Lebensmittelkarten bekam, hungerten sie vorerst nicht.

»Hoffentlich hab' ich noch Milch, wenn ich wiederkomme«, sagte sie. »Und wenn er nun die Flasche nicht nimmt?«

»Dann füttere ich ihn mit dem Löffel, keine Bange«, sagte Heidi. »Fahr du nur – und grüß Mutter und Christiane und natürlich auch Alexander – und ganz Camenz. Ich führe gern mit, das kannst du mir glauben.«

»Und das mit diesem Heerbann von Gören, deinen und meinen«, lachte Iso. »Räder müssen rollen für den Sieg. Und Mutter fiele in Ohnmacht. Dabei ist man mit dreien noch nicht einmal kinderreich heute.«

»Ja, das bleibt in unserer Familie auf Friederike beschränkt«, seufzte Heidi. »Walter hat es nun wirklich durchgesetzt, daß er zur Marine darf. Viele Landratten gehen zur Marine. So wie Ringelnatz. Der ist ein geborener Sachse.«

»Ringelnatz – weißt du noch, als er in Breslau las? Mit dem Schnapsglas zwischen drei Fingern?«

»O ja, das weiß ich noch. Und er schaukelte beim Gehen, als wäre er betrunken. Das war er aber nicht. Es war sein Seemannsgang.«

»Und dann kündigte er an: ›Jetzt kommt etwas ganz Schweinisches. Meine Damen, hören Sie weg!‹ Und was kam? ›Ein ganz kleines Reh stand an einem ganz kleinen Baum –‹«

Beide lachten.

»Er hat ja auch ernste Gedichte gemacht, so richtig schöne. In seinen ›Reisebriefen eines Artisten‹ fängt eines an: ›Zwischen den Bahngeleisen verträmt sich morgenroter Schnee, Artisten müssen reisen, nach Leipzig und an die See –‹«

»Ach ja. Nach Leipzig, da kommen wir so bald nicht mehr hin. Und es ist doch die Heimat.«

»Heimat ist dort, wo man liebt und geliebt wird«, sagte Heidi leise. »Ob wir jemals wieder heimkommen?«

Iso ließ den Jüngsten noch einmal ordentlich trinken. Dann mußte sie auf den Bahnhof. Heidi konnte sie nicht begleiten bei nun sechs Kindern, die um sie waren. Iso winkte noch vom Gartentor aus, dann lief sie zum Bahnhof, es war schon wieder höchste Zeit. Taxis gab es nicht, schon lange nicht mehr.

12

Leben auf dem Vulkan

1941 bis 1945

Es war Schnee gefallen. Hier in der Stadt hielt er sich nicht, sondern wurde schnell zertreten und schmutzig. Iso lief eilig zum Bahnhof, doch der Zug hatte Verspätung, ungewiß, wieviel. Sie setzte sich in den leeren, kalten Wartesaal und wunderte sich, daß sie plötzlich Zeit für sich hatte. Ein Buch hatte sie freilich eingesteckt. Von Zeit zu Zeit stand sie auf und lief hin und her, um sich aufzuwärmen.

Endlich wurde ihr Zug gemeldet. Er dampfte herein, gestopft voll, aber man fror nicht darin. Draußen fiel wieder Schnee.

Iso dachte daran, wie sie immer zu den großen Ferien ins großelterliche Haus gefahren waren. Wie sie die letzten Kilometer nicht mehr stillsitzen konnten vor Aufregung und Vorfreude und wetteten, wer das Schloß zuerst sehen würde. Und wie sie dann das Gepäck rafften und aus dem noch fahrenden Zug sprangen, ungeachtet des mütterlichen Gezeters. Selig, selig, eine unendliche Ferienzeit vor sich.

Diesmal würde niemand sie abholen. Es war ihr gleichgültig, ihr ganzes Gepäck bestand aus einer kleinen Ledertasche, die an einem Riemen über ihrer Schulter hing. Jetzt hielt der Zug. Sie stieg aus, sah sich um – der Bahnhof war häßlich, ein roter Ziegelbau im Stil jener Zeit, in der man sich über Proportionen hinweggesetzt hatte. Dennoch –

Aus einem anderen Wagen stiegen zwei Personen aus, sonst niemand. Iso sah genauer hin und rannte dann los, laut und glücklich rufend. Es waren Friederike und Walter.

Friederike trug einen schönen dunkelgrünen Lodenmantel und ein etwas merkwürdiges Käppchen. Sie hatte nie Glück mit Kopfbedeckungen. Iso lachte, gleichzeitig kamen ihr die Tränen. Walter stieß sie liebevoll-brüderlich an und grunzte: »Fleen doch ni, ahle Heulsuse!« Iso mußte mitten im Weinen lachen.

Hier lag der Schnee schon fußhoch, niemand schien ihn wegzuräumen. Sie stapften los. Es wurde dämmerig.

Ach, wieviel gab es zu erzählen, wie unendlich viel, Gutes und Schlimmes! Vor allem Schlimmes. Von Fritzens Freunden waren schon einige gefallen, der Bruder war vermißt. Seine Frau hatte das zweite Kind bekommen. Friederikes Jüngstes hatte Mumps. Was man sich so erzählt.

Der Weg zum Dorf dauerte normalerweise eine halbe Stunde. Im Schnee lief es sich schlecht. Beim Chausseehaus mußte man sich entscheiden: die Straße zu nehmen – das war weiter – oder über den Galgenberg zu gehen. Walter plädierte für letzteres. Die beiden Frauen gaben nach.

Es stellte sich heraus, daß das ein Fehler war. Auf der Straße hatte es sich noch leidlich marschiert, aber am Galgenberg, wo sie als Kinder gerodelt hatten, gab es tiefe Verwehungen. Friederike stapfte tapfer drauflos, Iso folgte. Für sie war es mühselig, die Milch staute sich, sie mochte aber nichts sagen, weil Walter dabei war. Der pfiff und schwatzte und führte den kleinen Trupp an, aber siehe da, auch er war kein versierter Pfadfinder. Irgendwann mußten sie vom Weg abgekommen sein, sie quälten sich durch den Schnee, Walter nahm seiner Mutter das Köfferchen ab, er selbst trug einen Rucksack, in dem Iso etwas Verpflegung vermutete. Schließlich kamen die beiden von einem Gut.

Einmal standen sie verpustend still, müde und ziemlich mutlos, und versuchten das Dorf zu erkennen, das zu ihren Füßen liegen mußte. Kein Licht, alles war ordnungsgemäß verdunkelt. Auch das Schloß erkannte man nur, wenn man wußte, wo es lag, durch seine vagen Umrisse.

»Vorwärts, vorwärts, schmettern die hellen Fanfaren, vorwärts, vorwärts, Jugend kennt keine Gefahren –«, sang Walter. Er war nicht sehr musikalisch. Iso stimmte ein, um ihn auf die richtige Melodie zu bringen. Friederike lachte.

Endlich fanden sie doch auf die richtige Straße zurück.

»Du bist wie dein Großvater, Walter«, sagte Friederike. »Regine hat das oft erzählt. Wenn sie mit ihm wanderte, fand er immer Abkürzungen, die sich als länger herausstellten als der eigentliche Weg.«

Regine war noch wach, als sie ankamen. Sie saß mit Christiane und einem jungen Mann in Uniform in der Eßstube. Schuftel bellte und bellte, als die drei Wanderer läuteten, und dann gab es ein liebevolles Umarmen und viele, viele Küsse. Auch der junge Mann küßte mit.

»Das ist Hannes. Eigentlich heißt er anders, nämlich Kurt, aber das ist ja kein Name«, erklärte Christiane. »Er hat glücklicherweise gerade Urlaub. Und im Halse hat er es auch, so daß dieser Urlaub vielleicht verlängert werden kann.«

Es war warm in der Eßstube und herrlich gemütlich nach dem Schneemarsch. Regine goß frischen Tee auf, und Walter öffnete den Rucksack. Zuunterst war Rehfleisch für den nächsten Tag, aber obenauf lag ein Paket Kuchen, das sofort geöffnet wurde.

Christiane und Hannes wollten Ende der Woche heiraten.

»Da bleibt ihr gleich da, vielleicht kommt Alexander auch«, sagte Christiane. Iso sah die junge Schwester an, die jetzt erwachsen und sehr verändert war. Etwas Tragisches lag über ihr, ohne daß sie es wußte. Bräutlichselig, fand Iso, war die Schwester nicht. Nun, das war kein Wunder am Abend vor dem Begräbnis ihres Vaters.

»Nein, ohne dich heirate ich nicht«, bettelte sie Iso an, »Heidi wird den Moritz schon nicht verhungern lassen. Da kriegt er eben mal was anderes als Muttermilch. Bitte, bitte, bleib!«

Iso sah die jüngere Schwester an, zärtlich und liebevoll.

»Hast recht, irgendwie wird es gehen. Und Alexander – er sollte doch zur Beerdigung herkommen?«

»Wir wissen es nicht genau. Zur Hochzeit, das wäre natürlich auch schön –«

Es ging hin und her. Um zwei Uhr nachts trennten sie sich.

Um vier läutete es an der Haustür. Mutter Regine, die noch nicht eingeschlafen war, stand auf und ging hinunter. Alexander! Er war also doch gekommen.

Die Mutter fiel ihm um den Hals. Dann zog sie ihn die Treppe hinauf, schälte ihn aus den verschneiten Hüllen – er sah aus wie ein Schneemann – und lotste ihn in die Eßstube.

»Ich koch' dir einen Kaffee, einen richtigen. Ich hab' noch eine eiserne Reserve«, flüsterte sie. Alexander ließ sich in Großmutters Stuhl fallen.

»Und Christiane will heiraten? Jetzt?« fragte er.

»Sei leise. Alles außer mir schläft«, flüsterte Regine. Alexander sah sie an.

»Ich hab' es nicht glauben können. Jetzt! Ihr seid ein Schiff ohne Steuer. Euer sogenannter Führer ist verrückt geworden.«

»Um Gottes willen, sag so was nicht.« Mutter Regine stand neben ihm, sie hatte beide Hände vor den Mund geschlagen, als habe sie selbst diesen ominösen Satz ausgesprochen und wolle ihn nachträglich ersticken. Alexander kam aus dem Ausland, von da aus sah man alles klarer ...

Zweifrontenkrieg. Nach dem Vorwärtsstürmen bis fast nach Moskau hörte man neuerdings immer in den Nachrichten: »Im Zuge der Frontbegradigung –« Der Winter. Der Hunger. Die große, die wachsende Angst.

Sie redeten und redeten. Leise wie Verschwörer. Zum ersten Mal wurde es Regine allen Ernstes klar, wie die Lage aussah. Und das am Vorabend der Beerdigung ihres Mannes, des Mannes, der sie ein Leben lang beschützt hatte.

Regine gehörte noch einer Generation an, in der die Tochter vom Vater ohne Kampf mit Beruf oder Examensnöten in die Hand und den Schutz eines Ehemannes gegeben wurde. Starb der Mann, so übernahm der Sohn den Schutz. Nie hatte sich Regine gegen die Welt behaupten müssen. Doch schon seit dem Ersten Weltkrieg gab es das nicht mehr. Ihr wurde kalt und heiß bei der Erkenntnis. Konnte und würde Alexander vom Ausland her die nötige schützende Hand über sie halten?

Auch Gelächter gab es in dieser Nacht noch, auf das keiner von ihnen gefaßt gewesen war. In dem Nebenzimmer, in dem Christiane schlief, rührte sich etwas. Sie sahen beide nach der Glastür.

Dahinter stand, verschlafen und verstrubbelt, ein junger Mann und rieb sich die Augen, zog die Schlafanzugjacke zurecht und sah, als sei er nun erst erwacht, durch die Glastür seine künftige Schwiegermutter samt Schwager am Kaffeetisch sitzen. Sie sahen sich alle drei entgeistert an. Erschrocken bückte er sich und verschwand in dem Nebenzimmer, wo sein eigenes Bett aufgeschlagen war, um es zu ›zerknüllen‹ –

»Wer ist denn das?« fragte Alexander.

»Kurt! Christianes Verlobter. Am Samstag wollen sie heiraten!« stammelte Mutter Regine, geniert und verlegen. Alexander lachte und lachte. Da mußte auch sie lachen.

Am anderen Morgen erzählten sie es beim Frühstück, genauer: Alexander spielte darauf an. Walter amüsierte sich am meisten.

»Warum bist du denn so erschrocken? Auf ein paar Tage kommt's doch wirklich nicht an, wenn diese Woche noch geheiratet wird«, sagte er grinsend. Das war nun wieder Friederike peinlich, und sie gab ihm einen Klaps.

»Halt den Schnabel, Frechdachs. Davon verstehst du nichts, hast du nichts zu verstehen«, schalt sie.

Walter feixte noch breiter. Und Kurt sagte, während er seine Tasse absetzte:

»Ein alter Rußlandkämpfer geht eben in Deckung, wenn er Gefahr wittert.«

Es wurde trotz Kummer und Krieg eine schöne Hochzeit. Nach der Trauung wanderten sie alle miteinander zum Friedhof und besuchten das frische Grab. Zum ersten Mal fühlten sie eine gewisse Erleichterung, daß Vater tot war. Ihm konnte nun nichts Böses mehr geschehen.

Sie blieben lange beieinander. Es war, als fürchte sich jeder vor dem Alleinsein. Wie früher bei Kindergeburtstagen, die Mutter Regine immer sehr schön gestaltet hatte, kamen sie ins Spielen. Die ganze Familie spielte gern. Nicht Karten, das hatte Vater Martin rigoros verboten, er stammte ja aus einem Pfarrhaus. Aber es gab genug andere Spiele. Iso erzählte vom Mönchsweierer Pfarrhaus und daß sie das Pferdel mitgebracht hatte. Es war jetzt bei ihr, und ihre beiden kleinen Jungen liebten es sehr. Das Pferdel! Regine erinnerte sich noch genau daran, wie Mutter Haberland es hatte reparieren lassen, ohne ihrem Mann etwas davon zu verraten. Nun war es schon das Lieblingsspielzeug der dritten Generation.

»Unsere Kinder kriegen es dann von euch«, ereiferte sich Christiane. Iso lachte ihr zu.

»Natürlich, klar. Und deren Kinder auch wieder ...«

Es gab noch eine andere Tradition in der Familie: den silbernen Brautbecher, ein etwa spannenlanges Weiblein mit gebauschtem Rock, das in hocherhobenen Händen einen zweiten, kleineren Becher hielt. Dieser ließ sich in zwei Gelenken kippen. Drehte man das Weiblein um, so bildete auch der Rock einen Becher, und man konnte beide Becher mit Wein füllen. Nun mußte das Brautpaar gleichzeitig daraus trinken, einer aus dem kleinen Becher und der andere aus dem größeren. Wer bei diesem Trunk Wein vergoß, der würde in der Ehe den unteren Weg gehen müssen, so sagte der Aberglaube. Dieses originelle und auch kostbare Stück wurde immer an die älteste Tochter der nächsten Generation vererbt, wenn sie heiratete. Iso hatte den Becher nicht bekommen, da sie damals im geheimen geheiratet hatte. Mutter Regine holte ihn jetzt, damit Christiane und Hannes daraus trinken sollten.

»Aber zukommen tut er eigentlich mir«, sagte Iso. Alle schwiegen. Man sah Regine an, daß sie ihn lieber der jüngeren Tochter gegeben hätte.

»Nichts da mit ›eigentlich‹«, hörte man jetzt eine Männerstimme. Alle fuhren herum – Richard stand im Zimmer. Er hatte es fertiggebracht, sich einen Tag Sonderurlaub ›aus familiären Gründen‹ zu erwirken und wenigstens an diesem Tag dazusein. Iso flog ihm an den Hals. »Mein Kumpel – mein Königskind«, sagte er ganz leise an ihrem Ohr. Keiner außer ihr hörte es. Nun mußten auch er und Iso die ›Eheprobe‹ nachholen. Und keiner vergoß einen Tropfen.

»So fest und stark war beider Hand,
kein Tropfen aus dem Becher sprang«,

sagte Iso danach. Alle wußten, von wem sie das Gedicht kannte. Es war, als sei Großmutter Haberland für eine kostbare Minute unter ihnen. Sie schwiegen alle.

Es sollte das letzte Mal sein, daß die Familie still und einträchtig beisammen war.

13
Holdershausen
1945

Iso fuhr aus dem Schlaf, schweißnaß, mit tobendem Herzen. Sie hatte wieder den gleichen Traum geträumt. Daß dies doch nie aufhörte! Sie tastete sich aus dem Kämmerchen, in dem die Kinder noch schliefen, in den Raum hinüber, der Wohnzimmer, Küche, Massage- und Behandlungsraum und Kinderstube in einem war. Dunkelgraue Dämmerung – sie schlich vorwärts und wollte Licht machen, knipste, nichts. Also wieder kein Strom.

Sie tastete nach Streichhölzern und Kerze. Vielleicht ging die Lichtmaschine im Kloster nebenan, die die kleine Gemeinde mit Licht versorgte, wieder einmal nicht, vielleicht waren auch nur die Sicherungen herausgesprungen. Iso tappte, die Kerze in der Hand, den Dachboden entlang zur Treppe hin. Auf dem Mittelabsatz, das wußte sie, befand sich der Kasten mit den Sicherungen.

Dort schien jemand zu sein. Sie sah einen flackernden Schein, hörte ein unterdrücktes Fluchen. Eine Männerstimme: der Gutsherr, von allen Onkel Paul genannt. Er stand in einem weißen Nachthemd mit rotem Börtchen am Lichtkasten und fuhr mit der Taschenlampe hin und her. Trotz der ungemütlichen und trostlosen Morgenstunde fühlte Iso einen kleinen Lachreiz: Onkel Paul sah ganz nach einer Zeichnung von Wilhelm Busch aus, wie wenig man auch von ihm wahrnahm. Aber das Nachthemd, die gesträubten roten Haare, die Brille, die im huschenden Licht der kleinen Lampe funkelte! Er drehte sich um und guckte erstaunt, hatte sie also nicht kommen hören. Sie war ja barfuß.

»Jawohl, Gnädigste, wieder mal Panne«, sagte er und zuckte die Achseln, »aber Sie kommen ja als Lichtengel.« – Er war immer freundlich, der gute Onkel Paul. Iso fühlte eine Rührung und gleichzeitig einen plötzlichen Lachreiz – und es war, als habe dieser den Panzer gelockert, der um ihr Herz lag. Ohne Übergang brach ein Sturz von Tränen aus ihr heraus, sie klammerte sich an das Treppengeländer, um nicht zusammenzubrechen, und hörte sich schluchzen. Es war wie ein ausbrechendes Gewitter, durch nichts zurückzuhalten, obwohl sie, entsetzt über sich selbst, beide Hände vor den Mund preßte. Sie hatte bisher nie weinen können, nie, auch nicht, wenn sie ganz allein war.

In diesem Augenblick schien der Gutsherr die richtige Sicherung ertastet zu haben – es wurde Licht auf der Treppe. Iso stand gekrümmt, an das Geländer geklammert, und er, ein paar Stufen tiefer, sah zu ihr auf. Sie kam erst richtig zu sich, als sie in ihrem Zimmer angelangt waren. Er hatte sie umfaßt und dorthingeführt, hielt ihren Kopf an seine Brust gedrückt, ohne ihr Weinen ersticken zu können. Es war mehr ein Röhren als ein Weinen, ein schrecklich urweltlicher Ton, unbeherrscht und unbeherrschbar.

»Ja, ja, ja«, murmelte er und fing an, sie hin- und herzuwiegen. »Ja, ja – nun sag schon – sag alles.«

Wahrscheinlich war es genau das, was sie in diesem Augenblick hören mußte. »Nun sag schon ...«

Nie hatte sie es ausgesprochen. Jetzt brach es hervor, elementar, nicht mehr aufzuhalten. An seine Brust gepreßt, stöhnte es aus ihr heraus, das ›Damals‹, die Flucht, Gundis Tod. Immer wieder mußte sie es träumen, auch heute wieder. Sie hing noch immer an Onkel Pauls Hals, jammerte und jammerte. Es brach aus ihr heraus wie der Tränensturz.

Wie sie damals in der tödlichen Kälte mit Gundi und deren vier Kindern aus Ostpreußen geflüchtet war, erzählte sie, wie sie Gundi auf einem Rodelschlitten hinter sich hergezogen hatte. Gundi war zwischen den Fronten in einen Schußwechsel geraten, war verwundet worden und hatte ein Bein verloren. In ihrer aussichtslosen Lage vermochte sie nicht, irgend etwas zur Rettung ihrer Kinder zu unternehmen. Iso kam wie ein rettender Engel.

Denn Iso hatte von einem Landser, der bei ihr um Essen gebeten hatte und dem sie einen Teller mit Suppe gegeben hatte, erfahren, wie es in Ostpreußen zuging. Und zufällig kannte er den Pfarrer Dominikus – Gundis Familie. Und da war Iso wider alle Vernunft und nachdem sie ihre Kinder in Heidis Obhut gegeben hatte, nach Osten getrampt, teils zu Fuß, teils mit wechselnden Zügen, teils mit Soldaten, und hatte, o Wunder, die Dominikusfamilie gefunden. Gundi war schon kaum mehr bei sich, sie hatte entsetzliche Schmerzen, denn die Amputation des verletzten Beines war in Eile und von unerfahrenen jungen Lazarettärzten gemacht worden. Aber sie lebte noch.

Ihre beiden nun schon halbwüchsigen Töchter hatten von ihren patenten Eltern viel gelernt. Sie jammerten nie, sie packten zu. Auch Ben benahm sich tapfer, obwohl er in schlechtem Zustand war und Erfrierungen an beiden Füßen hatte. Iso schleppte ihn meist auf dem Rücken, während Lea, die Jüngste, immer wieder versuchte, »groß« zu sein und tapfer zu laufen. Und dann kam endlich ein Wagen, der die Kinder mitnahm, ein gottgesegneter »Gummiwagen«, rappelvoll, aber wie ein richtiger Rucksack immer noch fähig, etwas aufzunehmen. Der Wagen fuhr an, Iso rannte zurück zu Gundi.

Iso hatte die Freundin auf ihrem Schlitten am Straßenrand stehenlassen, hatte ihre eigene Jacke noch über sie gelegt.

Aber Gundi war gestorben.

Iso sah es mit einem Blick. Sie zog Gundi die Mütze übers Gesicht, nahm mit schlechtem Gewissen – war das nicht Leichenfledderei? – ihre Jacke wieder an sich und steckte Gundis Hände in den Hosenbund, als ob sie noch frieren könne. Sie schluchzte ein »Lebwohl«, so sinnlos es war, und rannte wieder los, dem »Gummiwagen« nach. Nun mußte sie für die Kinder sorgen.

Diesen Augenblick träumte sie immer wieder. Bei Gundi zu bleiben, zu sterben wie sie wäre bequemer gewesen, zu Tode erschöpft, wie sie war. Aber sie mußte ja zu den Kindern.

Sie mußte – mußte – mußte. Immer wieder träumte sie das, und immer war es gleich schrecklich. Wie sie dem Wagen nachhastete, ohne Hoffnung, ihn noch zu erreichen, wie sie sich heulen hörte, laut, hemmungslos, »Gundi, Gundi –«, wie Rotz und Tränen auf ihrem Gesicht vereisten und ihr Atem wie ein Blasebalg ging. Bis sie zusammenbrach. Sie war über ein erfrorenes Kind gestolpert, wie sie hinterher sah, niemand hatte es beiseite gebracht oder wenigstens in den Straßengraben gelegt. Das Erbarmen und Entsetzen schüttelten Iso. Sie richtete sich auf und torkelte weiter, sinnlos – nein, doch nicht. Dort, o gesegnetes Gotteswunder, stand der Wagen. Vor einer bewachten Brücke.

Man wollte ihn nicht hinüberlassen. Da fingen sämtliche Kinder, die auf dem Wagen lagen, eingeklemmt dahockten, sich festhielten, zu schreien an, und der Posten, vermutlich ein Amerikaner, rief nur: »God gracious!« und gab die Fahrt frei. Gerettet waren sie dadurch noch nicht, aber sie hatten den Fluß überquert. Weiter auf der Flucht nach Westen, nach Westen! Alles andere war ein geschütteltes Kaleidoskop, in dem die schrecklichen Bilder mit schrecklicheren wechselten.

Wie überlebte man so etwas?

Sie überlebten. Iso verlor keines der Kinder und packte, bei Heidi angelangt, sofort neu. Auch aus Schlesien mußte man fort. Die Russen waren nah, man hörte schon fernes Artilleriefeuer. Die Oder, die zugefroren war, brach auf, und die treibenden Eisschollen bildeten kurze Zeit ein Hindernis für die anrückenden Soldaten.

Diese Atempause galt es zu nützen. Und Iso nützte sie; nunmehr mit zehn Kindern. Ein Satz aus dem alten Märchenbuch kam ihr dabei in den Sinn, den einer der Bremer Stadtmusikanten zum anderen sagte: »Komm mit uns, etwas Besseres als den Tod werden wir überall finden.«

Heidi stand ihr zur Seite. In Dresden angelangt – man konnte noch telefonieren –, erfuhr Heidi, wo Schorschel war. Er lag schwerverwundet in einem Lazarett in Klotzsche, also ganz nahe. Sie überließ Iso die Kinder, um sich nach Klotzsche durchzuschlagen – für einen Tag. In dieser Nacht erfolgte der große Angriff auf Dresden.

Iso hörte nichts mehr von Heidi. Ihr selbst und den Kindern geschah nichts. Sie hatten die Innenstadt bereits verlassen und rasteten in einem Vorort im Gartenhaus eines Bekannten von Heidi. Selbst eine kleine Phosphorbombe hätte sie allesamt getötet. Aber diese Bombe fiel nicht.

Wochenlang warteten sie auf Heidi. Hier war das Leben fast nicht zu überstehen, alle Kühlhäuser waren zerstört, es gab kein Gas; Lebensmittel waren nur durch stundenlanges Anstehen zu ergattern. Iso wechselte mit den größeren Kindern ab. Der Frost war gebrochen, es roch nach Frühling. Iso übersah die Lage genau.

Sie mußten weiter, ob Heidi nun auftauchte oder nicht. Sie mußten aufs Land. Züge fuhren noch – oder wieder. Iso packte zum drittenmal und lenkte ihren Heerbann ins Ungewisse, das gefährdete Gewisse hinter sich lassend. An das Gartenhaus heftete sie ein Schild: »Sind alle am Leben, geben Nachricht, sobald seßhaft. Komm nach!«

Heidi kam nicht nach. Auch Richard kam nicht wieder. Später erfuhr sie durch das Rote Kreuz, daß er gefallen war. Sie wußte es schon jetzt, sprach es nur nicht aus. Das »Damals« hatte sich ihrer bemächtigt. Onkel Paul hielt sie fest an sich gedrückt, während sie redete.

Schreckliches, schreckliches Damals. Alles wachte wieder auf, was sie mit Mühe verdrängt hatte, nun sie es aussprach, Vergewaltigungen und Totschläge, verhungerte Kinder und gekreuzigte Mütter. Wie war man nur selbst durchgekommen, mit Gundis Kindern, später mit Heidis Kindern dazu und mit ihren eigenen? Zehn waren es jetzt im ganzen. Sie hatte sie alle gerettet aus jener Hölle, keines war verlorengegangen, drüben schliefen sie, kleine und große, Jungen und Mädchen.

Zehn Kinder. Daß der Gutsherr sie aufgenommen hatte, war eine Tat, für die sie in ihrem ganzen Leben niemals genug danken konnte. Welch ein Glück war es, daß sie diesen Beruf hatte, den Mutter Regine als einen »sogenannten« bezeichnete! Die Gutsherrin litt, als sie ankam, an einem sehr schmerzhaften Ischias, und der Gutsherr versprach sich Linderung durch Isos Behandlung. Sie begann auch sogleich damit: Packungen, Massagen – vor allem Zuwendung – Iso hatte eine gewisse Art, den Behandelten Hilfe und Besserung zu suggerieren, die sie sehr schnell beliebt machte. Sie selbst, belastet von der Sorge, wie es weitergehen solle, vermochte durch fröhlichen Zuspruch zu erreichen, was man von einem Arzt erwartet, der ins Zimmer tritt. Der Kranke sollte das Gefühl haben: jetzt geht ein Fenster auf, und die Sonne scheint herein.

Sehr bald sprach es sich herum, daß diese Flüchtlingsfrau besondere Hände habe. Sie half einem kleinen Spastiker im Ort, sie stützte und tröstete die alten Leute, die bis dahin keinen Schritt mehr gelaufen waren, sie pflegte mit Salben und Puder – beides schwer zu bekommen – alle Wunden der kleinen Gemeinde. Es war ja nicht einmal ein Dorf, in dem sie hängengeblieben war, eigentlich nur ein Gut, ein Klostergut, mit Landarbeiterwohnungen darum herum, ein Forstamt, ein winziger Kaufladen. Auch einen Schmied gab es, und er war so krummbeinig und klein wie alle Schmiede, die in Märchen und Sagen vorkommen, Hephaistos und Wieland und wie sie alle hießen. Iso hatte von Kind an die alten Sagen sehr geliebt, jetzt bat sie den Gutsherrn um Bücher, leihweise natürlich, aus denen sie den Kindern abends vorlas und das eigene Wissen erweiterte.

Auch die griechischen Sagen verschlang sie. Nur nicht schlaflos liegen und das Schreckliche aufs neue sehen und nacherleben. Sie las und las, stand auf, wenn eines der Kinder nach ihr rief, tröstete es, taumelte wieder auf ihren Strohsack zurück. Eine kleine Lampe hatte sie dem Gutsherrn abgebettelt und mit einer langen Litze vom Wohnraum herübergeleitet. So las sie, bis ihr endlich die Augen zufielen und der Schlaf kam, der große Tröster, der zwar, wie alles in jener Zeit, auch knapp und kostbar war, aber für Flüchtlinge wie für Einheimische ohne Marken zu haben.

Jule und Elke, Gundis »große« Töchter, bewährten sich nach wie vor. Jule schickte die Kinder in die Schule – der Lehrer war Flüchtling, auch aus Schlesien, ein herzlieber Mann – und sorgte dafür, daß sie Papier und Stifte bekamen. Auch das war ein Problem. Elke kochte. Kartoffeln bekamen sie vom Gutsherrn, und einen großen Topf hatte Iso irgendwo organisiert. Auch eine Waschschüssel. Ein paar alte Pferdedecken dienten als Zudecken, das Stroh als Matratzen.

Mit den Gutsleuten verstand sich Iso gut. Sie wußte, wie tief sie in deren Schuld stand, und versuchte, »Tante Mutz«, der Gutsfrau, jeden Wunsch von den Augen abzulesen. Onkel Paul bemerkte das wohl, trotzdem entschuldigte er sich immer wieder, daß er ihr und den Ihren »nur ein Dach« bieten könne, keine Möbel, nur einen Tisch.

»Nur ein Dach ist ein Witz«, sagte sie, »wir waren so lange ohne ein Dach überm Kopf, wir waren obdachlos.«

Er nahm sie um die Schultern und drückte sie an sich. Wenn Tante Mutz das sah – Onkel Paul tat es gern –, dann lachte sie nur, und eines Tages sagte sie, auf dem Oberboden seien vielleicht noch Betten, sie sollten nachsehen, was dort seit Jahrzehnten herumliege, und sich nehmen, was sie brauchten.

Diese Einstellung solch einer Schar von Flüchtlingen gegenüber war sicherlich einmalig. Iso, die anderes erfahren hatte, wußte das, und sie schämte sich nicht, daß sie sich bei Onkel Paul so hatte gehenlassen. Von da an war ihre Bürde irgendwie leichter, tragbarer, wenn man es so nennen wollte. Bisher hatte dieser Rucksack voller kantiger Steine ihr so weh getan, jetzt war ihr, als habe ihn jemand zurechtgerückt, die scharfkantigen Steine umgepackt und die Riemen glatt gestrichen. Das Gewicht blieb, aber man konnte es, wenn man den Willen dazu aufbrachte, tragen, wie man manches im Leben trug, von dem man vorher meinte, es nicht einen Zentimeter vom Boden heben zu können. Der Mensch erträgt mehr, als er glaubt, wenn er wirklich will.

»Ja«, hatte Onkel Paul gesagt. »Ja, du kannst es, du bist stark.« Dieses Ja war für Iso ein Zauberwort. Sie hatte es nicht nur heimlich in sich hineingeknirscht, sondern ein anderer hatte es ihr gesagt, ein Bruder Mensch, der an sie und ihre Kraft glaubte. Wie gut das tat! Es rann in sie hinein wie eine stärkende Medizin, nein, wie ein Wundermittel, ein Zaubertrank. Es war wirklich, als begänne damit ein neues Leben. Einen gesegneten Augenblick lang hatte sie das Gefühl, als könne ihr nichts Schlimmes mehr geschehen.

»Na, wie siehst du denn wieder aus«, sagte Iso. Sie kam aus Warburg, der Kreisstadt, wo sie auf den Ämtern etwas zu erledigen gehabt hatte, was sie haßte, und sah nun ihre Tochter, das älteste ihrer Kinder, mit einem Gesicht voller Staub und mit schwarzen Händen. Elke, die sich um die Kinder kümmerte, wenn Iso nicht da war, setzte hinzu: »Nicht wahr? Und ich kann wieder waschen und waschen!«

»Wißt ihr, was ich gefunden hab'?« lachte das Mädchen, unbeeindruckt vom Unmut der Erwachsenen – sie war jetzt sechzehn, aber noch sehr kindlich, ›kindisch‹ nannte es Elke. »Ein Schulzeugnis von Onkel Paul! Da, guckt mal! Auf dem Oberboden, in einer Kommodenschublade.«

Iso zog die Jacke aus und warf sie über die Stuhllehne. Sie besaßen jetzt Stühle, ebenfalls vom Oberboden, ehemals ausrangiert aus Küche, Veranda, Schlafzimmern – aber immerhin. »Zeig mal!«

Es war ein Schulzeugnis, vor dem Eltern erbleichen mußten. Iso wußte nicht recht, was sie sagen sollte, an sich hatte Tante Mutz es ja erlaubt, sie hatte gewissermaßen die Kinder animiert, »dort zu kramen«, aber ...

In diesem Augenblick trat Onkel Paul ein. Er kam öfter, war neugierig, amüsierte sich über vieles, was seine Unter- besser: Obermieter betraf, und sah das Papier, das Iso in der Hand hielt.

»Ein Schulzeugnis von mir?«

Iso war es peinlich, aber siehe da, Onkel Paul lachte nur, er lachte aus Herzensgrund.

»Saumäßig schlecht, nicht wahr? Meine Mutter ist mal zur Klassenlehrerin gegangen, um sich zu erkundigen, wie ich in der Schule stünde. Die sagte nur: ›Ein armseliger Geist.‹«

Nun lachten sie alle. Isos Tochter Nikola reichte das Dokument seinem Besitzer, und schon drängten sich alle, es auch zu lesen. »Das zeig' ich Tante Mutz. Die wird lachen! Ihr geht's gar nicht gut –« Er sah Iso an. Sie nickte ihm zu. ›Ich kümmere mich gleich um sie‹, hieß dieser Blick.

In diesem Augenblick wurde die Tür aufgerissen, und ein junger Mann platzte herein. Er war gekleidet, wie man sich jetzt trug: in eine umgearbeitete Militärjacke, eine schlotternde Hose, abgetragene alte Schuhe, das Haar ohne Schnitt in die Stirn hängend. Aber was tat er? Er sprang auf Iso zu und drückte ihr rechts und links einen Kuß auf die Wange, lachte, packte sie an den Schultern und rüttelte sie.

»Hab' ich dich doch wahrhaftig gefunden, Tantchen!«

»Tantchen?«

Iso konnte sich nicht erinnern, woher sie ihn kennen sollte, und es war ihr vor dem Gutsherrn unangenehm, daß der junge Mann sich so unbefangen benahm.

»Wer sind Sie – bist du?« stammelte sie. Er hatte sie ja geduzt.

»Menschenskind, ich bin der Walter! Dein Patenkind, Tante Iso!« lachte er. Iso mußte sich setzen.

»Ja, daß du noch lebst! Ich dachte – irgendwann hat Tante Friederike – du wärst –«

»Gefallen? Für Großdeutschland? Denkste.«

So ging es hin und her, und der Gutsherr nahm mit Vergnügen daran teil. Iso war es ungeheuer peinlich, daß sie Walter für tot gehalten hatte, sie versuchte es zu erklären.

»Ich hab' deine Eltern ewig nicht gesehen und hab' auch keine Ahnung, wo sie sind. Da kannst du dir denken – damals sagte sie zu mir – da dachte ich –«

»Ach ja, ich hab' es ihr später erklärt. Da waren sie – ich meine meine Eltern – noch zu Hause. Und weißt du, die Mädchen – mit denen hatte ich manchmal Schwierigkeiten. Sie wollten – nun, sie waren schwer loszukriegen. Und da schickte ich einfach ihre Briefe zurück mit dem Stempel ›Gefallen für Großdeutschland‹. Bis der Krieg aus war und ich wieder zurückkam – das heißt, ich konnte ja nicht zurück. Die Eltern sind ja wohl getreckt, wohin, weiß auch ich nicht. Aber hier herum wohnt eine Schwester von Vater, die hat einen Arzt geheiratet, der arbeitet in einer Heil- und Pflegeanstalt, daher durchforste ich diese Gegend.«

»Du bist unmöglich, Walter«, stöhnte Iso, mußte aber doch lachen. Sie nahm den großen Jungen um den Hals und küßte ihn nun ihrerseits, und alle Kinder, die dabei waren, klatschten Beifall. Onkel Paul auch. Er zwinkerte.

»Hast wohl großen Hunger, Junge?« fragte er. »Na, Onkel Paul kann sich das gut vorstellen! Ich war auch Soldat. Einer von euch kommt mit runter zu mir, vielleicht ist noch was in der Speisekammer.«

Nikolaus sprang als erster auf. Er rannte vor lauter Eifer seinen kleinen Bruder Moritz, Isos Jüngsten, beinah um. Onkel Paul nahm den Kleinen auf den Arm. Er war, selbst kinderlos, sehr kinderlieb. Ein Kind der von Iso betreuten ›Sammelfirma‹, wie er es nannte, durfte jeweils zum Frühstück zu den Gutsleuten kommen und wurde dort gefüttert mit Dingen, die es nur vom Hörensagen kannte: mit Milch, Honig, Marmelade, Butter – vor allem die großen Jungen stopften nur so in sich hinein, was hineinging. Bei Lea und Moritz half Onkel Paul nach. Moritz hatte eine Schwäche für Sirup, was den Gutsherrn ärgerte. Es war ja das Bescheidenste, was es gab – alle Welt kochte Sirup. Moritz sollte lieber Honig essen – und Butter, dick aufs Weißbrot. Moritz war so dünn und klein und kläglich. Onkel Paul ging mit hinauf, als die Jungen die Rehleber zu Iso schleppten. Er hatte die Jagd unter sich: er war Kreisjägermeister gewesen, und jetzt hatte er sein altes Amt wieder. Leber, und so viel! Jule begann sofort, Kartoffeln zu schälen. Die anderen drängelten sich um den Behelfsherd, auf dem das Fleisch gebraten wurde. Allerdings mußte man sich zuerst eine Pfanne leihen, deshalb schickte Iso Walter mit dem Gutsherrn selbst hinunter in die Küchenregionen. Bald stiegen vom Dachboden herrliche Düfte auf – denn, ach ja, auch in dieser Zeit gab es Freuden, gab es Lachen, gab es herrliche Überraschungen. Der Gutsherr blieb an diesem Tag bei Iso und ergötzte sich an der Seligkeit, die von der Leber ausgelöst wurde. Er saß auf dem besten der gichtbrüchigen Stühle, Moritz auf dem Schoß, blies zärtlich in dessen hellblonde Nackenlöckchen und verlangte, daß dieser ›sein Sohn‹ eine Extraportion bekomme.

»Denn beim Frühstück, da kann er alles haben, was er will, und was frißt das Dummerle? Sirup«, rügte Onkel Paul.

Im Hof wohnte noch ein altes Ehepaar. Beide waren zermürbt vom Leben, der alte Herr war Offizier gewesen wie Onkel Paul auch. Wovon die beiden lebten, war niemandem klar. Sie klagten nie, aber man sah, daß sie immer elender wurden. Dieser alte Herr hatte eines Tages von den Rüben, die im Hof neben dem Kornhaus lagerten, einen Handwagen voll zu seiner Baracke gefahren, war dabei von einem Gutsarbeiter beobachtet worden, und dieser war zum Gutsherrn gegangen und hatte ihn verpetzt. Onkel Paul sah den Mann an.

»Das hab' ich ihm erlaubt«, sagte er ruhig und zugleich so, daß der Denunziant zu stottern begann und das Weite suchte. Das hatte Iso mitgekriegt, und seitdem liebte und verehrte sie Onkel Paul noch mehr als zuvor.

Walter hatte sich sofort und ohne Fragen in die Großfamilie eingefügt.

»Bis ich weiß, wo meine Eltern stecken«, sagte er vergnügt und wischte sich mit dem Ärmel unter der Nase her. Taschentücher gab es natürlich nicht. Iso mochte ihn gern. Sie hatte ihn immer gern gehabt, seine freche, verschmitzte Art, seine lustigen Augen. Nur daß er sie »Tantchen« nannte, ärgerte sie. Sie war ja auch nicht seine Tante, sondern eine Cousine, eine Base, ihre Mutter und Friederike waren Schwestern, deren Kinder also Vettern und Basen.

»Aber erspar mir bitte, dich Base zu nennen«, sagte er vergnügt, »wir hatten eine in der Familie, die so genannt wurde, die Base von Vater. Als wir, also Vaters Kinder, dann erschienen, wurde sie ›Tante Base‹ genannt. So spricht man in der Familie noch heute von ihr.«

Die Familie – wo mochte sie sein? Lebten Walters Eltern noch? Wo waren Christiane und ihr Mann? Walter tat, als seien alle nur verreist und könnten jeden Tag auftauchen, so, wie er aufgetaucht war. Post gab es noch nicht wieder, und wie sollten die Angehörigen darauf kommen, wo Iso mit ihrem Schwarm gelandet war? Natürlich hatte sie ihre Anschrift beim Roten Kreuz hinterlegt, ohne Hoffnung, daß das etwas bringen würde. Nur die Nachricht von Richards Tod erhielt sie dadurch.

Sie hatte nicht mehr daran glauben können, daß er noch lebte. Aber die Gewißheit war dennoch entsetzlich schwer zu tragen. Iso verbot es sich zu weinen, sie hatte niemanden, bei dem sie hätte weinen können, auch nicht Onkel Paul. Denn um dieselbe Zeit starb Tante Mutz, von ihm und ihr und dem ganzen Hof tief betrauert. Es verstand sich von selbst, daß Iso mit zur Beerdigung ging, und hier durfte sie endlich weinen. Die Kinder hatten Sträuße von Feldblumen in den Händen, es war Sommer geworden.

Iso und die größeren Kinder arbeiteten auf dem Feld, um sich etwas zu verdienen. Abends und in der Mittagspause lief Iso von einem ihrer Patienten zum anderen, massierte, verband und pflegte, es gab ja keine Bezirksschwester in dem kleinen Ort. So blieb ihr dieses Amt. Sie übte es gern aus. Eine der größeren Töchter, Elke oder Jule, kümmerte sich um den Haushalt.

Walter bastelte zu Hause. Er war geschickt, auch fleißig, zwar nicht recht zuverlässig, aber liebenswert. Er »machte aus Dreck Zwerge«, wie die anderen sagten, und richtete eine behelfsmäßige Küche ein, was sehr nötig war. Aber er blieb der charmante, leichtsinnige Lumpenhund, der eigentlich noch Aufsicht nötig gehabt hätte. Eines Tages kam Iso zeitiger vom Feld heim und fand ihn in einer ziemlich eindeutigen Situation mit Jule. Iso war empört. Sie brüllte beide an, drohte, Walter hinauszuwerfen, und heulte dann die halbe Nacht, bis sie schließlich vor Erschöpfung einschlief. Jule, das ihr anvertraute Kind ihrer so sehr geliebten Gundi, bei der sie die schönsten Jahre ihrer Jugend verlebt hatte, und Bertrams Kind, dem sie nachtrauerte wie einem geliebten verlorenen Bruder – sie nahm es sehr schwer. Und sie schämte sich, daß sie weinte – als sie die Nachricht vom Tod ihres Mannes bekommen hatte, hatte sie nicht geweint – aber jetzt heulte sie aus Ärger.

Bertram. Sie dachte oft an ihn, sah sein freundliches rundes Gesicht vor sich – sie besaß kein Bild von ihm. Nach Mönchsweier schrieb sie, als es wieder Post gab, der Brief kam zurück mit dem Vermerk »Adressat verstorben«. Nach Ostpreußen, an seine letzte Pfarrstelle, konnte sie nicht schreiben. Verloren, verloren. Was hatte man alles verloren.

Wie war ein Mensch nur beschaffen, dachte sie, der so reagierte wie sie? Und wie sollte sie weiterhin mit den Kindern zurechtkommen, sie nicht nur satt machen und ausbilden, sondern ihnen Vorbild sein, wenn sie am Tag der Arbeit nachging und erst spätabends heimkam, todmüde vor Überanstrengung und Unterernährung? Zwar wurden sie jetzt satt, aber sie selbst steckte von den besseren Dingen soviel wie möglich den Kindern zu, damit sie keine Wachstumsschäden davontrugen. Moritz geriet aufgrund einer Reihenuntersuchung in den Verdacht, eine Tuberkulose zu haben, und sollte in ein Kindersanatorium in den Schwarzwald geschickt werden. Er wehrte sich verzweifelt und verlangte, bei der Mutter zu bleiben. Er tat das mit solcher Vehemenz, daß der behandelnde Arzt schließlich meinte, es würde ihm eher schaden, wenn man ihn dazu zwingen würde. Der Arzt war freundlich und einsichtig, aber er war selbst müde und keineswegs aufmunternd oder trostreich. Er hatte bei einem Bombenangriff auf Kassel seine Frau und seine zwei Kinder verloren und schleppte sich durchs Leben, gleichgültig, wie es kam.

Iso sah auf seinem Schreibtisch ein Foto stehen, das eine junge Frau und zwei Kinder, einen Jungen und ein Mädchen, zeigte. Der Junge glich Moritz ein wenig. Während sie das bei sich selbst feststellte, sagte der Arzt mehr zu sich als zu ihr: »Ja. So ähnlich sah er aus.« Iso brach in Tränen aus. Auch er wischte sich die Augen.

»Da weinten zusammen die Grenadier'«, sagte er und strich Moritz mit dem Handrücken über die Wange, ganz leicht nur, so als wollte er sagen: »Bist ja nur geborgt.« Iso hatte das Gefühl, als bräche ihr das Herz. Als sie mit ihrem kleinen Sohn das Sprechzimmer verlassen hatte, setzte sie sich draußen auf die oberste Treppenstufe und meinte, nie wieder aufstehen zu können.

Friederike schob den Topf mit den Schweinekartoffeln zur Seite und rückte die Pfanne in die Mitte des Herdes. Ihre Männer würden gleich kommen. Sie schnitt ein spärliches Stück Speck klein und ließ die Schnipsel in die Pfanne gleiten. Es zischte und roch herrlich.

Daß man ein kleines Stückchen Speck so genießen konnte! Freilich, seit dem Tage X, an dem man die Heimat verlassen hatte, war alles anders und neu. Die wochenlange Flucht war schrecklich gewesen – schon die Vorbereitungen, als der Wagen zurechtgemacht wurde mit dem Nötigsten, mit Lebensmitteln und Decken und Futter für die Pferde. Eine Zeitlang arbeiteten sie bei Polen, da hatten sie schon Wagen und Pferde verloren und besaßen nur noch jeder einen Rucksack. Der jüngste der Söhne war dabei. Er hatte selbst gepackt. Die anderen waren Soldaten. Waren sie das noch? Oder Kriegsgefangene oder längst tot? Die Eltern wußten es nicht.

Wie durch ein Wunder fanden sich später alle wieder zusammen, bis auf Walter. ›Walter ist tot‹, dachte Friederike immer wieder, doch ohne es recht zu glauben. Hatte sie es nicht selbst gelesen auf der Rückseite jenes Briefumschlages, den eines der Mädchen, in die Walter einmal verliebt gewesen war, ihr gezeigt hatte? Gestempelt: »Gefallen für Großdeutschland«. Sie, die Eltern, hatten diese Nachricht nie bekommen. Und es gab doch Wunder, hatte immer Wunder gegeben.

Friederike schob die Pfanne an den Rand des Herdes und holte die Teller vom Bord, die sie sich von freundlichen Einheimischen erbettelt hatte. Heinold, der Besitzer des Musterhofes, hatte ihnen zwar die Küche und zwei Zimmer überlassen, aber keinen Hausrat.

Der Musterhof, von einem Industriellen gegründet, hatte in der Nazizeit als ›Erbhof‹ gegolten. Heinold hatte fünf Kinder, alle so dumm wie die Eltern, behauptete Egbert, der Jüngste von Haberlands, und seine Mutter hielt ihm erschrocken den Mund zu. Egbert hatte recht, aber sagen durfte man als Flüchtling so etwas nicht, sonst wäre man sofort hinausgeflogen. Und welch ein Glück war es doch, diesen Hof bewirtschaften zu dürfen! Was für Chancen hatte ein Landwirt denn, der aus dem Osten kam und dessen einziger Beruf eben Landwirt war? Was ist ein Landwirt ohne Land? Hoffnungslos!

Friederike dachte daran, wie sie, nur noch mit Rucksäcken, von Hunger und Anstrengung geschwächt, endlich bei Fritzens Schwester angekommen waren. Die hatte sie im Flur ihres Hauses abgefertigt, entsetzt, abwehrend, mit den Worten:

»Kommt gar nicht erst herein. Hier könnt ihr nicht bleiben!«

»Wir wollen ja gar nicht bleiben. Hast du denn das Haus so voll?«

»Arzthäuser werden nicht besetzt, wegen der Hygiene«, sagte Maria sofort. »Und wir müssen an unser eigenes Kind denken. Ihr könnt nicht bleiben. Seht zu, wo ihr unterkommt!«

Nicht eine Tasse Tee hatte sie ihnen angeboten, kein Stück Brot. Friederike verstand heute noch nicht, wie so etwas möglich war.

»Du hast das Gut bekommen, Fritz, den Hof und wir Schwestern nichts. Nein, ihr habt kein Recht.«

Recht... Wer hatte wohl ein Recht in dieser recht- und gesetzlosen Nachkriegszeit? Was galt noch? Würde je wieder etwas gelten?

So waren sie wieder gegangen. Ein glücklicher Zufall ließ sie Heinold treffen, der mit einem Einspänner die Straße entlangfuhr. Das Pferd scheute vor irgend etwas, und Fritz Haberland hatte das Glück, es fassen und halten zu können. Man sah an seinem Griff, daß er gewohnt war, mit Pferden umzugehen. Daraus ergab sich ein Gespräch, dem später Heinolds Angebot folgte, Haberland solle seinen Hof bewirtschaften – zunächst jedenfalls. Heinolds wohnten im Herrenhaus neben dem Wirtschaftsgebäude. Haberland sagte natürlich mit Freuden zu.

Der Inspektor und seine Familie, die bis zum Ende des Krieges dort gewohnt hatten, waren getürmt. Heinold verstand nichts von der Landwirtschaft. Es traf sich also denkbar gut.

Haberland hatten nur Egbert, den Jüngsten, der noch zur Schule ging, und Hermann, den zweitjüngsten Sohn, bei sich. Von Dieter und Walter hatten sie nichts mehr gehört. Egbert war der verzogene Jüngste, sicherlich der begabteste der Söhne, und Hermann war gutwillig und fleißig. Friederike, die zu Hause genug Personal gehabt hatte, um sich nur um die Kinder zu kümmern, fand sich mit Mühe, aber mit dem besten Willen in die Rolle der einfachen Bauersfrau, die Garten, Schweine und Hühner, Enten, Gänse und Puten neben der schwierigen und mühseligen Hausarbeit versorgen mußte, schwierig, weil ohne Hausrat. Ein einziger Topf und nur eine Pfanne – es war kaum zu bewältigen. Zum Glück war Fritz sehr geschickt im Heranschaffen und Zurechtschustern von weggeworfenen Dingen. Es gab in dieser Gegend Deutschlands eine ganze Menge davon zu finden, wenn man umsichtig war; das Land war verschont geblieben. Am Suchen beteiligte sich auch Egbert, mehr aus Sport und Lausbüberei denn aus Einsicht. Hermann arbeitete auf dem Hof.

Jetzt kamen sie, Fritz und Hermann, strichen den Schmutz von den Füßen und drückten die Tür auf. Friederike sah sich um – dann schrie sie laut auf und fiel ihrem Mann um den Hals.

»Fritz, ja aber Fritz, wie siehst denn du aus!«

Fritz lachte. Er hatte ihren Jubel vorausgeahnt. Seit dem Ende des Krieges hatte er sich nicht mehr rasiert, sondern einen Vollbart wachsen lassen, der rot wurde wie bei manchen hellblonden Männern. Der Grund war: Er wollte nicht als ehemaliger Kreisbauernführer erkannt werden. Viele hatten so gehandelt. Jetzt aber – auch schreckliche Jahre gehen vorüber – durfte man, so weit fort von daheim, wagen, sein richtiges Gesicht zu zeigen.

Friederike lachte und weinte vor Glück.

»Ich war schon zu lange mit einem fremden Mann verheiratet«, sagte sie, als sie sich endlich zu Tisch setzten. Die Bratkartoffeln waren ganz hübsch angekohlt, aber Fritz lobte sie trotzdem. Er war und blieb der liebenswürdige Ehemann, verliebt in seine Frau wie am ersten Tag.

Friederike nahm es voller Dank hin.

Sie waren damals auf dem Treck durch Camenz gekommen.

»Halt an, ich muß – ich muß mich hier umsehen«, hatte sie gebettelt, und Fritz hatte angehalten. Friederike und Egbert sprangen vom Wagen.

Das Haus stand noch. Der Zaun war abgerissen und höchstwahrscheinlich verheizt wie alles Brennbare, die grüne Haustür war verschlossen. Friederike klopfte. Ein Polenweiblein, klein und verhutzelt, in Kopftuch und Schürze, öffnete einen Spaltbreit, sah mit mißtrauischen, angstvollen Augen zu Friederike auf. Die versuchte sie zu beruhigen.

»Ich hier geboren, ich hier mal gucken –« Sie sprach wie zu einem Kind. Die kleine Polin wich zögernd zurück – Egbert drängte nach.

Sie traten in den Flur, sahen zur Decke. Dort, am Bogen des Treppenabsatzes, hatte gestanden:

Deutsches Haus und deutsches Land,
schirm euch Gott mit starker Hand!

Es war nicht mehr da. Verständlich. Das Treppengeländer, glatt und schön geschwungen, war auch weg. Friederike tastete sich die Treppe hinauf, vom unsicheren Schritt der Frau gefolgt.

Nowaks lebten nicht mehr, das wußte sie. Aber Bine, wo war Bine?

Die Zimmer im oberen Stock waren behelfsmäßig eingerichtet, sicher wohnten sieben Parteien in diesem großzügig angelegten Haus. Abscheuliche bunte Vorhänge hingen an den Fenstern und Glastüren, überall Betten, das Klavier war weg, der Balkon voller Gerümpel. Vieles hatte man einfach aus dem Fenster geworfen, unten im Garten lagen zerbrochene Stühle und zerschnittene Teppiche, Kartons, Mutters Nähtischchen. ›Muß man denn alles kaputtmachen, statt es zu benutzen?‹ dachte Friederike kummervoll. Sie wandte sich wieder der Treppe zu. Im oberen Flur sah man an der Decke noch die Löcher, an denen die Haken für ihre Schaukelringe befestigt gewesen waren.

Sie gingen durch die Hintertür in den Hof hinaus. Hier war ihr Vater immer mit Wagen und Gespann abgefahren, wenn er Patientenbesuche machte. Das Mäuerchen, an dem der jeweilige Kutscher die Schuhe geputzt hatte, stand noch. Da hörte sie ein leises Kinderweinen. Sie horchte auf. Es schien aus der Kutscherwohnung über den Ställen zu kommen.

Rasch entschlossen überquerte sie den Hof, stieg die steile Treppe hinauf und trat in das niedrige Zimmer, in dem der Kutscher gewohnt hatte. Und hier – es war, als habe sie es geahnt – saß Bine, einen Säugling auf dem Schoß, den sie wiegte. Friederike rief mit halbgebrochener Stimme:

»Bine! Bine! Du hier?«

Ja, sie war es. Zu ihren Füßen lag ein dickes Buch, dessen vorderer und hinterer Einbanddeckel fehlten, aber für Friederike war es unverkennbar. Das Märchenbuch! Sie bückte sich, hob es auf, drückte es an sich.

»Ja, ich hab' es hier versteckt. Friederike, ihr seid gekommen? Hier ist alles voll.«

»Das weiß ich, aber wir wollen gar nicht bleiben. Und du kommst mit! Ohne dich fahren wir nicht weiter. Weißt du was von Erich? Nein? Weißt du noch? Aus dem vorigen Krieg kam er erst nach zwei Jahren. Und deine Eltern ...?«

»Die haben's gut.« Bine lächelte sparsam. »Deine Mutter und dein Vater auch. Denen tut keiner mehr was.«

»Ist das dein Kind?« Friederike wies auf das Kleine. Bine schüttelte den Kopf. Nein, ein Polenkind, sie kümmerte sich darum, weil die Mutter nicht viel Interesse daran zeigte. Sie trug es vorsichtig die Treppe hinunter und übergab es der alten Polin, suchte sich ein paar Sachen zusammen, eine Decke, einen Mantel. Friederike hatte das Buch unterm Arm. Egbert stöberte in dem Gerümpel im Hof herum. Dort trafen sie auf Fritz, dem das Warten zu lange gedauert hatte.

»Ach, du, Bine? Ja, komm mit, dalli, dalli! O ihr Weiber, was trödelt ihr ...«

»Wo ist Egbert?« rief Friederike. Er stand schon am Wagen, warf etwas darauf.

»Was schmeißt du denn da noch rauf? Nichts wird mitgenommen. Auch das Buch nicht, hörst du?«

»Jaja.« Sie preßte es an die Brust. Rannte hinter ihm her durch den Flur zum Wagen zurück. Sie stiegen auf, Bine mit ihnen.

»Los! Wir müssen weiter!«

›Wir müssen weiter.‹ Immer hieß es ›wir müssen weiter‹. Erst noch mit dem Wagen, dann zu Fuß. Fritz hatte ein Leiterwägelchen für das Unentbehrlichste organisiert. Friederike und Egbert zogen, Fritz schob. Manchmal, wenn es bergab ging, durfte Bine aufsitzen.

»Wie damals bei der Gustel und ihrem Walderla«, sagte sie einmal und lachte. Nur daß der Wagen keine Plane hatte und viel kleiner war. Sie hatten Frankenstein durchquert, sahen links das Gebirge hinschwingen, wohin sie manchmal zum Wandern gefahren waren. Schönes, schönes Schlesien ...

Einmal hatten sie das große Glück, einen Güterzug zu erwischen, der nach Westen fuhr. Hinein mit allem, auch mit dem Wägelchen, Fritz, der groß und stämmig war, hob Bine wie ein Kind auf und warf sie den anderen nach, die schon hinaufgeklettert waren. Der Zug fuhr bereits. Friederike schrie in Todesangst: »Fritz! Fritz!« Doch er erreichte noch den Rand der Tür, krallte sich fest und arbeitete sich hoch. Ohne Fritz – was wäre aus ihnen geworden?

In diesem Güterwagen blieben sie drei gesegnete Tage und ruhten aus. Fingen sogar an, sich mit den Mitreisenden, besser: Mitflüchtigen, zu unterhalten. Zuweilen schliefen sie auch. Einmal, als Fritz erwachte, sah er seine Frau auf einem Rucksack sitzen und aus einem dicken Buch vorlesen. Das Buch hatte keinen Einband mehr, es war –

»Das Märchenbuch!« rief er und drohte ihr mit der Faust. »Hast du es doch mitgeschleppt!« Da lachten sie alle, mitten in Verzweiflung und Kummer.

In Görlitz mußten sie hinaus. Hier ging es über die Neiße, die später die Grenze werden sollte. Sie hatten Glück und kamen hinüber, ohne hindurchschwimmen zu müssen. Bine konnte gar nicht schwimmen. Als sie weiterzogen – es war nicht mehr so unbarmherzig kalt –, erlebten sie einen Zufall, den, wie sie meinten, ihnen später niemals jemand glauben würde. Später... Würde es je ein Später geben? Sie sahen einander an und schüttelten die Köpfe.

Und das war der Zufall: Irgendwo am Rand der Straße, auf der sie dahintrotteten, saß ein Soldat. Er wechselte seine Schuhe: nicht etwa, daß er neue statt der alten anzog, sondern er nahm den rechten für den linken und umgekehrt. Bine lachte, als sie es sah, sie hatte das merkwürdige, springende Lachen, das Verwachsene oft haben.

»Bine!«

»Erich!«

Es war ihr Bruder. Solche Dinge gibt es. Sie konnten es alle nicht fassen.

Erich besaß nur zwei linke Schuhe, wie er ihnen erzählte. Von Zeit zu Zeit wechselte er sie von rechts nach links und umgekehrt. Seine Füße waren nichts als blutige Wunden, entsetzlich anzusehen.

Sie luden ihn aufs Wägelchen, und Bine lief nun nebenher. Für eine Weile mußte das gehen. Es ging viel auf jener merkwürdigen Reise, vieles und anders, als man je für möglich gehalten hätte. In der nächsten Stadt besaß Erich, wie er sagte, einen Freund – falls dieser noch lebte –, zu dem wollte er hin. Ein weiteres Wunder: Die Frau dieses Freundes lebte noch; sie war da, wartete auf ihren Mann und nahm, ohne eine Sekunde zu zögern, die beiden Geschwister samt Haberlands auf. Sie blieben zwei Nächte. Es war eine Wohltat.

Für Erich bedeutete es die letzte Station seines Lebens. Er lag im Sterben, und als Haberlands wieder aufbrachen, blieb Bine bei ihm zurück. Sie wollte den Bruder nicht verlassen. Friederike verstand das. Es war ein schwerer Abschied. Sie hielten einander umschlungen, und Friederike flüsterte als letztes: »Gib Nachricht, wenn man wieder schreiben kann. Fritzens Schwester wohnt in Marsberg, sie ist mit einem Arzt verheiratet. Wir wollen versuchen, dorthin zu kommen.«

Bine kehrte, als Erich nicht mehr lebte, nach Camenz zurück. Wo hätte sie hingesollt? Haberlands erfuhren das erst viel später. Sie hatten nicht geglaubt, Bine je wiederzusehen.

Sie sprachen von ihr, während sie aßen, und dann kam Egbert aus der Schule und setzte sich zu ihnen, futterte, erzählte mit vollem Mund, ach ja, irgendwie war es wieder ein kleines Zuhause geworden, dieser Musterhof. Wenn nur die Post erst wieder in Gang käme! Es war so niederdrükkend, seine Gedanken schweifen zu lassen und nicht zu wissen, wo sie sich niederlassen konnten. Regine war vielleicht längst tot, und ob Christianes Mann zurückgekommen war oder nicht mehr lebte, wo man Christiane je wieder würde erreichen können, wer wußte es? Ach, und wie sehr mußte Friederike an Iso denken, die ihr wie eine Schwester nahestand, mehr als Christiane oder Alexander. Ob Iso noch lebte?

Iso lebte noch. Wie nahe, das konnten Haberlands nicht ahnen. Holdershausen, das Klostergut, auf dem Iso mit den Ihren Unterschlupf gefunden hatte, lag keine zwanzig Kilometer vom Musterhof entfernt. Es hatte beide, Fritz Haberland und Iso, in die Nähe von Fritzens Schwester gezogen. Doch Iso fand Holdershausen so schön, daß sie sich nichts anderes wünschte, als bleiben zu dürfen. Onkel Paul konnte ihr das nicht versprechen. Er war zwar Erbpächter hier, nicht aber der Besitzer. Der Verlust seiner Frau hatte ihn sehr mitgenommen.

Iso war acht Tage nach der Beerdigung zu ihm hinübergegangen und hatte angefragt, wie er darüber denke, wenn Jule einspränge und ihm vorläufig die Wirtschaft führte.

Elke wollte es nicht, sie strebte in einen Beruf, aber Jule meinte wie Iso, das sei zunächst doch eine Lösung. Onkel Paul überlegte sich's und nahm dann an.

Iso hatte das Gefühl, eine neue Wurzel in das Erdreich von Holdershausen gesenkt zu haben. Erdreich – ob es je Heimat werden würde? Sie liebte Holdershausen, aber auf eine schmerzliche, angstvolle Art. ›Auch von hier werden wir eines Tages wieder fortmüssen‹, sagte ihr Herz leise, aber unüberhörbar. Warum? Fand, wer einmal die Heimat verloren hatte, nie wieder eine?

Iso hatte den alten Herrn Chaleur, jenen Mann, dessen Rübendiebstahl Onkel Paul damals so taktvoll gedeckt hatte, mit Hilfe seiner Frau und viel Mühe aufgerichtet. Er saß jetzt zurückgelehnt und erschöpft im Stuhl, die Augen geschlossen. Vor acht Tagen hatte ihn ein Schlaganfall getroffen. Er war linksseitig gelähmt, versuchte aber seit einem Tag wieder zu sprechen, wenn auch langsam, kaum verständlich. »Das ist ein gutes Zeichen, auf jeden Fall«, sagte Iso zu seiner Frau, die blaß und angstvoll neben seinem Stuhl stand, gewärtig, der Kranke würde umfallen. Iso winkte ab.

»Er fällt nicht, er sitzt ganz gut«, sagte sie beruhigend, »aber Sie können etwas anderes tun: Hier, nehmen Sie den Schal, binden Sie ihn um seinen Oberkörper und um die Rückenlehne des Stuhles, für alle Fälle. Gut, daß wir wenigstens den Stuhl haben.« Es war alles noch so schrecklich behelfsmäßig. »So, ja. Nun werde ich mich mal um sein Bein kümmern.«

Das rechte Bein konnte er anziehen und ausstrecken, auch die rechte Hand bewegen. Das linke war leblos, die Hand verkrampft. Ob er sehen konnte, hatte Iso noch nicht feststellen können. Hören aber konnte er, man merkte es jetzt, da er manchmal antwortete.

Sie kniete vor ihm nieder und spreizte ihm die Knie behutsam auseinander. »Nun zurück bis zur Mitte, nein, nicht nur das rechte, auch das linke, gerade das!«

Sie deutete darauf, hatte auch das Gefühl, daß er dorthin sah. »Ein kleines bissel nur, alter Soldat!«

Das schien das richtige Wort zu sein. Herr Chaleur bewegte das linke Knie ein ganz klein wenig auf die Mitte zu, Zentimeter nur, aber immerhin ein kleines Stückchen. Iso verschluckte den Jubelruf, der ihr entfahren wollte, und sah zu der Frau des Kranken auf: »Er tut's, er tut's, morgen noch mal. Wieder ein Stück weiter. Wir müssen Geduld haben und üben, üben. Er muß wollen. Auf den Willen kommt's an!«

Sie hatten den Kranken zuvor gemeinsam gewaschen und neu gebettet. Wer sollte der alten Dame sonst behilflich sein? Freilich, wie es weitergehen würde, bei den fehlenden Waschmitteln, bei der wenigen Bettwäsche, die die Chaleurs hatten...

»Wenn es besser wird, kommen auch Darm und Blase wieder in Ordnung«, tröstete Iso, richtete sich auf und strich Frau Chaleur über die runzlige Hand. »Sicherlich wird es besser. Und bis dahin bin ich ja da und helfe.«

»Soll er wieder ins Bett?«

»Nein, lassen wir ihn noch ein Weilchen aufrecht sitzen. Das ist gut für die Lunge. Und er darf sich auch nicht aufliegen, das sind schreckliche Schmerzen. Ich komm' noch mal wieder«, versprach Iso.

Jetzt im Herbst brauchte sie nicht täglich aufs Feld zu gehen. Um so mehr kümmerte sie sich um die Kranken. Manchmal holte sie auch Walter zu Hilfe, wenn sie jemanden umbetten mußte. Der griff herzhaft und geschickt zu. Jetzt setzte sie sich neben den Patienten, ihn unauffällig beobachtend.

»Aber auf die Dauer ...«, fing die alte Dame wieder an. Iso unterbrach sie freundlich, aber energisch.

»Auf die Dauer ist nichts in dieser Welt, Gutes nicht und Schlimmes nicht«, sagte sie, und es klang tröstlich, obwohl sie nicht daran glaubte.

»Ich denke an Marsberg – dort ist nichts kaputt. Und da gibt es ein Pflegeheim. Ich fürchte nur, es ist lediglich für geistig gestörte Patienten.«

Marsberg. War das das Städtchen, wo Fritz Haberlands Schwager Chefarzt einer Klinik war? Iso erinnerte sich dunkel, war nicht ganz sicher. Dort hatte sie hingewollt, war aber in Holdershausen hängengeblieben. Wenn man sich dort bemühte?

»Wissen Sie den Namen?« fragte sie. Frau Chaleur wußte ihn. Ja, es konnte stimmen.

»Anrufen? Ich glaube, das ist zwecklos«, sagte Frau Chaleur. »Ich habe es oft versucht, oft. Man kriegt den Chef nicht. Er kannte – früher – meinen Mann.«

»Hm.« Iso betrachtete den Kranken nachdenklich. Wenn man ihn in ein Krankenhaus bringen würde, freilich, manches wäre dann für ihn besser. Aber wie gesagt, anrufen war wohl zwecklos.

»Wissen Sie, was ich tu'? Ich fahr' mal hin«, sagte sie, »mit dem Fahrrad. Wenn ich eines auftreibe.« Es gab ein paar Fahrräder im Ort, das wußte sie. »Vielleicht haben wir Glück, wenn Ihr Mann den Chefarzt dort kennt.«

»Ob er sich erinnert? Es ist sehr lange her. Ich glaube, es war während des Studiums. Mein Mann wollte eigentlich Arzt werden und hat ein paar Semester Medizin studiert.«

»Man kann es immerhin versuchen. Wenn ich ein Fahrrad bekomme, fahr' ich gleich hin. Der schlechteste Versuch ist der, den man nicht macht. Also! Zum Umbetten schicke ich Ihnen Walter. Der ist ganz patent. Der faßt zu.« ›Und kann nicht allzuviel Unheil anrichten, wenn ich fort bin‹, dachte sie. »Gute Nacht, Frau Chaleur, eine *gute* Nacht.«

Iso kam sich vor wie in Ferien, als sie am nächsten Sonntag losfuhr in Richtung Corbach. Die Straße war blank und kaum von Autos befahren. Man befand sich noch im Zeitalter vor der Motorisierung.

Iso genoß die Fahrt. Der Wald begann sich zu färben, die letzten

Rüben waren schon geerntet. Rüben, das mühseligste Kraut in der Landarbeit. Vom Pflanzen an machten sie Mühe, sie mußten verzogen und gehackt und wieder gehackt werden, immerzu machten sie Arbeit, und wenn man Pech hatte, erfolgte die Ernte in Schnee und Nässe. Und das mit dem derzeitigen Schuhwerk! Onkel Paul hatte seine Rüben schon geerntet. Iso summte vor sich hin, während sie in die Pedale trat. Es war ein alter Drahtesel, den man ihr anvertraut hatte, aber besser als gar keiner.

Irgendwo kam sie an einem Denkmal für Hermann Löns vorbei. Sie wunderte sich, weil sie ihn immer in der Heide vermutet hatte. Dort war wohl auch seine Heimat. ›Rose weiß, Rose rot‹, summte sie unwillkürlich vor sich hin, und dann: ›Im Schummern, im Schummern‹.

Ach ja. ›Wie süß ist doch dein Mund‹ – und ›Wer schläft wohl jetzt bei dir‹. Sie hatten es oft gesungen. Sorgen hatte man damals, du lieber Himmel! Trotzdem merkte sie, daß sie durch den Text des Liedes ein wenig wehmütig wurde.

Sie war doch noch jung. Und dies alles nun zu Ende, alles weggelegt. Nichts mehr als ein Arbeitstier, ein gutwilliges, unter der Last des Lebens keuchendes, zu schwer bepacktes Arbeitstier. Sie dachte an früher, an Richard. War sie das wirklich einmal gewesen, sie selbst, die in seinen Armen lag, glückerfüllt bis zum Bersten, selig, selig? Es mußte ein anderes Leben gewesen sein, und auch sie war eine andere gewesen. Jetzt fragte niemand nach ihr, sie mußte alles können und konnte es auch; sie hatte zuwenig Schlaf, vermochte kein Buch mehr aufzuschlagen, wenn sie halbtot vom Tage auf den Strohsack fiel. Sie riß sich morgens hoch, jeden Morgen wieder, ohne richtig fertig geworden zu sein am Tag vorher, und ging wieder an die nie endende Arbeit. Sie hatte sich Kinder gewünscht, nachdem sie in Mönchsweier gelernt hatte, wie schön es in einer kinderreichen Familie sein kann. Nun hatte sie Kinder bekommen – aber nein, lieber Gott, bis zu zehn Kindern hatte sich dieser Wunsch nicht gesteigert. Gleichgültig, jetzt hatte sie sie, eigentlich elf, denn Walter gehörte längst dazu, wenn er sich auch mitunter mehr wie ein jüngerer Bruder aufführte. Sie mochte ihn gern, aber sie hatte bei ihm immer das Gefühl, auf einem Pulverfaß zu sitzen, ein solcher Kindskopf war er noch. Andererseits war er zu erwachsen für sein Alter, das hatten die ehemaligen Soldaten so an sich. Nachholbedarf – ach was, schon als Junge hatte er immer nach den Mädchen geguckt, und nicht nur das.

Da war Marsberg. Iso fragte sich nach der Klinik durch und fand sie schnell, stieg ab und lehnte das Fahrrad an den Zaun.

Eben trat ein Herr in dunklem Anzug aus dem Hauptportal des Gebäudes. Iso überwand die Scheu, die sie vor ihm fühlte, und trat ihm entgegen.

»Herr Professor?« Den Namen wußte sie ja nicht genau. Er sah sie abwartend prüfend an. Da fuhr sie fort, ehe er antworten konnte: »Ihre Frau ist doch aus Neustadt, Oberschlesien, nicht wahr? Eine geborene Haberland. Bitte verstehen Sie mich nicht falsch. Ich will nichts anderes von Ihnen als eine Auskunft. Darf ich Sie eine Minute sprechen?«

»Neustadt, Oberschlesien, stimmt. Ich will in die Kirche, bitte begleiten Sie mich. Es ist schon spät.« Er setzte seinen Weg fort. Es war, als flüchte er aus der Nähe seines Hauses.

Iso war schon an seiner Seite. Sie hasteten nebeneinanderher. ›Jetzt nur nichts Falsches sagen‹, knirschte sie in sich hinein. Und dann erklärte sie:

»Meine Großeltern hießen Haberland. Ich bin Iso Geist« – versehentlich nannte sie ihren Mädchennamen – »das schwarze Schaf der Familie, Nichte Ihrer Schwägerin Friederike. Bitte hören Sie mich an ...« Und dann berichtete sie in kürzesten Zügen von ihrem Beruf, ihrem jetzigen Wohnort. »Wir sind bei sehr netten Leuten untergekommen«, ohne zu erklären, was ›wir‹ bedeutete, und kam dann auf Herrn Chaleur.

»Wir nehmen keine Pflegefälle auf«, sagte er sofort. Iso gab nicht nach.

»Die alte Dame ist außerstande ...«

Hinter ihnen ein eiliger Schritt. Iso wandte sich halb um – die Frau des Professors.

»Wer ist denn das?«

»Beruflich«, erklärte der Arzt schnell. Seine Augenlider flatterten.

Aha. Er durfte nicht, wie er wollte. Iso legte auf ihr Gesicht den demütigsten Ausdruck, den sie zustande brachte – sie hatte ja Übung darin, wahrhaftig; was hatte sie betteln müssen in den Monaten, in denen sie unterwegs gewesen waren –, und fragte:

»Tante Maria? Geborene Haberland? Wie schön ...«

»Gar nicht schön. Bettelpack! Gehen Sie doch zu Ihrem Onkel, meinem Bruder. Wir nehmen niemanden auf. Er war auch hier mit seiner Sippschaft. Jetzt sitzt er dick und fett auf dem Musterhof und hat uns noch nie auch nur ein Stückchen Butter oder Speck gegönnt.«

»Auf welchem Musterhof?« stammelte Iso. Sie brachte die Worte kaum heraus. Der Herr legte scheu eine Hand auf ihren Arm.

»Richtung Briloner Wald. Jeder kennt den Musterhof. Erst die Hauptstraße entlang, immer weiter, dann links ab, einen steilen Weg bergauf. Wir müssen zur Kirche.«

»Danke.« Iso hatte es noch hervorgestoßen, ehe das Paar im Eiltempo verschwand. Irgendwo läutete eine Kirchenglocke, aber Iso hörte sie nicht. Sie vernahm nur noch ihren eigenen Atem, der wie ein Blasebalg fauchte. Musterhof, Haberlands, Walters Eltern, Friederike – sie rannte los in der Richtung, die der Arzt ihr gewiesen hatte, bremste dann ab, weil ihr das Fahrrad einfiel, und nahm die Kurve so eng, daß sie beinahe auf die Straße gestürzt wäre.

Zurück, aufgesessen, losgestrampelt. Sie merkte, daß sie pausenlos »Musterhof – Musterhof« vor sich hin stammelte. Dort ging der kleine Weg links bergauf. Sie sprang ab und schob das Rad. Halb ohnmächtig vor Anstrengung und Aufregung kam sie oben an, warf einen Blick auf die Gebäude – das da mußte das Wohnhaus sein! Sie ließ das Fahrrad fallen und stand schon vor der Tür. Die war nicht verschlossen. Iso stieß sie auf, durchquerte den kleinen Flur, horchte – Stimmen.

»Friederike!«

Aber es war Fritz, der die Tür öffnete. Iso warf die Arme um seinen Hals.

»Ihr seid – ihr seid –«, weiter kam sie nicht. Nach einer Weile fand sie sich auf einem durchgesessenen Sofa wieder, Friederike an der einen und Fritz an der anderen Seite, und alle drei weinten und lachten und fragten und antworteten, ohne noch zu begreifen. Sie begriffen nur das eine: sie hatten einander wiedergefunden.

»Und Walter ist bei mir«, konnte Iso endlich sagen. Das war das erste vernünftige und verständliche Wort, das sie hervorbrachte.

»Jetzt müßte man einen Kaffee haben«, sagte Fritz nach langer Zeit. Friederike sprang auf.

»Wir haben ja ...«

»Ihr habt Kaffee?«

»Unser erstes Care-Paket. Absender unbekannt. Aber jetzt – paß auf –« Friederike holte eine Schüssel vom Schrank herunter. Fritz hatte den gebaut, er konnte alles.

»Ja, weeßte denn ni, ich hao doch mal gesessen«, sagte er, als Iso den Schrank bewunderte, im schönsten Schlesisch. »Da lernt ma so was, ooch Besen kann ich binda.« Iso mußte laut lachen. Wahrhaftig, Walter hatte seine Art nicht gestohlen.

»Ach, sag noch mal was. Sag noch mal was Schlesisches«, bat sie, als sie sich wieder gefangen hatte. Er sah sie an.

»Suste nischt ock heem«, sagte er. Aber da mußte sie wieder heulen. Inzwischen kam Friederike mit ihrer Schüssel und ließ Iso hineinsehen. Darin lag ein tolles Gemisch von Reiskörnern und ungebrannten, graugrünen Kaffeebohnen.

»Eintopf«, sagte Friederike kläglich. »Kam so an. Nicht richtig verpackt.«

»Wir suchen die Bohnen heraus!« rief Iso sofort. Aber Fritz hatte einen besseren Vorschlag.

»Du kochst den Reis, Weib (er nannte Friederike oft so, sehr zärtlich), Iso hat sowieso nichts im Magen, und wir essen ihn und spucken die Bohnen aus. Die waschen wir und rösten sie dann, und ...«

»Und inzwischen ist es Abend.«

»Na wenn schon ...«

»Aber Walter ...?«

»Ich fahr' dann mit dir, und rückzu nehm' ich den Jungen auf den Gepäckträger«, bestimmte Fritz.

»Den Jungen – du hast 'ne Ahnung! Ein Mann ist er, ein ausgewachsener Mann, so groß ...« Iso zeigte vom Fußboden hoch eine unwahrscheinliche Höhe. »Aber ...«

»Was aber?«

»Reis? Und nachher Kaffee ...« Iso fuhr mit der Zungenspitze über die Lippen. Die beiden anderen lachten. Und Fritz kniete schon vor dem Ofen und stocherte im Feuer. Es war ein Sonntag, wie sie ihn alle drei schon seit langer, langer Zeit nicht mehr erlebt hatten.

14

Die ersten Nachkriegsjahre

Und immer noch: Heimweh

Onkel Paul hatte wieder geheiratet: eine entfernte Cousine, eine Witwe, etwa in seinem Alter. Jule richtete noch das Festessen, verließ dann aber die »herrschaftliche« Küche für immer. Iso sah ihr das ›für immer‹ an.

»Und nun? Was wird jetzt?«

Was wird jetzt – wie oft hatten sie sich das in den letzten Jahren gefragt, nicht nur sie, sondern Tausende. Was wird jetzt? Wie soll es weitergehen? Geht es überhaupt weiter?

Deutschland sollte ein Kartoffelfeld werden. Wer auf dem Lande lebte, hatte eine kleine Chance durchzukommen. Sie lebten auf dem Lande.

Sie hatten ein Dach über dem Kopf. Und seit Walter bei seinen Eltern wohnte, waren es ›nur‹ noch zehn, für die Iso dazusein hatte, vier von Gundi, drei von Heidi und Schorschel, drei eigene.

Walter fehlte ihr sehr. Zwar war es schwierig gewesen, ihn satt zu bekommen: er aß ungeheure Mengen, erstens befand er sich im Freßalter, und zweitens hatte er einen unstillbaren Nachholbedarf. Aber er war so anstellig, er konnte alles, genau wie sein Vater, er war immer vergnügt. Und er war erwachsen. Vieles hatte Iso mit ihm besprechen können, was sie mit Jule und Elke nicht so gern besprach, doch sein Nachholbedarf bezog sich leider nicht nur aufs Essen. Deshalb war Iso auch erleichtert, ihn nicht mehr in der Nähe der beiden größeren Töchter zu wissen. Man war jetzt freier als in ihrer Jugend, die jungen Menschen warteten heute nicht mehr auf die große Liebe wie einst sie in jenen Jahren. Man liebte einander, man trennte sich auch wieder; wie ihr schien, ohne tiefere Schmerzen oder Emotionen. Das klang vielleicht ein wenig merkwürdig, sie wünschte den jungen Menschen doch keine Schmerzen, oder? Doch, sie wünschte. Ohne Schmerzen keine Liebe, keine Sehnsucht, kein seliges Wiederfinden und kein bangendes Hoffen. Eine entgötterte Welt, arme Jugend! Sollte ihr ganzes Leben so bleiben, aus der Jagd nach Lebensmitteln bestehen, aus dem Kampf um das Existenzminimum? Dann wäre es vielleicht besser gewesen, sie wären nicht durchgekommen.

»'s werd scho giehn, 'sis ja ooch gange, wos gar nimme ging«, sagte sie sich ein schlesisches Sprichwort vor. Jule lächelte dünn.

»Wird wohl so weitergehen, daß ich hier den Krempel übernehme und du dokterst. Vielleicht wirst du als Bezirksschwester angestellt.«

»Glaubst du an Wunder?« fragte Iso mutlos.

Nein, daran glaubten sie beide nicht. Immerhin war es Iso gelungen, den alten Chaleur im Krankenhaus Marsberg unterzubringen, das hatte ihre Stellung in Holdershausen merklich gefestigt. Man rief sie, wenn jemand krank wurde, man vertraute sich ihr an ... Zur Zeit waren ihre eigenen Kinder krank, alle drei, Nikola, Niki und Moritz. Sie hatten Keuchhusten, husteten sich fast die Lungen aus dem Leib und spuckten, was sie ihnen mit Mühe besorgt und eingefüllt hatte, beim ersten Hustenkrampf wieder aus. In die Schule konnten sie nicht, so schickte Iso sie tagsüber so oft wie möglich in den Kuhstall. Die Luft dort sollte den Hustenreiz lindern, hieß es im Dorf. Na schön, da waren sie wenigstens untergebracht. Moritz vor allem, dünn und krummbeinig – er war trotz des einjährigen Stillens stark rachitisch –, wurde von den Hofarbeitern geliebt. Wenn eine Kuh gekalbt hatte, holte man ihn zum ›Kälbertanz‹, einem Brauch, bei dem die Frau des Schweizers aus der allerersten Milch der Kuh Eierkuchen buk. Man lud ihn ein, und Niki und Nikola kamen »zufällig« dazu. Jule wirtschaftete zu Hause. Elke hatte die Schule aufgegeben und arbeitete bei einem Schreiner als Lehrling. Das erwies sich als sehr günstig. Iso bestellte dort die allerersten Möbel, einen Tisch, achteckig, und eine passende Eckbank dazu, außerdem eine Kommode mit zehn Fächern. An Betten war noch nicht zu denken. Die großen Kinder fuhren nach Paderborn zur Schule, das war unbequem und teuer. Aber was half's? Früh um sechs ging der einzige Bus, und erst nachmittags um drei kamen sie wieder, hungrig und im Winter halb erfroren. Iso bekam keine Rente und keine Pension. Sie lebten von der Sozialhilfe und dem wenigen, was sie verdiente.

Eigentlich war ihre ganze Existenz nicht möglich. Iso dachte oft an die beiden Frösche, die in das Sahnefaß hineingefallen waren. Der eine verzweifelte, ließ sich sinken und ertrank. Der andere ruderte und ruderte, bis er schließlich auf einem Klumpen Butter saß, von dem aus er davonspringen konnte. Iso war entschlossen, so zu handeln wie der zweite Frosch.

Dazu kam, daß sie gerade hier hängengeblieben waren, in Holdershausen, sicherlich einem der schönsten Orte, an dem ein Flüchtlingsteam hängenbleiben konnte. Nicht nur der Landschaft wegen, auch die war schön und liebenswert, Ausläufer des Eggegebirges, Wald und Wiesen, ein echtes Erholungsgebiet. Aber erst die Menschen! Wenn Iso zu Onkel Paul ging, um die Miete zu bezahlen – fünfundzwanzig Mark für das Zimmer nebst Kämmerchen und selbstgebauter Küche –, kam sie halb weinend wieder heraus. Er nahm das Geld nicht.

»Wenn Sie mal richtig verdienen, können Sie ja immer noch was zahlen –«, murmelte er und schob es ihr wieder hin. Es war beschämend und gleichzeitig ungeheuer beglückend. Daß es so gute Menschen gab!

Einmal kam Onkel Pauls neue Frau dazu.

Iso hatte das Geld gerade wieder genommen und steckte es in die Hosentasche, erschrocken, mit deutlich schlechtem Gewissen. Die Dame guckte sehr scharf.

»Ich hab' Frau Dominikus wiedergegeben, was sie mir neulich beim Tanken geborgt hat, weil ich mein Portemonnaie vergessen hatte«, sagte Onkel Paul und verdrückte sich schleunigst. Auch Iso ging. So konnte sie sich nicht einmal bedanken.

Die neue Chefin war völlig anders, als Tante Mutz gewesen war. Sie sah auf den Pfennig, spendierte nie etwas zu essen und regte sich laufend über den Radau auf, der auf dem Dachboden herrschte. Isos ständiges »Seid leise!« verhallte ungehört. Kinder sind eben Kinder und in der Mehrzahl laut.

»Und die vielen Menschen verbrauchen zuviel Wasser«, murrte sie neuerdings. Worauf Iso sich angewöhnte, allmorgendlich mit einem geborgten Fahrrad an den See zu radeln, um sich ganz zu waschen. Sie war ein großer Wasserliebhaber und entbehrte die tägliche Dusche sehr.

Eines Tages fuhr Onkel Paul ihr nach. Er war von Natur aus neugierig und außerdem jeder Weiblichkeit sehr zugetan. Iso erschrak, als sie nackt aus dem See stieg, und griff eilig nach dem verschlissenen Handtuch, das sie mitgenommen hatte. Onkel Paul grinste und winkte ihr zu. Sie fuhr so schnell wie möglich in ihre Sachen. Als sie mit dem Fahrrad um die Ecke des Kornhauses bog, stand dort Onkel Pauls Wagen.

»Müssen Sie heute nach Marsberg? Ich fahre hin, Sie können chauffieren, wenn Sie wollen«, sagte er. Iso strahlte auf. Wie lange hatte sie kein Steuer mehr in der Hand gehabt!

»Ich will mal nach dem alten Chaleur sehen«, erklärte Onkel Paul. »Und wir könnten dabei gleich mal Ihre Verwandten auf dem Musterhof besuchen, ich wollte sie immer schon gern kennenlernen.« Iso fiel ihm um den Hals. Leider ging gerade Onkel Pauls neue Frau über den Hof und sah das. Peinlich, peinlich!

Vieles war verändert, seit sie da war, vieles, wenn auch nicht alles. Wenn die kleinen von Isos Kindern frühmorgens über den Gutshof liefen, um in die Schule zu gehen, holten sie sich, vor allem im Winter, oft aus dem Kartoffeldämpfer für das Vieh eine Handvoll heißer Kartoffeln und aßen sie im Laufen. Onkel Paul hatte es häufig beobachtet und seinen Spaß daran gehabt, wenn sie die heißen Dinger in den Händen drehten, davon abbissen, sich die Lippen verbrannten und es trotzdem genossen. Genauso hatte er es als Junge gemacht. Seine neue Frau jedoch sah es anders und fand es unerhört, sie sprach von Unverschämtheit und Diebstahl.

»Höchstens Mundraub«, murmelte ihr Mann begütigend, konnte sie damit aber nicht besänftigen. Es war auch typisch, daß niemand ›Tante Hete‹ sagte, auch nicht die vier Nichten Onkel Pauls, die oft zu Besuch kamen. Das heißt: gekommen waren, jetzt waren sie selten da. »Sie ist eine Respektsperson, Tante Mutz war eine Tante«, wurde ihm geantwortet.

Auch Friederike, von Onkel Paul herzlich eingeladen, kam nach ihrem ersten Besuch nicht wieder. Sie hatte gehofft, Walter oder Hermann als Eleven auf das Klostergut geben zu können, und Onkel Paul hatte nichts dagegen gehabt. Nachdem er aber mit seiner Frau gesprochen hatte, meinte er, es wäre vielleicht doch nicht das Richtige.

»Dann wirst du die Bande da oben nie los«, hatte seine Frau gesagt. Er verschluckte die Antwort, daß er sie ja gar nicht loswerden wolle. Er hatte so viel Spaß an der Meute, die so quietschvergnügt unter den ärmlichsten Verhältnissen dahinlebte, sang, tanzte, spielte, vorlas und – in erster Linie die weibliche Hälfte – zu kleinen Schönheiten heranblühte. Vor allem Nikola hatte es ihm angetan. Einmal kam er dazu, als alle Kinder und dazu ein paar aus dem Hof, die mit den kleineren in die Schule gingen, ein Schreibspiel machten. Iso als Spielleiterin stellte eine Frage, und jeder mußte sie schriftlich beantworten. Hinterher wurde geraten, wer was geschrieben hatte. Das gab viel zu lachen. Einmal fragte sie, etwas unvorsichtig, wie sich hinterher herausstellte: »Wem möchtest du einen Kuß geben?« Da stand unter anderem auf einem Zettel in einer kräftigen Männerschrift: »Fräulein Nikola.« Iso unterschlug diese Antwort und las blitzschnell:

»Der Nora.«

Das war ein Pferd Onkel Pauls, das er besonders gern ritt.

Es gab ihr aber doch zu denken. Nikola lachte zwar unbefangen mit den anderen, vielleicht zu unbefangen. Danach zu urteilen, war sie längst in die Kunst des Küssens eingeweiht, was bei ihr, Iso, erst viel später der Fall gewesen war. Mit Schaudern dachte sie an die ersten, meist schiefgegangenen Versuche.

Einmal in der Woche kam Herr Krafft, der Lehrer, und gab einem Kind nach dem anderen Klavierstunde, unten in Onkel Pauls Herrenzimmer. Hinterher stieg er zu Iso hinauf und bekam einen Kaffee. Das waren hübsche Viertelstunden. Iso mochte den ebenfalls aus Schlesien stammenden Mann und bedauerte, daß er noch immer Junggeselle war. Er hätte gern eine Frau und Kinder, sagte er, und die gönnte sie ihm von Herzen. Er würde ein guter Vater sein, geschickter und engagierter Pädagoge, der er war.

Außer Schornsteinfegers, einer Opernsängerin, einem gewesenen Studienrat und Isos Familie wohnten auf dem langgezogenen Dachboden noch zwei alte Schwestern, einsam, bissig und grantig, die immer wieder betonten, daß sie »etwas Besseres« seien. Sie waren stets schwarz gekleidet und hatten mürrische Gesichter. Eines Tages hielten sie den Lehrer Krafft an, als er nach der Klavierstunde heraufkam, und fragten ihn, wie gut er Iso kennen würde. Er habe sie erst hier kennengelernt, antwortete er wahrheitsgemäß.

»Soso. Na, ich würde an Ihrer Stelle nicht wieder hingehen«, sagte die eine, »sie hat nämlich meiner Schwester eine goldene Uhr gestohlen.«

Der Lehrer war sehr erschrocken.

»Woher wissen Sie das denn?«

»Na, die Uhr ist weg. Und wer außer dieser zusammengewürfelten Lumpenbande kann es denn gewesen sein? Diese Kinder werden ja regelrecht zum Stehlen erzogen! Neulich habe ich beobachtet, wie sie Kartoffeln stahlen. Und der Gutsherr lachte nur und ließ sich von dem Kleinsten auch eine Kartoffel geben. Der blies über das heiße Stück und reichte es dem guten Onkel hinauf, und der bedankte sich auch noch. Wissen Sie eigentlich, daß diese Kinder gar nicht alle von Frau Dominikus stammen? Drei, die hat sie von einem wenig soliden Komödianten, haben wir gehört, und ein paar von einem Pastor. Und die übrigen – man sieht da gar nicht durch. Für solche Leute ist es sozusagen ein Glücksfall, daß man heutzutage keine Papiere mehr braucht, daß Kirchenbücher verbrannt sind wie im Dreißigjährigen Krieg und keinerlei Kontrolle mehr möglich ist! Na, und wer mit nichts kommt, hat auch nie etwas gehabt außer dem sagenhaften Rittergut, das alle Leute aus dem Osten angeblich gehabt haben.«

»Davon hat Frau Dominikus nie etwas verlauten lassen«, fiel hier Herr Krafft ein, »mir hat sie sogar, als wir uns kennenlernten, genau das Gegenteil berichtet. ›Ich gehöre nicht zu denen, die drüben ein Rittergut hatten.‹«

»Ach, Koketterie. Ich kenne doch meine Pappenheimer. Sie werden es auch noch erleben, was für eine Bande das ist. Braucht so jemand eine goldne Uhr? Meine Schwester ist untröstlich, es war ein Erbstück. Wir waren –« Und nun kam die alte, breitangelegte Geschichte, aus welch hervorragender Familie sie beide stammten, und –

Herr Krafft verzog sich, sobald es irgend möglich war, ihm war gar nicht wohl zumute. Vor Isos Tür blieb er stehen. Sollte er –

›Man macht sich nur Unannehmlichkeiten, und nützen tut es gar nichts‹, flüsterte eine Stimme in ihm. Dann aber klopfte er doch und trat auf Isos freundliches »Herein!« in die Küche. Und erzählte, was er eben erlebt hatte. Iso war fassungslos.

Sie hatte gerade Pech gehabt und sich am Dampf eines neuen Kessels, des ersten, den sie sich geleistet hatte, die Hand verbrannt. Verbrennen tut weh, und sie verbiß den Schmerz oder versuchte, ihn zu verbeißen, aber die Tränen saßen ihr in diesem Moment locker. Als sie die Anschuldigung hörte, konnte sie sie kaum hinunterschlucken.

»Das kommt davon, daß man Witwe ist und keinen Mann hat, der einen verteidigt«, knirschte sie. »Wir Witwen sind wirklich schlecht dran! Erstens müssen wir für zwei arbeiten, und dann tun alle, als wären wir selbst dran schuld. Neulich erlebte ich sogar, wie einer das Wort ›Kriegerwitwe‹ als Schimpfwort benützte! Das ist doch das letzte. Ich hab' vor Wut gekocht und hätte am liebsten mit den Fäusten dreingeschlagen.«

»Aber – aber!« versuchte der Lehrer zu begütigen. Iso jedoch war nicht aufzuhalten:

»Betteln müssen wir und danke sagen und dem die Hand küssen, der uns etwas schenkt, was er selbst nicht mehr gebrauchen kann. Und lachen dürfen wir nicht. ›Na die! Will den Mann verloren haben und lacht –!‹ Hab' es deutlich gehört. Und jedesmal, wenn die Kinder etwas Dummes oder Freches tun oder sagen, heißt es: ›Natürlich, da merkt man, daß der Vater fehlt.‹ Oh, wie ich das hasse –« Sie brach nun doch in Tränen aus. Der Lehrer stand ziemlich ratlos dabei.

»Ich müßte einen Mann haben, der mich schützt«, sagte Iso nach einer Weile, putzte sich die Nase und zwang sich zur Ruhe. »Wissen Sie nicht einen? Ich hab' doch gar, gar niemanden, der einmal für mich eintreten würde.«

Ja, das stimmte.

»Ihr Bruder?« fragte Krafft schließlich. Iso winkte ab.

»Der hat genug mit seiner Familie zu tun. Außerdem mochte er mich nie, aber das steht auf einem anderen Blatt.« Sie überlegte.

»Vielleicht der Pfarrer?« fragte der Lehrer. »Wenn Sie einmal mit dem sprächen?«

»Ich weiß nicht. Ich kenn' ihn doch gar nicht. Und wir sind evangelisch. Aber vielleicht ...«

»Haben Sie nicht einen Schwager auf dem Musterhof?« fragte jetzt der Lehrer. Iso sah auf.

»Fritz? Schwager nicht, aber beinah. Einen Onkel. Immerhin ein gestandener Mann. Ja, Fritz muß her. Die gestohlene Uhr lass' ich nicht auf mir sitzen!«

Seit kurzer Zeit hatte die Post wieder ein Telefonnetz aufgebaut, und auch Haberlands hatten nun ein Telefon. Während Herr Krafft mit Nikola Tonleitern übte, lief Iso zum Gutshaus hinüber und rief Fritz an.

»Komm, sobald du kannst, mal her, möglichst im guten Anzug!« Nicht im Räuberzivil, meinte sie, darin würde er keinen Eindruck machen. Fritz versprach zu kommen, er wunderte sich, was da so dringlich war, aber Iso gab den Grund am Telefon nicht preis.

Als Fritz kam, war er frisch rasiert, trug Kragen und Krawatte und begrüßte Iso strahlend, weil er dachte, man feiere ein Fest und deshalb sei der gute Anzug erwünscht. Iso mußte ihn enttäuschen.

Trotzdem versprach er, die »alten Wachteln« kräftig aus den Lumpen zu schütteln und einen Zettel unterschreiben zu lassen, den Iso auf Onkel Pauls Maschine tippte.

»Hiermit erklären wir, niemals behauptet zu haben, daß Frau Dominikus uns eine Uhr oder sonst eine Kostbarkeit entwendet hat.« Damit ging er hinüber in die Gifthöhle der beiden Schwestern und kam als Sieger zurück. Sie waren vor seiner imponierenden Männlichkeit klein und zittrig geworden und hatten beide unterschrieben. Iso triumphierte.

»Fritz, ich danke dir! Das müssen wir feiern. Heute abend bin ich bei Hilde, der Opernsängerin, eingeladen, da kommst du mit. Es ist dort immer sehr hübsch. Nimmst du dir die Zeit?«

»Ja, ich rechnete ja mit einem Fest! Hoffentlich ist der Champagner gut gekühlt. – Wo hast du denn die Uhr versteckt?« Letzteres fragte er so laut, daß man es möglichst in der Nachbarwohnung hörte. Iso hielt ihm lachend den Mund zu.

Nach dem Abendessen machten sie sich so schön wie möglich. Ein Kleid hatte Iso von Tante Mutz einmal geschenkt bekommen, das zog sie an. Jule besaß einen Lippenstift, wer weiß, woher. Die Töchter standen staunend und bewundernd um Iso herum. Auch Fritz klatschte Beifall.

Miteinander wandelten sie den Dachboden entlang auf die Tür zu, hinter der die Opernsängerin wohnte. Diese Tür stand halb offen, und dröhnend klang es vom Klavier her, an dem der Studienrat saß, fleißig das rechte Pedal benützend:

»Ich trage wo ich gehe,
stets eine Uhr bei mir –«

in der Loeweschen Vertonung. Iso zog Fritz hinter sich ins Zimmer hinein, lachend sanken sie auf Hildes Feldbett, das dort die Couch ersetzte. »Werden Sie gleich aufhören, Sie Verräter!« schalt sie, aber er ließ sich nicht beirren, und die Opernsängerin sang den Text im schönsten Tremolo dazu. Alles japste vor Lachen.

»Zu schade, daß Friederike nicht mit hier ist«, stöhnte Iso, und Hilde rief: »Ja, die bringen Sie auch mal mit. Wir schneiden eben die Kuchenstücke kleiner, dann werden es mehr –« Sie hatte eine sonderbare Möhrentorte auf dem Tisch aufgebaut, auf die sich alle freuten.

»Fünf sind geladen, zehn sind gekommen,
gieß Wasser in die Suppe, heiß alle willkommen«,

zitierte Fritz. »Bei uns ist es im Augenblick auch so: Egbert hat einen Freund mitgebracht, der in seine Klasse geht, aber so ungünstig wohnt, daß er früh keinen Bus bekommt. Der ist jetzt bei uns einquartiert, und ich Unglücklicher mußte das Ehebett räumen. Friederike schläft in der Küche und ich im Abstellraum, und die vier Schuljungen brezeln sich in unseren Ehebetten. So weit sind wir gesunken.«

Iso lachte. Sie stellte sich ihren Vater vor, Dr. Geist, aus seinem Bett vertrieben. Einmal hatte sie gehört, wie Großmutter Haberland zu Regine sagte: »Ausquartieren darfst du Martin nie. Er ist der Herr des Hauses, und ...« Und wieder einmal dachte sie dankbar, wie gut es war, daß ihrem Vater die Flucht erspart geblieben war. Wo mochte Mutter Regine sein?

Am nächsten Montag bekam sie einen Brief, den ersten aus der »Zone«, und der war von Christiane. Vor Aufregung zitterten ihre Finger so, daß sie den Umschlag beinahe nicht aufbekam. Der Brief kam über Leipzig, weitergeleitet durch eine Schulfreundin.

Gemeinsam lasen sie ihn. Die Buchstaben zerliefen vor ihren Augen. Regine lebte, Christiane lebte, ihr Mann war zurückgekommen und hatte schon eine Assistentenstelle – kaum zu glauben! Regine wohnte bei ihnen, und Christiane hatte seit ein paar Wochen ein Baby.

»O Christiane, wie schön«, seufzte Iso, und Fritz, der neben ihr stand und mit in den Brief sah, tippte mit dem Zeigefinger an die Stirn. »Ein Baby, heutzutage? Und das findest du schön?«

»Immer. Immer. Hast ja selbst viere«, schluckte Iso, und dann rannte sie schnell hinaus, damit niemand ihre Tränen sah. Wenn sie jemandem die Rückkehr des Mannes gönnte, dann ihrer Schwester, und doch war es so schwer, so schwer. Niemand, dem es nicht selbst so ging, konnte ahnen, wie schwer es war.

Heidi saß auf der letzten Bank in der Kirche, die Ellbogen auf das Betpult gestützt, das Gesicht in den Händen verborgen. Seit Schorschel unter der Erde war, hatte alle Kraft sie verlassen. Hatte er ihr Kraft gespendet? War sie denn nicht, ehe sie ihm begegnete, auch kraftvoll und lebendig gewesen? Sie vermochte es nicht zu erklären. Das Leben war für sie vorüber, zu Ende, es ging sie nichts mehr an.

Schorschel hatte damals in Klotzsche mit dem Eigensinn, ja der Sturheit, die auf seine Kopfverletzung zurückzuführen war, immer und immer wieder verlangt, »nach Hause« zu dürfen. »Zu Hause« war ihm nicht Patschkau, wo er als Kind hingehört hatte, nicht der kleine Ort bei Breslau, wo er mit Heidi in glücklichster Vereinigung ein Haus gebaut und Kinder gezeugt hatte, sondern das Haberlandsche Doktorhaus. Und als sich die Gelegenheit ergab, daß ein Kamerad, der auch aus Schlesien stammte, eine Fahrmöglichkeit bot, bestand er darauf, mit Heidi ›nach Hause‹ zu fahren. Heidi gab nach. Und sie schafften es, gegen alle Wahrscheinlichkeit. Sie kamen bei der Hase-Rosa unter, und dort starb Schorschel, zufrieden und dankbar. Er hatte das Schloß wiedergesehen – nur die Fassade stand noch, aber die Silhouette war gleich geblieben – und das Haus, in dem er als Kind wie ein Sohn gehalten worden war. Heidi hatte durchgesetzt, daß er neben dem Grab der Eltern und Großeltern Haberland seine letzte Ruhestätte fand. Das war nicht leicht gewesen, aber Heidi hatte noch immer durchgesetzt, was sie hatte erreichen wollen. Seitdem allerdings fühlte sie sich nutzlos und leer.

Aber sie mußte weiterleben, ihre Kinder suchen, das war ihr klar. Sie mußte vorwärts – immer wieder sagte sie sich das. Und immer wieder blieb es beim Sagen. ›Warum eigentlich?‹ flüsterte ihr der Versucher ins Ohr. ›Iso verläßt deine Kinder nicht. Sie ist jünger als du. Vielleicht kam ihr Mann wieder, leg dich neben Schorschels Grab und stirb. Wenn Winter wäre, wäre das die Angelegenheit einer Nacht.‹

Die Winter jetzt nach dem Krieg waren grausam hart, nicht ganz so unmenschlich kalt wie der des Jahres 1946, aber härter als je. Jetzt aber war nicht Winter.

Geliebte Kirche. Heidi ließ die Hände sinken und hob das Gesicht – hier war alles fast unverändert. Die Polen, die den Ort übernommen hatten, waren katholisch, und so war diese Kirche vor der Zerstörung bewahrt geblieben, während die evangelische, die zum Schloß gehörte, als Lagerhaus diente. Das bedauerte niemand, aber daß die katholische Kirche hier noch stand, schien doch ein Gotteswunder. Die Polen hatten nur, ihrer Sitte gemäß, unter der Mitte der Decke bunte Bänder befestigt, ähnlich wie man bei uns zu Fastnacht einen Festsaal schmückt. Darüber konnte man hinwegsehen. Die Heiligen standen noch und blickten ins Leere, sogar der, der seinen Kopf auf einem Buch vor sich her trug. Ach, und die kleinen Marienaltäre rechts und links! Keine Wachskerzen mehr, die die Kirche mit ihrem warmen, goldenen Licht erfüllten – dennoch, dennoch. Auch die dicken steinernen Putten stiegen noch die Jakobsleiter über der Kanzel hinauf und hernieder, und sie waren auch noch immer in der Mauser. Das Schild ›Hier stand und sang‹ war natürlich entfernt. Die Bank jedoch stand noch.

Einmal hatte sich Regine versehentlich eine Bank weiter gesetzt. Sie erzählte es hinterher, und Heidi mußte jetzt daran denken. Da kam ein

Bäuerlein im Sonntagsrock, mit weißem Haar, auf einen Stock gestützt, und sagte halblaut:

»Nee, seins ock sogutt und rücka Se, doas Bankla hao ich bezaohlt.« Die Bank, die man gemietet hatte, um dort dem Gottesdienst beizuwohnen, trug das Emailleschild mit dem Namen des ›Besitzers‹.

Am gleichen Tag, an dem Heidi, von aller Kraft verlassen, in dieser Kirche saß – wie sich viel später herausstellte, als man die Daten verglich –, an diesem Tag kam in Holdershausen der Lehrer Krafft zu Iso und fragte, ob er sie einmal allein sprechen dürfe.

»Ja, gern«, sagte Iso unbefangen. Da zeigte er ihr das Aufsatzheft ihrer ›Tochter‹ Trixi und schlug die Seite auf, die zuletzt beschrieben war. »Mein schönster Traum« hieß der Aufsatz. Trixi hatte ihn geschrieben.

»Ich war in unserer wunderschönen Kirche und sah den Seitenaltar an, da hatte die Maria kein Christkind auf dem Arm. Aber da hörte ich ein feines Geklingel und Kinderstimmen und drehte mich um. Und da kamen zwei Engel, kleine, rundbäckige Steinengel, wie sie sonst auf der Jakobsleiter auf und ab stiegen, die Treppe vom Chor herab. Sie führten das steinerne Christkind zwischen sich, das aber lebendig geworden war. Es war vielleicht zwei Jahre alt und war noch in Windeln gewickelt. Daraus hatte sich eine schneeweiße Windel gelöst und schleifte hinterher. Die beiden Engel halfen dem Christkind wieder auf Marias Arm hinauf, wo es sich wohlig hinschmiegte. Da wachte ich auf und merkte, ich war wieder zu Hause gewesen in unserer lieben Kirche.«

»Zu Hause« und »in unserer lieben Kirche«, hatte Trixi geschrieben. Trixi, die doch eher besuchsweise im Doktorhaus, aber dort ebenso daheim gewesen war wie ihr Vater. Iso sah den Lehrer mit schwimmenden Augen an, als sie ihm das Heft zurückreichte. Er nickte ihr zu. Auch um seinen Mund zuckte es.

Genau in dieser Minute – sie stellten es später fest – hatte Heidi die Hände vom Gesicht genommen, die Tränen abgewischt und war aufgestanden. Hier sitzen und heulen, nein, nein, nein. Ihre und Schorschels Kinder suchen, darauf kam es jetzt an. Ihre und seine Söhne hatten ein Recht auf ihre Mutter, und vor allem Trixi, das geliebte Unglückskind.

Sie verließ die Kirche, ohne sich umzusehen, ging auf das Brauertor zu, ging hinein – und da kam ihr Bine entgegen.

»Bine, ich fahre«, sagte Heidi, als habe sie einen D-Zug aus dem Kursbuch herausgesucht und eine Platzkarte am Fenster bestellt. »Ich muß zu den Kindern. Kommst du mit?«

»Zu Iso?« fragte die kleine Bucklige mit aufleuchtenden Augen.

»Ja, zu Iso. Dort sind sie.«

»Klar fahr' ich mit. Klar – Wir finden sie und gründen dort ein neues Schlesien.«

»Neu-Schlesien, jawohl!« sagte Heidi und nahm Bine in den Arm. »Du und ich – und Iso und Caspar und Sebastian – und Trixi. Und Isos Kinder und die von Gundi – ›Arm in Arm mit euch, so fordre ich mein Jahrhundert in die Schranken!‹«

»Hätte Großmutter gesagt«, fiel Bine ein, »›und wenn die Welt voll Teufel wär!‹«

Sie war voller Teufel, die Welt damals. Züge, in die man wider Erwarten hineingekommen war, standen stundenlang auf der Strecke; Ankunft und Anschlüsse waren vollkommen ungewiß, die Abteile überfüllt, man klammerte sich auf Trittbrettern fest, von denen man heruntergedrängt wurde; Hunger und Durst; Frauen, die ihr Kind bekamen mitten in diesem Irrsal; Kampf um den allerletzten der letzten Stehplätze. Tränen, Geschrei, zusammenbrechende Mütter, verlassene Kinder, hoffnungslose Alte, Kranke in Rollstühlen. Gepäck mitzuführen war unmöglich, entweder man verlor es, oder man warf es selbst fort, weil es keinen Platz dafür gab. Nur Bine hielt eine schmutzige alte Segeltuchtasche an sich gepreßt, als enthielte sie Gold, Weihrauch und Myrrhen, und verteidigte sie verbissen und, o Wunder, erfolgreich.

»Was hast du denn da drin?« fragte Heidi, als sie sich wieder einmal in einen anderen Zug geklemmt hatten, durchs Fenster hineingeturnt waren affenartig, keuchend vor Anstrengung. »Was schleppst du denn da mit dir rum und verteidigst es, als wäre es dein neugeborenes Kind?«

»Das Pferdel«, gestand Bine ganz leise, »ich hab' es im Hof gefunden, wir müssen den Kindern doch was mitbringen. Auseinandergeschraubt, sonst ging es ja nicht rein.«

So kam das Pferdel nach Holdershausen, über tausend Umwege, unnütze Wege, und fand doch schließlich heim. Sie trugen die Tasche immer bei sich, auf jeder ›Station‹, wo sie schliefen oder nicht schliefen, in Scheunen und Straßengräben, einmal in einem verlassenen Schloß, einmal in einer Grabkapelle, einmal bei netten, selbst hergeschwemmten kinderreichen Leuten, obwohl diese auch eigentlich keinen Platz hatten; Bine erwies sich als Glücksbringer. Ihre arme, kleine, erbarmungswürdige Gestalt fand überall Freundlichkeit; Heidi fühlte es gerührt und dankbar. Einmal, als sie sogar warmes Essen bekommen hatten und ein gemeinsames ›Bett‹, eine Decke auf dem Boden, flüsterte Bine, ehe sie einschlief, Heidi zu:

»Weißt du, was Großmutter mir einmal gesagt hat? Einen Vers, den ich nie vergessen werde:

›Hilft der Reiche dem Armen in seiner Not,
gesegnet sei sein Erbarmen,
doch das wahre, das heilige Mitleidsbrot,
das reicht der Arme dem Armen.‹«

Die letzte, die allerletzte Strecke ihrer Odyssee erwies sich als überraschend und besonders hübsch. Sie hatten in Paderborn zufällig erfahren, daß in einem Klostergut nicht allzu weit entfernt eine Frau mit zehn oder elf Kindern untergekommen sei. Überall hatten sie herumgefragt, nun aber waren sie ziemlich sicher, auf der richtigen Fährte zu sein. Sie marschierten los, eine Fahrgelegenheit hatte sich nicht ergeben.

»Wem Gott will rechte Gunst erweisen,
den schickt er in die weite Welt«, sang Heidi.

»Von einem Landsmann ist das, von Eichendorff. Das weißt du hoffentlich! Wenn es die Kinder nicht können, müssen sie es lernen.« Sie tat, als habe sie ihren Schwarm bereits wiedergefunden. »Zehn, ja, oder elf? Ob sie noch eins dazugekriegt hat?«

»Von wem denn bitte«, sagte Bine ungehalten und klopfte sich an den Kopf. »Glaubst du an Jungfernzeugung?«

»Das weniger, also zehn. Vielleicht hat sich auch der, der uns das erzählte, *ver*zählt. Bei so vielen –«

Es war Frühling
»Kraniche, die hoch die Luft durchpflügen,
kommen schreiend an in Wanderzügen –«

zitierte Heidi.

»Dabei sind es Krähen. Ordinäre, landläufige graue Krähen«, brummte Bine. »Du kannst auch andere Gedichte zitieren:

›Die Krähen schrein
und ziehen schwirren Flugs zur Stadt –‹«

»Bald wird es schnein«, ergänzte Heidi. »So bald nicht. Bald, bald sind wir bei Iso!«

Die Kinder mußten doch noch alle am Leben sein, wenn Iso zehn bei sich hatte. Alle – und noch eins als Zugabe. Heidi fühlte einen Übermut wie seit Jahren nicht. Dem Glück entgegen – dem Glück entgegen – woraus war das? Großmutters Vorrat war unerschöpflich gewesen.

»Ach ja, wenn wir die nicht gehabt hätten –« Bine fühlte sich voll familienzugehörig. Und da hielt tatsächlich ein Wagen neben ihnen, ein älterer Herr stieß die Autotür auf.

»Wie wärs, meine Damen? Wohin?«

»Nach Holdershausen –«

»Ich auch.«

Es war Onkel Paul. Redselig und gutgelaunt, wie er war, bekamen sie bestätigt, daß alle Kinder lebten, er zählte sie mit Namen auf. Heidi fiel ihm um den Hals und küßte ihn – ›wohl hundertmal die Stunde‹, brummte Bine, wiederum die Großmutter zitierend. Die beiden hörten es nicht. Onkel Paul ließ sich gern küssen, es war ein Tag voll Glück und Seligkeit.

Und dann erzählte er. Von den Streichen der Jungen, an denen er seinen Spaß hatte, und wie hübsch die Mädchen seien und wie tüchtig. Wie großartig Jule ihm den Haushalt geführt habe, als er Tante Mitz verloren hatte. Von seiner zweiten Frau sprach er nicht.

»Und Sebastian hat –«

»Er wird doch nicht ...«

»Doch. Er ist im richtigen Lausejungenalter, von Caspar gar nicht zu reden.« Und er erzählte in behaglicher Breite, was Heidis Söhne alles angestellt hatten. Heidi wurde still. Sie, die durch ihren Beruf viel mit kranken und schwierigen Leuten zu tun hatte, in Ehe- und andere Familienschwierigkeiten hineinsah, fühlte jetzt, nach dem schwindlig machenden Glücksgefühl bei der Gewißheit, daß ihre Kinder lebten, eine merkwürdige Bangnis in sich aufsteigen. Die Jungen im schlimmsten Alter – Würde es ihr gelingen, sie richtig zu führen, ohne Vater? Sie besann sich darauf, wie sie selbst gelitten hatte, als sie nach Trixis Geburt mit dem Kind heimgekommen war. Die Jungens hatten das Schwesterchen kaum angesehen – Babys sind meist noch nicht hübsch, und dieses war auch zudem entstellt durch eine Hasenscharte –, die man ja erst später operieren kann. Sie, die Mutter, noch schwach und ein wenig wacklig auf den Beinen, aber das hatten die Jungen sozusagen gar nicht wahrgenommen. Statt ihr zu helfen und beizustehen, drückten sie sich, wo sie konnten, und einmal hatte Heidi gehört, wie einer zum anderen sagte: »Das hat uns gerade noch gefehlt, so 'ne Schwester. Wenn's wenigstens ein Junge wäre –«

Schorschel hatte es nicht gehört, und sie, Heidi, schwieg fein stille, aber es hatte sie doch sehr getroffen. Jetzt stieg auf einmal eine Bangnis in ihr auf: Wie würden die Jungen sich verhalten? Wie würden sie einer Mutter begegnen, die plötzlich da war und vermutlich über sie bestimmen wollte? Denn daß Iso diese vielen Kinder am langen Zügel hatte laufen lassen müssen, ging sehr deutlich aus Onkel Pauls Schilderungen hervor.

»Jetzt sind wir gleich da«, verkündete er eben, »dort ist das Schulhaus, dort wohnt Frau Dominikus, und das dort ist unser Haus, das große mit dem schönen Portal, das unter Denkmalschutz steht –« Er fuhr jetzt ganz langsam, betrachtete mit Besitzerstolz den Hof, der, breit und gepflegt, sich vor ihnen im schönsten Frühlingslicht zeigte. Eine Innenkoppel, große, durch nichts eingeengte Eichen, der alte Schafstall – o Holdershausen!

Heidi hatte nur einen Gedanken: ›Halt dein Herz fest. Was jetzt kommt, daran wirst du dich dein Leben lang erinnern, auch wenn du hundert Jahre alt wirst. Laß es gnädig sein und nicht zermalmend, lieber Gott, laß die Kinder – laß sie, wenn sie auch nicht beglückt sind, wenigstens so tun, als wären sie es. Ist das zuviel verlangt, lieber Gott?‹

Und dann war es ganz anders, als sie erwartet hatte. Onkel Paul hielt am Schulhaus, zog sie an der Hand aus dem Wagen und die Treppe hinauf. Ein junger Mann kam ihnen entgegen, riesengroß, mit leicht schlenkernden Bewegungen, zwei Stufen auf einmal nehmend – er erinnerte sie an jemanden, auf den sie sich im Moment nicht besinnen konnte.

»Caspar?« fragte sie halblaut, noch unsicher, aber da fiel er ihr auch schon um den Hals, ganz unbefangen und so heftig, daß sie fast rückwärts die Treppe hinuntergefallen wäre.

»Mutter – ja gibt's denn so was!« schrie er. »Bastian, Trixi – wo steckt ihr? Mutter ist da!«

O du seliger Augenblick! Die ganze Welt strahlte wie durch einen großen, gleißenden Kristall gesehen, weißgold-glühend, einmalig, so, wie sie der liebe Gott an einem Sonntag geschaffen haben mochte. Und da waren auch noch drei, die sich mitfreuten – Bine, der die Glückstränen über die mageren Wangen liefen, Onkel Paul, großartig und stolz, ein Glücksbringer, als habe allein er diese Seligkeit verursacht, und Iso, die, durch den Lärm aufmerksam gemacht, jetzt in der Tür erschien. Sie umarmte Heidi, sobald sie es ermöglichen konnte – Heidis drei Nachkommen ließen die Mutter nur ungern los, schubsten sich gegenseitig mit den Ellbogen und erwürgten sie fast. Aber Iso ›durfte‹ schließlich auch ›mal‹. Kurzum, es war eine »schöne, rührende Familienszene«, wie Bine glucksend zitierte, die Busch sehr liebte.

»Und wie du aussiehst, Iso, so schlank und so jung und so hübsch – wie die große Schwester meiner Jungen«, japste Heidi. »Schorschel hat immer gesagt, du wirst mal eine Schönheit!«

»Schönheit – du bist bescheuert!« stammelte Iso, aber Heidi gab nicht nach.

»Sagen Sie mal selber, Onkel Paul« – sie hatte inzwischen seinen Namen mitgekriegt – »so was Hübsches hat Ihnen der Osten beschert!«

Später saßen sie um Isos Tisch, sahen einander an und konnten sich eines am anderen nicht satt sehen. Daß Schorschel nicht mehr lebte, hatte Heidi ihnen gleich erzählt. Aber sie brachte es fertig, es den Kindern wie Iso so beizubringen, daß sie es aufnahmen, als wäre er nur verreist.

»Er läßt euch grüßen, ganz Camenz läßt euch grüßen«, richtete sie aus, »das Schloß und die Kirche und das Brauertor und die Berge. Und der Mühlgraben und unser Haus und der Garten – und –« Nein, sie weinte nicht. Sie fühlte zum ersten Male seit Schorschels Tod, daß er wirklich noch bei ihr war, in ihr, liebevoll, unverlierbar.

›*Nicht Berg' noch Täler trennen,*
o Herz, mich mehr von dir,
leis darf ich dich nur nennen,
da bist du schon bei mir –‹

wieder die Großmutter. Sie hatte es ihr einmal gesagt, nach Großvaters Tod, Heidi besann sich blitzartig darauf.

›Wohl müßt' ich herzlich weinen‹, begann es. Sie tat es nicht. Und sie fühlte seine Nähe so stark, als sie die Jungen umarmt hatte, ihre Wange an deren Wangen lehnte, die schon rauh von Stoppeln waren.

»Ja rasiert ihr euch denn schon? So groß seid ihr?«

Immer kamen sie vom Unwichtigen zum Wichtigen, immer ging es durcheinander, immer noch blieben Fragen unbeantwortet. ›Es geht doch nichts über eine große Familie‹, dachte Onkel Paul bei sich, und Heidi und Iso fühlten dasselbe. Es gibt Tage, da vergehen die Wolken, und die Sonne strahlt.

Iso saß in der Küche und stopfte Strümpfe. Mutter Regine, die mit Johannes, Christianes kleinem Sohn, für die Ferien hergekommen war, leistete ihr Gesellschaft und strickte, während sie dem Jungen Märchen erzählte. Es war eine ›ausgesparte‹ Stunde, die alle Beteiligten sehr genossen. Die anderen Kinder waren ausgeflogen, obwohl schauderhaftes Wetter herrschte. Heidi, die sich rasch wieder in ihren Beruf eingelebt hatte, massierte jemanden vom Hof.

Da klopfte es, und auf ein zweistimmiges »Herein« trat Lehrer Krafft in die Tür. Es war nicht der Tag der Klavierstunden, deshalb wunderten sich die Frauen, waren aber beide erfreut über den überraschenden Besuch. Mutter Regine kümmerte sich zwar rührend um Johannes, reagierte aber auf die anderen Kinder oft allergisch. Freilich, so viele auf beschränktem

Raum und so verschieden im Alter, das war nicht einfach, auch nicht für eine gutwillige Großmutter. Außerdem rechnete sie Gundis Kinder nicht ganz dazu, jedenfalls gefühlsmäßig.

Mutter Regine hatte es nicht leicht. Sie vermißte ihren Martin sehr, sprach immer von ihrem frühverstorbenen Mann – immerhin hatte sie ihn über dreißig Jahre lang gehabt – und hielt sich lieber bei Christiane auf als bei Iso. Dort ging es kultivierter zu, man besaß schon wieder richtige Möbel, einen Teppich – und ein kleiner Junge machte natürlich viel weniger Lärm und Schmutz als Isos Bande. Diese Kinder waren reichlich unerzogen, fand Regine, sie gebrauchten Wörter, die Johannes nicht hören sollte, rauften und stritten – nein, es war eher eine Anfechtung als eine Erholung, hier zu sein, obwohl die Gegend Regine sehr zusagte. Onkel Paul war reizend zu ›Großmutter‹, wie er sie nannte, brachte ihr manchmal einen Leckerbissen herauf und küßte sie, wenn er Lust hatte, alle weiblichen Anwesenden zu küssen, sozusagen als Alibi. Dann schalt sie und versuchte, sich zu wehren, fand es aber trotzdem reizend von ihm. Schlimm war, daß sie ständig fror. Es war noch immer schwierig, Heizmaterial zu beschaffen, Iso und Heidi spendeten heimlich Blut, um von dem Geld Kohlen zu kaufen. Mutter Regine durfte das nicht erfahren.

Seit einer Woche gab es noch ein weiteres ›Kind‹ im Gutshaus Holdershausen, Hein Dieter, den Sohn von Onkel Pauls zweiter Frau, den diese mit in die Ehe gebracht hatte. Er war schon sechzehn, wenig erfreulich, fand Iso, obwohl sie mit ihm, Onkel Paul zuliebe, einen guten Faden zu spinnen versuchte. Er hielt sich gottlob mehr an die Eleven des Gutes als an die Kinder. Mitunter kam er herauf auf den Dachboden und übte an allem und jedem Kritik. Iso konnte ihn nicht leiden.

»Ich weiß nicht, was du hast«, sagte Mutter Regine oftmals, »ich komme sehr gut mit ihm aus.« Sie schenkte ihm manchmal Zigaretten, was Iso, die den scheußlichen Eigenbau rauchte, erbitterte.

Kaum war der Lehrer eingetreten, ging das Licht aus. Das Kloster nebenan versorgte den ganzen Ort mit Strom, der allerdings oft ausfiel. Ein junger und netter Telegrafenmeister, auch ein Flüchtling aus dem Osten, mühte sich nach Kräften, dem Übel zu steuern, und Iso war ihm dafür herzlich dankbar. Einmal kam Regine dazu, als es im Flur wieder hell geworden war und Iso dem Prometheus einen Kuß gab. Na, das gab ein Nachspiel bei Mutter und Tochter!

»Wie kannst du nur! Du bist eine alte Frau«, schalt Mutter Regine, »kein Wunder, daß deine Kinder so werden, wenn du ihnen ein solch schlechtes Beispiel gibst.«

Es wurde viel geküßt in Holdershausen, und mit Isos Erziehung der Kinder war Mutter Regine überhaupt nicht einverstanden. »Du mußt sie verhauen«, hieß es immer wieder, »der nicht geschundene Mensch wird nicht erzogen.«

»Und Johannes?« fragte Iso einmal empört.

»Johannes ist sowieso artig«, bekam sie gesagt, und darauf gab es nichts zu erwidern. Johannes war ein leicht zu leitendes Kind, freute sich, nun Geschwister zu haben, und machte sich aus der Sonderstellung, die Mutter Regine für ihn verlangte, überhaupt nichts. Er gab jetzt dem Lehrer die Hand und machte einen schönen Diener, und Mutter Regine strahlte vor Stolz.

Iso war froh, daß Krafft gekommen war, zündete ein paar Hindenburglichter an und kochte einen Tee... Auch für ihre Mutter. Sie selbst rauchte lieber eine Zigarette, die Krafft ihr anbot. Darüber ärgerte sich Mutter Regine wiederum.

»Du rauchst zuviel, deshalb bist du so nervös.«

Viel! Mitunter eine Selbstgedrehte aus Zeitungspapier, wobei man nicht wußte, was schauderhafter schmeckte, das Papier oder der miserable Tabak. Eine »aktive«, wie Krafft sie ihr angeboten hatte, bedeutete einen Festtag.

»Was gibt's denn? Haben die Kinder wieder mal versucht, die Schule in die Luft zu sprengen?« fragte Iso. Gundis Sohn Ben, jetzt im richtigen Rüpelalter, machte mitunter chemische Experimente, die schon allerlei Unheil angerichtet hatten.

»Nein, das ist es nicht –« Man merkte Krafft an, daß er gefragt werden wollte.

»Und was bedrückt Sie sonst?« fragte Iso also.

»Ich – ja – ich – es klingt vielleicht sehr merkwürdig, aber meinen Sie, daß man es in meinem Alter noch darf?«

Iso lachte.

»Wollen Sie heiraten?« fragte sie aus Spaß, und zu ihrer grenzenlosen Verwunderung nickte der Lehrer. Iso blieb der Mund offenstehen.

Daß Krafft Junggeselle und sehr schüchtern war, wußte jeder in Holdershausen. Daß er aber so etwas vorhatte!

»Bitte sagen Sie es niemandem«, flüsterte er. »Ich bin ihrer natürlich nicht würdig. Über dreißig bin ich, und –« Er fuhr mit der Hand über die kleine Glatze, die er schon hatte. Iso wußte zunächst nicht, was sie sagen sollte. Dann setzte sie an.

»Herr Krafft, mit so vielen Kindern – und ich bin auch noch ein paar

Jahre älter als Sie«, stammelte sie schließlich, von seiner Verlegenheit angesteckt. Mutter Regine jedoch schaltete sich sofort ein.

»Daran wirst du doch nicht denken, Iso, das kommt gar nicht in Frage –« Es klang, als wäre die Tochter fünf Jahre alt und hätte verlangt, ein Symphoniekonzert zu dirigieren. Iso war das Ganze äußerst fatal. Ehe sie jedoch etwas antworten konnte, fuhr Krafft mit Todesmut fort:

»Ich meine ja nur – ich wollte – ich meine nicht Sie, Frau Dominikus, ich meine –«

»Meine andere Tochter, Christiane, ist bereits verheiratet«, sagte Mutter Regine streng, »ihr Mann war nur noch nicht hier. Der Kleine ist sein Sohn –«

Christiane war einmal zu Besuch hiergewesen, hatte Krafft aber überhaupt nicht kennengelernt. Mutter Regine kam mit dem Schwiegersohn nicht zurecht und fand, ihre Jüngste hätte einen anderen Mann verdient. Daß Krafft aber jetzt um Iso anhielt ...

Das hatte der Lehrer jedoch nicht getan und wollte es auch nicht tun. Schließlich aber nahm er all seinen Mut zusammen und fuhr fort: »Ich meine keine Ihrer Töchter, Frau Doktor Geist. Ich meine – aber für die bin ich bestimmt zu alt.« Man hörte die Sehnsucht, daß ihm widersprochen werde, sehr deutlich.

»Nikola?« fragte Iso verblüfft.

»Nein. Die andere. Beatrix«, hauchte Krafft mit letztem Mut.

Ja, der Altersunterschied war in der Tat etwas groß, er über dreißig und sie noch nicht zwanzig. Trotzdem freute sich Iso. Krafft war ein unbedingt zuverlässiger und sehr sympathischer Mann.

»Wie schön! Wie wunderschön! Haben Sie schon mit ihr gesprochen?«

Sie gönnte diesem Kind einen guten Mann von Herzen, denn sie wußte – ach, sie wußte aus ihrer Vergangenheit gut genug, wie man darunter leidet, sich häßlich zu fühlen. Wenn Trixi nun als erste ›ihrer‹ Töchter heiratete, so würde das sicher manche Wunde heilen.

»Nein. Ich wollte zuerst Sie fragen – bei Ihnen um Trixis Hand anhalten.«

Iso fand das rührend altmodisch und meinte, auch Mutter Regine würde dieser Meinung sein. Freilich wußte sie aus Erfahrung, daß diese fast immer ihr, der älteren Tochter, widersprach. Was tun? Sich stellen, als sei sie selbst nicht einverstanden, nur damit ihre Mutter in die entgegengesetzte Kerbe haute? Schwierig, schwierig. Nun aber hatte sie schon »Wie schön, wie schön!« gerufen, und Kraffts aufstrahlendes Gesicht gab den Ausschlag.

»Ich glaube und hoffe, Trixi wird sehr glücklich sein, und ich bin es auch«, sagte sie also mutig und lachte den Lehrer an. Die nächste Generation, da kam sie anmarschiert. Übers Jahr war sie, Iso, womöglich schon Großmutter ...

O du lebendiges, wunderbares, buntes Leben! Zwei Zeilen aus einem Gedicht fielen ihr ein, aus einem Gedicht, das sie sehr liebte. Es war von Börries von Münchhausen, für den sie als junges Mädchen geschwärmt hatte und dessen Balladen und ritterliche Lieder noch immer in ihrem Herzen wohnten. ›Wie gleiten, gleiten die Jahre ...‹

Trixi sagte ja. Wie erst jetzt herauskam, trug sie schon lange eine heimliche Liebe zu dem reizenden Lehrer in sich, nur hatte sie nie gedacht, daß er diese erwidern könnte. Von den zwei wilden Brüdern ziemlich untergebuttert, hielt sie, wie einstmals Iso, nicht viel von sich, und nun sah sie sich als strahlende Braut und künftige Frau des allgemein beliebten Lehrers. Um das Glück voll zu machen, hatte Onkel Paul eine glänzende Idee.

Er wußte, wie sehr ›die Bande auf dem Dachboden‹ seine Frau störte. Dort lag der riesige Haufen Sägespäne, den Iso mit den Kindern alljährlich anschaffte, um die große Stube heizen zu können. Sägemehlöfen waren zur Zeit große Mode, weil dieses Heizmaterial sehr billig war. Dort hing die Schaukel der Kinder, dort spielten sie Verstecken und andere wilde Spiele, wenn es regnete, und die Wäsche, die vom Gutshaus dort aufgehängt wurde, war bereits mehrmals heruntergerissen und in den Schmutz und Staub getreten worden. »Kinder sind Kinder«, sagte Onkel Paul dann, aber diese Frau giftete sich, und wenn sie gewußt hätte, daß Sebastian, Heidis zweiter Sohn, heimlich dort oben Karnickel hielt, sie hätte es verboten. Onkel Paul wußte es, bewahrte aber Stillschweigen. Jetzt kam er mit einem Vorschlag.

Wie wäre es, wenn der Lehrer mit seiner jungen Frau ins Bauernstübel zöge, einen hübschen, rustikal ausgestatteten Raum im Gutshaus, den Tante Mutz einstmals für Handwerker, die länger blieben, oder überhaupt für Gäste hatte einrichten lassen. Er war nett, sonnig, wenn auch verhältnismäßig klein, aber dahinter befanden sich ein paar Räume, die man dazunehmen konnte. Diese ›Wohnung‹ bot er nach Rücksprache mit seiner Frau ›Kraffts‹ an, und der Lehrer sagte freudig zu. In die etwas größere Wohnung im Schulhaus konnte dann Iso mit den Ihren ziehen, und so wäre man die Bande vom Dachboden auf gute Art los. Iso war glücklich bei dem Gedanken, Mutter Regine wollte sowieso zu Christiane zurück, war sie doch mit Johannes nur ferienhalber hier, und die Kinder waren selig über die Aussicht, ein ›eigenes Haus mit Garten‹ zu bewohnen. Vor allem Sebastian. Er begann sogleich, rings um das Lehrerhaus Karnickelställe zu bauen. Onkel Pauls Frau dagegen war froh, einen Mann im Hause wohnen zu haben. Sie fürchtete sich sehr, in dem großen Gutshaus allein zu sein, wenn Onkel Paul mitunter verreiste, zur Landwirtschaftsausstellung fuhr oder überhaupt abwesend war. Der Studienrat hatte längst ›die Platte geputzt‹, wie es hier hieß, wenn jemand auszog, und Hilde, die Opernsängerin, würde demnächst auch wieder ihren Beruf aufnehmen. So normalisierte sich das Leben, das eine Zeitlang so chaotisch gewesen war. Iso gefiel das Schulhaus und sie genoß es, nicht mehr ununterbrochen »Seid leise!« mahnen zu müssen.

15

Neues Leben

Auch das Pferdel zog mit um. Und natürlich Bine, die nun wieder dazu gehörte. Sie half allenthalben, stopfte, was zerrissen war, und nähte Knöpfe an. Sie konnte Lustiges von früher erzählen und verpflasterte manche Schramme, die sich die Kinder zuzogen. Alle waren einverstanden, daß sie das Kämmerchen hinter der Schulklasse bekam, in der unteren Etage des Hauses. Am Vormittag war es dort natürlich nicht ruhig, aber nachmittags war es gemütlich und schön, trotz der vielen Landkarten, die an den Wänden hingen. Iso erzählte, daß auch sie unter einer Landkarte geschlafen hatte, als die Grippe sie quälte und sie, wohl das einzige Mal in ihrem Leben, gemerkt hatte, daß auch sie von ihrer Mutter geliebt wurde. Iso selbst hatte noch immer kein Zimmer für sich. Die Räume im oberen Stock wurden als ein Wohn- und zwei Kinderzimmer eingerichtet, da man allmählich Jungen und Mädchen trennen mußte. Sogar Möbel gab es jetzt schon. Drei Etagenbetten hatten sie aus einer aufgelösten Jugendherberge bekommen. Aber Iso kampierte auf dem durchgesessenen Sofa im Wohnraum, das ihr Onkel Paul heimlich geschenkt hatte. Seine Frau durfte das nicht wissen, aber sie kam sowieso nie ins Schulhaus hinüber, sie würde es nicht bemerken. Heidi hatte ein Zimmer in Warburg ergattert, in dem sie die Krankengymnastik praktizierte und mitunter auch über Nacht blieb, wenn es spät geworden war, und hoffte auf mehr Räume. Sie kam oft nach Holdershausen, wo auch sie noch immer Patienten betreute. Patent, wie sie war, hatte sie es bereits zu einem eigenen Fahrrad gebracht, was Iso noch nicht gelungen war. Elke kam nur zum Schlafen nach Hause, sie hielt sich tagsüber bei den Schreinersleuten auf, bei denen sie arbeitete und als Lehrling eingestellt war. Heidis Jungen blieben vorerst bei Iso, da sie die Schule nicht wechseln sollten. Sie waren sowieso schlecht genug.

Am letzten Tag der großen Ferien kam es zwischen Sebastian und Hein Dieter, dem Sohn von Onkel Pauls zweiter Frau, zu einer heftigen Prügelei. Wie es angefangen hatte, konnte Iso nicht ausmachen, jeder behauptete, der andere sei es gewesen, und keiner gab nach, bis Bine entsetzt zu Iso gestürzt kam: »Die bringen sich um!« Iso wandte das äußerste Mittel an und goß einen Eimer kaltes Wasser über die beiden, so daß sie endlich auseinanderfuhren. Beide bluteten aus der Nase, ein Arm von Sebastian war stark geschwollen, und Hein Dieter hinkte und jammerte nach Noten. Iso war erleichtert, daß dieser Jüngling an nächsten Tag wegfahren würde.

Heidi hatte ihrer Tochter eine sehr originelle Hochzeit ausgerichtet. Von einem Warburger Arzt lieh sie einen Wohnwagen, und darin, oder besser, um den herum wurde gefeiert. Krafft – mit Vornamen hieß er Herbert, woran man sich erst gewöhnen mußte – hatte keine Eltern mehr, auch keine Geschwister. So feierte eigentlich nur die Familie der Braut. Trixi sah im geborgten Kleid – »für ein paar hundert Mark etwas anzuschaffen, was man nur einmal trägt, ist Schwachsinn« –, hatte Heidi gesagt – süß aus, und ihr Mann strahlte vor Glück. Onkel Paul hatte erlaubt, daß auf der Fettweide gefeiert werden dürfe, und am Nachmittag erschien die halbe Schule, angeführt von der lustigen Forstmeistersfrau, und sang einen Hochzeitskanon, »Viel Glück und viel Segen auf all deinen Wegen ...« der sogar ziemlich gut klappte. Die Försterin hatte einen Kuchen gebacken und verteilte ihn. Es wurde ein schönes und fröhliches Fest. Die jungen Kraffts machten danach eine Hochzeitsreise per Fahrrad, mit zwei geborgten Drahteseln, aber daran störte sich niemand. All das war zeitgemäß, durchaus erfreulich und bereicherte die Familie mit vielen »Weißt-du-nochs«.

Daß nichts vergessen würde, dafür sorgte Bine. Sie hatte ein Heft, in das sie alles hineinschrieb, Geschichten von früher und Ereignisse vom Tage, die »Familienchronik« nannte sie es, und als Untertitel hatte sie hineingeschrieben: »Wie gleiten, gleiten die Jahre.«

In der Nacht nach dem letzten Ferientag wachte Iso auf und konnte, ihrer sonstigen Gewohnheit ganz entgegen, nicht wieder einschlafen. Es war Vollmond, und sie schob es darauf. Der Mond war immer ihr Feind gewesen, schon zu Richards Zeiten. Da half auch kein Verhängen der Fenster und kein Umklappen der Läden.

So stand sie auf und sah kurz ins Mädchenzimmer hinein, danach zu den Jungen. Aber dann sog sie die Luft einmal tiefer in die Lungen – roch es nicht brenzlig? Augenblicklich wurde sie munter, ging ans Fenster, öffnete es – und da erschrak sie bis ins Herz.

Hinter dem Haus stieg eine riesenhafte Lohe zum Himmel. Feuer, ohne Rauch, rot mit Gelb durchsetzt, höher als der alte Nußbaum, der in der Ecke des Schulhofes stand. Iso wußte sofort, was da brannte. Sebastian hatte sich von Onkel Paul Stroh erbettelt und dort aufgehäuft, da er noch keinen Raum dafür hatte. Stroh für seine Kaninchen. Die aber wohnten zum Glück in dieser Nacht noch in ihren alten Ställen auf dem Dachboden. Sebastian hatte die neuen Ställe desinfiziert, bevor er das Stroh hineintat und die Tiere einquartierten. Daher brannten nur die neuen Stallungen ab. Das war Isos erster Gedanke. Sie kannte Sebastians Tierliebe und wagte nicht, sich die Katastrophe auszumalen, wenn den Tieren etwas geschehen würde. Der zweite Gedanke war: »Löschen! Sofort löschen!« Wenn der Wind auch nur ein wenig drehte, blies er die Hitze aufs Haus zu, auf das Schulhaus, in dem ihre Kinder schliefen.

Sie war die Treppe hinauf, ohne zu merken, wie, und riß die Türen der Schlafkammern auf.

»Es brennt! Feuer! Wacht auf!« rief sie, und als die Kinder in ihren unzulänglichen Schlafanzügen, taumelnd vor Verschlafenheit, angestürzt kamen, schrie sie:

»Sebastian, lauf in den Hof, weck den Schweizer! Und Behrends – und –« Sie kam nicht auf alle Namen. Sebastian, blitzschnell von Begriff, sauste die Treppe hinunter.

Ob es im Hof eine Feuerspritze gab, wußte Iso nicht. Aber Eimer würden dasein, und Wasser schöpfen konnte man aus dem Ententeich, gleich neben der Hauskoppel. Im Nu waren die Leute aus dem Hof da, Männer, auch Frauen, Halbwüchsige und Kinder. Der Schweizer organisierte, befahl.

Drei der dem Haus am nächsten stehenden Kaninchenställe brannten schon. Gleichgültig, sie waren leer.

»Nein, o nein!« gellte da eine Kinderstimme, und Iso sah, wie sich Sebastian auf den brennenden Stall stürzte. Ein Mann in dunklem Anzug stieß ihn fort – der Junge wehrte sich und wollte zum Stall, der Mann riß ihn zurück und überholte ihn, griff in das Feuer und wuchtete die Tür heraus. Ein weißer Strich huschte davon – »Miez, meine Miez!« schrie

Sebastian, aber der überlaute Schrei ließ mitten drin schon wieder an Intensität nach, die Katze – das Weiße, was herausgefegt war – war nicht mehr zu sehen – weg. »In Sicherheit«, stöhnte Bine neben Iso, die jetzt einen Zweig aus der Fichte neben der Gartentür brach und in den Eimer tauchte, den sie jemandem weggerissen hatte. Mit dem Zweig schlug sie auf das Feuer ein, und einige der Gutsleute taten es ihr nach. Das Stroh schien zu Ende gebrannt zu sein, jetzt glühten nur noch einige der hölzernen Ställchen. Die restlichen, von den Leuten mit Wasser übergossen, fingen nicht Feuer.

»Gottlob, das hätten wir«, seufzte der Schweizer, und der Mann im dunklen Anzug griff nach Isos Arm.

»Kommen Sie, Frau Dominikus, den Rest erledigen wir« sagte er.

Er wollte sie ins Haus ziehen. Sie wehrte sich. Jetzt mußte sie erst die Kinder zählen. Und wo war Bine?

»Hier! Mich hat's nicht derwischt«, hörte Iso sie auf ihr fragendes »Bine, Bine!« hin rufen. Nun sammelten sich auch die Kinder. Sebastian heulte, so groß er war.

»Meine Ställe. Alles futsch! Und so viel Arbeit –«

»Sei froh, daß die Karnickel noch nicht drin waren!«

»Aber nun muß ich wieder –«

»Von vorn anfangen, ja«, sagte der Herr im dunklen Anzug. »Junge, das ist so im Leben. Tröste dich. Ich helf' dir –« Es war der junge Kaplan von der katholischen Kirche, wie Iso jetzt begriff. Er ging mit ihr ins Haus.

Auf einmal war es ganz anders in ihrem neuen Zuhause.

»Domizil«, sagte der junge Geistliche, »paßt gut zu Ihnen, Frau Dominikus.«

Es war Iso noch gelungen, vor seinem Eintritt die Schlafdecken vom Sofa zu reißen und ins Nebenzimmer zu werfen. So sah es nicht nach einem hastig verlassenen Schlafzimmer aus, sondern einigermaßen manierlich. Nikola hatte am vergangenen Nachmittag buntes Laub gesammelt und in ein zur Vase erklärtes Weckglas gestellt; Onkel Pauls ›letzte Rose‹, die er ihr zum Einzug geschenkt hatte, stand auch noch da. Der Kaplan setzte sich auf Isos Bitte hin und sah sich bewundernd um.

»Sogar Vorhänge haben Sie schon!«

»Ja. Aus Tante Mutz' übriggebliebener Knechts-Bettwäsche«, sagte Iso und lachte. »Damals schliefen die Knechte in buntkarierten Bezügen. Heute gefällt dieses Muster wieder –« Jule hatte sie genäht. Der Stolz auf die allerersten Komfortanschaffungen, der jedem die Brust schwellt, der sich neu einrichtet, lag in Isos Stimme. Sie sah jung und froh aus, obwohl noch ein paar schwarze Rußflecke ihr Gesicht zierten. Der junge Geistliche sah sie an.

»Ich gönn' es Ihnen«, sagte er leise, und Iso verstand genau, was er meinte.

»Ich hab' die Heimat nicht verloren wie Sie und war auch nicht ausgebombt«, fuhr er halblaut fort, »dies alles blieb mir erspart. Ich wuchs in einer Klosterschule auf, dazu bestimmt, ›geistlich‹ zu werden. Ich kam nicht auf den Gedanken, es zu ändern, es war keine Überwindung oder gar ein Opfer. Einer aus der Familie wurde eben Geistlicher – aber lassen Sie doch –« Iso hatte eine Tasse mit Untertasse – die einzige, die sie besaß – vor ihn auf den Tisch gestellt. »Aber nein«, sagte sie, »jetzt sind Sie mein Gast.«

Einen ›Kaffee für alle Fälle‹ hatte sie immer. Er roch bitter und gut, als sie ihn aufgoß.

»Bitte nicht nein sagen, ich trinke auch mit. Und ihr geht schlafen, ihr Bande«, trieb sie die Kinder an, »aber wascht euch vorher, ihr wißt nicht, wie ihr ausseht.«

»Na, und du erst, Mutter«, blökte Caspar mit schönster Stimmbruchstimme. »Wenn du wüßtest –«

»Ja? Bin ich –« Einen Spiegel besaßen sie noch nicht. Sie fuhr sich mit dem Unterarm übers Gesicht. »Besser?«

»Besser? Schlimmer. Aber es steht Ihnen gut. Und ich bin bestimmt auch schwarz –«

»Nicht nur so angezogen«, sagte Iso vergnügt. Sie fand diesen ersten Besuch, den sie in ihrem neuen Heim hatte, außergewöhnlich nett und, ja, als etwas Besonderes. Nachts, ein katholischer Geistlicher, und das nach einer großen Aufregung, die einen ja immer lebendig und aufgeschlossen macht! Sie freute sich schon darauf, jemandem davon zu erzählen. Doch wem? Gundi, ja, die wäre die Richtige gewesen. Sie hatte sich mit Gundi sehr gut verstanden. Und ebenso mit Bertram. Ach ja –

»Ich schick' Ihnen einen Spiegel rüber, den ich nicht brauche. Zum Rasieren hab' ich einen anderen –« Er schwieg. Dann sagte er, mehr zu sich selbst als zu ihr, und sah auf den Tischrand hinunter:

»Und jedem Anfang wohnt ein Zauber inne,
der uns beschützt und der uns hilft zu leben –«
»Um sich in Tapferkeit und ohne Trauern
in andre, neue Bindungen zu geben –

Hesse, ›Stufen‹«, ergänzte Iso. »Die Zeilen gehören anders hintereinander, aber so paßt es auch. Ich hab' das Gedicht immer geliebt.«

»Ich auch. Lange, eh ich es verstand …«

»Meine Großmutter konnte viele Gedichte auswendig. Sie hat sie mir auf meine Bitten hin immer wieder vorgesprochen. Das ist ein großer Schatz, den sie mir vermacht hat.«

»Ja. Ein Schatz, den man nie verliert und den einem niemand nehmen kann. Bei mir war es die große Schwester. Von ihr lernte ich viel«, sagte er. »Sie war nicht gesund.«

Er hielt inne. Iso wagte nicht zu fragen.

Sie sprachen noch über vieles andere. Langsam, leise, mit vielen Pausen. Von Gedichten, die man lebenslang nicht vergißt und die im richtigen Moment da sind, wenn man sie braucht. Von Sprüchen, aus der Dichtung und aus der Bibel. Es war eine besondere Stunde.

»Wer mag das Herzblättchen gewesen sein, das den Brand da draußen entfacht hat? Von allein brennt so was nicht«, fragte der Kaplan schließlich nach einem langen Schweigen mit munterer, frischer Stimme. Iso sah ihn nachdenklich an.

»Halten Sie es für Absicht? Dann käme nur einer in Frage«, sagte sie in der gleichen Art. »Ich will keinen Namen nennen, außerdem ist er nicht mehr hier. Er ist gestern abend weggefahren – zu unserer großen Freude«, setzte sie noch hinzu. Der Kaplan antwortete aufmerksam:

»Das will nichts heißen –«

»Bitte sagen Sie nichts. Er war ja längst weg –«

»Man kann Brände auch mit Zeitzünder legen, sozusagen«, sagte er grimmig. »Eine Kerze ins Stroh stellen, in einem hölzernen Becher oder einem aus Pappe. Ja, das kann man, aber –«

»Aber ich verdächtige niemanden«, sagte Iso schnell. »Niemanden. Und außerdem haben wir so unendlich viel Gutes von seinem Stiefvater bekommen, unsere ganze Existenz –«

»Deshalb kann der Junge doch ein Mistfink sein«, antwortete der Kaplan behaglich. »Ich hab' nämlich genau denselben Verdacht. Dem und niemand anderem kann man das zutrauen.«

»Ach du lieber Himmel, hab' ich mich verschnappt?« Iso war dunkelrot geworden. »Hab' ich was gesagt? Ich will um Gottes willen –«

»Nein, Sie haben sich nicht verschnappt. Und ich habe auch keinen Namen genannt. Im Augenblick ist ja, da er abgefahren ist, eine Wiederholung auch nicht zu befürchten. Und Ihrem Sohn will ich gern helfen, die Ställe neu zu richten.«

Er war aufgestanden, hielt ihre Hand ein wenig länger als üblich. »Darf ich das? Ihm helfen?«

»Bitte, gern. Er ist übrigens nicht mein Sohn, sondern der meiner Cousine. Meiner angeheirateten Cousine.« Isos Blick trübte sich einen Moment. Wenn der Kaplan Heidi kennenlernte... »Ja, aber *wie* ein Sohn. Er ist schon jahrelang wie mein eigenes Kind ...«

»Übrigens – ich heiße Florian – mit Vornamen«, sagte der junge Mann noch, ehe er ging. »Florian – wie passend. Heiliger Sankt Florian, verschon mein Haus –«

»Es ist verschont worden –«

»Jeder von uns Geschwistern trägt den Namen eines Heiligen. Das ist bei uns so üblich –«

»Florian«, sagte Iso leise. »So heißt ein Heiliger bei uns zu Hause auf der Brücke vorm Klostertor. Gegenüber steht der Nepomuk mit dem Strahlenkränzel. Aber ich hab' immer den Florian lieber gehabt – überhaupt bin ich evangelisch. Aber mein Lieblingsheiliger war immer der Florian –«

»Und Sie?«

»Ich heiße Isolde – leider. Paßt überhaupt nicht zu mir. Werde aber Iso genannt. Mein Bruder, der mich nicht leiden kann, nennt mich Idiot.«

»Idiot ist ja scheußlich. Aber Iso ist schön, finde ich. Mit Nachnamen heiße ich Rauh – ich meine, weil die Anrede ›Kaplan‹ so unpersönlich ist. Also, einen guten Tag heute, wenn auch die Nacht bedrohlich war.« Er war hinaus. Iso stand und fühlte noch die Wärme seiner Hand in ihrer Handfläche.

Der Herbst war da. Rotglühend leuchteten die Kastanienbäume am Klosterteich, und man watete durch Gold, wenn man daran vorbeiging. Die junge Lärche, die Iso im Schulgarten gepflanzt hatte, reckte tausend goldene Nadeln in die Luft. Iso, die bei den ersten Herbstanzeichen an Weihnachten denken mußte, überlegte, warum man nicht solch ein goldenes Bäumchen als Christbaum nehmen sollte. Freilich, es wäre sehr schade, es abzusägen. Und die Nadeln hielten vielleicht auch nicht. Nein, jetzt war erst Herbst, und was für einer!

Und heute war Erntefest!

»Das ist ein Abschied mit Standarten,
Mit Pflaumenblau und Apfelgrün,
Goldlack und Astern flaggt der Garten,
und tausend Königskerzen glühn«,

sang Iso vor sich hin, während sie sich mühselig ihre Festgarderobe zusammensuchte. Da war ein einziger intakter Strumpf, wo mochte der andere sein? Ach was, sie zog gar keine an. Ihre Beine waren glatt und noch braun vom Sommer her, es sah wirklich aus, als trüge sie Strümpfe, als sie in die hellen Pumps hineingeschlüpft war, die Tante Mutz ihr einmal geschenkt hatte. Ein Kleid besaß sie nicht, aber einen bunten, schwingenden Rock, der zur weißen Bluse paßte. Den Spiegel, den der Kaplan ihr einmal geschenkt hatte, hatte sie schräg auf einen Stuhl gestellt und betrachtete sich kritisch darin. Doch, es mochte so gehen.

»Das ist ein Abschied mit Posaunen,
mit Erntedank und Bauernball –«

Erntedank und Bauernball. Sie hatte nie mehr getanzt, seit Richard nicht mehr lebte. Ob sie es noch konnte? Oder tanzte man heute andere, neuere Tänze? Ein bißchen Herzklopfen hatte sie, wie vor der ersten Tanzstunde – wenn sie nun als Mauerblümchen sitzenblieb und nicht aufgefordert wurde? Aber die Schmetterlinge im Magen gehörten wohl dazu …

Die Töchter waren schon ›drüben‹, Onkel Paul hatte im Kornhaus eine Etage ausräumen und den Boden mit Talkum bestreuen lassen, damit er glatt würde. Die Jungens kamen natürlich mit, sogar Walter hatte sich eingefunden.

Ob – aber vielleicht durften katholische Geistliche nicht tanzen?

Sie wußte es nicht. Ein Blick auf die Uhr – los! Je eher sie drüben war, desto eher konnte sie sich wieder verdrücken, wenn es ihr nicht gefiel. Es war schon eine Sache, allein »zum Ball« zu gehen. Bei den wenigen Anlässen dieser Art hatte sie – ihre Jugend war ja im Krieg gewesen – immer jemanden zur Seite gehabt, Bertram und später Richard. Bertram – auch an ihn dachte sie oft, betrauerte ihn tief. Die schöne Zeit, die sie in seinem Hause verbracht hatte, seine Freundlichkeit, die reizende Art, in der er mit Frau und Kindern – und mit ihr – umging. Bei Bertram war man in guter Hut …

Als sie über den Hof lief, rannte jemand hinter ihr her, packte sie am Arm, zwang sie mitzurennen. Einer der Eleven. Er war größer als sie und hatte fuchsrotes Haar, was sie eigentlich nicht leiden konnte. Heut fand sie es zum ersten Mal hübsch. Er hatte auch so lebendige Augen.

»Den ersten Tanz bekomme ich aber! Verstanden?« rief er im Laufen. Iso nickte.

»Ist es denn so eilig?«

Sie meinte: Hat es schon angefangen? Sie war einmal im Fasching zur angegebenen Zeit da, als erste aller Eingeladenen. Das war verfehlt und langweilig gewesen.

»Was heißt angefangen? Anfangs ist es nicht so voll, und –«, pustete ihr Begleiter, »wenn erst alles schwitzt – na, vielen Dank! Los, rauf, wir kriegen den Walzer noch mit!«

Er zog sie an der Hand die steilen hölzernen Stufen empor. Hier war Moritz einmal schlimm gestürzt, die ganze Treppe hinabgekugelt, Hals über Kopf. Seitdem hatte sie verboten, im Kornhaus zu spielen, auch die offenen Luken machten ihr angst. Immerhin, so klein waren die Kinder ja nicht mehr.

Wie man sah: Jule tanzte gerade mit dem Stellmacher des Hofes vorbei, sie trug ein nachtblaues Kleid, von dem Iso nicht ahnte, woher sie es hatte; sie sah hervorragend aus. Elke war auch gekommen und drehte sich bereits mit einem Tänzer. Onkel Paul schwenkte auf seine staksige Art die Frau des Schreiners, und der Schweizer hielt die Frau seines Chefs ziemlich hilflos an sich gedrückt. Daß Onkel Pauls Frau überhaupt hier war, wunderte Iso. In diesem Augenblick schubste Niki sie an, ihr ältester Sohn. Er hatte die viel größere Nichte Onkel Pauls im Arm und trat ihr, wie man sah, pausenlos auf die Füße. Er konnte überhaupt nicht tanzen. Jetzt machte er Iso ein Zeichen.

»Er ist auch da – tanzt wie der Lump am Stecken –«

»Wer: er?« fragte Iso indigniert. Sie wußte genau, wen Niki meinte. Ach, diese Kinder! Man konnte sich wahrhaftig nirgends sehen lassen, ohne sofort beobachtet zu werden. Ein Glück, daß Wolf, der Eleve, sie gerade jetzt im Arm hielt und drehte.

Die Luft war voller Stroh- und Schweißgeruch, voller handgreiflicher Lust am Leben. Erntefest, großes Fest! Man hatte wieder zu essen für den kommenden Winter und freute sich daran, freute sich mit den anderen Menschen. Es war nicht Erotik, was hier flimmerte, es war noch anderes, noch mehr, etwas Bodenständiges, greifbar Derbes wehte um die Tänzer, atmete aus den erhitzten Gesichtern. Schweißnasse Hände klebten auf den Rücken der Tänzerinnen. Iso hatte so etwas noch nie erlebt, wehrte sich aber nicht dagegen, als sie es spürte. Wolf, sonst ein schüchterner großer Junge, hielt sie so fest, daß sie kaum Luft bekam, und sie fühlte deutlich, wie erregt und wild es in ihm zuging. Manchmal lachte er sie an bei einer kühnen Drehung – er tanzte recht gut –, dann aber war er wieder ganz ernst auf den körperlichen Kontakt ausgerichtet, so daß sie sich beinah angesteckt fühlte, jedoch auch eine leise Angst bekam. Als er sie dann in eine dämmerige Ecke drängte und sie wild zu küssen begann, erst ihr Gesicht und den Hals, dann in den Ausschnitt ihrer Bluse hinein, versuchte sie, ihn wegzuschieben. Sie tat es weniger um seinet- als um ihrer selbst willen. Was kam denn da zutage, zum Teufel! Sie, eine – wie ihre Mutter schon vor Jahren gesagt hatte – alte Frau, und dieser Junge hier, der sie doch überhaupt nichts anging ...

Schließlich hatte sie sich erfolgreich losgemacht und wandte sich wieder den anderen zu. Onkel Paul stand vor ihr. Er hielt sich nicht mit Tanzen auf, sondern küßte Iso gleich, das war man ja bei ihm gewohnt. Iso lachte und küßte ihn freundlich wieder, mischte sich dann mit ihm unter die Tanzenden. Er führte nicht sehr gut, aber es gelang ihr, seine Fehler ein wenig zu kompensieren. Wolf war der angenehmere Tänzer gewesen. Sie selbst war unaufmerksam, spähte umher.

»Nach was gucken Sie denn immerzu aus?« fragte Onkel Paul.

»Nach Ihrer Frau, Onkel Paul. Daß sie mitgekommen ist!«

»Ist auch schon wieder heimgegangen –« Er küßte sie noch einmal und griff dann nach Elke, die eben vorbeitanzte, – Iso rettete sich an den Rand des Strudels.

Natürlich suchte sie mit den Augen nicht nur Onkel Pauls Frau. ›Wie der Lump am Stecken‹, hatte Niki gerufen. Also schienen Geistliche auch tanzen zu dürfen. Sie entdeckte ihn aber nicht.

Einmal nach jener Brandnacht hatte sie ihn getroffen. Am Strohberg, als sie mit Moritz und Lea Drachen steigen ließ. Es war herrliches Wetter gewesen, windig, aber nicht kalt, und die Schlehen an den Büschen hingen schwer und blau, weißlich überhaucht. Noch waren sie nicht zum Pflücken reif, sie mußten erst noch überfrieren. Er glaubte ihr das nicht, aber sie wußte es von Mönchsweier her. So biß er in eine Beere und spuckte sie dann entsetzt wieder aus. Sie lachte.

Florian Rauh. Der Nachname schien ihr nicht zu ihm zu passen, er hatte eher etwas Zartes an sich. Nicht unmännlich, das nicht. Dennoch zart, zärtlich ...

Da war er. Stand vor ihr, sah sie an. Sie war, obwohl sie ihn gesucht hatte, sehr verlegen.

Ganz anders sah er aus, fand sie, anders als in der Nacht, als es gebrannt hatte. Auch anders als neulich auf dem Strohberg. Seine Augen – braun waren sie, das sah sie jetzt – waren verdunkelt. Betrübt?

»Was haben Sie?« fragte sie spontan.

»Ich – ach ich – warum fragen Sie?« Nun war auch er verlegen. »Sieht man mir das an?«

»Was denn?« fragte sie.

Sie merkte, daß sie beide nur Fragen stellten und nicht antworteten. So entschloß sie sich zu einer Antwort.

»Ja. Sie haben Kummer. Kann man helfen?«

Da setzte er sich neben sie auf die Treppenstufe, auf der sie gesessen hatte, und stützte die Ellbogen auf die Knie.

»Kummer, ja. Helfen, kaum«, sagte er, und dann begann er zögernd zu erzählen, als verrate er ein Geheimnis seiner Familie, das eigentlich verschwiegen werden müsse.

»Meine Mutter hat den Oberschenkelhals gebrochen. Ich weiß, das ist nicht mehr das Todesurteil für alte Leute, wie es früher war, wenn durch das Liegen eine Lungenentzündung dazukam, und eigentlich alt ist sie noch nicht. Nur – sie war gerade vor dem Examen –«

»Vor einem – was?«

»Ja, sie hat noch mal angefangen im Leben, nachdem wir, meine Geschwister und ich, selbständig geworden sind. Sie will Heilpraktikerin werden. Sie eignet sich großartig für diesen Beruf, kennt jedes Kräutlein, hat magische Hände und begreift und merkt sich alles, was damit zu tun hat. Und dazu hat sie einen bewundernswerten Fleiß. Eine tolle Person. Und nun mußte ihr das passieren ...«

»Wie alt ist sie denn?« fragte Iso interessiert. Sie hielt sehr viel von Homöopathie.

»Sechzig. Ich bin ihr Jüngster.« Jetzt, da er angefangen hatte zu erzählen, kam er in Eifer. »Eine kleine Frau ist sie, klein und rund. Aber ›oho‹. Uns hat sie großgezogen, wie das heute so ist – bescheiden in den Ansprüchen, hart im Nehmen. Mein ältester Bruder ist Arzt, das macht das Ganze noch schwieriger. Ärzte betrachten Heilpraktiker und Homöopathen meist als Pfuscher. Zwei Schwestern von mir sind Lehrerinnen geworden, eine ist Krankenschwester. Und ich –«

»Und Sie. Fünf Kinder, Respekt!«

»Sie haben zehn!«

»Nein«. Iso lachte. »Nicht mehr. Heidi ist ja wieder da. Ihre beiden Jungens wohnen jetzt bei ihr. So hab' ich nur noch sieben.«

»Nur. Auch nicht wenig.«

»Aber es geht. Wir bekommen jetzt Kriegshinterbliebenenunterstützung, und mein Beruf bringt mir auch etwas ein, jedenfalls reicht es. Nicht so wie bei Heidi. Sie ist großartig und beliebt und tüchtig – und –«

»Und?«

»Heiratet nächstens wieder, nehme ich jedenfalls an. Bei mir –« Sie stockte. Er sah sie nicht an. Schließlich fuhr sie fort, halblaut, ziemlich geniert. »Ich glaube, mich hindert meine erste Ehe an einer neuen Bindung. Sie war sehr glücklich.«

»Die Ihrer Cousine nicht?«

»Doch. Aber – so wie die meine – ich denke immer, so eine gab es nie vorher und nie nachher. Und dann soll man – das sagt Heidi immer – man soll –«

»Nun?«

»Nach einem guten Essen keinen schlechten Kaffee trinken.«

Sie war sehr verlegen. Noch nie hatte sie mit jemandem über ihre Ehe gesprochen. Er tat, als merke er ihre Verlegenheit nicht. »Außerdem –«, fuhr sie fort, »glauben Sie, bei einer Frau mit sieben Kindern stehen die Eheanwärter Schlange?«

Nun lachten sie beide. Dann fragte er:

»Darf ich – wollen wir tanzen? Ich tanze sehr gern.«

»Ich auch. Das heißt, ich hatte lange keine Gelegenheit mehr –« Sie standen auf. Vorsichtig legte er den Arm um sie.

Sie hatte arges Lampenfieber. Doch sie paßten sich einander gut an. Dorfmusik hat so etwas Ermutigendes. Trotzdem war Iso froh, ohne ›Fehltritt‹ – so hatte Richard immer gesagt – den Tanz zu beenden. Sie setzten sich wieder und tranken etwas. Iso, nicht an Alkohol gewöhnt, hatte wiederum Hemmungen.

»Nehmen Sie sich ein Beispiel an Ihren Kindern«, sagte der Kaplan und lachte sie an. »Die scherbeln, das es eine wahre Pracht ist. Und Kostverächter sind sie auch nicht.«

»Hoffentlich trinken sie nicht zuviel«, sagte Iso, sofort besorgt, er aber lachte.

»Glucke!«

»Finden Sie? Ich weiß nicht. Meine Mutter hat mich so erzogen. Sie tanzte nie und fand, daß auch ich nicht zu tanzen hätte. Nein, Glucken tanzen nicht. Aber –«

»Aber?«

»Eher bin ich eine alte Geiß. Eine, die Futter heranschafft. Mehr tut sie ja auch im Märchen nicht.«

»Alte Geiß! Das wäre mir nun wirklich nicht eingefallen!« Dann schwiegen beide. »Aber erzählt hat Ihnen Ihre runde kleine Mutter dieses Märchen doch sicher?«

»Natürlich. Nicht nur das. Sie erzählte uns gern, wenn sie daneben noch etwas mit den Händen tun konnte, stopfen oder stricken. Und Sie haben Ihren Kindern doch auch Märchen erzählt, oder?«

»Ja. Damals gab es diesen Unsinn noch nicht, die Ansicht, daß Märchen Kinder verderben. Ein Kind ohne Märchen, was fehlt dem alles! Ich hab' Märchen geliebt – als erstes erzählte meine Mutter überhaupt immer die ›Sieben Geißlein‹.«

»Damit fing auch meine Mutter immer an. Ich hör' sie noch –«, sagte er. Es klang verträumt. Iso schwieg. Dann sagte sie:

»Ich hab' die Kinder mal gefragt, was eine Geiß sei. Bei uns sagt man Ziege. Die Kinder kannten das Wort also nur aus dem Märchen. Aber sie antworteten sofort: ›Eine Mutter‹.«

»Toll. Ja, Kinder verstehen Märchen richtig –« Nach einer Weile sagte er: »Mein Lieblingsmärchen war das vom Teufel mit den drei goldenen Haaren. Da gab's doch was zu lachen. Vor allem, wenn der dumme goldgierige König dann reinfiel.«

»Das hab' ich auch immer gern erzählt. Und vorgelesen. Wir haben ein wunderbares Märchenbuch, nach dem Geschmack der Jahrhundertwende, mit richtig süßen Prinzessinnen und bildschönen Prinzen. Friederike – Sie kennen sie ja auch – hat es heimlich mit auf die Flucht genommen, obwohl ihr Mann schimpfte; er meinte, es gebe notwendigere Dinge.«

Sie tanzten noch ein paarmal. Einmal kam auch Walter und forderte Iso auf. Er tanzte sehr wild, aber gut. Auch sein Vater war ein tüchtiger Tänzer, das wußte sie. Sie hatte früher ein wenig für Onkel Fritz geschwärmt.

Es wurde schon dämmerig, als das Fest zu Ende ging. Iso stand neben dem Kaplan und klatschte mechanisch wie die anderen. Sie war müde und dennoch sehr aufgedreht. Wie konnte man nur in ihrem Alter eine ganze Nacht durchfeiern? Sie verstand das selbst nicht.

»Schade. Ich hätte gern noch weitergetanzt«, sagte der Kaplan. »Darf ich Sie wenigstens nach Haus bringen?«

»Danke, ja. Zum Glück ist es nicht weit. Die letzte Straßenbahn hätten wir nicht mehr gekriegt«, sagte Iso und lachte. Er nahm ihren Arm.

»Und die Kinder?«

»Die sind längst verschwunden. Na, sie sind wohl groß genug, um ihre Betten zu finden.«

Die Musiker packten ihre Instrumente ein. Nun, hier war Schluß. Sie machten sich auf den Weg.

Der weite Klosterhof lag leer vor ihnen, sie waren die letzten, die gingen. Die Luft war kühl und frisch, sie tat wohl nach dem Dunst und den Gerüchen im Kornhaus. Iso atmete tief.

Sie standen ein wenig vor der Haustür der Schule, sahen sich um. Der Efeu an der Klostermauer raschelte unter einem Windhauch.

»Der Efeu blüht im Herbst, seltsam. Ich wußte das gar nicht. Kleine runde Knollen –«, sagte Iso. Sie lehnte den Rücken gegen die Tür. Der Kaplan stand eine Stufe tiefer als sie. Er sah zu ihr auf.

»Ich finde es schön in Holdershausen, richtig schön«, sagte er, und sie hatte soeben dasselbe gedacht. Holdershausen – eine neue Heimat. Es war eigentlich nicht zu fassen. Daß es so etwas gab.

»Kommen Sie, wir gehen noch ein Stück«, sagte er leise und zog sie an der Hand zu sich herunter. »Auf den Strohberg. Vielleicht sehen wir die Sonne aufgehen. Oder sind Sie zu müde?«

»Aber nein.«

Iso hatte sich einmal vorgenommen, vor Jahren, als sie noch so viel arbeitete, daß sie meinte, sie müsse ein Gerüst einbauen, um nicht zusammenzubrechen – damals hatte sie sich vorgenommen, nie im Leben zu sagen: ›Ich bin zu müde.‹ Irgendein Herrscher, ein Hohenzoller, so meinte sie, hatte einmal gesagt: ›Ich habe keine Zeit, müde zu sein.‹ Sie hatte das in der Schule gelernt, in der schlesischen, die natürlich eine preußische war. Das, so nahm sie sich vor, würde sie vielleicht einmal sagen, aber nie: ›Ich kann nicht mehr.‹

Sie hatte es durchgehalten. Ein anderes hatte sie mitunter gedacht, nie ausgesprochen, den Satz des Orpheus: ›O wär' ich nie geboren, weh, daß ich auf Erden bin.‹ Vielleicht dachte das ein jeder Mensch einmal. Und dann lachte derselbe Mensch wieder über etwas Drolliges, ganz Dummes, und jetzt hatte sie wahrhaftig eine ganze Nacht durchgetanzt.

Es war nicht zu glauben, daß man noch derselbe Mensch war. Der Mensch, der einmal Tränen vergossen hatte, wenn der große Bruder einen ärgerte und quälte, Tränen um einen kleinen ertrunkenen Bären, Tränen um Mutters Schelte – Regine schalt immer so lange, bis man heulte –, Tränen um einen verbotenen Tanzstundenball. Dieselbe Iso, deren Herz beinah barst vor Glück, wenn die Liebe wie ein goldener Mantel Richard und sie umfing. Dieselbe junge Mutter, die auf das Neugeborene hinunterblickte, das soeben wie ein Wunder aus ihr hervorgegangen war.

Es war nicht zu fassen. So gleiten, gleiten die Jahre, und wie unvernünftig bleibt das Herz. Jung und weltoffen für einen Morgen im Dämmern, einen Schafstall mit eingedrücktem Dach und goldenen Birken davor, einen Strohberg mit Gestrüpp darauf, in dem noch der falsch gelandete Drachen hing, den sie mit den Kindern hatte steigen lassen. So schön, so schön war die Welt …

Sie gingen schweigend, er hatte seinen Arm unter den ihren geschoben. Jeder Atemzug schmeckte süß, jeder Schritt war ein Genuß, eine Liebkosung der Erde.

O du schöner Rosengarten,
o du schöner Lorienstrauß –
Hatte er es gesummt? Oder sie? Oder sie beide?

Noch jemand konnte in dieser Nacht nicht schlafen, wenn auch aus einem anderen Grunde: Nikola, Isos Tochter. Sie fühlte noch den brennenden Kuß des jungen Revierförsters auf ihren Lippen, seine zärtlich frechen, besitzergreifenden Hände an ihrem Körper, erschreckend und gleichzeitig ersehnt, wenn sie einmal aussetzten, sie zu liebkosen. Und sie verstand nicht, würde es nie verstehen, so meinte sie, warum sie sich an seine Brust geworfen hatte: laß mich nie wieder los, geh nach Amerika oder sonstwohin, nur nimm mich mit. Doch zuletzt, an der Haustür des Schulhauses, hatte sie sich von ihm gerissen und war die Treppe hinaufgetaumelt, schluchzend, selig, außer sich, mit dem Gefühl, noch einmal davongekommen zu sein.

Sie warf sich über den Tisch und weinte, und dabei war sie so glücklich wie noch nie in ihrem Leben. Einmal fuhr sie auf – Schritte, gedämpfte Stimmen unten im Garten. Sie schlich ans Fenster, spähte hinaus – da sah sie ihre Mutter und den Kaplan die Stufen hinabsteigen, untergehakt, seltsam tastend durch den Schulhof gehen und zum Schafstall hinauf; Mutter kam also nicht heim – Nikola wischte sich das Gesicht ab und ließ sich wieder auf den Stuhl sinken. Dort saß sie lange.

Es war jetzt ganz still. Der Himmel, fast weiß von früher Bläue, leuchtete ins Zimmer hinein. Auf dem Tisch lagen ein vergessenes Halstuch, eine auseinandergefledderte Zeitung und ein Heft. Sie alle waren gestern schnell und ohne aufzuräumen aufgebrochen, mechanisch griffen ihre Hände zu und ordneten das Durcheinander, schlugen das Heft auf. Über der ersten Seite stand: Das Feadel. Wie man ›Pferdel‹ schlesisch ausspricht, nicht mir Pf, sonder nur mit F. Bine war diejenige, die am hartnäckigsten am heimatlichen Dialekt festhielt. Nikola las unwillkürlich.

»Es war einmal ein Großvater, der ließ für die, die nach ihm kommen würden, ein Feadel machen, ein schönes kleines Schaukelpferd aus Holz ...«

Die Schrift war kindlich, Sütterlinschrift, deutsche Buchstaben. Nikola hatte ihr Gesicht abgewischt und las halblaut vor sich hin. Das Camenzer Doktorhaus stand vor ihren Augen, der lebhafte Großvater mit dem weißen Spitzbart, Großmutter in ihrer heiteren Gelassenheit. Die geliebte Eßstube mit der Glastür zur Veranda, mit dem Erker, in den die Kinder flüchteten, wenn Besuch kam, mit der Gustel, die zu Großmutters Füßen saß und »Frau Rat sein ja sehr gietig« schmeichelte. Der über alles geliebte Garten ... Nikola saß und las. Sie las, bis sie aufwachte, den Kopf auf dem aufgeschlagenen Heft, schwer benommen. Was war geschehen? Etwas ganz Starkes, Schicksalhaftes. Für die, die nach ihm kommen würden ... Dazu gehörte auch sie, die erste Urenkelin ...

Bine Nowak war älter als Iso. Sie kannte das Camenzer Doktorhaus noch aus jener Zeit, in der Friederike das kleine Kind war und Regine die große Tochter. Bine war, kränklich und schwächlich, häufig bei Dr. Haberland in Behandlung gewesen, er bemühte sich, ohne es abwenden zu können, zu steuern oder zu mildern, was auf dieses Menschenkind zukam: als Verwachsene durchs Leben gehen zu müssen, weder einen Beruf ergreifen noch heiraten zu können. Die Eltern Nowak kauften die Tochter unter großen finanziellen Opfern in ein Heim ein für die Zeit, da sie selbst nicht mehr leben würden. Das ging natürlich durch die Inflation verloren. Trotz alldem wurde aus Bine kein bedauernswerter, verbitterter Mensch, sondern ein herzlich fröhlicher. Sie wurde das, was es früher gab und später nicht mehr geben sollte: die allgemein geliebte Familientante, die Einspringerin. Wo Not am Mann war, rief man nach ihr. Sie vertrat Mütter, die im Krankenhaus lagen, hütete in vielen Familien ein, sorgte für Wöchnerinnen und lebte so das Leben »ihrer« Familien mit. Daß ihre Eltern später ins Haberlandsche Haus zogen, war für sie eine Art Heimkehr – wenn es auch nur für wenige Jahre sein sollte. Nun aber gehörte sie zu Iso, kein Mensch sprach je darüber, daß sie nicht blutsverwandt war, sie war da und gehörte dazu.

Nikola hing besonders stark an Bine, nannte sie nie Tante, sondern Sab. Das ging auf ein früheres Erlebnis zurück. Nikola hatte zeternd »Bine – Bine – Bine –« gerufen, bis Bine schließlich herbeikam und sagte: »Was brüllsten so? Ich heiße sogar *Sabine*!« Und dann lachten beide, als Nikola ganz breit und scheußlich mindestens zehnmal hintereinander »Sab – Sab – Sab –« plärrte. Von da an hieß Bine bei ihr Sab, aber nur bei ihr. Beide waren es zufrieden, kein anderer durfte diesen Necknamen benutzen.

Bine hatte auch manchmal in Leipzig bei Geists eingehütet, als Christiane noch klein, Alexander groß und Iso halb erwachsen war. Es war eigentlich immer recht gutgegangen. Bine war sehr kinderlieb und selbst noch jung genug und geneigt, allerlei Unfug mitzumachen. Sie lehrte Iso einige Kartenspiele, was in der Familie ganz und gar verpönt war, denn Vater Martin stammte ja aus einem Pfarrhaus. Sie spielten heimlich miteinander, manchmal sogar am Sonntagvormittag, wenn Regine und Martin zur Kirche gegangen waren. Dabei verbrannte mitunter das ohnehin bescheidene Sonntagsessen, und es gab eine arge Verstimmung. Bine und Iso zogen sich dann in das eiskalte Schlafzimmer zurück, Iso rauchte die ersten verbotenen Zigaretten, ohne daran zu denken, daß ihre Mutter es ja riechen würde, und Bine zappelte vor unterdrücktem Lachen.

Einmal gab es in Leipzig zur Zeit der Messe verbilligte Rundflüge über der Stadt. Bine und die drei Geistkinder hatten sich dort eingefunden, und heimlich zählte jedes das wenige Geld, das es besaß, und schätzte, ob es reichen würde. Bine besaß am wenigsten, brannte aber am meisten darauf, den Sprung in die Luft zu wagen. Sie pumpte schließlich Iso an, die noch nicht entschlossen war, die Erde zu verlassen – die Angst vorm Fliegen sollte ihr das ganze Leben über bleiben; um so couragierter war Bine. Man brachte sie zum Startplatz. Ein paar Piloten standen dort herum. Bine musterte sie voller Respekt. Einer von ihnen trug im Gesicht kreuz und quer entstellende Narben, auch ein paar Pflaster klebten noch darauf, es sah geradezu gefährlich aus. ›Hoffentlich ist das nicht der, der mich fliegen wird‹, dachte sie mit zitterndem Herzen, und dann war es natürlich der, und sie kletterte mit weichen Knien und dem Gefühl ›Komme, was wolle‹ in sein Flugzeug. Er sah sie lächelnd von der Seite an und sie starteten. Dieser Flug war eines der größten Erlebnisse, die Sabine Nowak in ihrem bisherigen Leben gehabt hatte.

Auch das hatte sie in dem kleinen Heft beschrieben. Nikola nahm die erste Gelegenheit war, sie darüber auszufragen, und Bine gab ihr lachend Bescheid. Auch Alexander hatte einen Flug gewagt, und als die Eltern heimkamen, schrie er ihnen schon über die Sperre hinweg – damals gab es das noch an den Bahnsteigen – laut und unüberhörbar zu:

»Ich bin geflogen! Ich bin geflogen!«

Mutter Regine erstarrte.

»Um Gottes willen, warum denn?« stammelte sie, denn sie nahm an, er sei aus der Schule ›geflogen‹, und Vater Geist rügte ernst, daß dies eine ihm nicht zustehende Geldausgabe sei. Bine, die das Ganze angezettelt hatte, versank vor Verlegenheit fast in den Boden.

Nikola amüsierte sich sehr.

»Du mußt noch mehr schreiben! Du mußt alles aufschreiben, was dir von damals einfällt.«

Zur Zeit konnte Bine nicht schreiben. Sie war krank, ohne eigentlich richtig krank zu sein, hatte ein wenig Fieber, aß so gut wie gar nichts, hustete. Iso kümmerte sich um sie, soweit ihr das zeitlich möglich war, und redete ihr zu, gesund werden zu wollen.

»Der Wille macht's, glaub mir. Du hast noch viel zu tun auf der Welt, du mußt uns noch so viel erzählen.« Sie wußte von Nikola, daß Bine angefangen hatte, alles aufzuschreiben, woran sie sich erinnerte. »Ich kann die Ereignisse nicht mehr rekonstruieren, ich war zu klein damals.«

»Ich will ja«, schnappte Bine und bekam wieder einen Hustenanfall. Es war schlimm, mit ansehen zu müssen, wie es den kleinen, mißgebildeten Körper der Buckligen schüttelte. ›So wär' ich auch geworden, wenn ...‹, dachte Iso verweht. Und dann fragte sie:

»Wie ging es weiter? Erzähl! Habt ihr sonst noch was angestellt?«

Sie winkte Nikola heran. Die hatte Stenografie gelernt, und das kam ihnen jetzt zustatten. Auf diese Weise konnte sie die eilig zwischen den Hustenstößen mehr hervorgeröchelten als gesprochenen Sätze festhalten. Was man damals so erlebte, in einer kleinen Etagenwohnung mit wenig, allzu wenig Geld. Aber Iso meinte, das müsse festgehalten und weitergegeben werden an die, die nach ihnen kämen – wie es Großvater für das Pferdel bestimmt hatte.

Ach ja, das Pferdel. Es stand an einem Ehrenplatz auf dem Fensterbrett und guckte nach draußen, und Nikola ging nie daran vorbei, ohne es zu streicheln. Es war jetzt kein Schimmel mehr und auch kein isabellfarbenes Rößlein, sondern fing langsam an, ein Rappe zu werden. Aber es war Camenz, so ganz und gar Camenz, alle wußten und fühlten es.

Eines Tages vertraute Trixi, die jetzige Frau Krafft, Nikola an, daß sie ein Kind erwarte. Nikola umarmte sie stürmisch.

»Was wird's denn sein? Junge oder Mädchen?«

»Ganz egal. Wir freuen uns über beides.«

»Wenn es eine Tochter ist, bekommt sie den silbernen Brautbecher«, sagte Nikola und nahm das kostbare Erbstück herunter. Sie hatte es auf einem Holzpaneel, das unter der Decke entlanglief, sichergestellt, damit es ja nicht verlorenging. Einen Glasschrank wie Großmutter hatten sie natürlich nicht.

»Wie schön. Und wenn es ein Junge wird –«

Nikola schluckte. Dann sagte sie tapfer: »Das Feadel. Das bekommst du sowieso. Du bist ja die Tüchtigste von uns und bringst die nächste Generation zur Welt.«

Die nächste Generation. Sie schwiegen beide. Erst Haberlands, dann Geists, dann Dominikusens – Kraffts waren ja eine abseits laufende Erblinie, Schorschel war kein Sohn aus dem Hause Haberland, so gern er es gewesen wäre, sondern der Neffe. *Aber* der angenommene Sohn, Großvater war sein Pate und Vormund. Dasselbe Blut, ein wenig verdünnt –

»Durch Heidi? Heidi verdünnt kein Blut, blutvoll, wie sie ist«, sagte Nikola herzhaft, »Heidi steuert bei. Heidi ist ganz, ganz großartig.«

»Weißt du, daß sie –« Trixi hielt inne. Nikola sah sie fragend an.

»Was ist mit ihr?«

»Heidi – also meine Mutter – will wieder heiraten. Einen Arzt aus Warburg. Wie findest du das?« fragte Trixi ganz leise. Es klang angstvoll. Nikola mußte erst Luft holen.

»Findest du das schlimm?« fragte sie dagegen. »Oder etwa deine Brüder?«

»Die haben nichts zu finden. Die sollen erst mal selbst etwas Ordentliches werden«, sagte sie, und es klang seltsam verbittert, was man bei ihr sonst nicht kannte. »Caspar ist sitzengeblieben, das zweite Mal schon, nur mit Mühe – und ihrem Charme – hat Heidi verhindert, daß er aus der Schule flog. Und Sebastian, der schwänzt die Schule, ich weiß es, aber Mutter ahnt nichts. Der fährt per Anhalter nach Kassel und Hannover und ist auf dem Schwarzmarkt tätig –«

Nikola schwieg. Was konnte man dazu auch sagen?

Sie war so unglücklich. Seit dem Erntefest dachte sie nur und ausschließlich an den Revierförster; ihr war, als habe ihr Leben als Erwachsene erst angefangen, als er sie küßte. Wie sollte das weitergehen ohne ihn? Einmal hatte sie ihn im Wald getroffen. Er hatte gegrüßt und war weitergegangen, als würde er sie nur flüchtig kennen. Daß er verheiratet war, wußte sie, hier kannte jeder jeden. Trotzdem verstand sie die Welt nicht, ihn nicht und sich selbst am wenigsten. Manchmal war sie so verzweifelt, daß sie erwog, aus dem Leben zu gehen, ernsthaft. Schluß zu machen. Aber wie?

Noch etwas kam dazu. Bine hatte erzählt, daß Großmutter einmal davon gesprochen hatte, als Großvater gestorben war.

»Was soll ich noch auf der Welt? Und was soll er allein drüben?« Dann aber setzte sie tapfer hinzu: »ER, der alles am besten weiß, wird schon zur richtigen Zeit anläuten. Darauf freue ich mich. Und, Kinder, es gibt wohl keinen Menschen auf der Welt, der sich nicht einmal gewünscht hätte zu sterben. Welch ein Glück, daß da nicht eine geladene Pistole bereitlag, womit er es hätte wahrmachen können!«

Das hatte Bine erzählt, ohne zu ahnen, an welch empfindliche Stelle sie bei Nikola rührte. Nikola hörte nicht nur mit den Ohren, sondern auch mit dem Herzen. Und wenn sogar ihre Großmutter so gedacht hatte?

Nein, sie wies diesen Gedanken von sich. Außerdem nahm auch Bines

Pflege sie sehr in Anspruch. Die arme Person war schlecht dran, sie war schwach und mußte sehr leiden. Alle wußten es, daß sie nicht mehr gesund werden würde, aber keiner sprach es aus.

»Lassen Sie sie in Frieden heimgehen«, hatte der Doktor gesagt, als er auf dem Hof war und Nikola ihn zu Bine geführt hatte. Sie hatte Tuberkulose. Aber Bine weggeben – nein, nie. Und so betete Nikola – sie hatte das Beten nie aufgegeben – heimlich für sich: »Laß sie bald sterben!«, obwohl sie wußte, wie sehr ihr dieser Mensch fehlen würde. Bine war ihr Kind geworden, soviel älter sie auch war, und Nikola pflegte sie wie ein solches. Die arme Kranke lag nun mit hohem Fieber, aber man sah ihren Augen an, daß sie einen erkannte. Manchmal sagte sie zwar Iso zu Nikola, aber ähnlich war es auch bei der Großmutter gewesen, sie hatte oft die Namen verwechselt. »Ich hör' auf alles, Bine«, sagte Nikola und streichelte die schöne, jetzt ganz magere Hand.

Doch bevor sie starb, wachte noch einmal die alte Bine in ihr auf, die so gern gelacht hatte.

»Ich war so gern bei euch, und deshalb hab' ich mir überlegt, ich komm' spuken«, sagte sie und sah Nikola zärtlich an. »Zu euch. Zu dir. Ich freu' mich jetzt schon drauf. Spuken, bei euch sein und vielleicht auch von drüben erzählen oder sogar mal ein bissel was helfen. Ob man das kann von drüben?«

»Du bestimmt, du Goldherz«, sagte Nikola und nahm Bines Hand zwischen ihre beiden. »Ja, ich freu' mich auch. Danke, danke, danke – und grüß Erich –«

»Den. Und Großmutter und alle –« Bines Worte erstarben, aber sie lächelte.

So starb Bine Nowak, und alle, die sie gekannt hatten, trauerten um sie. Am meisten aber Nikola. Ihr fehlte, was einer Mutter fehlt, wenn das kranke Kind von ihr geht: die tägliche, liebe Mühe.

Die Beerdigung fand im Nachbarort statt. Holdershausen hatte keinen Friedhof. Iso lud alle, die Bine gern gehabt hatten, zum Kaffee ein. Sie wollte gleichzeitig ihren Einzug feiern und sich nachträglich erkenntlich zeigen bei allen, die ihr geholfen hatten. So borgte sie sich einen Tisch dazu, lieh sich Kaffeetassen, organisierte ein Tischtuch und backte, was sie nur backen konnte. Großmutters Bild hing an der Wand, Bine hatte es vor ein paar Wochen mit einem Kranz von Heidekraut umwunden. Iso fand das rührend und hoffte nur, daß die kleinen rosa Blütchen noch lange, lange nicht herabfallen würden. Das einzige Bild, das sie von ihrem Mann besaß, trug sie immer bei sich. Es war ein Foto, das ihn in Zivil zeigte, nicht in Maske als Schauspieler und nicht in Uniform. Es war schon ganz brüchig und abgegriffen. O Richard.

Onkel Paul war zur Stelle, seine Frau ließ sich entschuldigen, sie sei krank, sagte er. Von den Leuten auf dem Hof waren auch einige gekommen, unter ihnen Herr Chaleur mit seiner Frau, er ging am Stock, war aber doch wieder ganz ordentlich auf den Beinen. Wie oft nach Beerdigungen wurde es keine traurige, sondern eine eher heitere Kaffeerunde. Den guten Bohnenkaffee hatte Iso von den Leuten aus dem Gasthof bekommen, die auch den kleinen Kaufladen des Ortes führten. Onkel Paul brachte Sahne mit, und Jule hatte eine Torte gebacken. Das Wohnzimmer wirkte, mit einem Strauß bunter Zweige in einer geborgten Vase, wohnlich und gemütlich. Iso trug ihre einzige Bluse, die nicht unter die Bezeichnung ›Räuberzivil‹ fiel; aber sie war nicht mehr zum Haarschneiden gekommen und fand, als sie sich im Spiegel ansah, die ersten weißen Haare in ihrem Schopf. Na, wenn schon.

Auch der Kaplan war da. Sie begrüßte ihn gerührt – er war ja sozusagen von der anderen Fakultät. Daß Onkel Paul und seine Sippschaft katholisch waren, hatte für Iso nie eine Rolle gespielt. Friederike war ebenfalls zur Beerdigung gekommen. Sie war längst zum katholischen Glauben zurückgekehrt, betrachtete ihre begeisterte Nazizeit als einen bedauerlichen Schritt vom Wege, ging jeden Sonntag in die Kirche und erzog ihren jüngsten Sohn in diesem Sinne. Die älteren gingen eigene Wege. Auch Walter war da und half Jule in der Küche. Es wurde ein schönes, gelungenes Zusammensein. Als die letzten Gäste gegangen waren und Iso die geborgten Tassen zusammenstellte, hörte sie aus dem Nebenraum Lärm und Gepolter, dazu Stimmen im höchsten Diskant. Ahnungsvoll öffnete sie die Tür und sah ihre beiden Ältesten, Nikola und Nikolaus, in einer heftigen Prügelei begriffen. Tätliche Auseinandersetzungen waren bei ihren Kindern eigentlich schon seit längerer Zeit abgeschafft. Dies aber war kein Geplänkel mehr. Nikis Nase blutete, und seine Schwester hatte einen Ärmel ihrer Bluse zur Hälfte eingebüßt.

»Ruhe! Werdet ihr wohl vernünftig sein! Schämt ihr euch nicht?« rief Iso in die Schlacht hinein, ohne diese damit zu beenden. Nikola weinte vor Wut.

»Immer du! Immer der Goldsohn!« keuchte sie, und Niki höhnte: »Denkst du, du bist was Besseres?«

Schließlich gelang es Iso, die Kämpfenden zu trennen. Und dann erfuhr sie, worum es ging. Beide wollten Bines Zimmer haben, das nun frei wurde. Iso wußte nicht, wie sie entscheiden sollte.

Es wiederholt sich doch alles in der Welt, dachte sie und entsann sich, wie tief es sie verwundet hatte, wenn Alexander und sie um etwas stritten und es schließlich hieß: »Er bekommt es, er ist der Junge und außerdem der ältere.« Hier war es umgekehrt, und Iso hatte es immer als Segen angesehen, daß ihr erstes Kind eine Tochter war. Wie aber entschied man hier? Und es gab ihr einen zusätzlichen Stich ins Herz: keines der Kinder dachte an sie. Eigentlich hätte ja auch sie das Zimmer beanspruchen können, sie, die nie ein eigenes Bett gehabt hatte, seit sie alle aus einem normalen Leben herausgerissen worden waren. Freilich, an ein normales Leben konnte sich keines der Kinder erinnern, sie waren sozusagen, wenn auch keine geborenen, so doch durch die Umstände geformte Nachkriegsproletarier. Während sie darüber nachdachte, kam ihr eine Eingebung.

»Keiner bekommt es«, entschied sie lautstark und streng, »keiner von euch beiden. Ich finde es abscheulich, noch am Tag der Beerdigung sich um das zu schlagen, was die arme Bine als einziges hinterlassen hat. Keiner – auch ich nicht. Damit ihr nicht etwa sagt, Mutter fischt sich den Braten aus der Suppe.« Das letztere klang so dumm, daß sie alle drei lachen mußten. Iso war froh, daß ihr dieser Vergleich, der keiner war, entschlüpft war. Die Wut der Zankenden verpuffte.

Später fand sich eine überraschende Lösung. Lehrer Krafft, Heidis Schwiegersohn, erschien eines Tages und bat um eine Unterredung. Iso hatte inzwischen erfahren, daß hier Familienzuwachs unterwegs war. Krafft teilte es ihr nun offiziell mit, sehr verschämt, und sie umarmte ihn, herzlich gratulierend. Und dann rückte er damit heraus, was ihn hergeführt hatte: sie brauchten ja nun ein Zimmer mehr. Es war auch eines hinter dem Bauernstübchen vorhanden, nur hatte man es damals, als Iso mit den vielen Kindern ins Schulhaus zog, ›vorläufig‹ zur Unterbringung der kleinen Gemeindebücherei benutzt, die vorher im Schulhaus untergebracht war. Nun fragte der Lehrer ganz bescheiden, ob man das nicht rückgängig machen und die Bücherei in das Zimmer verlegen könne, in dem Bine gewohnt hatte. Nikola, die zufällig zu diesem Gespräch kam, mischte sich munter und sehr begeistert ein: Ja, das sei ganz richtig, hierher gehöre die Bücherei und sie wolle dem Lehrer gern helfen, sie zu ordnen. Krafft sah sie gerührt an.

»Elke wohnt sowieso nicht mehr hier, Jule will einen Beruf ergreifen, bleiben also nur noch drei und Ben und Lea. Wir richten uns schon ein. Ich hab' auf dem Dachboden einen Raum entdeckt, den ich in Ordnung bringe –«

So kam es, daß Bines Zimmer die Gemeindebücherei aufnahm; Walter, zur Hilfe herbeigerufen, zimmerte Regale, und dann wurde unter großem Juchhe und Vergnügen der kleine Raum neu eingerichtet. Nikola schuftete mit roten Backen und viel Begeisterung, unterstützt vom Lehrer. Sie ging auch sammeln, wo immer sie meinte, Bücher ausfindig zu machen, und hatte damit erstaunlich viel Erfolg. In den sogenannten ›fünf Häusern‹, einer Art Siedlung, in der die Lehrer gewohnt hatten, als im Kloster eine Erziehungsanstalt eingerichtet worden war, machte sie Fischzüge, die ihr selbst erstaunlich waren. Dort, in »Klein-Paukersdorf«, schleppte sie unerwartete Schätze ans Licht. Sie reparierte, klebte, numerierte, schuf eine Kartei – und las und las. Iso ließ sie gewähren. Sie merkte, wie sehr diese Tochter nach geistiger Nahrung gehungert hatte.

Jule hatte sie verlassen. Durch Chaleurs war sie auf eine Stelle aufmerksam gemacht worden, die ihr vielleicht einen Verdienst bringen würde: Freunde der Chaleurs im Siegerland hatten sieben Kinder, von denen sechs Legastheniker waren. Die Mutter hatte sich recht und schlecht mit ihnen abgemüht, mußte nun aber aufgeben, da das Schloß – sie besaßen ein richtiges Schloß und waren von altem Adel – umgebaut wurde, was die Hausherrin viel Zeit kostete. Jule fuhr hin und stellte sich vor. Sie wollte Lehrerin werden – am liebsten bei geistig behinderten Kindern –, zunächst aber einmal versuchen, wie sie mit schwierigen Kindern zurechtkommen würde. Es war mehr ein Test für sie selbst, verbunden mit dem Wunsch, der Mutter von der Tasche zu kommen. Vielleicht konnte ihr diese Stelle später sogar als Praktikum anerkannt werden. Die Mutter der Kinder gefiel ihr. So schrieb sie heim, sie bleibe gleich dort und es würde sich herausstellen, ob für kürzere oder längere Zeit.

Elke arbeitete an ihrem Gesellenstück in der Schreinerei, die beiden jüngeren Dominikus-Kinder gingen noch zur Schule. Allmählich wurde der bisher reichlich chaotische Haushalt etwas übersichtlicher. Iso, die nur noch halbtags aufs Feld ging, bekam eine, wenn auch geringe Unterstützung als Kriegshinterbliebene, und da sie sehr bescheiden lebten, ging es ihnen wie den meisten Leuten damals: sie kamen durch, zwar mit Hängen und Würgen, aber mit dem Leben. Iso war sehr glücklich, hier zu sein.

Die meisten Schwierigkeiten hatten ihr Heidis Söhne gemacht; sie waren hochbegabt, aber unglaublich frech und nichtsnutzig in der Schule. Sie machten sich zeitig an die Mädchen heran und waren darin sozusagen ihrem Alter voraus. Damals wurde man erst mit einundzwanzig Jahren mündig, aber das scherte sie nicht. Iso war erleichtert, daß sie nun bei ihrer Mutter wohnten und einen klugen und ziemlich energischen Stiefvater bekommen würden, wenn Heidi wirklich wieder heiraten sollte. Ihr neuer Lebenspartner faßte die beiden Jungen unsentimental und vernünftig an, wenn er freilich auch manches nicht verhindern konnte. So setzte Caspar noch während der Schulzeit mit einer Mitschülerin ein Kind in die Welt, und Sebastian wurde straffällig als Anführer einer Bande, die systematisch in Kaufhäusern stahl.

Die Währungsreform hatte wieder normale Lebensvoraussetzungen geschaffen, und man konnte ein wenig aufatmen. Dafür gab es andere, schwer zu überwindende Hürden. Isos eigene Kinder, Nikolaus und Moritz, waren äußerst erfinderisch darin, auf dem Hof Dummheiten zu machen und Onkel Paul zu verärgern, und *das* durfte ja um Himmels willen nicht geschehen. Überhaupt, leicht war's nicht. Einmal fand der Kaplan Iso in Tränen, als er ins Schulhaus kam und ihr etwas bringen wollte. Sie hatte um Tannenzweige für einen Adventskranz gebeten, und Onkel Pauls Frau hatte ihr diese Bitte rundheraus abgeschlagen. Da könnte ja jeder kommen, der Wald sei nicht dazu da, daß man ihn beraube.

»Ich bringe Ihnen Grünes, verlassen Sie sich darauf«, tröstete der Kaplan, »ich fahre sowieso heute in die Stadt und hole dort Zweige aus einer Gärtnerei. Und ich bring' die quittierte Rechnung mit, damit Sie jederzeit belegen können, daß dieses Grünzeug *nicht* aus dem gutsherrlichen Wald stammt.«

Iso mußte unter Tränen lachen.

»Und dabei wohnen wir mitten im Wald. So ein Unfug.«

»Nicht wahr? Aber es gibt nichts, was es nicht gibt.«

Um diese Zeit fand eine Beerdigung statt, an der der ganze Hof teilnahm. Die Frau des Revierförsters hatte sich das Leben genommen. Diese Tatsache wurde zwar umgelogen, indem man sagte, sie habe mit dem Jagdgewehr ihres Mannes hantiert und dabei sei der Schuß losgegangen. Aber jeder wußte, daß das eine freundliche Umschreibung war, damit die Arme wenigstens in geweihter Erde begraben würde. Sie war eine hübsche, ein wenig unbedeutende kleine Frau gewesen, die sehr darunter gelitten hatte, daß ihr Mann fremdging und es nicht lassen konnte. Allen tat sie leid. Zwei halberwachsene Kinder trauerten um sie, der Mann wohl nicht so sehr. Er stand in seiner schönen und kleidsamen Uniform am Grab, in guter Haltung, sah aus wie ein junger Gott. Nikola, die natürlich auch mit war, betrachtete ihn von fern, hörte kein Wort von der Predigt und drückte sich davor, wie alle anderen den Hinterbliebenen die Hand zu geben, nachdem sie ihre Blumen hatte ins Grab fallen lassen. Auch zur Nachfeier im Gasthof kam sie nicht, Iso merkte es und dachte sich ihr Teil. Ihr tat die Tochter von Herzen leid.

Sie selbst mußte natürlich zur Trauerfeier gehen, alle Leute fanden das angemessen. Sie waren also eingemeindet in Holdershausen. Doch für wie lange? Immer mußte sie das denken, immer ging es ihr durchs Herz, was der Pfarrer an Bines Grab in seiner Rede ein paarmal wiederholt hatte: »Wir haben allhier keine bleibende Statt.« Er meinte es anders, sie wußte das. Aber sie wußte auch, daß es auf sie doppelt zutraf, auf sie und die Ihren.

Nikola nahm das Ereignis sehr schwer. Sie versetzte sich in die Lage der Verstorbenen, die sicher einmal glückselig gewesen war, die Frau dieses außergewöhnlich schönen Mannes geworden zu sein, und die so traurig geendet hatte. War das das Leben der Erwachsenen, in das man hineinwuchs? Konnte es einen Menschen so enttäuschen? Sie zog sich nach Hause zurück, als die Trauergäste ins Gasthaus gingen, saß in ›ihrer‹ Bücherei, das Märchenbuch auf dem Schoß und das Pferdel neben sich, streichelte beide gedankenverloren und ratlos. Und auf dieses Leben freute man sich, malte es sich aus, ersehnte es! Ein Hauch streifte sie, sich zurückzuwünschen in frühere Zeiten, als sie noch ein Kind und behütet war. Erschrocken schob sie diese Gedanken beiseite. Zurückwünschen taten sich doch nur alte Leute, hatte sie immer gedacht. Wurde sie alt, ohne je erwachsen gewesen zu sein? Hatte sie das Leben versäumt?

Auch die Bücher, die sie las, gaben ihr keine Antwort. Sie fing in dieser Zeit das an, was Iso, ihre Mutter, ›Nikolas Waldrennerei‹ nannte. Sobald sie zu Hause entfliehen konnte, lief sie in den Wald. Sie lief und lief, ohne Ziel, lief vor sich selbst davon, und das Schicksal wollte es, daß ihr die Härte des Lebens dadurch noch fühlbarer wurde. Eines Tages sah sie den Revierförster, den trauernden Witwer, an der ›Nadel‹, dem höchsten Punkt des Waldes, der einen kleinen Aussichtsturm trug, in einer mehr als verfänglichen Situation. Er hatte ein zärtliches Rendezvous mit einem ihr unbekannten Mädchen, das nicht aus Holdershausen stammte, einer üppigen Blondine, und war den Freuden der Liebe heftig zugewandt. Nikola wurde zu ihrem Glück von den beiden nicht bemerkt. Sie entfloh. Von da an war sie ganz verwirrt.

16

Alles ändert sich

Weihnachten war grün gewesen, zu Isos Enttäuschung, die sich für den Klosterhof wunderschönen Schnee gewünscht hatte. Zwischen den Jahren schneite es dann, ausdauernd und in dicken Flocken. Und heute, an Silvester, taute es wieder.

»Immer verkehrt«, knirschte Iso, die, schwer beladen, sich mühte, die Tür des Schulhauses hinter sich zuzuziehen. Sie trug in der einen Hand, besser: im Arm, ein Bündel Tannengrün, an dem noch ein paar Lamettastreifen wimpelten, in der anderen Hand eine dickgefüllte Segeltuchtasche. Aus der an dieser Stelle schadhaften Dachrinne plätscherte es auf sie herab, während sie sich drehte, um die Klinke der Haustür zu erreichen. Da entglitt ihr der halbe Inhalt der Tasche, und sie stieß einen wütenden Seufzer aus.

»Die Dachrinne muß repariert werden, zum Henker, zum Teufel und seiner Großmutter und allen Angehörigen der Hölle«, fauchte sie und hielt inne, als sie das Schloß der Gartentür einschnappen hörte. Besuch – auch das noch.

»Fluchen Sie nicht, Ihr Konto an Flüchen ist für dieses Jahr sicherlich voll«, sagte eine Stimme, es klang frisch, jung und lustig. Ihr war wahrhaftig nicht frisch und lustig zumute, und jung fühlte sie sich erst recht nicht.

»Haben Sie mich etwa fluchen gehört? Ich nehme alles zurück –« Er war schon dabei aufzuheben, was da verstreut lag. »Kann man Flüche zurücknehmen?« fragte sie.

Es war der Kaplan. Er stopfte alles, was heruntergefallen war, in die Tasche zurück und hielt ihr das Gartentürchen auf.

»Natürlich kann man. Wenn man sie ernstlich bereut –« Er trug ihr die Tasche. »Wohin?«

Der Himmel hing tief und drückend über dem Hof. Der Schnee war naß und häßlich. Sie standen bis an die Knöchel darin.

»Wohin also?« fragte der Kaplan noch mal, als sie einen Augenblick lang beide schweigend überlegt hatten. Was nun? Iso war froh, daß er fragte.

»Den Christbaum verbrennen. Weg damit. Ich hab' mich so geärgert.«

»Geärgert oder gekränkt?« fragte er sachte. Iso verstand den Unterschied gut.

»Gekränkt«, gab sie leise zu. »Weh getan. Die Kinder – eigentlich sind sie ja keine Kinder mehr, um so schlimmer. Sie wollen Silvester allein feiern, das heißt mit Freunden, aber ohne mich. Dabei geh' ich immer schon früh schlafen, wenn sie Gäste haben. Damit –«

Sie brach ab. Das letzte hatte tief verletzt geklungen. Im selben Augenblick wünschte sie, es nicht ausgesprochen zu haben.

»Und da haben Sie –«

»Ja. Die Flucht ergriffen. Raus. Weg. Am liebsten gar nicht wiederkommen.«

»Und das nehmen Sie mit –« Er deutete auf die Last, die sie wieder aufgenommen hatte. »Das glauben Sie doch selbst nicht. Wohin also?«

»In die alte Ölmühle, unterhalb vom Kornhaus am Kuhteich. Niemand wohnt mehr dort. Aber einen Herd gibt es noch, und da kann ich das – den Christbaum – den gewesenen – verbrennen. Besser als auf den Müllplatz mit ihm. Dorthin also.«

»Darf ich mit?« fragte der Kaplan vorsichtig. Sie sah aus den Augenwinkeln zu ihm hin.

»Wenn Sie mögen? Dabei weiß ich nicht mal, ob da nicht schon jemand hockt. Silvester werden ja die komischsten Feiern inszeniert.«

»Probieren wir es«, sagte er munter »ich hab' bis kurz vor Mitternacht frei. Und nachher auch wieder. Nächstes Jahr.«

»Nächstes Jahr ... Noch ein paar letzte Stunden. Also kommen Sie, es wird uns schon niemand über den Weg laufen bei dem Sauwetter. Keiner geht vor die Tür, der nicht muß.« Es schneite jetzt wieder in großen, wäßrigen Flocken. »Keiner außer rausgeschmissenen Alten.«

»Rausgeschmissen? Ich meine, Sie sind von selbst gegangen, und das war klug von Ihnen«, sagte er und stapfte neben ihr her. »Sie haben, als die Kinder ihr Fest vorbereiteten, sicherlich gesagt: ›Das geht ja wohl auch ohne mich‹, und –«

»Und da hat Nikolaus, mein lieber Goldsohn, gesagt: ›Es wäre unhöflich, dem zu widersprechen.‹ Dieser Rüpel«, murrte Iso im Weitergehen, »der Kerl wächst mir über den Kopf. Das heißt, er ist es schon.«

»Kinder werden größer und Mütter kleiner«, sagte der Geistliche vor sich hin, »meine auch. Als ich Geistlicher werden wollte, riet sie mir ab. Und war unglücklich, als ich es durchsetzte. Nun bin ich es und auch nicht glücklich. Und sie weiß es.«

»Ja, so kann es gehen. Meine Mutter hat mir auch abgeraten ...« Iso verstummte. »Ich war keine erfreuliche Tochter, weiß Gott nicht. Na, sie hat ja meine kleine Schwester. Die ist ihr Trost. Lassen wir das. Es ist nicht mehr zu reparieren.«

Sie gingen am Kuhstall vorbei und bogen am Kornhaus ab, folgten dem schmalen Trampelpfad am Teich entlang. Hier blies der Wind ganz schön, er mußte umgesprungen sein, es war nicht mehr der laue, nasse Westwind, sondern ein scharfer Nordwind. Iso war froh, als sie die alte Mühle erreicht hatten. Niemand da, ein Glück. Sie stieß die Tür auf und hielt sie, damit der Kaplan hineinkonnte.

»Huh, kalt und feucht, die reinste Gruft«, sagte sie, öffnete drinnen noch eine zweite Tür und warf die Zweige vor den Herd. »Nun aber Feuer in den Ofen, daß es nur so kracht, und Wasser obendrauf. Wir brauchen einen Punsch. Ich hab' Rum mit und Rotwein, allerdings –«

»Allerdings?« fragte er, als sie stockte.

»Allerdings nur ein Trinkgefäß. Ich ahnte ja nicht –«

»Daß ich mich aufdrängen würde. Wie konnten Sie auch? Dann trinken wir eben aus dem gleichen Topf«, sagte er vergnügt, »ich trinke über den Henkel.«

Sie sah einen Augenblick zu ihm hinüber. Meinte er das wirklich?

»Nur – mein Tippel – so hat in Schlesien ein solches Töpfchen geheißen – hat gar keinen Henkel, es ist glatt und trägt die Aufschrift: ›Froh erwache jeden Morgen!‹ Und – über den Henkel trinken – das stammt aus der ›Dreckschenke‹. Die heißt wirklich so, sie liegt zwischen Sachsen und Schlesien. Ein Gast hat es einmal gesagt. Da hat die Wirtin ihm zugenickt: ›Recht so, das machen meine Kinder auch immer.‹« Sie hielt ihm das Gefäß mit zaghaftem Lächeln entgegen.

»Na wunderbar. Sie können ja mit dem Lippenstift anmalen, wo der eine und der andere ansetzt.«

»Hab' keinen! Manchmal stibitze ich mir den von Nikola. Aber – wer schon weiße Haare hat –« Es sollte vergnügt klingen, aber es gelang nicht ganz. Es kam ein wenig melancholisch heraus. Mit ›na, wenn schon‹ waren die ersten weißen Haare eben doch nicht abzutun.

Der Herd war noch in Ordnung. Sie kehrte die Asche heraus und stopfte Papier und Tannengrün hinein, bat um Feuer – er hatte welches – und hockte eine Weile nachdenklich vor dem allmählich hochbrennenden Feuer.

»Es gibt ein Gedicht von Erich Kästner, besser: eine Folge von Gedichten. Da fängt der Januar so ähnlich an, wie der Dezember endet:

›*Das Jahr ist klein und liegt noch in der Wiege* –‹«

»Der Januar? Und weiter?«

»Weiter? Mal sehen, ob ich es zusammenbringe.

›*Der Weihnachtsmann ging heim in seinen Wald* –‹«

Isos Stimme erstarb. Sie hatte beide Hände vors Gesicht gelegt, damit er nicht sah, daß ihr die Tränen kamen. Hier verfeuerte sie den Christbaum, unter dem sie mit ihren Kindern gefeiert hatte, vielleicht das letzte Mal. Mit den Kindern, die sie heut nicht dabeihaben wollten –

Silvester macht man Bilanz. Man sieht zurück, und man merkt, daß es von nun an abwärtsgehen wird.

»Und wie endet der Dezember?« fragte der Kaplan nach einer Weile behutsam. Sie nahm die Hände herunter.

»›*Das Jahr wird alt. Ist gar nicht mehr gesund* –‹

und dann:

›*Ist viel geschehn, ward viel versäumt,*
ruht alles unterm Schnee –‹«

Wieder schwiegen beide. Der Raum füllte sich mit Wärme, der Kessel, den Iso auf die Herdplatte gestellt hatte, fing an zu singen. Sie hantierte mit Rum- und Rotweinflasche. Sogar Zitronen hatte sie. Auf der heißen Herdplatte tanzten die Wacholderbeeren, die sie daraufgestreut hatte, knallten und zersprangen. Es roch nach Zimt und Bratäpfeln. Iso füllte das ›Tippel‹ mit einer heißen roten Flüssigkeit, gab Rum dazu, hielt die Nase darüber, kostete.

»Puh, heiß. Auf Ihr Wohl.«

»Auf das Wohl des neuen Jahres«, korrigierte er. Sie lächelte ein wenig schief. Dann reichte sie ihm den Punsch. »Na, da trinken Sie mal. Prost, es möge nützen.«

Er trank. Dann sagte er:

»›*Und Wehmut tut halt weh.*
Nichts bleibt, mein Herz, und alles ist von Dauer.‹«

»Sie kennen das?« fragte Iso. »Sie kennen die dreizehn Monate von Kästner?« In ihrer Stimme war etwas Aufhorchendes, eine Ahnung von Glück, zaghaft und so, als könne sie es noch nicht glauben. Er lächelte.

»Warum sollte ich nicht? Ich habe es immer geliebt. Und es ist so tröstlich: Nichts bleibt, und alles ist von Dauer.«

»*Ist* es das?« fragte sie und sah ihn an. Der Feuerschein aus der offenen Herdtür spiegelte sich in seinen Augen. Sie sah lange hinein, nachdenklich, fragend. Er antwortete nicht, sondern nickte nur ein einziges Mal ganz leicht.

Später packte sie noch mehr Schätze aus. Von Weihnachten übriggebliebene Pfefferkuchen, Quittenbrot, was die Kinder nicht mochten und was bei ihr zu Weihnachten gehörte, Zimtsterne. Es roch unaufdringlich, aber deutlich nach Zimt und Kardamom. Draußen orgelte der Wind.

»Silvesternächte haben es in sich«, sagte Iso nach einer Weile, »in einer Silvesternacht – ich war noch nicht geboren, noch lange nicht – ja, meine Mutter war siebzehn Jahre alt. Kurz darauf bekam sie eine kleine Schwester. Meine Großmutter hatte nicht damit gerechnet, die Geburt zu überleben. Sie hat mir oft von damals erzählt. Wie sie Blei gegossen haben –«

»Ja? Das können wir hier leider nicht ...«

»Es war die Nacht von einem Jahrhundert ins andere. Achtzehnhundertneunundneunzig zu neunzehnhundert. Schorschel, mein Onkel, Heidis Mann, war auch dabei, der Neffe meines Großvaters. Der Vater von Trixi, die den Lehrer geheiratet hat. Und die hat noch zwei Brüder.«

»Ich weiß. Caspar und Sebastian ...«

»Ja, die. Sind ganz schöne Lauser geworden.«

Der Kaplan lachte. Iso mußte auch lachen. »Und Trixi macht mich jetzt zur Großmutter.«

Sie hatten sich ein kleines, verschlissenes Sofa vors Feuer gerückt. Hier stellten die Leute aus dem Hof manchmal Möbel ab, die sie nicht mehr brauchten. Iso und der Kaplan hockten nebeneinander, guckten in die Glut, schoben kleingebrochene Zweige hinein und tranken zwischendurch ihren bescheidenen Silvesterpunsch, der sie köstlich dünkte. Draußen hatte es wieder angefangen zu schneien. Lautlos taumelten die Flocken ins Nichts. So lautlos glitten die Jahre ...

»Ich hatte eine wundervolle Großmutter. Sie war leise, weise und souverän. Und sie steckte randvoll von Gedichten. Ob Heine oder Mörike, Storm – natürlich auch Goethe. Sie konnte den ganzen ersten Teil des Faust auswendig. Aber auch Shakespeare. Und Balladen und Sonette. Liebesgedichte. Philosophie. Ricarda Huch. Und Klabund. Und Trakl. Ich wollte immerzu hören, hören. Manchmal denke ich, Nikola hat etwas davon geerbt. Nikola ist verloren an Bücher.«

»Und Ihre Söhne?«

»Die nicht. Leider. Die schmettern – man kann auch sagen: grölen –, was jetzt ›in‹ ist. Aber Lyrik –«

»Und Ihre Geschwister?«

»Mein Bruder nicht. Er hat mich nur verhöhnt und gedeifelt, wie man bei uns sagt. Meine Schwester – die ja. Nur – sie hat keine Zeit. Sie ist nämlich Ärztin.«

Sie schwiegen wieder eine Weile. Die Welt war weit weg. So weit, als existierte sie gar nicht oder ginge einen nichts an. Nicht einmal an ihre Kinder dachte Iso und was sie jetzt wohl anstellten. Es war eine ganz und gar verwunschene Nacht.

»Nun muß ich aber rüber zum Gottesdienst«, sagte der Kaplan nach einer sehr langen Zeit. »Sind Sie dann noch hier? Es dauert vielleicht eine Stunde.«

»Schade. Da muß ich allein aufs neue Jahr anstoßen –«

»Nein.« Seine Stimme war plötzlich ganz anders, bestimmt, entschlossen. »Ich gehe und zeige mich dem erstaunten Volk – und dann verdrücke ich mich. In der Silvesternacht kommen viele Auswärtige, um den Jahreswechsel hier zu erleben, ganze Busse voll. Es ist seit dem Ende des Krieges irgendwie Mode geworden. Da vermißt mich keiner, der mich vorher gesehen hat.«

»So wie bei uns in der Kirche in Wang, bei Krummhübel. Wer auf sich hielt, ließ sich dort trauen.«

»Ja? Ist das das Kirchlein, das einer der Hohenzollern aus Norwegen gestohlen hat?«

»Nicht gestohlen. Er nahm es mit, weil es abgerissen werden sollte. Es liegt –« Iso brach ab. Das Heimweh überflutete sie wie eine riesige Welle. Sie preßte die Zähne zusammen und atmete tief ein. Dann sah sie zu ihm empor, der jetzt neben dem Herd stand. »Sie – Sie kommen also wieder hierher?«

»Ich will's versuchen. Und Sie bleiben?«

»Vorläufig ja. Ich kann doch nicht drüben bei uns in die Party der jungen Leute hineinplatzen –« Sie versuchte zu lachen. Er nahm ihren Kopf in beide Hände und drückte ihn an seine Brust, ganz kurz nur, heftig. Gleich darauf war er hinaus. Iso saß und horchte, wie die äußere Tür zufiel. Ihr war schwindlig zumute, schwindlig und kraftlos.

Dann schlief sie ein. Sie hatte wach bleiben wollen, aber als es so still um sie war, fielen ihr die Augen zu. Wie damals bei Schorschel, als er unbedingt aufbleiben und die Jahrhundertwende miterleben wollte. Daran dachte sie noch und an Großmutter.

»Ich glaube, jetzt müssen Sie aber wirklich aufwachen«, sagte jemand hinter ihr. Iso blinzelte. Sie lag halb auf dem kleinen Sofa, aus dessen Überzug die Sprungfedern herausdrangen, die Füße auf einen dreibeinigen Schemel gestemmt. Im Herd gloste es noch. Der Kaplan hielt ihr das Tippel hin.

»Ein Schluck Kaffee gefällig? Ist nur Nes. Ich habe ihn von mir geholt – aber vielleicht hilft er aufwachen –« Er reichte ihn ihr, sie nahm ihn, noch ganz benommen.

»Ist es denn früh?«

»Ja. Erster Januar. Neujahrstag. Und ich muß in die Messe.«

Jetzt besann sie sich.

»Waren Sie nicht schon – heute – oder gestern –«

»Doch. Ich mußte dort bleiben. Und als ich dann kam, schliefen Sie so schön ...«

Sie stellte die Füße auf die Erde, setzte sich auf, fuhr mit den gespreizten Fingern durch ihre Haarmähne und gähnte ausgiebig. Er lachte. Da mußte sie auch lachen, sie nahm das Tippel aus seinen Händen und trank, das Gesicht fast hineintauchend. »Ist es schon spät?«

»Ja, eigentlich; nun, spät oder früh. Je nachdem. Aber –«

»Ja, aber. Ich geh' ja schon. Hoffentlich begegnen wir niemandem.«

Sie hatten Glück. Kein Mensch war unterwegs, der Schnee lag hoch und unberührt auf dem kleinen Weg zum Kornhaus. Sie stelzten hindurch, hatten alles Zeug in der Ölmühle gelassen. »Ich hol' es später –«, sagte Iso, und er:

»Ich bring' es Ihnen.«

Am Gartenpförtchen bei der Schule gab er ihr die Hand. Sie sah ihn an.

»Danke, daß Sie mit mir feierten.«

»Danke auch. Dank fürs letzte Mal, sagt man in Norwegen«, sagte er und sah sie an. Ihr Gesicht sah, rotgeschlafen, viel jünger aus als sonst, aber als sie lächelte, sah er die beiden Falten, die sich rechts und links zu ihren Mundwinkeln zogen, Falten, die sicher noch nicht dagewesen waren, als sie wirklich jung war. Er hob seinen rechten Zeigefinger und fuhr mit der Kuppe an den Falten entlang, als könne er sie wegstreichen. Sie hielt still, als horche sie. Aber er sagte nichts. Dann war er fort.

Im Hause war es ruhig. Sie tastete sich im Dunkeln hindurch, wollte niemanden wecken. Ob sie ein Bett fand? Sie sehnte sich danach, in ein richtiges, weißbezogenes, warmes Bett zu kriechen, die Decke hinaufzuziehen und sich auszustrecken, weiterzuschlafen bis morgen, bis übermorgen – acht Tage und Nächte.

»Was für ein dummer Wunsch«, dachte sie noch, ehe sie sich zu Moritz unter die Decke schob, vorsichtig, um ihn ja nicht zu wecken. Sie hatte Glück, er grunzte nur und drehte sich auf die andere Seite.

Iso rückte ihm nach. Sein junger, schlafwarmer Körper tat so gut. Im nächsten Augenblick war sie eingeschlafen.

Iso und Nikola standen an den drei Tannen, dort, wo der kleine Weg von Holdershausen herabkam und in die Bundesstraße mündete. Hier war ihr ›Anhalter-Bahnhof‹, Autos kamen von rechts und links. Nikola winkte nicht jedem.

Es war, als könne sie sich nicht losreißen, sosehr sie sich auch fortsehnte. Immer blieb noch etwas Ungesagtes. Und obwohl Mutter Iso nichts gegen diese Reise einwandte und die Tochter sogar darin bestärkte zu fahren, hatte Nikola das Gefühl, sie versteh es nicht. Die Kluft zwischen den Generationen war nicht zu überbrücken. Ein Naturgesetz? Vielleicht.

»Weiter nichts als eine dumme Liebesgeschichte, passiert jedem in deinem Alter«, würde die Mutter sagen, wenn sie ihr von ihrem Elend erzählte. »Vergiß es. Der Kerl ist es nicht wert.«

War er auch nicht. Kaum die Frau begraben, hatte er eine andere im Arm. War das nicht schändlich? An so einen sein Herz zu hängen ...

Aber reiß es mal heraus aus deinem Herzen, vergiß, wie es war, als er dich küßte. Ewig wird es in dir brennen, ewig wirst du dich erinnern, wie es war – und wie es dann wurde. Und wie es von jetzt an immer sein wird. Nie wieder würde man einem Mann glauben können, immer denken müssen: »So hat der andere auch getan. So süß war es auch damals. Oh, sie taugen alle nichts, die Männer, alle, alle –«

»Jetzt!« sagte Iso. Ein großer, nicht luxuriöser, eher biederer Wagen hielt – Nikola hatte also doch gewinkt. Sie traten nebeneinander an den rechten Schlag heran. Iso spähte in den Wagen hinein – ein älterer, seriöser Herr saß am Steuer, gut angezogen, mit Brille.

»Darf meine Tochter? –«

Nikola war wütend. Wenn, dann fragte sie selber. Manchmal war Iso doch eine rechte Glucke, selbst dann, wenn es zu gar nichts nütze war. Der Herr hatte die rechte Tür schon aufgestoßen und machte Nikola ein Zeichen einzusteigen. Iso trat zurück.

»Und grüß schön –«

›Wen denn bitte‹, dachte Nikola angewidert, aber vielleicht meinte die Mutter, der Fahrer glaube dann, sie fahre zu Verwandten, und das mache einen soliden Eindruck. Glücklicherweise startete der Fahrer sofort wieder. Iso trat zurück, hob die Hand zum Winken. Nikola winkte wieder, das mußte sie schon tun, fand sie. Husch, waren sie um die nächste Kurve.

Iso seufzte und ging über die Straße zu dem kleinen Weg, der nach Hause führte. Unzählige junge Leute reisten heute per Anhalter und nichts passierte. Mit diesem Fahrer schon gar nicht.

Sie verstand ja, daß Nikola fort wollte. So hatten sie miteinander überlegt und waren auf ziemlich entfernte Bekannte in Blankenese gekommen. Dort war alles unzerstört, hatte sie gehört, so daß man annehmen konnte, die Familie und das Häuschen gebe es noch. Nun denn, Nikola, sieh, wie du durchkommst. Eine Autokarte hatte sie mit, Iso hatte sie Onkel Paul abgebettelt. Angerufen hatte sie in Blankenese nicht, es war ihr peinlich, um etwas zu bitten, wenn seine Frau dabei war.

»Ich hol' sie dann heim, falls was schiefgeht, von wo es auch sei«, hatte Onkel Paul später gesagt. Er sagte immer tröstende Dinge, wenn man allein mit ihm war.

Iso stieg den Berg hinauf, ihre Füße waren bleischwer. War es richtig, das Kind ins Ungewisse zu schicken? Hätte Mutter Regine so gehandelt? Nein, niemals. Sie hätte gesagt: Bleib mal schön hier und tu was, und nimm dich zusammen, das haben wir alle gemußt.

Ach ja. Und Richard? Richard hätte wahrscheinlich gelacht und »Gute Fahrt!« gewünscht. Richard war nicht ängstlich. Ob aber das nun das richtige war?

Was nützte alles Grübeln. Abwarten, die Nerven behalten, manches ging ja auch gut aus im Leben. Iso stieß die Haustür auf und wurde im gleichen Augenblick umhalst und schluchzend abgeküßt, von Heidi, so was! Von Heidi, die doch sonst immer so vernünftig und souverän war.

»Was gibt's? Was ist los? Komm ins Zimmer!«

Da saßen sie nebeneinander, und Heidi berichtete. Die Hauptsache war schnell gesagt: Caspar war weg. Ausgerissen. Ohne Geld, mit seiner Gitarre. Er spielte seit einem halben Jahr. Sehr gut, hatte Heidi immer gefunden.

»Ohne irgend etwas zu sagen?«

»Nichts hat er gesagt. Aber einen Brief hinterlassen. Da!«

Heidi zog ein schon etwas mitgenommenes Papier aus der Tasche und reichte es Iso. Die las:

»Ich bin nicht tot. In zehn Jahren spätestens komm' ich zurück. Sucht nicht nach mir. Ich werde schon durchkommen. Bei Euch halte ich es nicht mehr aus.«

Kein Gruß, kein liebevolles Schlußwort, nicht mal eine Unterschrift.

»Was sagst du dazu?« fragte Heidi, schneuzte sich die Nase und wischte sich die Augen aus. »Ob das wegen Christian ist?«

»Deinem Freund?« Iso wußte bis dahin nicht einmal, wie dieser mit Vornamen hieß.

»Doktor Christian Herder, so. Meinst du, weil ...«

»Weil was?«

»Weil wir nicht verheiratet sind. Noch nicht. Vielleicht tun wir es ja«, sagte Heidi. Und jetzt klang ihre Stimme mehr wütend als verzweifelt.

»Hat man denn als Mutter überhaupt kein Recht mehr? Haben nur die Kinder Rechte? Gibt es uns gar nicht mehr, uns, die wir so schlimme Zeiten durchgestanden haben um der Kinder willen?«

Iso schwieg. Wie oft hatte sie das gedacht, aber nie ausgesprochen. Jetzt endlich hörte sie es. Hier klagte eine ganze Generation an.

Witwen. Ja, eine Generation von Witwen. Sie hatten den Mann in einem sinnlosen Krieg verloren, hatten klaglos auf sich genommen, was schon für ein Paar nicht leicht war: die Kinder großzuziehen, sie zu ernähren, zu kleiden, auszubilden. Ihnen den Weg ins Leben zu ebnen ...

Und das war der Dank. Dank? Unfug, keines der Kinder war zu Dank verpflichtet. Waren sie gefragt worden, als man sie ins Leben gesetzt hatte? In diese Welt? Und wer wußte, wie die Welt morgen aussehen würde?

»Wir sind ja auch nicht gefragt worden«, meldete sich eine leise Stimme in ihr. Aber sie würgte sie ab. Damals, neunzehnhundertundacht, als die Welt noch in Ordnung war ...

War sie das? War sie das je gewesen? Hatte nicht schon Shakespeare gesagt: »Die Welt ist aus den Fugen.«?

»Er kommt wieder, Heidi, bestimmt«, stammelte Iso und legte den Arm um die Freundin, »schon bald, bald! Nicht erst in zehn Jahren! Das ist so – das sagt man so, wenn man jung ist. Jule ist auch fort –«

»Und wohin?« fragte Heidi, sie ging immer auf den anderen Menschen ein, wenn sie darum gebeten wurde.

»Zu Bekannten von Chaleurs mit vielen Kindern, die in einem Schloß wohnen. Schwierige Kinder, hab' ich gehört. ›Laß mich mal dorthin‹, hat Jule gesagt, ›gängle mich mal ausnahmsweise nicht.‹ Gängeln! Als ob ich meine Kinder je gegängelt hätte!«

Sie war absolut davon überzeugt, daß das stimmte. Heidi schwieg. So also sah es Iso. Iso, die wie ein Feldherr über ›ihren‹ Kindern gewacht, sie zu Bett geschickt und geweckt hatte, die bestimmt hatte, was es zu essen gab und wann sie Jacken anziehen mußten, damit sie sich nicht erkälteten ...

Gewiß, sie gehörte zu den Müttern, die es gut meinten, sich selbst hintanstellten, für sich bescheiden waren bis zum Exzeß – trotzdem.

›Opfere dich nicht für deine Kinder auf und wirf es ihnen nachher nicht vor, daß du es getan hast‹, hatte ihr einmal eine kluge Frau geraten, die auch den Mann verloren und mehrere Kinder großgezogen hatte. ›Tu für alle, was du kannst, aber behalt dir dein eigenes Leben vor. Reserviere es dir. Jeder Mensch hat ein Recht auf das eigene Leben. Auch eine Mutter.‹«

Heidi hatte so gehandelt. Und der Erfolg? Ihr Ältester war auf und davon, weil er es bei ihr ›nicht mehr aushielt‹. Also auch das war keine Patentlösung.

Es gab wahrscheinlich überhaupt keine. Jeder Fall liegt anders. Aber wenn es so gut gemeint war, konnte es doch nicht ganz und gar falsch sein …

Iso äußerte das und Heidi horchte auf. Danach unterhielten sie sich nur mehr ganz sachlich und ohne Tränen zu vergießen. Als Heidi ging, waren beide ein wenig getröstet. Das alte Sprichwort: »Geteiltes Leid ist halbes Leid« mußte also doch stimmen. Erst als Heidi Holdershausen wieder verlassen hatte, stieg bei Iso die Sorge um die Tochter im Herzen wieder hoch. Freilich, was nützte es, sich zu sorgen? Sie versuchte, sich das einzureden, und kam sich dennoch wie amputiert vor. Dieses Gefühl hatte sie von nun an immer, wenn eines der Kinder fortging. Das war wohl Mutterschicksal.

Diesmal hätte sie es sich sparen können. Das Leben, oft so erfinderisch darin, auf alten Kummer neuen zu häufen, ist mitunter auch erstaunlich freundlich, gerade wenn man fürchtet, diesmal müsse es schiefgehen. Denn der Fahrer, der Nikola mitgenommen hatte, erwies sich als ein Juwel. Als was für eins, sollte sich noch herausstellen. Vorläufig war er zurückhaltend, heiter und, wenn er etwas sagte, äußerst sympathisch.

Es fuhr sich herrlich. Die Straßen waren trocken, nirgends mehr lag Schnee, das Wetter war warm wie manchmal Ende Januar. Erst unterhielten sich Nikola und ihr Fahrer auf die übliche Art, er fragte nach dem Woher und Wohin – nach Hamburg –, dann kamen sie, durch Zufall, auf Bücher zu sprechen. Das war etwas für Nikola! Sie ging aus ihrer vorherigen Reserve heraus, wurde lebhaft und erfuhr gleich auf ihrer ersten Anhalterfahrt, wie gut man sich im Auto mit jemand ganz Fremdem unterhalten kann: Man kennt sich nicht, merkt aber kleine oder größere Ähnlichkeiten, die man gern aufgreift, sieht sich vermutlich nie wieder, kann also ganz ehrlich seine Meinung sagen und bildet für eine Zeit eine kleine Schicksalsgemeinschaft, denn man ist aufeinander angewiesen, wenn Schwierigkeiten auftreten, etwa Wetter- oder Verkehrsstörungen. Und man genießt die Landschaft, zu welcher Jahreszeit auch immer. Wenn man dann auch noch auf ein gemeinsames Hobby stößt – hier waren es die Bücher –, so kann eine solche Fahrt zu einem Erlebnis werden.

Und genau das geschah. Nikola schielte bereits betrübt nach den Straßenschildern, die immer geringere Kilometerzahlen anzeigten – Gießen war schon sehr nahe.

»Ja, nun trennen sich unsere Wege, bedauerlicherweise«, sagte der Fahrer, »ich muß links ab und Sie über Kassel–Hannover nach Hamburg. Wollen wir vorher noch eine Kleinigkeit essen, Sie und ich?« setzte er hinzu.

»Danke, das möchte ich nicht«, sagte Nikola leise. Sie sagte es betrübt' und mit schlechtem Gewissen, denn der Fahrer gefiel ihr wirklich und schien es gut zu meinen. ›Und nimm nie etwas von den Leuten an, die dich mitfahren lassen‹, hatte Iso gewarnt, ›höchstens eine Tasse Kaffee, mehr nie.‹ Nikola beherzigte es.

»Wohin müssen Sie denn?« fragte sie, um das Thema zu wechseln. Er deutete auf die Straßenkarte, die im Handschuhfach steckte.

»Ins Siegerland. Richtung Limburg. Und Sie nordöstlich. Hier macht die Autobahn die große Schwenkung nach Osten.«

Nikola hatte die Karte auf den Knien ausgebreitet.

»Limburg, hach! Da in der Nähe ist zur Zeit eine meiner Schwestern. Das heißt, sie ist fast meine Schwester, meine Mutter hat sie angenommen.« Sie versuchte, so kurz und klar wie möglich ihre Familienverhältnisse zu erklären. Er hörte zu.

»Und jetzt ist Jule auf einem Schloß, das nahe bei Limburg liegt. Sie kümmert sich dort um die Kinderschar. Die Mutter hat sich sehr gemüht, baut aber jetzt, also ist Not am Mann.«

»Das ist eine Gräfin Sollnbach, und sie wohnt im Schloß Woltershausen, nördlich von Limburg«, schmunzelte ihr Fahrer. »Stimmt's? Ich kenne sie von früher, hab' sie aber lange nicht gesehen, immerhin wüßte ich, wenn es sie nicht mehr gäbe. Sie hat eine Menge Kinder, soviel ich weiß, also wird es wohl die sein, die Sie meinen.«

»Gräfin Sollnbach und Woltershausen?« rief Nikola beglückt. »Klar ist das dieselbe! Nein, so was! Darf ich –« Hier stockte sie. Der Fahrer lachte und machte eine Handbewegung: sitzen bleiben, als hätte Nikola auf der Stelle hinausgewollt.

»Eilt es Ihnen mit der Ankunft in Hamburg? Oder kann ich Sie vorher noch schnell mal nach Wolfratshausen fahren? Ich wohne in Limburg, wollte heim, aber wenn ich Sie hinbringen kann, tu' ich es gern. Man soll alte Freunde nicht links liegenlassen. Ich nehme es als Anlaß. Sie bleiben also sitzen, und ich fahre Sie hin.«

»O gern. Ja gibt's denn solche Zufälle!« seufzte Nikola. »So was!« Sie lehnte sich zurück. »Wenn ich jetzt ein Telefon hätte und meiner Mutter erzählen könnte –«

»Aber –«, sagte er.

»Aber?« fragte sie, sogleich ein wenig eingeschüchtert.

»Aber – und seien Sie bitte nicht ungehalten – eine Bedingung gibt es: ich habe Hunger.« Es sollte kläglich klingen, aber es gelang nicht ganz. »Sie haben mir einen Korb gegeben –«

»Mit dem Einkehren?« fragte Nikola zaghaft. Er lachte wieder.

»Genau. Nehmen Sie das zurück? Nur eine kleine Kleinigkeit, die fehlt mir noch dazu«, summte er. »Ein Schlager von früher. Als ich so jung war wie Sie. Und diese kleine Kleinigkeit – und so weiter. Also?« Er lenkte schon nach rechts. Dort war eine Ausfahrt mit dem Kennzeichen Rasthaus. Sie fuhren hin und hielten.

Ach, tat es wohl, auszusteigen und sich zu recken, überhaupt zu leben, ganz, ganz anders als in den letzten Wochen und Monaten. Er klopfte ihr sanft auf den Rücken.

»Gelt, eine Pause tut gut. Luft holen ...« Sie hatte gerade kellertief geseufzt. Erschrocken und entschuldigend sah sie ihn an.

»Verzeihung, aber ich hatte – ich hatte – nun, in letzter Zeit viel Kummer. Jeder Mensch muß wohl manchmal Kummer leiden –«, setzte sie hinzu. Er nickte.

»Jeder. Auch die Gräfin Sollnbach. Nun, wenn Ihre Schwester dort ist, werden Sie ja im Bilde sein.«

Sie setzten sich in das hübsche, helle Lokal und ließen sich bedienen. Er behandelte Nikola wie eine Dame, was sie gleichzeitig beglückt und verlegen machte, rückte ihr den Stuhl zurecht und fragte nach ihren Wünschen. Dann meinte er, wenn es ihr recht sei, werde er die Bestellung übernehmen. Das war ihr lieb. Wann hatte sie je in einem Lokal gesessen! Der Ober flößte ihr ungeheuren Respekt ein. Gottlob, daß sie nicht selbst wählen mußte!

Sie aßen eine kleine Eierspeise und einen süßen Nachtisch, der ›Dessert‹ genannt wurde, und tranken hinterher einen starken Kaffee. Nikola wünschte nur, ihr einziges hübsches Kleid angezogen zu haben. Zum Glück trug sie immerhin Mutters beste Bluse, die ihr Iso aufgeredet hatte, und die langen Hosen sah man ja nicht, sie versteckten sich unter dem Tisch. Ihr Begleiter sah sie an und dachte, wie hübsch Jugend doch aussehen kann, was immer sie auch trägt – aber er sagte es natürlich nicht.

»Ja, was ich über die Familie Sollnbach weiß, ist nicht viel. Die Gräfin hat eine Reihe Kinder, vorwiegend Töchter, nette Töchter«, sagte er. »Daß sie zum Teil Legastheniker sind, ist natürlich schwierig, aber kein direktes Unglück. Gut, daß Ihre Schwester da einspringt und hilft. Freilich, Geduld gehört dazu.«

»Sie will später Lehrerin werden«, erzählte Nikola, »wenn es möglich ist, für behinderte Kinder. Ein schöner Beruf, aber Mut gehört dazu.«

»Und Liebe. Liebe zu denen, die es schwerer haben als Gesunde – ich war auch Lehrer, übrigens.« Er sagte das etwas verschämt und versuchte, ihren Gesichtsausdruck zu erhaschen, ohne daß sie es merkte. »Haben Sie etwas gegen Lehrer? Wir hatten, als wir so jung waren wie Sie, eine ganze Menge dagegen. Wir gründeten damals einen Verein zur Ausrottung der Lehrer.« Er lachte. Nikola sah zu ihm hin – meinte er das im Ernst? Natürlich nicht.

»Es war der übliche Protest gegen die, die uns das Erwachsensein voraushatten. Wir haben keinen von ihnen mehr gequält, als es in allen Schulen üblich ist. Ach ja, und dann war ich so gern Lehrer. So gern – ich wünschte, ich wäre noch im Amt. Ich würde immer wieder Lehrer werden wollen.«

»Wir haben im Dorf auch einen ganz tollen Lehrer«, sagte Nikola eifrig. »Und jetzt hat er sogar in unsere Familie hineingeheiratet, eine Schwester – das heißt, richtig, eine Cousine von mir. Der ist auch so gern Lehrer, und er gibt uns umsonst Klavier- und Flötenstunden – und er hat mit mir die Gemeindebücherei in Ordnung gebracht –« Sie kam ins Erzählen. Er hörte ihr aufmerksam zu.

»Aber es gibt gerade in diesem Beruf sicher viele Schwierigkeiten, menschliche Enttäuschungen –« Sie ließ den Satz offen. Er nahm ihn auf.

»Natürlich. Übrigens gibt es das in jedem Beruf, meine ich. Zumindest in allen, die mit Menschen zu tun haben. – Wissen Sie, was ich getan habe, wenn ich mit dem jungen Volk nicht zu Rande kam? Ich habe mit ihnen Theater gespielt. Einfache Stücke, manchmal selbst ausgedacht, mitunter ganz improvisiertes Theater. Statt eine Deutschstunde zu geben. Ich hab' eine Schwäche fürs Theaterspielen mit jungen Menschen.«

»Ja?« fragte Nikola zaghaft. Und dann sagte sie schüchtern, beinahe als verriete sie etwas, was man nicht jedem sagt: »Mein Vater war Schauspieler. Er lebt nicht mehr. Ich hab' ihn kaum gekannt.«

»Das sind die Schicksale von heute: Vater gefallen«, sagte er, es klang freundlich und gleichzeitig zart bedauernd, so daß es Nikola anrührte. Sie mußte an den zweiten Satz der Kleinen Nachtmusik denken, an die Stelle, die sie so gern mochte ...

Sie schwiegen beide. Dann setzte er neu an:

»Hören Sie, nach Hause möchte ich vorher aber doch. Ich werde erwartet. Und es wartet vielleicht auch sonst einiges auf mich. Ich wohne allein bei meiner Mutter. Richtiger: Meine Mutter wohnt bei mir. Wir verstehen uns sehr gut, obwohl sie natürlich eine andere Generation ist und demnach auch andere Ansichten vertritt.« Er lachte. »Viel, viel älter – *noch* älter –«, und fuhr sich durch den weißen Schopf – »ja, das gibt's. Aber tatterig ist sie nicht, keineswegs, sondern recht clever. Und süß. Auch Ihre Mutter hat mir sehr gut gefallen, obwohl sie sicher alles andere ist als süß. Wir kommen vom Thema ab – nein, im Gegenteil, wir sind genau drin. Mit jemandem, den man erst ein paar Stunden kennt, geht man nicht in die Wohnung, wenn man so jung und gut erzogen ist wie Sie. Und wenn die Mutter es extra verboten hat. Sie hat doch? Na also. Aber vor der Tür stehenlassen möchte ich Sie auch nicht gern, das widerstrebt wiederum meiner Erziehung. Ein Weilchen wird's dauern. Was tun wir?«

»Ich könnte ja im Wagen sitzen bleiben«, schlug Nikola zögernd vor.

»Genau. Gordischer Knoten. Ich verspreche, mich zu beeilen.«

Sie brachen auf. Nikola war gleichermaßen glücklich, auf diese Weise an ihr Ziel zu kommen, wie beunruhigt, ob sie sich richtig benähme. Aber er hatte so nette Lachfalten in den Augenwinkeln und eine so freundliche Art, nein, er war kein Gangster, wie Iso sie ihr furchterregend und warnend geschildert hatte. So entschloß sie sich tapfer, es positiv zu nehmen und sich zu freuen, und genoß den Rest der Fahrt von Herzen.

Limburg hat nicht nur den Dom, den keiner vergißt. Nikola stellte sich vor, wie die Wallfahrer früher aufatmeten, wenn sie ihn erblickten – licht, verheißend, heranwinkend. Auch der müdeste Wanderer wurde wieder zuversichtlich und beschleunigte seine Schritte bei dem schönen Anblick. Nikola hatte ihn noch nie gesehen. Limburg hatte auch ein Schloß, und dieses war, wie es sich gehört, von einem Park umgeben. An dessen Eingang stand ein kleines Häuschen, das die Form einer altmodischen Kaffeemühle hatte. Das heißt, das Dach stieg an vier Seiten gleichmäßig hoch bis zu einem Punkt, von dem der Schornstein aufstrebte, auf dem allerdings der Schwengel fehlte – der Schwengel, den man rechtsherum dreht, um die köstlichen Bohnen zu zermahlen.

Dort hielt Nikolas Fahrer.

»So. Angekommen. Hier wohne ich. Eng, aber gemütlich. Und Sie wollen wirklich die Warnung Ihrer Mutter beherzigen und hier draußen warten? Ich finde das übrigens, wenn ich es auch bedauere, sehr ordentlich. Und, wie gesagt, ich beeile mich.« Er fischte von dem hinteren Sitz eine Aktenmappe, seinen Hut und eine Jacke und stieg aus.

»Brauchen Sie noch was zu lesen? Zeitungen, Zeitschriften? Etwas ist da, auch ein Buch.« Er legte ihr einiges auf den Schoß und drückte die Wagentür hinter sich zu. Fort war er.

Nikola atmete tief auf. Sie ließ den Blick zu dem Häuschen hinüberwandern, das früher wohl den Pförtner beherbergt hatte, und weiter zu Park und Schloß. Da öffnete sich aber schon die Tür des Häuschens, und heraus kam eine kleine, kugelrunde, eigentlich ein bißchen märchenhafte alte Frau, die auf das Auto zulief.

»Nein, dieser Hans! Daß er ein so nettes Mädchen im Auto sitzen läßt, statt es an den Kaffeetisch zu holen –« Sie hatte ein rundes, bräunliches, rundherum strahlendes Gesicht und blanke braune Augen. »Kommen Sie, der Kaffee reicht für drei, und wenn Sie nachher – er hat mir's erzählt – zur Gräfin Sollnbach wollen –«, sie hatte Nikolas Hand gefaßt und zog daran, während sie sie herzlich drückte – »da müssen Sie gestärkt sein.«

Nikola ließ sich ziehen.

Ja, es lohnte sich, aus dem Wagen herauszuklettern und sich in das Häuschen hineinführen zu lassen. Ein winziger, kühler Flur, Duft nach echtem Kaffee – immer noch etwas besonders Herrliches – und dann ein Zimmer, wie man es selten findet.

Ein heller Raum, an den Wänden entlang soviel Bücher, daß gerade Fenster und Tür ausgespart blieben, in der Mitte ein niedriger runder Tisch. Der war gedeckt, wie es sich bei Großmüttern gehört: blau-weiße Tassen, gefaltete Servietten, in der Mitte statt eines Blumenstraußes – es war ja Januar – eine dicke, behagliche Kerze. Und schon kam Großmütterchen mit dem Tablett herein, das ihr der Fahrer freundlich-sorglich abnahm.

»Setzen, bitte, alle beide«, kommandierte er, »gegen zwei schöne Frauen komm ich als einziger Mann nur an, wenn ich stehe. So, männliche Überlegenheit, in Ordnung.«

Nikola reichte ihm die Tassen. Der Kaffee duftete stark, als er eingoß. Und dann entdeckte sie auf dem Tisch noch einen Teller mit Kuchen. Kuchen, auch der noch eine Seltenheit, geradezu eine Köstlichkeit, jetzt von einem schrägen Sonnenstrahl, in dem die Staubkörnchen flimmerten, beleuchtet. Noch während Nikola dies feststellte, erhob sich ein weißpuscheliges Sofakissen von der kleinen, altmodischen Chaise und reckte sich. Nein, kein Sofakissen, sondern ein halbgroßer Hund, weich bepelzt und mit Augen wie zwei goldbraune Glasperlen. Er sah Nikola an, prüfend, grunzte ganz leise in der Kehle und legte sich wieder hin.

»Soso, akzeptiert«, sagte der weißhaarige Sohn. Sein Muttchen, wie er es nannte, war nicht weißhaarig, sondern, lustiges Verwechslungsspiel der Natur, nur grau. Sie trug einen eisengrauen Strubbelkopf, der ihr reizend stand, sie war überhaupt das, als was er sie vorher bezeichnet hatte: süß.

Das ist selten bei so alten Frauen. Nikola atmete die Atmosphäre mit Genuß und ohne jede Verlegenheit ein, was bei ihr nicht oft vorkam. Sie war meist Fremden gegenüber ausgesprochen schüchtern, ganz anders als Iso, die von Kind an sich immer hatte durchsetzen müssen.

Sie genoß diese Kaffeestunde. Der Sonnenstreifen rückte herum, beleuchtete jetzt den Biedermeierschreibtisch, auf dessen Platte ebenfalls Bücher lagen, dicke, dünne, aufgeschlagene und solche, die zugeklappt waren, mit lauter Lesezeichen gespickt, alles wild durcheinander. Muttchen sah Nikolas Blick und lachte entschuldigend.

»Ich darf keine Ordnung machen, er erlaubt es nicht«, erklärte sie, »er ist ein Tyrann mit seinen Büchern. Übrigens nur da –«, setzte sie noch hinzu, und dabei klang Respekt heraus und gleichzeitig zärtliche Neckerei. Hier verstanden sich zwei, das merkte Nikola deutlich.

Sie war fast betrübt, als sie endlich aufbrechen mußten. Muttchen schlug vor, noch im Schloß anzurufen, »vorwarnen« nannte sie es – und der Sohn tat es.

Also!

17

Ein Schloß

Das Schloß war nur noch halb da. Ob es je ganz gewesen, stand dahin. Es war wohl in der Art von Versailles gedacht, U-förmig, ein Hauptgebäude mit zwei Seitenflügeln, von denen einer stand. Die andere Seite war zerfallen, vielleicht durch Beschuß. Lastwagen, Kräne, rot-weiße Warnbänder zeugten vom Willen des Besitzers, wieder aufzubauen.

Hans, der Fahrer – mit Nachnamen hieß er Heider, das hatte Nikola inzwischen mitgekriegt –, hielt vor dem linken Seitenflügel, also dort, wo der Bau noch erhalten war, bewohnt schien und auch eine kleine Schloßkapelle aufwies. Die Dämmerung war im Kommen und verwischte die Konturen. Nikola war froh, daß sie nicht allein kam – mit Hans Heider war es ganz etwas anderes.

Übrigens: unnötige Sorge, nicht willkommen zu sein. Sie hatten den Türklopfer – einen schönen bronzenen Pferdekopf – noch nicht betätigt, als die Tür bereits aufflog und Jule als erste heraussprang, gerade auf Nikola zu. Sie waren nie zärtlich miteinander gewesen, jetzt aber fiel Jule ihr um den Hals, und dann drehte sie sich um und wies auf die anderen, die nachkamen – zunächst lauter Mädchen, das älteste etwa so alt wie Jule, die anderen jeweils jünger. Ein oder zwei Buben waren auch dabei. Die Vorstellung entfiel, zwei oder drei gräfliche Töchter fielen dem Fahrer gleichzeitig um den Hals – »Onkel Hans, Onkel Hans!«, und der schmunzelte und ließ sich die Wiedersehensfreude, die durchaus echt war, gern gefallen.

»Und ich bin die Mutter dazu«, hörte Nikola schließlich, und es war wohl nötig, daß das betont wurde. Dunkles Haar, pausbackiges Gesicht, lustige Augen, und dann zogen sie allesamt ins Haus hinein.

Es war noch nicht ganz Abendbrotzeit, aber der Tisch im ›blauen Saal‹ schon gedeckt, sehr einfach, mit tiefen Tellern und Löffeln, weiter nichts. »Wir essen abends immer warm, das macht weniger Arbeit und Abwasch als Brot mit etwas darauf«, erklärte die Gräfin und schob die beiden Besucher vor sich her. »›Nehmt Platz und Verstand an‹, sagt mein Mann immer, wenn Gäste kommen – Und das ist also Jules Schwester?«

»Ja. Ich wollte eigentlich gar nicht hierherkommen, sondern zu Bekannten meiner Mutter nach Hamburg fahren –« Nikola versuchte zu erklären, aber die Gräfin winkte ab.

»Du kannst trotzdem bleiben. Wer von Onkel Hans mitgebracht wird, ist uns immer willkommen. Hans, wir haben uns hundert Jahre nicht gesehen. Was macht Muttchen?«

»Danke, es geht ihr bestens. Ich fahre heute noch heim, war lange weg. Bei euch alles in Ordnung?«

»Soweit ja, wie du siehst. Nur daß wir bauen müssen, ist nicht schön. Nicht in normalen Zeiten und nicht jetzt, jetzt erst recht nicht. Sie haben uns eine Granate in die Bibliothek geknallt, sie brannte. Und –«

»O weh, und alles hin?« fragte Hans Heider erschrocken. Die Gräfin winkte ab.

»Wir haben das meiste gerettet, trotz Beschuß. Ich konnte einfach nicht mit ansehen, daß alles kaputtging. Bücherverbrennung – das ist doch so etwas wie Mord. Als die anderen – ich drücke mich friedlich aus – sahen, daß wir retteten, stoppten sie ihre Feuerstöße. Und dann ging es eigentlich wie geschmiert, so, wie man früher Ziegelsteine geworfen hat, damals, als alles noch per Hand gemacht wurde. Wir warfen einander die Bücher zu, in einer Kette. Sie liegen heute noch, wie damals hingeschmissen, in Stapeln im gelben Salon. Manche angekohlt, andere auseinandergeplatzt, manche – die wenigsten – unversehrt. Ich brauche unbedingt einen Sachverständigen, am besten einen Bibliothekar, der sie mir auseinanderklaubt und ordnet und neu aufnimmt; die Kartei ist nämlich auch hin. Schwierige Arbeit, denn bei vielen fehlt der Deckel. Hast du nicht Lust, Hänschen?«

»Ich? Lust? Lust schon, aber Zeit ...«

Sie hatten sich um den großen Tisch gesetzt, die älteste Tochter, Camilla, trug die überdimensionale Suppenterrine herein, stellte sie vor den Platz der Mutter oben am Tisch, dann wurde gebetet. Nikola dachte reuig daran, daß dies daheim bei ihnen nicht mehr üblich war. Früher hatten sie es getan, aber als dann nicht genug Teller da waren, als man aus Kochgeschirren, Blechbüchsen und eine Zeitlang sogar in zwei Abteilungen essen mußte, waren sie davon abgekommen.

»Amen. Gesegnete Mahlzeit –« Die Gräfin schöpfte den Eintopf aus. Dabei erzählte sie:

»Stell dir vor, Hans, was uns neulich passierte! Neuer Besuch ist da, ißt mit, betet auch mit. Nach dem Essen und dem Dankgebet sagt der Mann: ›Gesegnete Sollnbachs‹, während wir uns alle, wie üblich, ringsum die Hände reichen. Ich sagte nichts, aber eine der Töchter fragte später, ob das bei ihm zu Hause so Sitte sei.

›Bei uns nicht‹, antwortete der Besuch, ›aber wir waren neulich bei Malzahns. Und da sagten sie nach dem Dankgebet alle ›Gesegnete Malzahns‹. Nun, warum nicht.«

»Gesegnete Malzahns – ob das nicht ›Gesegnete Mahlzeit‹ hieß?« fragte Onkel Hans.

»Klar, du bist ein kluges Kind«, sagte die Gräfin anerkennend. »Haben wir uns später auch zusammengereimt. Aber nimm dich in acht, Hans, kluge Kinder werden nicht alt ...«

»Werden nicht alt!« krähte die gräfliche Jugend wie aus einem Mund, und unter großem Gelächter zerstreute sich die Schar. Nikola hielt sich an Jule.

»Mutter, sollst mal zu Onkel Pauls Frau kommen«, meldete Nikolaus. Iso hatte sich gerade an die Maschine gesetzt und wollte einige wichtige Briefe erledigen. Sie schob sie seufzend fort.

»Gleich jetzt?«

»Gleich.«

Nikolaus drückte sich am Fenster herum, obwohl es draußen absolut nichts zu sehen gab. Dunkelheit und Kälte – Iso hatte sich sogar hier im Zimmer eine alte Jacke übergezogen. Sie warf sie jetzt beiseite und fuhr in die ›gute‹, eine ehemalige Luftwaffenjacke, die elegant geschnitten war und vorteilhaft aussah. Sie trug sie gern, hatte immer gern hübsche Männerjacken oder -hosen getragen, vielleicht nur deshalb, weil ein Junge während ihrer Kindheit und Jugend immer als etwas Besseres angesehen wurde.

»Bin gleich wieder da, Klausi«, sagte sie, den alten Kosenamen benützend, der eigentlich längst abgeschafft war. Nikolaus sah ihr mit gemischten Gefühlen nach. Sie merkte es nicht.

Später verstand sie, warum er so bedenklich geguckt hatte. Bei Onkel Pauls Frau stand das Stimmungsbarometer auf Sturm – auf Orkan, wenn es das gegeben hätte. Sie hatte Nikolaus erwischt, als er ein paar Holzscheite aus ihrem Vorrat genommen hatte.

Das schrie sie Iso entgegen.

»Der Bengel wird kriminell, nein, er ist es schon!« tobte sie. »Der endet im Zuchthaus, der – der –«

Iso kam nicht zu einer Entgegnung. Sie hatte ja auch nichts zu entgegnen. Wenn Onkel Pauls Frau den Jungen gesehen hatte, war der Fall klar. Es gab zwei Holzställe im Kornhaus, beide waren mit Lattentüren verschlossen. Auch die Zwischenwand, die die beiden Verschläge trennte, bestand aus Latten, so daß man von einem in den anderen sehen konnte. Iso erinnerte sich, daß sie Nikolaus um Holz geschickt hatte, weil sie in der schlecht geheizten Wohnstube fror. Der Junge war, wie Jungens sind, nicht sofort losgerannt, sondern hatte herumgetrödelt, bis sie ihn rauher anfuhr: ›Nun geh schon, ich friere!‹ Und sie hatte ihn, da sie gerade aufgestanden war, zur Tür geschoben. Er ging dann auch endlich, hatte aber den Schlüssel vergessen, der den ihnen zustehenden Holzstall versperrte. Da der andere, der der ›Herrschaft‹, aus irgendeinem Grund offenstand, war er dort hineingeschlüpft und hatte drei oder vier Scheite von dort genommen. Mußte er denn gerade damit der Gutsherrin in die Arme laufen?

Er lief jedenfalls. Und sie hatte ihn schon von weitem beobachtet. Ob sie ihm direkt eine Falle gestellt hatte, um ihn zu prüfen, wußte Iso nicht, sie glaubte es eigentlich nicht. Aber bei der belfernden Wut der anderen konnte man es sich beinah vorstellen. Während sie dastand und die Schimpfkanonade auf das ›hergelaufene Pack aus dem Osten‹ über sich ergehen ließ, entwischte Nikolaus, seine Chance wahrnehmend. Iso hinderte ihn nicht. Das ärgerte die andere noch mehr.

»Ihn laufenlassen, jawohl, damit er es das nächste Mal wieder tut«, keifte sie. »Prügel müßte er haben, damit er es sich merkt. Aber das gibt es bei Ihnen wohl nicht, Frau Dominikus. Immer sich vor die Kinder stellen und sie verteidigen …«

Iso hatte kein Wort gesagt. Jetzt aber platzte ihr der Kragen.

»Ich verteidige ihn ja nicht«, sagte sie, ihre Stimme klang ganz rauh. »Aber so schlimm finde ich es auch wieder nicht. Ich hatte ihn nach Holz geschickt, und er hatte wohl vergessen, den Schlüssel mitzunehmen, und war zu faul, noch einmal zurückzugehen. Kinder sind eben faul, wenn sie etwas für Erwachsene tun sollen –«

»Ihre bestimmt! Faul und unverschämt –«

Iso hörte nichts mehr. Sie hatte sich umgedreht und lief aus dem Zimmer, mühsam die Tränen zurückhaltend. Drei Scheite Holz, und von Zuchthaus reden! Beinah rannte sie Onkel Paul um, der gerade nach Hause kam.

»Was ist denn –«

»Ach, nichts –« Sie entfloh. Mit halbem Ohr hörte sie noch, wie die Gutsfrau Onkel Paul anschrie. Nur fort, fort! Zu Hause warf sie sich auf Moritz' Bett und erstickte ihr Schluchzen im Kopfkissen. Den ganzen Tag schon hatte sie Leibschmerzen gehabt, murrende, abflauende und immer wieder stärker werdende Schmerzen, jetzt tat auch der Magen richtig weh. Das gab ihr den Rest. Sie fühlte sich von Gott und der Welt verlassen. Kam denn niemand, nach ihr zu sehen? Nikolaus bestimmt nicht, aber vielleicht Lea – oder Moritz, ihr Hiezi ...

Keiner kam. Sie richtete sich auf, tastete sich in die Küche hinüber und setzte mechanisch Wasser auf. Dabei sah sie, daß wieder Holz fehlte – Nein, nach Holz ging sie heute abend nicht mehr. Mit dem Tauchsieder, den sie neulich gekauft hatte, machte sie Wasser warm, füllte die Gummiwärmflasche und legte sie sich auf den Bauch, während sie sich auf dem kurzen Sofa im Wohnzimmer ausstreckte, soweit das möglich war. Durch die Wärme ließen die Schmerzen allmählich nach, trotzdem war ihr jämmerlich zumute. Nach einer Viertelstunde mußte sie eingeschlafen sein, denn sie fuhr hoch, als die Tür ging. Es war stockdunkel.

»Ja?« fragte sie halblaut.

»Ich bin's nur.« Die Stimme des Kaplans, leise. Iso richtete sich auf – oder versuchte es. Sie war noch ganz benommen.

»Machen Sie Licht!« bat sie.

Er gehorchte, kam an ihr Lager, sie rückte zur Wand, damit er auf dem Rand des Sofachens sitzen konnte. Auf dem Rand des Randes – es war sehr schmal. Er beugte sich über sie.

»Krank? Schmerzen? Fieber? Oder Kummer?«

»Beides. Alles. *Und* Ärger –« Sie versuchte, es lustig zu sagen, aber es klang eher bitter. Er legte seine Hand auf ihren Mund. Die Hand war trocken, warm, ein wenig rauh. Angenehm rauh. Iso lächelte.

»Darf ich gar nichts sagen?«

»Doch. Dem Onkel Doktor. Wo tut's weh?«

»Eigentlich überall. Am meisten im Bauch. Jetzt nicht mehr so schlimm.«

»Und früh? Frühmorgens? Ehe man was gegessen hat?«

»Da am meisten. Wenn ich ein paar Haferflocken gegessen hab', wird's besser.«

»Hm. Der Nüchternschmerz. Ist wohl ein Magengeschwür oder eine Magenschleimhautentzündung. Daran stirbt man nicht, aber man muß was dagegen tun.«

»Was denn?« Sie lächelte wieder, diesmal ein bißchen überlegen, so: Du mit deinen Kenntnissen! Mein *Leben* müßte geändert werden, das ist es. Und das ist natürlich Utopie.

»Heidi hatte mal eine Patientin, die litt an Magengeschwüren. Die hängen mit der Psyche zusammen, so viel weiß ich auch. Die Schmerzen kamen immer wieder. Zum Operieren kam sie nicht. Zuviel zu tun, unabkömmlich. ›Da gib ihr doch was zum Lindern‹, sagte ich zu Heidi. Die sah mich mitleidig an. ›Einen anderen Mann. Mach das mal. Die Ehe geht eben nicht. Und solange –‹ und solange Onkel Pauls Frau da drüben gegen mich intrigiert, meine Kinder in Fallen lockt, ihnen Zuchthaus prophezeit, ihren Mann gegen mich aufhetzt ...«

»So lange hilft kein Medikament. Stimmt. Aber weißt du was –«, ihr fiel gar nicht auf, daß er sie duzte – »es gibt nicht nur Medikamente, die ja allesamt Nebenwirkungen haben, sondern auch anderes, was hilft. Wozu habe ich eine Mutter, die sich mit Heilpflanzen auskennt? Und nicht nur mit Heil*pflanzen*. Hast du Kartoffeln?«

»Klar. Wozu denn?«

»Wo? Sag schnell. Und eine Reibe?«

»Eine was?«

»So was.« Er markierte mit der rechten Hand eine Auf- und Abwärtsbewegung am linken Arm. Iso lachte.

»Hab' ich auch. Wozu?«

»Wart ab.« Ganz schnell beugte er sich über ihren Mund und küßte sie. »Sei still –« Und war schon in der Küche, die Tür hinter sich auflassend. Nach einer Weile kam er zurück, ein Handtuch in der Hand, das er wie ein Säckchen hielt. Er drückte daran herum und fing das, was unten herauslief, in einer Tasse auf. »Das trinkst du jetzt, und sofort hört der Schmerz auf.«

»Was ist denn das?«

Die Brühe sah wenig appetitlich aus, grau und trüb. Er zwang sie ihr in die Hand.

»Ich muß mich erst aufsetzen, sonst geht alles daneben.«

Er stellte die Tasse auf den Tisch und hob Iso an, freundlich scheltend. Dabei kam er ihr ganz nah. Sie fühlte es, merkte auch, wie er verstummte, und gab sich ihm in die Arme. Endlos, endlos war sein Kuß – sie hatte das Gefühl, als tränke sie etwas brennend Heißes und gleichzeitig so erfrischend Klares, daß sie nicht satt davon werden konnte. Als er sie zurücksinken ließ, bettete er seinen Kopf auf ihre Brust, schweigend. Sie atmete tief.

»Sei nicht böse«, sagte er endlich, strich über ihr Gesicht und legte seine Wange an die ihre. Dann setzte er sich auf, griff nach der Tasse und hielt sie ihr an den Mund.

»Runter damit. Schnell. Das nimmt die Schmerzen. Hast du noch welche? Na also. Brav ist das Kind –« Er küßte sie noch mal, kurz, derb, anders als vorhin. »Und wird wieder gesund. Ganz schnell. So sagte unsere Mutter immer.«

Er war aufgestanden und wieder in die Küche hinübergelaufen, hantierte dort. »Es ist ja eiskalt hier, warum heizt ihr nicht?«

»Weil –« Iso lachte ein wenig. »Ich hatte Nikolaus nach Holz geschickt, und der Esel hat's aus dem ›herrschaftlichen‹ Holzstall geholt statt aus dem unseren und sich dabei von der Frau des Hauses erwischen lassen –«

»O Sch-schande«, verbesserte er sich schnell, »jetzt hol' ich dir Holz. Nicht von der vermaledeiten Herrin, sondern von mir. Wirst du still liegenbleiben? Geht es besser? Laß mich fühlen –«

Er hatte seine Hände um sie gelegt, nicht auf den Bauch, etwas höher. Sein Gesicht wurde sehr ernst. Er neigte es vor und ließ es zwischen seinen sanft umgreifenden Händen liegen.

Nach langer Zeit hob er den Kopf, zog mit zarten Händen die Jacke zusammen und knöpfte sie zu. Seine Augen waren weit geöffnet und schimmernd feucht.

»Ich komm' wieder. Ich heiz' dir ein –« Sie mußte lachen über den Doppelsinn dieser Worte. Er auch.

»Wahrhaftig, das tust du«, sagte sie.

»Jetzt hast du ›du‹ gesagt. Du – du – du –« Fort war er. Sie lag und lächelte, ohne es zu wissen. Der Schmerz war weg. Sie war ganz neu und leicht – und gestillt.

›Nie war mein Leib so frisch, mein Herz so satt –‹ Aus welchem Gedicht war das nur? Sie versuchte nachzudenken und glitt in den Schlaf.

Als sie aufwachte, war es warm. Der Herd strömte Hitze aus. »Die Kinder?« fragte sie unwillkürlich.

»Schlafen. Hab' sie abserviert. Weil Mütterchen krank ist und Ruhe braucht. Sie gingen ohne Protest. Gut erzogen, wirklich.«

»Ach, erzogen … Gut geworden. Dem einen wurde heute Zuchthaus prophezeit.«

»Na ja. Von einer gräßlichen alten Person, die uns überhaupt nichts angeht. Die immer schlechte Laune hat. Frau Sauertopf –« Er kam herüber, das ›Tippel‹ in der Hand. »Einen Schluck warmen Tee? Nicht heiß. Warm, süß, gut.«

»Warm. Süß. Gut. Das bist du auch.« Sie sah ihn an, seine Augen, während sie trank. Er hatte das Tippel nicht hergegeben, sondern seine Hände drum liegenlassen, während sie die ihren dazulegte. Noch nie, so glaubte sie, hatte jemand sie so angesehen, so bis in alle Tiefen. So wie vorhin die Lippen, so sanken jetzt ihrer beider Augen ineinander. Ohne Ende, ohne Ende.

»Du mußt jetzt gehen«, sagte sie nach einer Weile schwach. Er hörte es gar nicht.

»Weißt du, woher ich das Brennholz hab'? Einen Teil von mir, das andere aus der alten Ölmühle. Da war noch ein Rest. Von Silvester her. Silvester, ja, da hab' ich es erfahren.«

»Was erfahren?« fragte sie, obwohl sie es wußte. Sie wollte es hören, schmecken, fühlen.

»Dich – daß du – daß ich –« Mehr sagte er nicht. Mund auf Mund, da kann man nicht sprechen.

Nikola wachte auf. Es war noch dunkel draußen, Jule schnarchte leise, sonst gab es nichts zu hören. Aber Nikola hielt es nicht. Sie tastete sich aus dem Bett, suchte die Tür, fand sie und machte im Flur Licht. Nur niemanden wecken, niemanden stören – da fiel ihr ein, daß heute Sonntag war.

Um so besser. Sie schlich zur Haustür, der Schlüssel steckte innen, sie drehte ihn und stand draußen. Und dann lief sie wie die Katze nach der Milchschüssel hinüber, dorthin, wo Kran und Traktor und aufgehäufte Steine und sonst noch allerlei lag. Stieg über Latten und Pfützen und kam ins Haus, erstaunt, daß es offen war, vergaß das aber sofort wieder. Der wüste Haufen Bücher vor ihr ließ sie alles andere vergessen.

»Wo ist eigentlich deine Schwester, Jule?« fragte die Gräfin beim Frühstück. Ein Platz an dem großen Eßtisch im ›blauen Saal‹ war leer. Jule sah auf.

»Richtig. Sie war schon fort, als ich aufwachte. Vielleicht hat sie sich in der Dusche eingeriegelt und kann nicht mehr raus.«

Die beiden Jüngsten grinsten. Jule stand auf und ging in den Flur.

»Nikola?«

Keine Antwort.

»Na so was.« Jule kam zurück, berichtete, und nach dem Frühstück schwärmte die Geschwisterschar aus.

»Hallo!« und »Nikola!«

»Wo bist du?« hallte es durch den Schloßhof, aber Antwort bekam niemand. Bis der Jüngste, ›Graf Winzigklein‹, wie ihn die Schwestern nannten, schließlich auf die Idee kam, in den zertrümmerten Flügel einzudringen. Und da fand er Nikola, zwischen den dort abgelegten Büchern hokkend, und sein Rufen: »Da ist sie ja!« gellte in die Sonntagsstille. Gleich danach, als hätte sie darauf gewartet, bimmelte, ziemlich blechern, die Glocke in der Schloßkapelle.

»Guter Gott, wir müssen ja in die Kirche!«

Sie schleppten Nikola mit. Da saß sie nun unter den anderen im geschnitzten Gestühl und kam sich erst ziemlich deplaziert vor, vergaß es aber wieder, als sie den größeren Bruder über die Kälte im Gotteshaus räsonieren hörte. »Gebt mir wenigstens das Kissen«, knurrte er halblaut, und das begehrte Stück wurde einer der kleineren Schwestern unter der Sitzfläche weggezogen, damit der Herr Bruder es bekam. Dieser geschwisterliche Streit nahm Nikola alle Befangenheit, und als der Segen gesprochen war, trollte sie mitsamt den anderen zur Kirche hinaus.

»Du hast doch noch gar kein Frühstück gehabt«, sagte Isabella, die zweite Tochter, und zerrte Nikola an der Hand mit zur Schloßküche. Dort waltete eine winzige ältere Frau, guckte Nikola prüfend an und strich ihr dann ein Brot.

»Milch steht dort drüben.« Isabella zeigte sie Nikola. »Wo hast du denn gesteckt?«

»Bei den Büchern«, antwortete Nikola mit vollem Mund. »Du, da gibt es Schätze zu heben! Kommst du mit?« Sie stürzte die Milch hinunter und zog nun ihrerseits Isabella mit sich. »Also was ich gefunden hab' – einen bebilderten Shakespeare, wie ich noch nie einen gesehen hab', und einen ›Taugenichts‹, geradezu süß –«

»Den kenn' ich. Und manches ist sogar noch heil?«

»Vieles. Manches auch nur ein bißchen kaputt, das kann man sicher reparieren. Du, ob ich da –«

Isabella sah sie an, als sie stockte.

»Was denn?«

»Aufräumen darf? Sortieren? In Ordnung bringen?«

Sie waren über die Trümmer hinweggeklettert und wieder im Raum der tausend Bücher. Ob tausend reichten? Nikola konnte es nicht abschätzen. Sie kniete schon wieder am Rand des Stapels und zog ein angesengtes Buch heraus.

»Sieh mal, das geht ja noch, aber dort –« Sie wies auf einen Haufen stark versengter Bücher. »Ob die sehr kostbar waren? Wann ist es denn passiert?«

Isabella erzählte von den letzten Kriegstagen. Als zu Mittag gegongt wurde, erhoben sie sich, sahen einander an und mußten beide lachen.

»So ungefähr war es neulich bei uns«, sagte Nikola, »da hatten aber nur Karnickelställe gebrannt und keine Zeugen der Weltliteratur.«

Natürlich wurde sie nicht mit einem Nein abgefertigt, als sie nach Tisch schüchtern ihre Bitte vortrug.

»Die Gemeindebücherei bei uns hab' ich auch katalogisiert, der Lehrer hat mir das gezeigt«, erklärte sie, »vielleicht kommt er mal ein paar Tage her, und bis dahin –«

»Bis dahin –«

»Darf ich vielleicht ein wenig vorsortieren? Nach Autoren, nach dem Alphabet? Das kann doch nicht verkehrt sein. Oder lieber nach Verlagen?«

»Nach der Farbe«, raunzte der große Bruder, »erst die roten, dann die himmelblauen –«

»Du hältst den Mund. Ich bin froh, daß sich jemand dieses Misthaufens erbarmt«, sagte die Gräfinmutter. »Ich muß mich um die Hühnerställe kümmern. Uwe, und du kommst mit. Ja, keine Ausrede, ich brauch' einen starken Mann.«

Uwe war der Kissenerbeuter. Er zog ein langes Gesicht und knurrte etwas von »den Feiertag heiligen«, kam aber damit bei seiner Mutter nicht durch. Isabella folgte Nikola nicht, sie machte sich aus dem Staube. Auch die anderen Geschwister verdrückten sich, sie kannten ihre Mutter …

»Nein. Nein. Das geht nicht. Das kann ich nicht. Die Kinder so lange allein lassen, es sind zwar nur noch vier, für meine Verhältnisse also wenig, aber –«

»Aber! Vier Kinder in diesem Alter können doch mal eine Woche allein sein. Was meinst du, wie gern sie das wären! Wir fanden es immer herrlich, wenn unsere Mutter mal nicht da war. Da tanzten die Mäus', wenn die Katze fort war –«

Der Kaplan sah Iso inständig bittend an.

»Ich hab' in Münster zu tun, aber nicht den ganzen Tag. Wir hätten einmal Zeit füreinander –«

Iso sah ihn an.

»Sie dürfen doch nicht –« Manchmal fiel sie noch ins ›Sie‹.

»Das ist, zum Kuckuck, meine Sache«, sagte der Kaplan heftig. »Kümmere du dich da nicht drum. Ich möchte – Himmel, Iso, soll denn das mit uns ewig so weitergehen? Kaum hat man sich begrüßt, kommt eines der Kinder herein. Ich hab' Kinder gern, deine besonders, ja, das stimmt, vor allem Moritz, den lieben kleinen Kerl, aber –«

»Was glaubst du, was die vom Gut sagen würden?« fragte Iso.

»Das Gut! Was kümmert mich das Gut!«

»Wir sitzen hier auf dem Präsentierteller –«

Da saßen sie wirklich. Wenn der Kaplan ins Schulhaus kam, erfuhr es jeder. Der Klatsch brandete um sie, bereits jetzt. »So eine alte Witwe und dann der junge Geistliche –« Schrecklich war das. Und wenn sie beide gleichzeitig weggefahren wären und gleichzeitig wiederkämen ...

»Du könntest ja etwas später nachkommen«, versuchte der junge Mann sie zu überreden, »und eher wiederkommen. Ich hab' in Münster einen Freund, bei dem könnten wir unterkommen –« Er zog sie heftig an sich, so heftig wie bisher nie. Sonst war er zärtlich und vorsichtig ...

»Denkst du, ich möchte nicht?« flüsterte sie, als er ihren Mund freigab. Überwältigend stieg die Sehnsucht in ihr auf, und das andere, nun, das war seine Sache ...

›Das nehm' ich auf mich‹, hatte er gesagt.

»Aber die Kinder –«

»Könnte sich Frau Krafft nicht um sie kümmern?«

Trixis Kind war noch nicht geboren, wurde aber sehr bald erwartet. Natürlich könnte man Trixi bitten, mittags für die anderen mitzukochen. Frühstück und Abendbrot konnten sie sich selbst zurechtmachen.

»Wenn ich Trixi bitte –«

»Ach ja, bitte sie! Sag, du müßtest zu einem Kongreß – Gibt es bei euch so etwas nicht? Bei euch Krankengymnastinnen?«

»Doch, das gibt es schon. Ich wollte überhaupt immer einen Kursus für Gemeindeschwestern mitmachen.«

»Du tust es. Du bittest deine Tochter –« Er zerdrückte sie fast in seinen Armen, küßte sie stürmisch und wild – und dann ging unten die Haustüre.

»Mutter, Mutter!« Bens Stimme. »Mutter, wo steckst du denn?«

»Na hier, im Wohnzimmer. Was ist denn los?« Isos Stimme klang ärgerlich. Ben kam die Treppe in Sprüngen herauf.

»Trixi – sie haben sie geholt! Im Krankenwagen.«

»Im Krankenwagen? Ist es losgegangen?«

»Ja, aber –«

Iso rannte hinaus. Im Hof kam ihr der Lehrer entgegen. Er sah blaß und verstört aus.

»Was ist denn?«

»Der Arzt sagt –«

»Ihr habt den Arzt zugezogen? Warum denn?«

»Ja, Trixi wollte es. Es ging überhaupt nicht vorwärts. Er meinte, eine Zange –«

Iso starrte ihn an. Sie hatte alle ihre Kinder nur mit Hilfe einer Hebamme und ziemlich problemlos geboren.

»Können Sie – kannst du ein Auto besorgen? Du willst doch auch zur Klinik?«

»Ja, ich wäre mitgefahren, aber sie hatten schon eine Frau mit drin, die auch – sie –«

Da kam Onkel Paul. Iso lief zu ihm hin.

»Trixi kriegt ihr Kind, sie haben sie mit dem Krankenwagen geholt. Können Sie uns hinfahren?«

»Natürlich fahr' ich Sie. Los, kommen Sie. Mein Wagen steht noch in der Garage.«

Sie rannten zu dritt über den Hof. Der Kaplan stand im Wohnzimmer des Schulhauses am Fenster, trat aber einen Schritt zurück, als das Auto den Schulberg hinaufsurrte.

»Ben«, sagte er ganz leise, als er den Jungen neben sich spürte.

»Ist 'ne Zange was Gefährliches?« fragte Ben halblaut, scheu. Der Kaplan legte ihm den Arm um die Schultern.

»Aber woher denn! Der Doktor wird das schon richtig machen ...«

Nikola hatte sich aufs Fensterbrett gesetzt – der Tag war noch immer trüb – und las. Es war eigentlich kein Buch, das sie in der Hand hielt, auch kein Taschenbuch. Es war geheftet, die Ränder der einzelnen Seiten waren nicht geschnitten, sondern wie ausgefranst. Ob das Büttenpapier war? Sie hatte noch nie etwas mit Büttenpapier zu tun gehabt. Verlag S. Fischer, Berlin. Siebenundzwanzigste Auflage. *Die versunkene Glocke*, ein deutsches Märchendrama von Gerhart Hauptmann. Nikola blätterte.

»Eine tannenumrauschte Bergwiese. Im Hintergrund halb versteckt eine kleine Baude. Vorn ein Brunnen. Rautendelein, ein elbisches Wesen, halb Kind, halb Jungfrau, sitzt auf dem Brunnenrand und kämmt ihr dichtes, rotgoldenes Haar, einer Biene wehrend, die sie dabei zudringlich stört.

›*Du Sumserin von Gold, wo kommst du her?*
Du Zuckerschlürferin, Wachsmacherlein,
du Sonnenvögelchen, bedräng mich nicht –‹«

Nikola las. Erst, wie man Bücher gemeinhin liest, also stumm vor sich hin, dann, ohne es zu merken, halblaut, schließlich laut. Sie merkte nicht einmal, wie sie, der Regieanweisung folgend, sich über das Fensterbrett bog und in einen nicht vorhandenen Brunnenschacht spähte, *»Holla, Nickelmann«*, hinabrief und dann die Achseln zuckte. *»Er hört nicht. Sing' ich mir mein eigenes Lied.*

Weiß nicht, von wann' ich kommen bin,
weiß nicht, wohin ich geh',
ob ich ein Waldvögelein bin
oder eine Fee.
Die Blumen, die da quillen,
den Wald mit Ruch erfüllen –«

Die Melodie aus dem Zupfgeigenhansel, jenem Volksliederbuch, das sie ihre Kindheit hindurch begleitet hatte, war ihr eingefallen, sie paßte zu den Zeilen. ›Wär' ich ein wilder Falke ...‹

»Aber manchmal fühl' ich ein Brennen,
möchte Vater und Mutter kennen –«

Da ging die Tür. Nikola ließ das Buch sinken und wandte sich um. Isabella war hereingekommen, Onkel Hans an der Hand mit sich ziehend.

»Siehst du, da ist sie. Dacht' ich's doch. Wo soll sie stecken, wenn nicht bei den Büchern.«

»Oh, dieser Berg von Büchern! Mein Gott, wenn das alles verbrannt wäre! Unausdenkbar. Hier schwelgen – Könntet ihr mich nicht wegen irgendeiner Untat, die ich gern begehen würde, hier einsperren? Meinetwegen bei Wasser und Brot? Für Wochen, für Monate? Soll ich eins von euern Hühnern umbringen oder den Hofhund – ach nein, denkt euch lieber was anderes aus. Vielleicht den kostbaren Smaragdschmuck der Gräfin stehlen –«

»So was hat unsere Mutter nicht. Sie hat das goldene Sportabzeichen, und wenn du das stiehlst, bekommt sie auf ihr Leistungsheft ein neues. Nee –«

»Schade. Der Diebstahl wäre mir recht, damit macht man sich die Hände nicht blutig, dagegen hab' ich nämlich was.«

Nikola war vom Fensterbrett heruntergerutscht und stand da, das Heft in der Hand, zugeklappt, den Zeigefinger der rechten Hand zwischen den Seiten, dort, wo sie aufgehört hatte zu lesen.

»Und welches Buch haben Sie da?«

»Die versunkene Glocke ...«

Stille. Dann murmelte Herr Heider halblaut: »Darf ich mal sehen?«

Zögernd hob Nikola die Hand. Er griff danach. Sie zog die ihre weg.

»Ich will es ja nur *sehen* – zeigen Sie doch mal her!«

Nikola gehorchte. Er sah die erste Seite an.

»Jahrgang neunzehnhundertsieben. S. Fischer Verlag. – Kind Gottes und Erbe des Himmels ...«

»Es lag hier drin.« Nikola hob schüchtern eine Mappe, die neben ihr auf dem Fensterbrett gelegen hatte. Es war eine große Mappe aus festem Karton, die auf der Vorderseite das Bild eines Mädchens in gelbem Kleid, mit gelbem Haar trug. Darüber stand: Die versunkene Glocke von Gerhart Hauptmann. Mit Bildern von Heinrich Vogeler, verlegt bei Fischer und Franke, Berlin, 1898. Herausgegeben vom Worpsweder Archiv.

Hans Heider blätterte die Mappe auf. Ein Brunnenrand, über den sich ein Mädchen beugte. Ein grotesker Kopf, der aus dem Brunnen lugte, auf dem nächsten Bild ein Mann, der gebückt bergauf taumelte, eine verhutzelte Alte, die zwei Kätzchen lockte, ein Mädchen, weinend, ringsum ein Band von Erdmännlein, dann zwei kleine Jungen, jeder einen Steinkrug in der Hand schleppend.

»Na, so was Scheußliches!« sagte Isabella, die mit hineingeguckt hatte, und warf den Kopf zurück. »Findest du das etwa schön, Onkel Hans?«

»Schön? Aber es ist – es ist – kommt her, ich lese mit ... Wo warst du, Rautendelein? Dort, wo der Nickelmann auftaucht?« Er duzte Nikola, ohne es zu merken. »Los, lies noch mal! Wir müssen zwar alle drei ins selbe Buch sehen, aber das macht nichts.«

Er zog beide Mädchen auf die Bank unter das Fenster.

»Hier, lies weiter. ›*Heh, Nickelmann, vertreib mir doch die Zeit ...*‹

»Da ist er«, las Nikola. *»Hahaha, schön bist du nicht. Hört man dich erst, kriegt man'ne Gänsehaut, 'ne schlimmere, wenn man dich sieht –«*

»Breckeckekeks«, quakte Onkel Hans.

Sie lasen weiter. Als der Waldschrat auftrat – »*Komm, Schrätlein, tanz mit mir* –«, stieß Onkel Hans Isabella an:

»Los!«

»*Kann ich nicht tanzen, mach' ich ein paar Sprünge, wie sie mir* –, lasen sie. Isabella kam in Feuer, als sie an die Stelle kamen, wo der Waldschrat schildert, was geschah, als die Menschen versuchten, die Glocke auf den Berg hinaufzuschleppen.

»Acht Klepper, schnaubend in hänfenen Stricken,
konnten das Untier kaum vorwärts rücken,
mit keuchenden Flanken und zitternden Knien,
hielten sie an, um aufs neue zu ziehen –«

Und dann die große Szene des Waldschrats; man sah sie wahrhaftig vor sich:

»Ich griff ins Rad, die Speiche brach,
die Glocke wankte, rutschte nach,
noch einen Riß, noch einen Stoß,
bis sie kopfüber ins Tiefe schoß.
Hei, wie sie sprang
und im Springen klang!
Von Fels zu Fels ein eiserner Ball,
mit Klang und Hall und Widerhall.
Tief unten empfing sie aufspritzende Flut,
dort mag sie bleiben, dort ruht sie gut!«

Alle drei schwiegen atemlos. Es war, als hätten sie erlebt, was sie lasen. Nikola hatte ihre Hand in Onkel Hans' Ärmel gekrallt.

»Oh, das ist schön. Das ist –«

»Ja, das ist . . .«

»Das ist Schlesien. Riesengebirge. Schneekoppe. Riesengrund. Hohes Rad. Oh, das müßte Mutter lesen!«

»Und wie geht's weiter?« fragte Isabella nach langer Zeit. Onkel Hans wischte sich die Brille ab.

»Ja, so: Der Glockengießer Heinrich, dem die Glocke in den See stürzte, als er sie auf den Berg hinaufbringen wollte, gibt seinen Plan nicht auf. Er baut hoch oben eine Schmiede, Rautendelein hilft ihm dabei, er will die Glocke dort oben gießen und schwört, daß sie ihm gelingen werde, so wahr die versunkene Glocke nie wieder tönen würde. Aber sie tönt dennoch –«

»Könnten wir das nicht spielen?« fragte Isabella. »Spielen, im Park! Du hast doch oft mit Schulkindern Theater gespielt, Onkel Hans. Wir könnten jetzt schon lernen und proben, solange es noch Winter ist, und dann, in einer Juninacht, fände die Aufführung statt!«

Onkel Hans sah sie an – es war, als sähe er durch sie hindurch und hätte eine Vision.

»Isabella – ich hab' ein Leben lang davon geträumt, das zu spielen. Mindestens den ersten Akt. Ben könnte den Waldschrat machen, ich oder Uwe den Nickelmann. Und wer spielt die Buschgroßmutter?«

»Die müßte unsere Mutter spielen, sie spricht noch richtig Schlesisch –«, rief jetzt Nikola, wie angesteckt von den anderen.

»Und meine kleinen Schwestern spielen die Elfen. Ich weiß schon, wie wir das machen. Und wir haben doch einen Brunnen ...«, sagte Isabella eifrig.

Darüber war Jule hereingekommen. Sie betrachtete das Buch, hörte zu, bekam glänzende Augen. »Das machen ›meine‹ Kinder bestimmt gern mit. Ich übe mit ihnen –«

»Müssen wir dabei aber so scheußlich aussehen wie auf den Bildern?« fragte Nikola. »Also, ich finde das nicht richtig!«

»Kind, die sind von achtzehnhundertsoundsoviel. Damals hatte man einen anderen Geschmack. Nein, schön sollt ihr aussehen, und der Waldschrat lustig, und der Nickelmann wie ein Tausendjähriger –«

›Und wer spielt das Rautendelein?‹ dachte Nikola. Sie dachte es nur, sie sprach es nicht aus ...

18

Nichts bleibt, mein Herz ...

1950

Onkel Paul hielt an der Rückseite des Krankenhauses. Es wurde von Vinzentinerinnen geführt, Nonnen, die riesige Hauben trugen; er nannte sie immer die ›Butterflies‹. Alle kannten ihn hier. Er stieg neben Iso die Treppe hinauf.

Stille. Schimmerndes Linoleum. Blattpflanzen auf den Fensterbänken. Numerierte Türen. ›Trixi, meine Trixi‹, hämmerte Isos Herz. Sie hatte gerade zu diesem Kind eine besondere Bindung. Sie hätten Heidi anrufen sollen! Natürlich! Es mußte gleich nachgeholt werden.

Die Tür mit der Nummer 27 ging auf, ein Mann in Weiß, goldene Brille, ohne Mundschutz, gegen das Licht blinzelnd, trat heraus. Iso kannte ihn, Onkel Paul war sofort bei ihm.

»Kind da, Mutter großer Blutverlust –«, hörte Iso. Sie trat zu den Herren.

»Blutgruppe? Ich hab' Null, bin ein Joker. Meine Tochter auch.« Sie nickte zur Tür hin. Wie gut, daß sie hier so oft Blut gespendet hatten, Heidi und sie.

»Prima. Rein mit dir.« Dr. Otto duzte alle und jeden. Iso stand schon neben Trixis Bett, die so weiß war wie ihr Kissen. Ihr Mund, halb geöffnet, zeigte gelbliches Zahnfleisch. Irgendwo quäkte ein Kind.

Später wußte Iso überhaupt nicht mehr, wie alles gelaufen war. Sie hatte den Unterarm hingehalten, ein kalter Wattebausch fuhr darüber, hinein mit der Nadel, eine Schwester bediente den Hebel. Hin – her – Iso starrte in Trixis Gesicht. Wahrhaftig, es grenzte an Zauberei. Die Haut begann sich langsam zu färben, wurde rosig, hellrosa, das Zahnfleisch rot.

»Hörst du ihn? Er schreit –«

»Ja, Trixi, ja. Er schreit – er lebt – und du lebst auch ...«

»Das paßte großartig«, sagte der Arzt eine halbe Stunde später, als er neben Onkel Paul und Iso herging – Krafft blieb im Krankenhaus, er konnte sich noch nicht trennen –, um die beiden zum Auto zu bringen. »Dieselbe Blutgruppe. Sie beide haben ja schon öfters hier Blut gespendet. Und wohl auch die Mutter der Wöchnerin?«

»Ja, meine Cousine und ich«, sagte Iso. »Trixi und Nikola also auch? Diese Schwefelbande, sie haben nichts verlauten lassen!«

»Wie soll man denn sonst zu ein paar Mark kommen und zu seinem deftigen Frühstück –« Sie hatte eine Scheibe Weißbrot, die dick mit Butter bestrichen war, und ein Glas Rotwein bekommen. Das erstere hatte sie aufgerichtet, das andere schwindlig gemacht. Sie meinte, den Fußboden mit den Füßen nicht zu erreichen. Gottlob, da war das Auto.

»Na, Großmütterchen?« fragte Onkel Paul, als sie fuhren. Iso versuchte ein Lächeln.

»Und Sie sind Pate, Onkel Paul«, sagte sie, »Trixi hat's schon gesagt. Sie war wieder ganz da, und so selig! Oder nicht?«

»Doch, Kind, gottlob. So, komm, ich helf' dir heraus –« Sie waren im Hof angelangt. Er stieg aus dem Auto und faßte ihre Hand. »Geht's? Du sahst vorhin etwas mickrig aus.« Da kam der Schmied vorbei.

»Ach bitte –«, fing er an, Onkel Paul folgte ihm. Iso stand allein, sah Tante Hete auf sich zukommen. Im Augenblick konnte sie nur stammeln: »Es ist da! Ein Junge. Alles gut –«

Die Gutsherrin sah sie an, versuchte wohl, freundlich zu blicken. Aber es war ein Versuch mit unzulänglichen Mitteln.

»So, na, da gratuliere ich. Aber da wir uns gerade treffen – Sie müssen jetzt ausziehen. Kraffts kommen wieder in die Schule, wie sich das gehört. Babygeschrei in meinem Haus, das geht nicht. Das wird jeder einsehen. Es war ja auch nur provisorisch, vorläufig. Also kümmern Sie sich um eine Wohnung, Sie haben ja nun eine kleinere Familie. Ich spreche mit meinem Mann.«

Damit ging sie. Iso stand wie erstarrt.

Sie hatte das Gefühl, sich nicht bewegen zu können. So ähnlich müßte es sein, wenn man mit Curare vergiftet wird. Man konnte noch denken, sich aber nicht mehr bewegen. Man war starr, wie aus Eis, gelähmt. Oh, wäre man doch wirklich tot.

Sie hatte sich das gewünscht, als sie erfuhr, daß Richard nicht mehr lebte. Aber jung und verantwortungsvoll, wie sie war, hatte sie sich diese Gedanken nicht gestattet, sie mußte ja für ihre Kinder leben, für seine und ihre. *Und* die anderen Kinder. Sie mußte ihre Aufgabe erfüllen, alles andere wäre Feigheit vor dem Feind. Wer war der Feind? Das Leben, das Schicksal, das kaum bezwingbare. Sie mußte *wollen* …

Und jetzt das. Nur weil diese Frau sie nicht leiden konnte, sie haßte und verachtete.

Fortmüssen, nachdem sie endlich Wurzeln geschlagen hatte. Das Stückchen Heimat verlieren, an das sich ihr Herz klammerte, inbrünstig dankbar, daß sie es gefunden hatte, endlich. Gerade jetzt war ihr Herz so voll Glück gewesen, selig, daß Trixi lebte, daß sie einen Sohn hatte und einen guten, verläßlichen, liebenswerten Mann, daß die nächste Generation begann – – –

Und nun wieder fortmüssen, wieder betteln gehen um Unterkunft, wieder sich erniedrigen und klein machen und auf sich herumtrampeln lassen. Sie hatte das Gefühl, als ertrage sie es nicht noch einmal, als könne sie keinen Schritt mehr gehen.

Es mußte wohl ein Fluch über ihrer Generation liegen. Den Mann verloren, eine Heimat gesucht, und nun, da sie sie endlich gefunden hatte, wieder weggestoßen zu werden, wieder deutlich, ach, grausam deutlich zu hören: Du gehörst nicht hierher. Nirgends gehörst du hin, weg mit dir und den Deinen, sieh zu, wo du bleibst, was gehst du uns an, die wir hier zu Hause sind.

Gerade da kam Frau Chaleur über den Hof. Sie lächelte Iso an, die aber reagierte nicht. Frau Chaleur stutzte.

»Ist Ihnen nicht gut? Ist –« Der Hof wußte immer alles. »Ist etwas –«

Iso setzte zum Sprechen an, bekam aber kein Wort heraus.

»... mit Ihrer Tochter passiert?« vollendete Frau Chaleur ganz leise. Iso riß sich zusammen.

»Mit Trixi? Gottlob nichts Schlimmes. Das Kind ist da, ja, gesund, ein Junge. Und Trixi –«

»O wie schön! Kommen Sie doch bitte einen Augenblick mit zu uns herein, mein Mann wird sich so freuen –«

Sie nahm Iso beim Arm und zog sie mit sich. Chaleurs wohnten noch immer in der Baracke auf der kleinen Koppel mitten im Hof, Iso ließ sich ziehen. Herr Chaleur saß am Tisch, den Stock neben sich, und sah ihr entgegen. Er streckte seine alte Hand nach ihr aus.

»Das erste Enkelkind, wie wunderbar«, sagte er leise, als er die Botschaft gehört hatte. »Kommen Sie, da mach' ich die letzte Flasche auf.«

Iso blieb lange bei den alten Leuten, die ihr dankbar waren. Ohne Heidi und sie wäre der alte Herr sicherlich nicht mehr am Leben. Sie vermochte nicht, sich aufzuraffen und in die eigene Wohnung hinüberzugehen, wo die Kinder sie ausfragen und bestürmen würden. Sie war ganz kraftlos nach der großen Freude und diesem Schlag ins Genick, der sie beinahe narkotisiert hatte. Denn wenn sich seine Frau etwas in den Kopf gesetzt hatte, gab Onkel Paul nach. Das wußte sie genau. Und daß diese Frau ihre Meinung ändern würde, war nicht zu hoffen.

So stieß sie mit den freundlichen Leuten an, erzählte von Trixi und daß sie im richtigen Moment hatte Blut spenden können. Die Bewunderung der alten Leute streichelte ihr Herz.

»Sie sind doch immer diejenige, die die Sache rettet«, sagte Herr Chaleur. »Was wäre aus mir geworden, wenn Sie sich nicht so eingesetzt hätten! Und immer voller Hoffnung und Zuversicht, ein Segen für die Umwelt. Nie werden wir vergessen, was Sie an uns getan haben.«

Iso war schrecklich verlegen. Deshalb brachte sie die Rede auf Nikola, die sich bei Sollnbachs so wohl fühlte und durch den Bücherberg wühlte ...

Auch das bewunderten die alten Leute.

»Die Gräfin dort ist ähnlich wie Sie, mit der würden Sie sich großartig verstehen«, sagte Frau Chaleur. »Patent und munter und schreckt vor nichts zurück. Sie hat auch so viele Kinder. Sie haben mich gleich an sie erinnert.«

»Danke. Das ist wohl ein großes Kompliment«, sagte Iso und versuchte zu lachen.

»Ja, ein größeres gibt es kaum. Fürwahr eine Generation, da können wir Alten gar nicht mit.«

»Nikola schrieb mir neulich, wie gut es ihr da gefällt. Ich solle unbedingt mal hinkommen. Sie wollen dort Theater spielen, irgendein Stück von Gerhart Hauptmann.«

Sie lebte ein wenig auf. Als sie endlich heimging, brachte sie es fertig, den Kindern von Trixis Sohn zu erzählen und das andere zu verschweigen. Die Kinder wenigstens sollten sich freuen dürfen.

Dem Kaplan erzählte sie es dann später. Er war sehr bestürzt, versprach, seine Reise nach Münster unter irgendeinem Vorwand abzusagen, – er könne jetzt nicht fort, meinte er. Natürlich fiel auch für Iso diese kaum geplante Reise ins Wasser. »Ich muß mich ja um Trixi kümmern, wenn sie heimkommt.«

Er sah das ein.

Plötzlich sagte er:

»Aber zu Sollnbachs solltest du fahren, ein, zwei Tage, ehe Trixi aus dem Krankenhaus kommt. Ich verspreche dir, nach den Kindern zu sehen –«

Er sah sie an, liebevoll, sehnsüchtig – so sehnsüchtig, daß bei ihr ein Damm brach. Sie verstand sich selbst nicht, aber es war stärker als sie.

»Komm heut abend in die Ölmühle«, flüsterte sie ganz schnell. »Hast du Zeit? O Florian, einen einzigen Abend, eine –« Sie brach ab.

»Eine einzige Nacht«, vollendete er, mehr gehaucht als geflüstert. »Schenkst du mir, Iso –«

Hatte sie ja gesagt? Sie wußte es nicht. Aber ihr Herz sagte ja. Einmal, ein einziges Mal – sie mußte ja sowieso wieder fort. Großer Gott im Himmel, gab es denn niemals etwas Bleibendes für sie ...?

Mit einer ihr selbst unheimlichen Entschlossenheit bereitete sie vor, was ihr Herz ersehnte, wonach ihr ganzes Innere schrie. Nikolaus wurde beauftragt, auf die anderen aufzupassen.

»Ich geh' zu Onkel Paul, er hat mich eingeladen«, log sie, »aber komm nicht nach. Bleib bei den anderen. Ich konnte nicht absagen. Er will doch bei Trixis Sohn Pate stehen und heute mit mir feiern. Bitte, Nik, versprich es mir; paß auf, daß nichts passiert. Ich muß heute ungestört bleiben. Es gibt viel zu besprechen. Nicht nur Gutes, leider. Aber davon später. Kann ich mich auf dich verlassen?«

Sie sah ihn eindringlich an, und zum ersten Mal wurde ihr bewußt, daß dieser Sohn kein Kind mehr war. Sein hübsches Gesicht war von unreinen Hautstellen verunziert, die Pubertät setzte ihm zu. Nach der augenblicklichen Mode trug er das Haar zurückgestrichen und etwas länger, es fiel dauernd in der Mitte auseinander, so daß er es immer wieder zurückwerfen mußte. Mittelscheitel bei Jungens hatte sie immer gehaßt. Aber es war kein Junge mehr, den sie hier ansah, es war ein junger Mann, von dem sie nicht mehr wußte, als daß sie ihn einmal geboren hatte; der sich von ihr fortentwickelte, unaufhaltsam, seinem eigenen Leben entgegen, in das sie ihm nicht hineinreden durfte ...

Die Tränen kamen ihr so plötzlich, daß es war, als schössen ihr zwei Springbrunnen aus den Augen. Alles, alles verlor man auf der Welt, den geliebten Mann, die Heimat, die Kinder –

Nichts blieb. Nichts, nichts. Nicht einmal die Erinnerungen. Denn auch sie mußte man mit jemandem teilen können und sagen: »Weißt du noch ...«

Ein Vers geisterte durch ihre Gedanken.

›Nichts bleibt, mein Herz, und alles ist von Dauer ...‹

»Was ist denn, Mutter?« fragte Nikolaus halblaut. Ihr war es schrecklich peinlich, daß er sie so weinen sah, sie nahm sich doch sonst immer zusammen, wenn die Kinder dabei waren. Auch jetzt rief sie sich zurück.

»Ich fahr' weg, morgen oder übermorgen, zu Nikola und Jule, ich muß nach ihnen sehen, ehe Trixi heimkommt. Das verstehst du doch. So gut sie sich dort eingewöhnt haben, wie es scheint ... Aber nachher komm' ich schlecht weg. Ein Säugling beansprucht viel Zeit, und Trixi war sehr geschwächt. Jetzt hat sie es noch gut –«

Nikolaus sagte nichts. Ob er ihr glaubte? Sie wußte es nicht. Sie wollte jetzt nicht darüber nachdenken. Sie wollte zu Florian, wollte weinen dürfen – und sich trösten und lieben lassen. Jeder Mensch braucht Liebe, auch eine überforderte Mutter. Blind und ohne Hemmung strebte sie dorthin, wo Liebe und Zärtlichkeit sie erwarteten, ganz gleich, ob die Welt um sie her in Scherben fiel. Sie wollte noch ein einziges Mal glücklich sein, noch einmal daheim am Herzen des anderen, noch einmal glühen, verglühen, im anderen sterben. Niemand und nichts sollte sie daran hindern.

Sie kochte den Kindern ein Festessen, an dem sie sich toll und voll futtern konnten: Makkaroni, ein halbes Stück Butter darüber. Eßt, Kinder, eßt, heute ist ein Feiertag.

Bis Bad Nauheim ließ es sich tadellos an, jedes Auto, dem sie winkte, hielt und nahm sie mit. Dann aber war es wie abgerissen. Sie stand lange Zeit und wartete, in den Gliedern noch den angenehmen Schmerz der Umarmungen, als ein schwerer, geräumiger Wagen an die Tankstelle heranfuhr und dort hielt. Ein Wagen mit Chauffeur. Dieser stieg aus, erledigte das Tanken und wollte eben wieder einsteigen. Da faßte Iso sich ein Herz und trat zu ihm. Es war ihr ein wenig peinlich, winken war doch einfacher.

»Können Sie mich bitte mitnehmen – bis Gießen nur?« fragte sie, gleichzeitig schüchtern und beherzt. Der Fahrer sah sie an, deutete dann auf den Herrn auf dem Rücksitz des Wagens und lächelte diesem ein winziges bißchen zu.

»Fragen Sie ihn«, sagte er freundlich. Man merkte, wie gut sich diese beiden verstanden, und der Herr im Fond nickte.

»Hierher, bitte«, sagte der Chauffeur und wies auf den Platz neben sich. Iso stieg ein.

Der Fahrer startete.

Erst fuhren sie schweigend, dann begann der Herr auf dem Rücksitz eine kleine Unterhaltung. Er fragte nach Woher und Wohin, wie man das bei Anhaltern so macht. Er sprach schwäbisch. Iso antwortete wohlerzogen und allmählich auch munterer, als das Gespräch etwas persönlicher wurde. Der Herr war ausgesprochen nett.

»Zehn Kinder wollen Sie haben? Das erscheint mir ein wenig übertrieben«, sagte er, und sie hörte die ›Goebbelsreklame‹ deutlich heraus, auch wenn er es nicht aussprach.

»Ja, das ist es auch. Aber nur drei sind meine eigenen. Die anderen habe ich übernommen«, antwortete sie.

»Wieso übernommen?«

»Nun, sie haben keine Eltern mehr –« Sie wollte nicht mit den Erinnerungen an ihre Flucht aus Ostpreußen heraus, die ihr allzu schrecklich waren. »Sogar ein Enkelkind hab' ich schon, seit zwei Tagen.«

›Das Gesicht kennst du doch‹, grübelte sie, während sie weiterplauderten.

»Die Namen? Na, die werd' ich wohl wissen. Jule, Elke, Ben und Lea, Caspar, Sebastian, Beatrix, Nikolaus, Nikola und Moritz –«, zählte sie auf. »Die letzten drei habe ich selbst in die Welt gesetzt. Drei von den anderen – Caspar, Sebastian und Trixi – haben ihre Mutter noch; sie bezahlt das Schulgeld und stiftet auch sonst manches, wenn sie kann. Mies geht es uns leider allen. Sie wohnt aber nicht bei uns –«

»Und da treiben Sie sich in der Welt herum, statt für diese Menschenmenge zu sorgen?« fragte er und lächelte ein wenig. Iso sagte eifrig:

»Ja, zwei Töchter sind schon aus dem Hause, und zu denen fahre ich gerade. Ich muß nach ihnen sehen, ehe ich die junge Mutter und das Enkelkind übernehme –«

»Was sind Sie denn von Beruf?«

Iso begann zu erklären, da gab es einen Ruck am Steuer, sie hatte eben auf den Tacho geguckt, er zeigte hundertelf, also nicht allzu viel. Der Fahrer fing den schlingernden Wagen geschickt auf, fuhr rechts heran und stieß die Tür auf.

»Wir haben einen Platten vorn links«, berichtete er dem Herrn im Fond. »Ich wechsle das Rad. Dauert nicht lange.«

Iso war auch hinausgesprungen und nach vorn gelaufen, wo der Fahrer mit Wagenheber und Kreuzschlüssel hantierte. Sie versuchte, ihm behilflich zu sein, rollte das defekte Rad zum Kofferraum und reichte dem Reparierenden die Schrauben, die der in die abgesprengte Radkappe gelegt hatte. Dabei fragte sie halblaut – auf einmal war ihr die Ähnlichkeit aufgegangen –: »Ist das Bundespräsident Heuss?«, mit dem Kinn auf den Rücksitz des Wagens deutend. Der Chauffeur nickte.

»Aber sagen Sie nichts.«

»Hach!« entfuhr es ihr. Und sie mußte lachen. Er lachte auch. Nein, was man so erlebte!

Der Radwechsel dauerte nicht lange. Sie stiegen beide wieder ein, und der Herr im Fond hatte sich eine Zigarre angesteckt. Die Unterhaltung wurde wiederaufgenommen. Es war nun ausgesprochen gemütlich, wie immer, wenn man eine Panne gehabt und sie glücklich behoben hat. Iso beschrieb ein paar nette Dinge, die sie mit den Kindern erlebt hatte.

»Moritz, mein Jüngster, hat mich einmal gefragt: ›Machen wir heute wieder Liebesszene?‹

›Liebesszene? Was meinst du damit?‹ fragte ich.

Er darauf: ›Lachen und Tüssen.‹«

Sie betonte auch, daß sie bei sehr, sehr netten Leuten wohne, Tante Hete ließ sie einfach weg. Die Zeit bei Onkel Paul und Tante Mitz gab dem Aufenthalt in Holdershausen die Farbe. Sie war entschlossen, dies auch fürderhin so zu halten. Alle Flüchtlinge aus dem Osten klagten und klagten doch, wie schön sie es früher gehabt hätten und wie schrecklich es jetzt sei. Zu denen wollte sie nicht gehören, auch nicht zu denen, die ein Rittergut verloren hatten. Das sagte sie immer gleich anfangs und hier diesem freundlichen alten Herrn auch.

Sie fuhren immer langsamer. Der Chef hatte dem Fahrer wohl einen Wink gegeben. Als ein Rasthaus in Sicht kam, machte er ein Zeichen, dorthin zu fahren.

»Darf ich Sie zu einem kleinen Imbiß einladen«, fragte Heuss freundlich. Iso lächelte. Sie dachte daran, wie sie Nikola erst vor kurzem eingeheizt hatte: ›Nimm niemals etwas an, höchstens eine Tasse Kaffee!‹ Sie mußte jetzt daran denken.

Es saß sich schön hier in der Hut des älteren Herrn, mit dem Fahrer am gleichen Tisch. ›Unser Landesvater‹, dachte Iso und sah die schönen alten Hände an. Am liebsten hätte sie sie geküßt, aus Dankbarkeit, aus Rührung, aus dem Gefühl heraus: ›Es gibt noch gute Menschen.‹ Sie empfand natürlich, daß sie das nicht tun konnte, sie hätte ihn auch nicht zum Greis abstempeln mögen. Vielleicht verstand er auch so, was dieses zufällige Treffen für sie bedeutete: sehr, sehr viel mehr als eine bequeme Art, nach Gießen zu kommen.

Er fragte sie später nach ihrem Namen und ihrem derzeitigen Wohnort. »Und hier, damit Sie mich nicht vergessen –« Damit steckte er ihr, als sie sich verabschiedeten, einen Zettel in die obere Tasche ihrer Sportbluse. Sie dankte – und fort war der Wagen. Als sie den Zettel herausnahm, sah sie, daß darauf nur die Wagennummer stand – und ein Fünfzigmarkschein steckte auch noch in der Tasche. Sie hielt ihn gerührt in den Händen und nahm sich vor, ihn aufzubewahren, als Talisman, nicht auszugeben, als Glückspfennig, auch wenn es einmal sehr knapp sein würde in ihrer Kasse. ›Ich bin eben doch ein Glückskind‹, dachte sie und wischte sich die Augen. ›Was auch kommen mag ...‹

Zunächst kam wirklich ein Wagen, der sie mitnahm in Richtung Limburg. Diesmal war es eine Dame, die am Steuer saß. Iso war ihrem Geschick dankbar dafür. Sie hätte sich jetzt mit keinem anderen Herrn unterhalten mögen, so stark klang das Zusammensein mit Heuss noch in ihr nach. Auch die Dame war nett, fröhlich, aufgeschlossen, es war, als führe sie mit einer Freundin, die sie schon lange kannte.

Von Limburg aus – sie war zur Ausfallstraße gebracht worden, was sehr angenehm war – fuhr sie mit einem Lieferwagen. Das allerletzte Stück wanderte sie. Woltershausen – der Weg war ausgeschildert. Auf einmal freute sie sich. Sie freute sich, daß sie hier war, daß sie Nikola und Jule wiedersehen würde, daß sie sich eine Art Ferien herausgeboxt hatte.

Da lag das Schloß.

Caspar rückte die Gitarre auf die andere Schulter. Es hatte zu regnen begonnen. Damals hatte es auch geregnet.

Er besann sich genau auf jede Einzelheit. Monique war auf der anderen Straßenseite gegangen, müde, man sah es ihr an, krummgebogen von der Last, die sie trug, einer nicht mehr neuen Matratze, die möglichst nicht naß werden sollte. Deshalb beschleunigte die Trägerin den Schritt oder versuchte es wenigstens, fiel aber gleich wieder in den vorherigen Trott zurück. Sie tat Caspar leid.

Ohne zu überlegen, hatte er die Straße überquert und die Matratze gefaßt. Das Mädchen drehte sich verblüfft um – er grinste sie an. »Pardon, Madame –«, halb singend, einen uralten Schlager persiflierend.

»Mademoiselle, s'il vous plaît«, sagte sie halb lachend, halb melancholisch – da hatte er bereits die Matratze in der Mitte ergriffen und trug sie nun allein.

»Vite, vite!« befahl er, und nun grinste sie. Es war nicht mehr weit. Ein kleines, verkommenes Haus, das ein Stück von der Straße zurücklag. Es war höchste Zeit, daß man unter Dach kam, der Regen fiel jetzt stärker. Aufatmend sahen sie einander an, als sie ins Haus geschlüpft waren. Es stand da, unverschlossen, wenig einladend, man trat vom Flur direkt in die Küche. Auch die wirkte verkommen, kalt, primitiv – Caspar hatte es nicht anders erwartet. Immerhin lag Holz vor dem Herd, er machte sich also daran, Späne zu spellen. Denn heizen mußte man.

Monique hatte die Matratze aufrecht an die Wand gelehnt und sah ihm zu, wie er sich um das Feuer mühte. Als es zu flackern begann, holte sie einen Kessel mit Wasser und setzte ihn auf.

»Tee oder Kaffee?« fragte sie, diesmal auf deutsch, sie hatte wohl gemerkt, daß er kein Franzose war. Sie sprach ganz gut Deutsch, jedenfalls fand er das. Es war jenes sehr reizvolle Radebrechen, das die Unterhaltung so charmant machen kann, und es war auch keine Koketterie, sondern wirkliches Unvermögen, ganz fließend zu sprechen; doch mit einer leidlich umfangreichen Anzahl von Vokabeln. Er entschied sich für Kaffee. Obwohl ihm hier der Kaffee eigentlich nie geschmeckt hatte, bitter schwarz gebrannt, wie er war. Aber wärmen würde er besser als Tee.

Sie tranken und unterhielten sich, es war Nachmittag, und Caspar hatte wenig Lust, noch weiter zu gehen. Sie merkte es. Und dann kam es, wie es kommen mußte: die Matratze war getrocknet, und sie probierten sie gemeinsam aus. Er blieb ein paar Tage, fünf vielleicht, und als er schließlich ging, fiel ihr der Abschied schwer.

»Kommst du mal wieder?« fragte sie, ohne Hoffnung, daß er es wahr machen würde, und er sagte: »Oui, oui, Mademoiselle«, gleichfalls ohne Hoffnung, daß er es tun würde. Aber hübsch war sie gewesen, diese Begegnung, er dachte jetzt wieder daran, als er das Straßenschild sah.

Alles – oder fast alles – fiel ihm wieder ein. Wie sie miteinander gelacht und gealbert hatten, gekocht, gegessen und geschlafen – und einander geliebt.

»Wie in Paris, Liebe am Nachmittag«, hatte er einmal gesagt, als er zufällig auf die Uhr sah, und sie antwortete mit dem bekannten Satz: »Est-ce que vous vous êtes bien amusés?«

Sie liebte gut, hatte eine natürliche Begabung dafür, war immer darauf bedacht, daß er auf seine Kosten kam. Sie war eben eine Französin. Er fühlte jetzt ein kleines Verlangen, sie wiederzusehen, – warum nicht?

Ein Tippelbruder – mitunter hatte er sich an jemanden angeschlossen, wenn es ihm allein nicht gefiel – hatte ihm einmal gesagt: »Nie wiederholen! Nie ein zweites Mal!« Der Alte hatte sicher recht. Aber drei Kilometer ...?

Es war Zufall, daß er hier vorbeikam, er hatte es nicht beabsichtigt, aber nun, da es regnete, wäre ein Dach über dem Kopf ganz gut. Und eine Matratze unter dem Hintern –

Er lachte vor sich hin. Und dann merkte er, daß er bereits dem Schild nachging, unwillkürlich, nicht schicksalhaft gezogen, sondern mehr zufällig. Warum schließlich nicht? Er konnte ja wieder gehen, wenn es ihm nicht paßte.

Und dann wurde es ganz anders, als er vermutet hatte. Erstens war Monique da – er hatte immer gedacht, ich treff' sie ja doch nicht an –, und zweitens – oh, wie sie sich freute! Wie rührend, rührend – »Du bist da, Caspar, du –« Sie vermochte es kaum zu fassen. Es ging ihm nahe. Wenn sie geahnt hätte, wie zufällig dieses Wiedersehen zustande gekommen war ...

»Nein, nein, nie ist das Schlesisch!« – eine Stimme im Diskant, laut, verzweifelt – Nikolas Stimme. Iso erkannte sie sofort, und ihr Herz machte einen Sprung, so daß es fast weh tat. Nikola, meine Tochter ...

»Also noch mal –« Das war eine Männerstimme, ruhig, liebevoll, verhalten amüsiert. »Noch mal –«

»Rutandla, kumm und hilf mer schleppa –«

Es war wirklich kein Schlesisch. Iso, die im Flur stehengeblieben war, trampelte alle Hemmungen nieder und riß die Tür auf, ohne anzuklopfen und auf das »Herein« zu warten.

»Nikola!« Wie sehr hatte sie die Tochter doch entbehrt! Das wurde ihr jetzt erst richtig bewußt.

Einen Augenblick lang herrschte Schweigen. Alle Anwesenden starrten Iso an. Dann kam Nikola gerannt, sie flog der Mutter um den Hals und drückte sie, daß diese meinte, alle ihre Rippen würden brechen.

Ringsum Gelächter und Rufe. Ein weißhaariger Herr bahnte sich durch den Knäuel von Jugendlichen den Weg zu Mutter und Tochter.

»Das ist Onkel Hans«, sagte Nikola atemlos, »er spielt mit uns Theater. Wir proben gerade. Und das ist Camilla und das Isabella –«

»Und das, so meine ich, ist Gräfin Sollnbach –«

Iso streckte die Hand aus. Die wurde genommen, gedrückt und geschüttelt von einer anderen, die hart, derb und keineswegs sehr gepflegt war, sondern der man Arbeit in Stall und Garten anmerkte.

»Ach was Gräfin, ich bin die Mutz.«

So war das hier. Onkel Hans bat die jungen Leute, ihre Rollen noch einmal durchzusehen, und ging mit den beiden Müttern in den Nebenraum. Rückte ihnen dort die Stühle zurecht und brachte ein Gespräch zustande, das nicht nur aus abgerissenen Sätzen bestand. Das konnte er hervorragend. Später kam Camilla und brachte Tee, roten Kräutertee mit Süßstoff.

»Den Zucker hab' ich grade verbacken ...«

»Daß Sie hergefunden haben – ich hab' es immer gehofft, es freut mich so sehr«, sagte die Gräfin, und man konnte ihr das auch glauben. »Jule übt unermüdlich mit meinen Legasthenikern, und Nikola hat sich der Bibliothek erbarmt.«

»Schlesisch kann hier keiner«, sagte Hans Heider jetzt, behaglich lachend, »aber dafür sind Sie nun gekommen. Nikola hat immer wieder gesagt: ›Meine Mutter kann es noch richtig.‹ Die Sprache stirbt aus, genau wie die baltische. Ist das nicht ein Jammer? Jetzt müssen Sie mitspielen, Sie sollten die alte Wittichen machen, die Buschgroßmutter.«

»Ich! Ich hab' wohl nichts anderes zu tun, was?«

»Man soll Haupt- und Nebensachen trennen. Das hast du uns tausendmal gesagt, nein, du hast es uns eingebleut –«

Das war Nikola. Iso sah zu ihr hin.

»Soll man auch! Und –«

»Du brauchst ja nicht zu jeder Probe zu kommen. Du lernst deine Rolle, und zur Hauptprobe bist du da.« Nikola hatte sich zwischen Onkel Hans und ihre Mutter gedrängt. »Ich hab' die ›Versunkene Glocke‹ gefunden, in der Bibliothek, und wir sind herrlich viel Leute. Wir wollen sie im Sommer spielen, draußen, am Brunnen –«

»Das müßte wundervoll sein –«

»Ich glaube, Sie sind im richtigen Augenblick gekommen. Es war kein

Zufall, daß Sie kamen, als wir gerade probten«, sagte die Gräfinmutter, »es war – nun, Wilhelm von Scholtz nennt das die ›Anzüglichkeit des Bezüglichen‹. Er hat lauter Begebenheiten gesammelt, und er sagt – ja, hier würde er sagen: Das kann keinem anderen passieren, nur Ihnen, Sie sind eben Schlesierin ...«

Am Abend saßen sie zusammen. Es war wie überall in großen Familien: wo viele sind, hat immer noch einer Platz. Keine Rede davon, daß man Iso nicht unterbringen könne. Eine der Töchter bot ihren Schlafsack an, und damit kann man überall übernachten.

Iso fühlte, wie ihr niedergedrücktes Herz sich wieder dehnte. Nein, es war noch nicht zerstampft. Sie mußte wohl das sein, was man in Schlesien ein »Stehaufmänndel« nennt. Ihr Herz wankte mitunter, wenn es sehr gestoßen wurde, dann aber richtete es sich wieder auf. Überall gab es freundliche Leute. Hatte sie das vergessen?

Sie dachte an Mönchsweier, während sie sich in Camillas Schlafsack zurechtrückte. Damals hatte sie auch so ein Heimatgefühl empfunden, als Bertram sie abholte und sie sein Zuhause kennenlernte. Wo mochte er geblieben sein? Er lebte wohl nicht mehr, sonst hätte sie durch das Rote Kreuz von ihm gehört. Ein Brief, den sie mit der Adresse ›Pfarrhaus Mönchsweier‹ an ihn geschrieben hatte, war zurückgekommen: Adressat verstorben. Hoffentlich hatte er nicht mehr erfahren, daß und wie Gundi gestorben war. Vielleicht war er noch in Gefangenschaft? Sollte sie ihm das wünschen? Arbeit im Bergwerk, Pritschen ohne Stroh, Hunger, Kälte, Elend? O nein. Wie viele Menschen, die einem nahegestanden hatten, mußte man abschreiben, ohne jemals zu erfahren, wo ihre Grabstätte lag.

»Und deckt mich auch der Rasen,
wo nimmer geht dein Fuß –«

hieß es in einem alten Reiterlied. Iso dachte daran, ehe ihr die Augen zufielen. Auch Mönchsweier war eine Heimat gewesen, die sie verloren hatte. Verlieren war wohl das Leitmotiv ihres Lebens; das Leitmotiv im Leben ihrer Generation. Auch Florian würde sie verlieren.

Sie versuchte, diesen Gedanken beiseite zu schieben. Sie dachte an seinen Mund, an seine Augen. An seine Arme, in denen sie daheim gewesen war, für flüchtige Minuten. Wieder kamen ihr die Tränen. ›Nichts bleibt, mein Herz, und alles ist von Dauer.‹

Am anderen Morgen schien die Sonne. Zum ersten Mal schien sie verheißungsvoll frühlingshaft. Iso wachte davon auf, daß eine rauhe Stimme sang, Uwe war es wohl, der große Bruder der zahlreichen Mädchenreihe.

»Und wenn der ganze Schnee verbrennt,
die Asche bleibt uns doch ...«

Dieses ›Doch‹, hellgrün und leuchtend, wuchs vor Isos Augen empor wie der Schaft der Kaiserkronen, jener Blumen, die, so merkwürdig geformt, eigenartig und gleichzeitig unwirklich aussahen. ›Doch – doch – doch –‹, klang es in ihrem Inneren wider, und sie fühlte sich jung und stark, als sie unter der Dusche stand. Endlich wieder eine Dusche! Iso hatte sich den ganzen Winter über danach gesehnt. Frisch und wie neu gefertigt erschien sie am Frühstückstisch, als der Gong verdröhnt war.

»Ich wüßte was für Sie«, sagte die Gräfinmutter und teilte den Morgenbrei aus, Morgenbrei aus eigener Ernte, Roggenschrot, mit Salz gekocht. »Nämlich wenn Sie dort wegmüssen, wie Sie gestern sagten. Unser Turmzimmer. Wieviel Kinder haben Sie denn zur Zeit bei sich?« Sie hatten am Abend noch lange geschwätzt.

»Nur vier. Außer Nikola. Aber die ist –«

»... ja hier schon festgewachsen«, ergänzte die Gräfin. »Und sonst?«

»Zwei Jungens, Nikolaus und Moritz, und zwei angenommene Kinder, Ben und Lea. Also nicht viele«, sagte Iso. »Aber ein Turmzimmer?«

»Was ist denn damit?« fragte die Gräfin.

»Ich – ich bin nicht mehr so flink auf den Beinen wie früher«, gestand Iso jetzt mit einem Entschluß, der ihr nicht leichtfiel. »Die schwere Feldarbeit, immer nahmen sie mich zum Säckeschleppen oder Heugabeln und was es sonst Gewichtiges gab. ›Wer kräftig aussieht, kann auch was tragen‹, hieß es immer. Beide Knie, Arthrose. Treppensteigen ist nicht mehr meine Leidenschaft. Und dann ein Turmzimmer?« Es klang ein wenig kläglich. Alle lachten.

Sie selbst fand das gar nicht komisch, eher peinlich. Schon aber erklärte Sibylle, eine der kleineren Schwestern, warum gelacht wurde.

»Das Turmzimmer liegt zu ebener Erde! Der Turm steht drüber.«

»Ach so. Das konnte ich ja nicht ahnen.«

»Kann man auch nicht.«

»Aber ohne Küche und Klo ...«

»Klo ist über den Hof, sehr komfortabel«, grunzte Uwe, »früher gingen wir alle dahin!«

»Jaja. Und Küche – genügt da nicht ein Spirituskocher und vielleicht ein Tauchsieder? Strom ist im Turm, und heizbar ist das Turmzimmer auch.«

So planten sie, während sie ihren Brei löffelten, und Iso gefiel es hier. Kein Wunder, daß Jule und Nikola in dieser warmen Atmosphäre hängengeblieben waren.

Der Plan blieb zunächst Theorie. Später, als sich Iso auf die Heimfahrt machen mußte, meinte sie, ansehen würde sie sich das Turmzimmer doch gern. Die Gräfin, im Hühnerstall tätig, der gerade umgebaut wurde, hatte den Plan schon wieder vergessen, war aber Isos Meinung, daß man es doch ansehen müsse. So stiefelten sie über Bauschutt, Pfützen und herumliegendes Holz zum Turm. Die Gräfin drückte die Tür auf, und da war man schon im Turmzimmer, das, groß, rund, mit tiefen Fensterlaibungen, Platz bot, wenn man Platz machte. Denn der Raum schien von der nicht kleinen Familie als Abstellraum genutzt zu werden, jedenfalls gaben sich dort die unterschiedlichsten Dinge ein Stelldichein. Ein defekter Rasenmäher, zusammengerolltes Linoleum, Kisten mit unterschiedlichem Inhalt, Papiersäcke, Steintöpfe, Hühnerfutter, Rechen, Harken, ein Strohbesen, ein Schrank mit nur einer Tür, ein Tisch mit drei Beinen – auch die Gräfin, sonst hart im Nehmen, schrak ein wenig zurück, als sie das Strandgut ihrer Familie hier aufgehäuft sah.

»Ich wußte nicht, daß es hier so aussieht«, sagte sie bemerkenswert kleinlaut. »Ich geh' ja nicht jeden Tag durchs Schloß und kontrolliere alle Räume wie eine spukende Ahnfrau. Wenn Sie sich zutrauen, hier auszumisten ...«

Iso sah sie an.

»Wenn *Sie* sich zutrauen, solches Strandgut wie uns aufzunehmen –«

Die kleine Frau lachte durch die Nase.

»Tu' ich. Wann?«

»Noch nicht gleich –« Es sollte klingen, als wolle sie der anderen noch eine kleine Galgenfrist gönnen. In Wirklichkeit war es der Schmerz, der zweifach brannte: Abschied von Holdershausen, Abschied von Florian. Sie wußte nicht, was weher tat.

»Hurra, da haben wir eine Buschgroßmutter im Hause!« lachte Isabella und packte Iso an den Schultern, drehte sie im Kreis und schrie: »Hurra, hurra!«

Erst auf dem Heimweg, hinter Frankfurt, überlegte Iso, ob sie dieses Angebot wirklich annehmen könne. Freilich, fort von Holdershausen mußte sie auf jeden Fall, und wohin sollte sie sonst?

Als sie heimkam – sie war den Weg von den drei Tannen aus zu Fuß gegangen –, sah sie Licht in ihrem Wohnzimmer. Vor dem Schulhof stand ein Auto. Beklemmend legte es sich ihr aufs Herz: Besuch heute abend?

Womöglich Übernachtbesuch? Wie sollte sie den satt machen, da die Kinder meist in ihrer Abwesenheit alles aufaßen, was sie fanden.

Zaghaft betrachtete sie die Autonummer. Sie kannte sie nicht. Dann schlich sie sich ins Haus, horchte, hielt den Atem an und erkannte die Stimmen: die ihrer Mutter und die ihres Bruders Alexander. Sie fühlte, wie ihre Knie weich wurden. Was hatte das zu bedeuten?

Schließlich gab sie sich einen Ruck und öffnete die Tür. Da sah sie als erstes Christiane, ihre Schwester, – und lief zu ihr hin, umarmte sie. Christiane sah sie strahlend an, herzlich und vertraut. Erst dann begrüßte Iso Mutter und Bruder. Sie setzte sich neben die ›kleine‹ Schwester und behielt deren Hand in der ihren.

»Daß du da bist«, seufzte sie.

»Und wir? Freust du dich denn nicht?« fragte Mutter Regine sofort. Iso nickte. Aber ja doch. Sie mußte sich erst an den Anblick ihrer Mutter gewöhnen. Die Mutter war alt geworden, natürlich – alt, faltig, irgendwie gebrochen. Sie sah schnell weg.

»Na? Freust du dich?« drängte Regine. »Deine Kinder haben uns schon viel erzählt!«

›Hoffentlich nicht zu viel‹, dachte Iso verwirrt. ›Ach, was wissen die Kinder.‹ Freilich, einiges mochten sie ahnen.

»Habt ihr etwas zu essen bekommen?« fragte sie. (Lieber Gott, laß noch was dasein!) Ich mach' einen Tee.«

»Nein, bleib hier. Wir haben gegessen. Und wir müssen heute noch weiter. Du hast ja wohl auch keinen Platz für uns –« Das war Alexander.

»Aber du bleibst, nicht wahr?« flüsterte Iso Christiane zu. Die sah sie an, lieb und vertraut und um Verständnis bittend.

»Ich muß mit. Ich konnte eigentlich gar nicht weg. Aber ich wollte doch – ich mußte doch sehen, wie es dir geht – Und dann warst du nicht da –«

»Kurz und gut, wir müssen mit dir reden. Wir haben hier einiges gehört«, begann Alexander. Iso wurde blaß. »Daß du hier wegmußt, daß der Lehrer wieder hier einzieht; überhaupt, daß du dich hier unmöglich gemacht hast. Deshalb mein Vorschlag ...« Und nun rückte Alexander damit heraus.

Er habe in Konstanz ein Haus gekauft.

»Mit Schulden natürlich – womit denn sonst –, aber darin ist Platz. Oben befinden sich zwei Räume, in die du ziehen wirst. Gegen Miete natürlich. Umsonst kann ich das nicht. Aber du bekommst ja, wie Nikolaus sagte, eine gute Kriegshinterbliebenenrente. So gut habe ich es nicht. Ich kann das Haus nur halten, wenn ich vermiete. Also: du hast noch zwei eigene Kinder bei dir. Schön, für zwei ist Platz. Und jemanden, der das Haus besorgt, brauchen wir auch. Carola hilft mir im Büro, da spare ich eine Schreibkraft, und sie hat nie gern Hausarbeit gemacht. Mutter hat Lastenausgleich bekommen und wohnt in einem netten Zimmer ebenerdig. Du siehst, ich sorge für euch alle.«

»Und – und Ben und Lea – ich habe ja vier Kinder«, stammelte Iso jetzt. Alexander strich das durch.

»Es sind nicht deine Kinder. Ich habe mit Nikolaus gesprochen. Sie sind ja nicht mehr so klein. Sie müssen in ein Heim. Sei dankbar, wenn deine beiden mit unterkommen können. Daß ich für euch sorge.«

›Für euch sorge. Miete zahlen und alle Hausarbeit tun – und mit ihm und Mutter unter einem Dach leben – nichts mehr selbst entscheiden dürfen – danke sagen für sein Almosen –‹ Iso schwieg. Sie hatte in den letzten Jahren, wenn sie mit Alexander zusammentraf, ausprobiert, daß man am besten mit ihm auskam, wenn man schwieg, keine Miene verzog, ihn reden ließ, wie es ihm gefiel, nicht darauf reagierte. Das war nicht leicht zu lernen gewesen, aber es war die einzige Möglichkeit, einigermaßen ungeschoren davonzukommen. So hielt sie auch jetzt den Mund. Sie schwieg, bis Mutter Regine es nicht mehr aushielt. Sie fing an zu jammern.

»Iso. So sag doch was! Ist das nicht wunderbar und furchtbar nett von Alexander?«

Iso schwieg. Nein, nein, nein, stand auf ihrem Gesicht. Christiane drängte sich an sie.

»Sag doch –«

»Nein«, sagte Iso jetzt. Nur dieses Wort, diese Silbe. Sie klang wie ein Säbelhieb. Alexander fuhr auf.

»Du mußt auf jeden Fall hier weg. Wir haben uns umgehört. Es ist beispiellos, wie du dich benommen hast. Mit einem katholischen Geistlichen ein Verhältnis anzufangen!«

Auch jetzt schwieg Iso. Mutter Regine setzte wieder an: »Wir glauben es ja nicht. Aber alle hier glauben es. Du kannst nicht bleiben. Du hast dich unmöglich gemacht. Wenn dein Vater das erlebt hätte! Und deine Kinder wissen es auch. Du warst immer ein Sorgenkind.«

Die Mutter fing an zu weinen. Sie konnte immer weinen, wenn sie etwas erreichen wollte. Iso wußte das und wußte auch, daß sie selbst machtlos dagegen war. Jetzt aber weinte Regine echte Tränen, auch das wußte Iso. Und trotzdem sagte sie:

»Nein. Nein. Nein.« Dreimal hintereinander. Alexander holte tief Luft.

»Du mußt fort von hier.«

»Das geht dich nichts an.«

»Du bist meine Schwester –« (›leider‹ sagte er nicht, aber man hörte es trotzdem) »und ich bin der Familienvorstand, seit Vater nicht mehr lebt. Ich habe zu bestimmen. Du mußt hier fort.«

Jetzt weinte auch Christiane. Iso weinte nicht. Sie saß wie versteinert vor Beherrschung, verschloß ihre Ohren vor Mutters Weinen, krallte ihre Hand in Christianes Arm.

»Aber *du* bleibst, Christiane, nicht wahr?« sagte sie schließlich. Es war das erste Wort nach ihrem ›Nein‹.

»Ja. Ich bleibe –«

Sie blieb wirklich, als Alexander und die Mutter aufbrachen. Schluchzend klammerte sie sich an Iso. Der tat das unwahrscheinlich wohl. Sie gingen noch mit den beiden anderen zum Auto. Alexander reichte Iso nicht die Hand zum Abschied, sondern setzte sich wütend ans Steuer.

»Wem nicht zu raten ist, dem ist auch nicht zu helfen«, knirschte er. Die Mutter jammerte:

»Wie kannst du nur so hart sein, Iso, wo er es doch so gut meint!«

Als sie eingestiegen waren, lockerte sich Isos Starre. Vielleicht seh' ich sie nie wieder, dachte sie.

»Ich zieh' sowieso aus. Ist alles abgemacht. In ein –« ›Schloß‹ wollte sie nicht sagen, das hätte nach Angabe und Triumph geklungen. »Zu einer Bekannten in der Nähe von Limburg. Zwei meiner Töchter sind schon dort. Ich nehme alle vier Kleinen mit, Heidis Kinder sind größer, sie kommen zu ihrer Mutter. Die Leute, die mich aufnehmen werden, sind reizend –« Das mußte sie doch noch sagen.

»Also anders als ich«, knurrte Alexander, aber Mutter Regine schluchzte erlöst.

»Ist das wahr, Iso?«

Iso nickte.

»Diese Bekannte hat selbst viele Kinder und keinen Mann mehr. Wir werden uns gut vertragen.«

»Warum hast du das nicht gleich gesagt«, brummte Alexander. »Aber die Geschichte mit dem Kaplan hört auf, verstanden? Ich werde mich erkundigen.«

Iso hätte ihn am liebsten ins Gesicht geschlagen. Was ging ihn das an! Aber so war er immer gewesen. Jetzt weinte auch sie, aber er konnte es nicht mehr sehen. Er legte den Gang ein und gab Gas. Die Mutter winkte. Die beiden Schwestern hielten einander umschlungen, wie sie da standen.

»Danke, danke«, war alles, was Iso hervorbrachte. Dann zog sie Christiane ins Haus.

»Ist es wahr, daß du etwas weißt, wo du hinziehen kannst?« fragte Christiane. Und jetzt erzählte Iso, jetzt konnte sie erzählen. Von der Gräfin, die so liebenswert komisch war, von Onkel Hans, von der Herde Schwestern, von den zwei Brüdern dazwischen. Von der ›Versunkenen Glocke‹ – ja, auch davon. Christiane lauschte und lauschte. Wieder ging es Iso auf, welch ein Glück es war, eine Schwester zu haben.

Alle Tischchen auf der Piazza waren besetzt – nein, dort sah Heidi noch eines, dessen Stühle leer waren. Sie ging hin und setzte sich.

Es war Morgen. Die Sonne schien und ließ die kleinen Plätscherwellen des Sees weiß aufblinken. Ringsum blühte es in überwältigender Fülle. In Ascona blüht es, scheint's, immer ...

Heidi kam von einer Behandlung. Eine Touristin hatte einen Anfall von Hexenschuß, konnte sich nicht mehr aufrichten. Ihr Mann war bestürzt zu der Vermieterin gekommen und hatte von ihr den Bescheid erhalten, ein deutscher Arzt mit seiner Frau, ein Dr. Herder, sei im Ort, die Frau sei Krankengymnastin, sie solle sich gut auf Massagen verstehen. Sie wußte sogar die Telefonnummer. Heidi war schnell zur Stelle.

So etwas kam immer einmal vor während ihres Urlaubs in Ascona. Heidi ärgerte sich nicht darüber, im Gegenteil. Man konnte helfen, man lernte Menschen aller Art kennen, man verdiente sich ein bißchen eigenes Geld. Heidis Mann war nicht geizig, aber es machte ihr Spaß, ihn manchmal zu überraschen. Sie zog die Tasse genüßlich zu sich heran, als das Mädchen das Frühstückstablett brachte. Christian schlief noch, er brauchte die Erholung. Und Sebastian –

Auf den mußte man nicht mehr achtgeben. Er war jetzt größer als sie, hoch aufgeschossen und schmal, sah eigentlich aus wie ein Italienerjunge, als sei er hier geboren und aufgewachsen, milchschokoladenbraun. Heidi lachte. Braun war sie auch.

Sie war nun Großmutter, wie seltsam. Großmutter geworden durch Trixi, von der sie immer gedacht hatte, sie würde zeit ihres Lebens auf der Schattenseite des Daseins stehen. Der Brief, den die Tochter gleich nach der Entbindung an sie geschrieben hatte, klang nicht nach Schatten, sondern sehr selig. Ach Trixi, meine Tochter, möge das Leben dich nicht enttäuschen! Mögest du wenigstens jetzt, da das große Glück der Mutterschaft dir beschert wurde, ein Weilchen selig bleiben. Dies wünscht dir von Herzen deine Mutter Heidi, die sich gar nicht als Großmutter fühlt.

Sie fühlte sich wirklich nicht so, zumal gerade jemand an ihren Tisch trat, sie unsicher ansah – und dann auf deutsch fragte: »Verzeihung, sind Sie nicht –«

Heidi sah auf. Ein großer, gut angezogener, ihr irgendwie bekannter Mann. Heidi hatte ein gutes Menschengedächtnis, das gehörte zu ihrem Beruf. Dieser aber war nie ihr Patient gewesen. Das war doch –

»Helmut Bräuninger, nicht wahr?« fragte sie vergnügt.

»Und Sie – oder du – Heidi Stefan?« fragte der Herr dagegen und setzte sich auf Heidis Wink hin zu ihr, und schon waren sie im eifrigsten Gespräch mit tausendfachen Weißt-du-nochs. Die Bräuningers wohnten in der kleinen Stadt zehn Kilometer von Holdershausen entfernt, sie hatten einander bei irgendeiner Einladung kennengelernt, und beide Brüder Bräuninger hatten großes Gefallen an Heidi gefunden. Sie waren etwas jünger als Heidi, der Vater besaß eine gutgehende Firma und hatte ein schönes Haus in einem kleinen Park, wenn man den Garten so nennen wollte. Einmal waren sie zusammen ins Kino gegangen, Heidi und die Brüder. Sie saß zwischen ihnen, und es war ziemlich kühl im Raum. Deshalb hatte sie die Hände rechts und links unter ihre Oberschenkel geschoben und saß also darauf. Nach einer Weile schob sich im Schutz der Dunkelheit eine der beiden Jungmännerhände auf ihren Schoß, blieb dort liegen, und gleich darauf kam von der anderen Seite eine zweite. Die griff nach der ersten und hielt sie zärtlich fest. So saßen die beiden Brüder den ganzen Film lang, Händchen haltend, glücklich, und Heidi amüsierte sich unsäglich darüber, schwieg aber eisern. Daran erinnerten sie sich jetzt und lachten wieder sehr. Bräuninger brachte Heidi dann zu ihrem Domizil.

Es war schön, so zu zweit durch Ascona zu schlendern. Enge Gassen, bunte Auslagen, Antiquariate, Modesalons, Gemüseläden, überschäumend von Farben, italienische Schuhe, französische Parfüms, Postkarten, Kitsch, »Gruß aus Ascona« draufgemalt, Maiskolben, kleine Madonnen aus Stein an den Häuserecken. Und Sprachen hörte man, Schwyzerdütsch und Italienisch, Französisch, Englisch, auch Deutsch. Heidi bummelte, den Freund von damals neben sich, plaudernd, lachend, flirtend, ließ sich bewundern und merkte wieder einmal, wie gut es das Leben zur Zeit mit ihr meinte. Enkelkind – warum nicht? Sie brauchte es ja niemandem auf die Nase zu binden, daß sie eines hatte ...

Die Nacht ging zu Ende. Sie hatten sich noch einmal geliebt, zum letzten Mal. Er hielt ihr verweintes Gesicht in seinen Händen und küßte es, auch das zum letzten Mal. Vergebens zermarterte er seinen Kopf nach einem Trost für sie, trostlos, wie er selber war.

»Nie wieder dich. Nie wieder – nie wieder Holdershausen –« Onkel Paul wollte sie heute nach Woltershausen fahren, sie und die Kinder. Seine Gutherzigkeit wurde von der Neugierde unterstützt, die er, selbst kinderlos, für alle ›seine Kinder‹ empfand. Onkel Paul war lieb und rührend und selbst ein großes Kind.

»Nie wieder, auch für mich. Nie wieder Holdershausen«, sagte der Kaplan jetzt, »ich bin versetzt worden, strafversetzt. Ich auch.«

»A cause de moi?« fragte Iso. Sie hatten zusammen vor Wochen einen Film gesehen, eine Liebesgeschichte zwischen einem Belgier und einer Deutschen, zu Kriegsende. Man hatte ihr die Haare abgeschnitten, ihr die Todesstrafe angedroht, der ›Hure, die einen Feind liebt‹. Er dachte daran, als er fragte:

»A cause de moi?«

»A cause de nous«, verbesserte sie ganz leise. Sie beide würden nicht hingerichtet werden, und auch im Film hatte das Kriegsende diesen grauenvollen Schluß vereitelt. Unvergeßlich aber diese Liebe, unvergessen diese Szene. Iso sah zum Fenster hin – es wurde dämmerig. »Du mußt gehen.«

»Ich weiß.«

Die Kinder schliefen noch. Onkel Paul würde auf die Minute pünktlich sein, nicht eher, nicht später. Aber sie konnten nicht auseinander.

Im Morgendämmern wirkte ihr Haar grau. Ihr Gesicht auch. Sie hatte die Augen geschlossen, aber die Tränen liefen und liefen.

›Wenn dann de Morgen kömmt,
kräht dann de Hahn,
Leevster min, Leevster min,
dann mußt du gahn ...‹

ging es durch ihr Herz. Altes, geliebtes Volkslied. Nie wieder. Fort für immer. Wiederum verlorene Heimat. Heimat mit Bach und Baum und Wiese und Wald und Himmel und Erde, Heimat am Herzen des anderen. Sie wollte es noch nicht wahrhaben.

Dann war er fort. Sie blieb am Fenster stehen, sah zum Strohberg hinauf. Dort hatten die Kinder Drachen steigen lassen. Dort waren sie daheim gewesen, die Kinder und sie. Gewesen. Es war vorbei. Neu anfangen – sie meinte, die Kraft nicht zu haben. Zum wievielten Mal? Und wie oft noch? Wäre sie doch tot, läge sie doch daheim auf dem Dorffriedhof, neben den Großeltern und dem Vater, für immer geborgen in heimatlicher Erde. Keiner und nichts könnte ihr mehr weh tun, ach, wunderbar müßte das sein.

Sie hatte sich bisher nie gewünscht, gestorben zu sein. Nicht einmal, als sie die Nachricht von Richards Tod bekommen hatte. Das Bewußtsein, für die Kinder dasein zu müssen, für seine und ihre und alle die anderen, hatte ihr diesen Wunsch nicht erlaubt. Jetzt wünschte sie ihn. Die Kinder waren groß ...

Noch nicht alle, noch nicht ganz. Noch nicht ausgebildet. Trotzdem – lieber Gott, wär' ich doch tot.

Onkel Paul hatte eine große Menge Mundvorrat mitgebracht, wie er stolz erzählte. Daß dies ohne das Wissen seiner Frau geschah, konnte Iso sich leicht zusammenreimen. Sie lächelte gerührt. Dick belegte Stullen, Äpfel, eine Wurst, ein Brot, Eier. Iso mußte sie noch kochen, das wäre drüben aufgefallen. Sie bedankte sich aus ehrlichem Herzen. Und dann stiegen sie ein und fuhren los, den Schulberg hinauf und zur großen Straße hinunter. Holdershausen lag in einer Senke, freundlich hingeschmiegt, lieblich, ach, einmalig. Jetzt versank es. Iso weinte nicht mehr. Der Abschied lag hinter ihr.

Möbel brauchten sie nicht. Im Schloß gebe es genug, hatte die Gräfin wissen lassen. Um so besser, Iso hatte herzlich wenig Lust, neu anzufangen, *wieder* anzufangen, anders, als sie gedacht hatte. Die gräflichen Kinder waren ungeheuer eifrig gewesen, alles einzurichten, hatten geschleppt und repariert, auf- und umgestellt. Mit leuchtenden Augen führten sie Iso ihr neues Heim vor. Sie fand es abscheulich, vollgestopft, unwohnlich und so herzlich gutgemeint, daß sie lachen mußte, das erste Mal, seit sie die Klostermauern von Holdershausen aus den Augen verloren hatte.

Die Gräfin war reizend zu Onkel Paul. Auch Onkel Hans hatte sich eingefunden und verstand sich mit ihm sofort aufs beste. Der Familientisch war wieder ausgezogen.

»Heute abend essen Sie noch bei uns«, gebot die Gräfin und teilte aus. »Wie schmeckt's, Kinderchen?«

»Schlecht«, sagte Moritz laut und sachlich. Die Gräfin stutzte, und Iso fiel vor Verlegenheit fast vom Stuhl.

»Laßt mich mal kosten«, sagte Mutter Sollnbach.

Es war eine Schokoladensuppe mit Grießklößchen. Die Köchin hatte anscheinend den Zucker vergessen.

»Du hast recht, Kindchen. Das werden wir gleich haben!«

Eine der Töchter rannte um den Zucker, der Schaden wurde behoben, und nun war alles in bester Ordnung. Schokoladensuppe – noch nie hatten die Jüngeren etwas so Gutes gegessen.

Die Gräfinmutter gab nicht nach, bis Onkel Paul versprach, über Nacht zu bleiben. Sie habe noch eine gute Flasche, meinte sie und blinzelte ihm zu. So saßen sie am Abend zusammen, die beiden Mütter und die kinderlosen Onkels, und es war trotz allem für Iso wie ein Streicheln über das wunde Herz. Dennoch weinte sie am Abend wieder, ehe sie einschlief. Vorbei, endgültig vorbei. Es hatte im Krieg ein Soldatenlied gegeben, darin war eine Zeile:

›*Es geht alles vorüber,*
es geht alles vorbei ...‹

Nun war auch Holdershausen vorbei. Und Florian. Und die Liebe. Niemals wieder würde sie so lieben können, niemals. Gern haben, ja, beschützen, betreuen. Aber lieben?

Konnte man leben, ohne zu lieben?

»Nein, so heißt es nicht.« – Onkel Hans entwickelte eine schier übermenschliche Geduld für Moritz, der den Waldschrat spielen sollte.

Moritz beherrschte ein Kunststück, das keiner der anderen fertigbrachte: einen Überschlag in der Luft, einen Salto aus dem Stand, bei dem er wieder auf die Beine kam. Diese Chance sollten sie sich bei einer Aufführung des Märchendramas aus den schlesischen Bergen nicht entgehen lassen, meinte Onkel Hans. Und so übte und übte er mit Moritz jene Szene mit dem Waldschrat, die man nicht weglassen konnte. Hatte Moritz die zwei Zeilen richtig gesagt, so durfte er, was er gern tat, seine Springkünste zeigen. Man würde ihn entsprechend kostümieren, hatte Camilla versprochen. Seine Haare wurden steil hochgekämmt und mit Fett und Gelatine zu Borsten gefestigt, außerdem bekam er einen langen Schwanz mit einer Quaste an die Hose genäht, das Gesicht grün gemalt und die Augen grell umrandet. Großartig sah er aus.

Die weibliche Hauptrolle, das Rautendelein, sollte Isabella übernehmen. Man konnte sie sich als ein reizendes elbisches Wesen vorstellen, halb Kind, halb Jungfrau, halb verträumt und halb keck. Onkel Hans spielte den Glockengießer Heinrich. Es war ihm ein bißchen peinlich, als er an die Stelle kam:

›*Wer gab dir hin die frischen Gliederlein?*
Wen stießest du hinab zum Brunnenstein?‹

»Das lassen wir weg«, sagte er mit einem Blick auf die junge Partnerin. Isabella aber, unbefangen und fröhlich, rief dagegen:

»Warum denn? Das ist doch sehr lustig!«

Nur der Vorname des Glockengießers gefiel ihr nicht.

»Weshalb muß er gerade Heinrich heißen? Stefan wäre doch viel schöner.« Ihr derzeitiger Freund hieß Stefan.

Onkel Hans verteidigte den Namen Heinrich. Goethe habe seinen Faust auch so genannt – und der Glockengießer sei wie er ein revolutionärer Feuergeist.

»Na schön, dann also Heinrich.«

Uwe spielte den Wassermann, der aus dem Brunnen auftaucht und um Rautendelein wirbt. Er hatte ebenfalls das Gesicht grün gemalt – sie probten meist in Kostümen, um richtig in Stimmung zu kommen – und trug eine silberne Krone. Er konnte herrlich quaken.

»Quorax, quorax, breckeckeckekex!« –

Er hatte sich einen Gag ausgedacht, auf den sich alle freuten: In den Brunnen – der freilich längst zugeschüttet war – nahm er eine Taschenlampe mit, grünes Seidenpapier und ein Glas Wasser. Ehe er auftauchte –, wenn Rautendelein ihn gerufen hatte und sagte: »Schön bist du nicht. Hört man dich erst, kriegt man 'ne Gänsehaut, 'ne schlimmere, wenn man dich sieht –«, ehe er also sein mit Wasserpflanzen umwundenes Haupt über den Brunnenrand emporhob, nahm er den Mund voll Wasser, sprudelte es in die Höhe und beleuchtete es mit der grün abgedeckten Taschenlampe: ein ungeheurer Erfolg, wenn es dämmerig war. Mit der Aufführung mußte man eben bis zur Dämmerung warten.

»Was für Zuschauer werden wir denn haben?« hatte Onkel Hans einmal voller Bedenken geäußert. Seine Mutter würde natürlich kommen, das stand von Anfang an fest, sie nähte bereits an den Elfengewändern, denn auch sie wollte ja helfen. Aber eine einzige Zuschauerin?

Die Gräfin lachte.

»Wir haben doch genug Nachbarn. Jeder, den ich einlade, kommt bestimmt. Eine Juninacht muß es sein, Mondschein, windstill. Verzaubert. Und –«

»Und wenn es gießt?« fragte Uwe brummend.

»Ja, hältst du es für möglich, daß es gießt, wenn wir Theater spielen?« fragte die Gräfin entrüstet. Darauf gab es keinen Zweifel mehr.

Jule hatte listigerweise bestimmt, daß jeder Mitspieler seine Rolle selbst abschreiben müsse.

»Dann lernt es sich leichter.« Der eigentliche Grund aber war der, daß die Legastheniker freiwillig und voller Eifer handschriftlich tätig waren. Sie fielen prompt auf den Trick herein.

Nur jene Szene mit Moritz machte Onkel Hans Sorge. Es hieß:

›*So wahr der Himmel über mir besternt,*
so wahr ich stark von Lenden und gehörnt,
so wahr die Fische schwimmen, Vögel fliegen,
wirst du dereinst ein Menschenkindlein wiegen.‹

So heißt es bei Gerhart Hauptmann. Aber Moritz, durchaus gewillt, sein Bestes zu geben, rezitierte die Zeilen immer verkehrt.

»So wahr die Vögel schwimmen, Fische fliegen ...«, sagte er, oder noch anders, so anders, daß dies keineswegs bei der Aufführung passieren durfte. Es hätte Gelächter verursacht an einer Stelle, wo es wahrhaftig nicht hingehörte.

»Merk dir: Fisch-sche schwimmen – zweimal sch- sch- hintereinander – nun üb das mal! Fische-sche sch-schwimmen.« Onkel Hans hatte Mühe, sich das Lachen zu verbeißen. Uwe, der zufällig Zeuge dieser Sprachübung wurde, wollte sich ausschütten vor Lachen. Onkel Hans verpaßte ihm einen wohlgezielten Stoß mit dem Ellbogen in die Rippen.

»Grins nicht – der Kleine hat keine Ahnung von dem, was er sagt. Bring ihn nicht auf –«

»Auf was denn?«

»Auf das, was er noch nicht weiß.«

»Hast du 'ne Ahnung«, feixte Uwe, »das *weiß der letzte Molch im Mauerloch, weiß Laus und Maulwurf, Bachforell und Wachtel, der Bussard in der Luft, der Has im Klee* –« Lachend sprang er weg. Onkel Hans schüttelte den Kopf. Nein, das konnte nicht wahr sein. Der süße, kleine, ahnungslose Moritz ...

Die Gräfin und Iso blieben noch beisammen, als Onkel Hans schon heimgefahren war. Sie konnten sich vor Müdigkeit nicht aufraffen, schlafen zu gehen. Sie duzten einander längst. Iso ließ sich von der anderen ihre Rolle abhören, das Lernen des Textes fiel ihr schwer, was sie wunderte. Alle Gedichte, die ihre Großmutter rezitiert hatte, konnte sie noch, aber diese Zeilen zu behalten war nicht leicht für sie.

»Man merkt, daß man nicht mehr zwanzig ist«, seufzte sie. Die Gräfin lachte.

»Ich merke es überall. Wenn ich bedenke, was ich früher schaffte!«

»Ach ja. Sind wir nicht eine klägliche Bande? Meine Mutter zum Beispiel ist noch völlig da, nicht mehr jung, wahrhaftig nicht, aber eisern. Christiane, meine Schwester, berichtet, kein Besuch finde ohne Mutter statt, und wenn er bis vier Uhr früh bleibe. Mutter geht grundsätzlich nicht schlafen, ehe der letzte sich verabschiedet hat. Solche Mütter werden wir nicht.«

»Wohl kaum. Dazu haben wir zuviel hinter uns. Vielköpfige Aufgaben und immer allein.«

›Jetzt muß ich fragen‹, dachte Iso, tat es aber nicht. Die Gräfin fuhr nach einer kleinen Pause fort:

»Seit wann hast du deinen Mann nicht mehr? Seit Kriegsende? Und vorher auch schon eingezogen? Genau wie meiner. Eine Urlaubsehe.«

»Ja, das ist unsere Generation. Erst Soldatenfrau, dann Witwe.«

»Witwe ist zuviel gesagt. Mein Mann lebt noch. Das heißt, *wenn* er noch lebt.« Sie schwieg. Als Iso nicht fragte, fuhr sie fort: »Russische Gefangenschaft. Nicht abzusehen.«

»O Mutz.« Und dann, schüchtern fragend: »Bekommst du manchmal Nachricht?«

»Ja. Aber selten. Da kann er längst tot sein, ehe mich seine Karte erreicht.«

Sie schwiegen.

»Er war mal Stadtkommandant in Polen, Offizier.«

Sie schwiegen lange. Iso versuchte, nachzufühlen, wie das sein mußte.

»Aber er kann – kann – doch noch wiederkommen, vielleicht schicken die Russen die Gefangenen eines Tages doch wieder heim –« Iso stammelte. Die Gräfin sah sie an.

»Kann – kann – immer wieder sagt man sich das. Ich weiß es nicht. Nur aufgeben darf man nicht, und das tu' ich auch nicht ...«

Sie saßen noch lange, schweigend, grübelnd, manchmal sprachen sie miteinander. Welches Schicksal, welche Folter, Nacht für Nacht. Iso hatte einmal gehört: »Die Gefallenen haben es besser. Sie sterben einmal. Wir sterben jede Nacht um sie.«

Die Gräfin nickte.

»Und dann gibt's wieder so gute Kerle wie den Onkel Hans, der sich umbringt für unsereinen. Welch ein Leben ...«

Eines Tages stand Friederike vor der Tür, Iso flog ihr jubelnd um den Hals. Friederike sah gut aus. Sie war ziemlich ordentlich angezogen, nur die Kopfbedeckung war etwas merkwürdig. Aber damit hatte sie nie Glück gehabt. Die Wangen waren braunrot und prall und strahlend. Sie brachte Grüße von den Ihren. Walter würde diese Woche heiraten, ob Iso nicht kommen wolle. Walter war ihr Patensohn.

»Oh, und wie gern ich käme!«

Haberlands hatten den Musterhof verlassen und im Bergischen Land eine Pacht übernommen. Fritz ging es gut, die jüngeren Brüder standen in der Ausbildung. Friederike klagte nicht, aber Iso empfand deutlich, daß ihr Leben schwierig sein müsse.

»Und wie ist Walters Frau?«

»Sehr fromm. Fromm im guten Sinn; sie zerreißt sich für ihre Mitmenschen, stammt aus der Landwirtschaft. Walter will landwirtschaftlicher Lehrer werden.«

»Will? Und da heiratet er jetzt schon?« fragte Iso. »Ist –«

»Nein, soviel ich weiß. Du meinst doch, ob etwas unterwegs ist. Nein, dazu ist Almut zu fromm. Und fleißig ist sie – als sie das erste Mal bei uns war, von Walter vorgetrabt wurde, du weißt ja, fragte sie sofort: ›Mutter‹, wo ist dein Stopfkorb? Ich kann doch ein bissel stopfen, wenn du nichts dagegen hast.‹ So ist sie. Aber nicht, um sich einzuschmeicheln. Einfach von Natur aus hilfsbereit, gut, guuut!«

›Wie schön, wenn man das sagen kann‹, dachte Iso. Ihre eigenen Töchter waren da anders.

Friederike blieb über Nacht, und der Abend war sehr gemütlich. Sie saßen bei Sollnbachs. Wie es Fritz gehe? Er habe einen etwas zu hohen Blutdruck. Und was machten Regine und Christiane?

Iso berichtete, ließ auch Heidi nicht aus. Als die Gräfin endlich gute Nacht gesagt hatte, ging Friederike mit Iso zum Turmzimmer. Das heißt bis vor die Tür. Dort blieb sie stehen.

»Ich hab' ein Anliegen, Iso.«

Iso hatte es geahnt. Nur aus verwandtschaftlicher Liebe war Friederike nicht gekommen.

»Ja?« fragte sie.

»Also –« Friederike setzte sich auf die oberste Stufe vor dem Turmzimmer, zog Iso neben sich. Sie gab sich sichtlich einen Ruck.

»Iso, du mußt uns helfen! Walter hat schon ein Kind, von einer anderen. Einen kleinen Sohn, acht Wochen alt. Und –«

»Und Almut?« fragte Iso flüsternd. Friederike sah sie flehend an.

»Sie ahnt es nicht. Und sie darf es auch nicht erfahren. Sie würde verlangen, daß Walter dieses Mädchen heiratet. Und sie selber würde ins Kloster gehen. Sie hat oft gesagt, wenn sie Walter nicht heiratet, wird sie Nonne. Iso, du mußt uns helfen. Bitte sag nicht nein! Bitte! Wir können den Kleinen nicht nehmen, denn dann würde Almut sich alles zusammenreimen. Unmöglich. Das Mädchen kann ihn auch nicht behalten.

Du hast doch nicht mehr so viele Kinder bei dir, und die Gräfin ist wahnsinnig nett, und –« Friederike weinte. Sie weinte nicht, um Mitleid zu schinden, sie weinte aus Hilflosigkeit, aus Kummer, aus Empörung über den Sohn. Sie war wirklich verzweifelt.

»Und was sagt Fritz dazu?«

»Er tobt. O Iso, wenn du wüßtest, was bei uns los ist! Unsere Ehe geht kaputt, wenn du nicht einspringst. Bitte sag nicht nein! Wenigstens fürs erste. Was später wird, werden wir sehen. Wir zahlen dir auch was zu. Iso, das kann jeder Mutter passieren heute –« Sie sagte noch mehr. Es endete, wie es enden mußte: Iso sagte ja.

»Wenn die Gräfin einverstanden ist. Ich bin ja abhängig von ihr«, schränkte sie noch ein.

Am anderen Morgen gingen sie zusammen hinüber ins Schloß. Die Gräfinmutter war gerade dabei, das Klo zur Raison zu bringen, dessen Spülung immer wieder streikte. Niemand konnte das außer ihr, nicht einmal Uwe. Sie war in wütendster Stimmung und warf Rohrzange und Franzosen auf die Erde, als die beiden herankamen.

»Ich mach' nicht weiter. Draußen ist ja noch ein Klo. Sollen die Kinder doch –« Und dann sah sie Isos und Friederikes Gesichter und nahm sich zusammen. Sie wusch sich in der Küche die Hände und holte die beiden ins ›blaue Zimmer‹.

»Eine Katastrophe? Jetzt geht's in Einem hin.«

›Geht in Einem hin –‹ Friederike sprach. Iso nickte dazu. Mutz sagte nicht nein.

»Eins mehr? Na und?«

Friederike fiel ihr um den Hals. Sie küßte sie und bedankte sich und weinte und lachte – und fuhr, getröstet, weil sie ihre Mission erfüllt hatte, wieder ab. Iso stand und winkte ihr nach.

Wie merkwürdig Erwachsene doch waren! Friederike war zur Kirche zurückgekehrt, überzeugt, auf dem richtigen Wege zu sein. Auch damals hatte sie es geglaubt, als sie Kreisbäuerin und sehr tüchtig und tätig auf diesem Posten gewesen war. Wieviel älter war sie eigentlich als Iso? Acht Jahre. Noch nicht einmal eine halbe Generation. Aber sie galt als erwachsen, während Iso von der ganzen Familie noch als Kind, jedenfalls nicht als richtig erwachsen behandelt wurde. ›Iso, ja die –‹, hieß es. ›Bloß so ein Beruf, und heiratet einen Schauspieler, und schafft sich mehr Kinder an, als man verantworten kann.‹ Anerkannt, für voll genommen wurde sie nie, weder von ihrer Mutter noch von Alexander. Und von Friederike? Heute ja, sonst aber? Die einzige, die zu ihr hielt, war Christiane.

Ach ja. Abgestempelt, ein wenig belächelt und immer kritisiert. Am meisten von Alexander. Daß sie Gundis Kinder mit aufzog, wurde ihr verübelt, aber sobald man in Not war – siehe da, da war sie weder zu jung noch zu unreif für die Familie. ›Erst einmal vorläufig‹, hatte Friederike gesagt. Und Alexander? Der ahnte vermutlich nichts von Friederikes und Walters Schwierigkeiten.

Iso ging nachdenklich in ihren Turm zurück. Und als sie die Tür aufschob, sah sie –

– Lea, eifrig damit beschäftigt, das Pferdel zu putzen. Wo sie es ausgegraben hatte, ahnte Iso nicht. Lea strahlte.

»Weil wir doch nun wieder ein Baby kriegen«, sagte sie. »Wie heißt es denn?«

»Das hab' ich nicht gefragt.« Iso war stumm vor Überraschung, daß Lea bereits im Bilde war. In dieser Familie blieb nichts geheim. Dann sagte sie schnell, laut, trotzig:

»Bei mir heißt er Benvenuto. Verstehst du? Ist das nicht ein schöner Name?«

»Du meinst, nach Ben?« fragte Lea und zog dem hölzernen Pferdchen die Trense durchs Maul. »Och, warum nicht nach mir? Leo? Wär' das nicht hübsch?«

»Gut. Leo Benvenuto, der willkommene Löwe. Bei mir ist er willkommen.«

›Ich will nicht unglücklich sein‹, pflegte ihre Großmutter zu sagen. Und hatte danach gelebt. Auch Iso hatte sich immer bemüht, dies als Wahlspruch für ihr Leben zu nehmen. Mehr Arbeit, na und? Nicht unterkriegen lassen …

Großmutter Haberland war groß im Dulden gewesen, stark in der Not, souverän, auch in der Armut. Regine, ihre Tochter, die nie berufstätig war, klammerte sich an ihre jüngste Tochter, ging mit, manchmal bitter, im ganzen einigermaßen tapfer, so wie Friederike an der Seite ihres Mannes. Von der nächsten, der dritten Generation wurde mehr verlangt. Nicht nur mitgehen, selbst mußte sie handeln. Christiane mit einem Mann, Iso dagegen ohne. Es war so und nicht zu ändern.

Iso war sich längst darüber klar. Selbst stark sein und die Kritik der anderen ertragen – letzteres war nicht leicht gewesen, sicher nicht nötig, fand sie. Wenn man ihr schon nicht half, hätte man sie wenigstens kritiklos gewähren lassen sollen. Doch weder Regine, die Mutter, noch Alexander, der Bruder, hatten das fertiggebracht. Einzig Christiane hatte sie immer akzeptiert. Wie gleiten, gleiten die Jahre …

Der kleine Leo erwies sich als bequemes und freundliches Kind. Die Gräfinmutter hatte alle Babysachen hervorgesucht, eine schöne und festliche Taufe ausgerichtet – man feierte gern Feste in dieser Familie –, die ›Versunkene Glocke‹ wurde aufgeführt und war ein großer Erfolg, und Onkel Hans bot sich als Taufpate an. Und dann –

19

… und alles ist von Dauer

Daß etwas so weh tun kann. So entsetzlich weh, Iso verstand sich selbst nicht. Sie liebte doch die Gräfin sehr, war ihr von Herzen dankbar und versuchte, ihr von den Augen abzulesen, was sie nur konnte, wünschte und gönnte ihr das Beste. Dies aber –

Durch den Besuch des Kanzlers in Moskau wurden Tausende von Gefangenen in Rußland frei. Auch der Graf war darunter. Er kam heim.

Iso mußte miterleben, wie ein geborgter Wagen mit Blumen geschmückt wurde, wie die Glocken läuteten, wie zwei Menschen, die einander beinahe hatten aufgeben müssen, zueinander zurückfanden. Es war etwas Wunderbares und so entsetzlich schwer zu ertragen für sie, deren Mann nie wiederkommen würde. Iso hatte das Gefühl, als würde ihr Herz mitten durchgesägt und nie mehr heilen. Sie hielt sich wacker während des Wiedersehens der Familie, auch in der Kirche, sie hörte das »Nun danket alle Gott« mit an, aber mitzusingen vermochte sie nicht. Nach der Feier verkroch sie sich in eins der verfallenen Turmzimmer, kam auf kein Rufen und Betteln der Kinder herunter. Sie brachte es nicht fertig. Onkel Hans beruhigte die aufgeregte Familie Sollnbach und stand Wache vor dem Turm.

»Ich garantiere, daß sie keine Dummheiten macht«, sagte er, der Menschenkenner, und die anderen glaubten es ihm schließlich. Daß er selbst die Angst um Iso wie einen Würgegriff am Hals und in der Brust spürte, merkte niemand.

So ging auch dieser Tag zu Ende, und Iso wunderte sich, daß sie nicht am Morgen weißhaarig aufwachte, so weißhaarig wie der getreue und menschenliebende alte Mann, der vor ihrem Herzen wachte.

Der Graf war, wie viele Heimkehrer, verändert und doch auch der alte. Daß seine Familie noch vollzählig lebte und er sogar einen Sohn dazubekommen hatte, erschien ihm wie ein Wunder. Söhne hatten in dieser

Familie, in der die Töchter überwogen, einen hohen Stellenwert, während sich Iso mehr und mehr zu Töchtern hingezogen fühlte. Der Graf erzählte viel, dann aber, nach ein paar rastlosen Tagen, verstummte er. Er schlief viel, schlief mitunter mitten im Gespräch ein. Natürlich respektierte man das, und Iso bewunderte die Gräfin, die, wenn sie auch äußerlich ein wenig robust erschien, sehr zartfühlend sein konnte.

Man gab keine noch so bescheidene Heimkehrergesellschaft mit Freunden oder Nachbarn, einzig Onkel Hans durfte kommen und kam, sooft er wollte ... Er saß dann bei Iso, die sich vor dem Eingang zum Turmzimmer einen kleinen Sitzplatz zurechtgemacht hatte, wo Leos Kinderwagen stand und der Kleine schlief. Eine Veigelie, die die drei Stufen beschattete, blühte mit ihren roten, halbfingerlangen Blüten, von Bienen umsummt, und Iso stopfte oder nähte und hatte zum erstenmal das Gefühl, als halte das Leben den Atem an und pausiere. Vor allem vormittags, wenn die Kinder in der Schule waren, wenn sie das Baby gebadet und in den Schatten geschoben, die wichtigste Hausarbeit erledigt hatte und selbst zu Atem gekommen war: Dann fühlte sie sich mitunter müde. Gab es denn so etwas? In den letzten Jahren hatte sie nie Zeit gehabt, müde zu sein – Wurde sie alt? War sie es schon? Müde vom Leben?

Von Florian hatte sie nichts mehr gehört. Natürlich wünschte sie es sich insgeheim, aber jedes Lebenszeichen von ihm hätte ihr auch den endgültigen Verlust dieser letzten Liebe wieder schmerzlich deutlich gemacht. Vorbei ist vorbei – alte Menschen wissen das und bejahen es, junge wollen es nicht wahrhaben und hadern. Was war sie nun, alt oder jung?

Noch vor einem halben Jahr war sie jung gewesen, durchglüht von Liebe, atemlos vor Sehnsucht oder wildem Glück. Jetzt versuchte sie, sich mit Erinnerungen zu begnügen. ›*Man besaß es doch einmal, was so köstlich ist, daß man doch zu seiner Qual nimmer es vergißt* –‹ Kindheitserinnerungen und das Unvergeßliche jener Zeit, da sie geliebt hatte und geliebt wurde. Manchmal gelang es ihr, lächelnd daran zu denken, – manchmal, selten. Dann gab es wieder Zeiten, in denen ihr Herz wütend meuterte: Andere Frauen haben ihre Männer behalten dürfen oder wiederbekommen. Und sie?

Von Alexander hörte sie mitunter durch Christiane. Er hatte eine Anwaltspraxis in Genf, verdiente viel Geld, hatte einen Sohn. Carola schien ihm eine gute Frau zu sein. Iso dachte bei sich, mit diesem Sohn wäre Vater Martin einverstanden gewesen, sosehr er auch damals dessen Heirat mißbilligt hatte. Mit ihr aber nicht.

Nein, mit ihr nicht. Niemals hätte er ihr Leben gutgeheißen. Christiane hatte berichtet, daß sie mit dem Bruder gesprochen habe. Ob er nicht wenigstens etwas Geld für Iso geben könne, einen kleinen monatlichen Zuschuß. Er hatte schroff abgelehnt. »Wie man sich bettet, so liegt man. Natürlich tut sie mir leid, ohne richtigen Beruf und ohne die Möglichkeit, noch etwas zu werden. Aber solange sie fremde Kinder aufzieht, die uns gar nichts angehen, kommt das nicht in Frage. Soll sie doch bescheidener sein und sich gefälligst nur um die eigene Brut kümmern.«

Bescheidener – es wirkte also unbescheiden, daß sie Gundis Kinder aufgenommen hatte! In einer Art war Iso natürlich froh, nichts annehmen zu müssen, nicht von einem Bruder, der sie nicht leiden konnte. Aber sie hätte es oft bitter nötig gehabt. Etwas verdiente sie ja auch hier, sie konnte den Kinderwagen mitnehmen, wenn sie zu einer Massage gerufen wurde, aber viel Zulauf hatte sie nicht.

Seit ein paar Wochen lebten ›nur‹ noch drei größere Kinder bei ihr. Nikolaus war davongegangen, ihm hatte es sehr imponiert, daß Caspar ein Jahr lang mit der Gitarre durch die Welt gezogen war, und er schien es ihm gleich tun zu wollen, wenn auch ohne Gitarre. Einen Abschiedsbrief hatte er nicht hinterlassen. Iso versuchte, sich nicht zu sehr zu sorgen. Aber Alexander mußte davon gehört haben, darauf bezog sich wohl der Passus mit dem Satz »sich um die eigene Brut kümmern«.

Im Herbst erlebte Iso eine große Freude: Christiane besuchte sie samt ihrem kleinen Johannes. Iso war selig. Christiane wollte nach Höxter, wo ein von ihr sehr geschätzter Professor, bei dem sie Examen gemacht hatte, in der Weser-Bergland-Klinik lag, nun selbst als Patient. Ob sie Johannes so lange bei Iso lassen könne? Sie bleibe nicht lange.

Iso nahm den Jungen mit Freude auf, der sich sofort mit dem Jüngsten der Sollnbach-Kinder anfreundete. Christianes Mann hatte jetzt endlich eine eigene Praxis, in der sie mitarbeitete. Ein Haus besaßen sie noch nicht. Zu ihrem Kummer konnte sie nur einen einzigen Abend bleiben, sie sollte anderntags in aller Frühe wieder abgeholt werden. Die beiden Schwestern hatten einander viel zu erzählen. Es wurde vier, ehe sie schlafen gingen, und noch immer redeten sie.

Mutter Regine sei wohlauf. Sie war zu ihnen gezogen, sobald es möglich war, kochte für die Familie und fühlte sich als Oberhaupt. Christiane seufzte ein wenig. Einfach war es mit der Mutter nicht. Wo aber ist es einfach, wenn zwei Generationen unter einem Dach wohnen? Bei Alexander war es auch nicht reibungslos gelaufen, obwohl dort mehr Platz vorhanden war.

»Glück ist eine Raumfrage«, hatte Christiane immer gesagt. Iso schränkte das ein.

»*Auch* eine Raumfrage, nicht nur«, sagte sie und dachte daran, wie glücklich sie in Holdershausen gewesen war trotz der Enge. Jetzt aber sagte sie nichts davon.

Regine hatte inzwischen ihren Herzenswunsch erfüllt bekommen: Alexander hatte sie an einem ›Muttertag‹ an den Bodensee gefahren. Regine freute sich, endlich zu sehen, wovon sie immer in ›Ekkehard‹ gelesen hatte: den Hohentwiel und den Säntis, Unteruhldingen, wo der Alte in der Heidenhöhle gesessen hatte, und den See, den See! Iso gefiel es, daß ihr Bruder der Mutter diesen langgehegten Wunsch erfüllt hatte.

Als Christiane fort war – glücklicherweise würde sie wiederkommen, sie mußte ja ihren Sohn abholen –, ging Iso ein wenig verloren umher. So viele »Weißt-du-nochs« waren wieder aufgewacht, und das hatte sie eher wehmütig als froh gemacht. Sie, die doch gar nicht zur Wehmut neigte. Sie schalt sich selbst und nahm sich vor, bei Christianes nächstem Besuch heiter zu sein.

Dabei hatte die Schwester ihre Wehmut wohl gar nicht wahrgenommen, erfüllt von dem, was die Zukunft ihr versprach. Nun ja, Christiane war jünger, fast ein Jahrzehnt …

Vieles hatten sie einander erzählt, manches vergessen. Das ärgerte Iso, zum Beispiel die Fahrt mit Heuss.

Da sie sowieso auf die Post mußte, beschloß sie, sich einmal etwas ganz Unnützes zu gönnen und an Christiane zu telegrafieren. Es gab ja jetzt diese billigen Brieftelegramme, zwanzig Wörter für eine Mark. Während sie zur Posthilfsstelle radelte, bastelte sie das Telegramm in Gedanken zusammen. Sie hatten einander früher manchmal lustige Verse telegrafiert. Vielleicht war sie doch noch nicht so alt, wie sie sich manchmal fühlte.

»Wollt ihr wissen etwas Neu's?
Fuhr mit Landesvater Heuss,
den ich ganz entzückend fand,
Autostop durchs Hessenland.«

Dieses Telegramm führte zu Folgen, die nicht beabsichtigt waren. Christiane hatte ihrem alten Professor davon erzählt, aber er mißverstand es, glaubte, sie, Christiane, sei mit Heuss per Anhalter gefahren, und sagte immer wieder:

»Christelchen, erzählen Sie von Heuss!«

Sie brachte es nicht fertig, den Irrtum aufzuklären. Er sprach auch bei dem leitenden Arzt der Klinik davon, und dieser wandte sich direkt an

Christiane und fragte, ob sie nicht beim Landesvater einen Kredit erwirken könne, die Klinik brauche dringend Geld.

All dies erfuhr Iso später, als Christiane ihren Johannes wieder abholte. Sie lachten viel, Christiane allerdings ein wenig kläglich.

»Ich lüge nie wieder«, sagte sie, obwohl es doch nur ein Mißverständnis gewesen war.

Allmählich erfuhr man jetzt auch von diesem und jenem, daß er noch und wo er lebte, freute sich und gab selbst Nachrichten durch. Ein »Weißt-du-noch-Mensch« tauchte gleich persönlich bei Iso auf: Lolo, die Tochter von Lore Dempe aus Camenz, dem großelterlichen Dorf. Sie hatte einen tüchtigen Kaufmann geheiratet, mit dem sie in der Nähe von Kassel wohnte, und hatte auch zwei Kinder. Lore, die Mutter, war vor kurzem gestorben. Sie bedauerten sehr, daß Regine sie nicht mehr wiedergesehen hatte. Nach Martins Tod hatte sich Lore Dempe sehr um Regine gekümmert.

Lolo kam mit ihrem Mann überraschend am frühen Morgen in Woltershausen an, eine Tüte mit Semmeln in der Hand, die sie Iso als »Schweigegeld« überreichte. Sie meinte »Bestechung«, weil sie so zeitig ankamen. Wie früher als Kind brachte sie viele Ausdrücke durcheinander, was ihre Mitmenschen immer erheitert hatte. Günter, ihr Mann, mußte korrigierend und erklärend eingreifen, so daß es ein lustiges Frühstück wurde. Als Iso hörte, daß sie mit ihrem Schwiegervater zusammen hausten, fragte sie, wie das denn wohl gehe. Lolo sagte: »Zweideutig«, meinte allerdings »zwiespältig«, womit sie ja beinah ins Schwarze traf. Auch dieser kurze, aber muntere Besuch tat Iso wohl, er kam ja aus der Heimat. Natürlich war ihr klar, daß die beiden wieder fort mußten, und zudem stand ihr immer vor Augen, daß Lolo ihren Mann hatte behalten dürfen, Lolo und Christiane und Mutz. Nur sie –

Nein, nicht nur sie. Millionen Frauen waren Witwen geworden, und sie gehörte dazu. Finde dich ab, du hast das große Glück, Kinder zu haben. Es gab so viele Frauen, die auch diese verloren hatten.

Der Graf hatte ein Vierteljahr in einem Sanatorium verbracht und war jetzt wieder daheim, deutlich erholt. Er begann, sich um die Wirtschaft zu kümmern, griff beim Bauen zu und entlastete seine Frau, was dieser wohl tat. Aber es brachte auch Schwierigkeiten. Die Frauen waren während des Krieges sehr selbständig geworden, waren nicht mehr das Heimchen am Herde, und vieles verstanden sie besser als die heimgekehrten Männer. Iso hielt sich soweit wie möglich heraus. Manchmal aber schlug doch eine mehr oder weniger hohe Welle des gräflichen

Ärgers bis hinüber in ihren Turm. Dann dachte sie wehmütig an Richard, mit dem gut zu leben gewesen war, leichtherzig und dem Schönen in der Welt zugetan. Ob er jetzt noch so wäre?

Einmal fand sie ein Gedicht.

»Wenn du wiederkämest, einmal wieder ...«

Die dritte Strophe lautete:

»Ach, ich liefe, ach, ich kniete nieder,
legte mein Gesicht in deine Hände,
wenn du wiederkämest, einmal wieder,
und ich wüßte nichts von Tod und Ende.«

Da weinte sie so, daß sie nicht antwortete, als Mutz nach ihr rief, sondern sich verkroch und am liebsten nie wieder zu den anderen gegangen wäre. Damals beneidete sie sogar die Frauen, deren Männer vermißt waren. Es *konnte* doch geschehen, daß sie einmal wiederkämen. Sonst hatte sie sich immer damit zu trösten versucht, daß einem Toten keiner mehr weh tun könne.

Sie versuchte sich nach Möglichkeit nichts anmerken zu lassen. Als sie einmal zum Abendbrot ›drüben‹ eingeladen war, samt Onkel Hans, weil ein Kamerad des Grafen, der sich auf der Durchreise befand, zu Gast war, kam Uwe etwas verspätet zu Tisch und warf seiner Mutter die eingegangene Post neben den Teller. Die Gräfin gab gerade die Suppe aus und schob das Häufchen Postsachen beiseite.

»Ist ja doch nichts dabei, was einen freut«, sagte sie, zur Zeit gewohnt, nur Rechnungen zu empfangen, die den Bau betrafen und stets höher waren als angenommen.

»So spät kommt bei euch die Post?« wunderte sich Onkel Hans. Uwe erklärte gelassen: »Hatte sie dem Briefträger unterwegs abgenommen und dann vergessen. 'tschuldigung. Keine Sache ist so dringend, daß sie durch Aufschub nicht noch dringender würde, um sich schließlich selbst zu erledigen.«

»Vor allem Post für andere«, knurrte sein Vater. Er legte das Päckchen hinter sich auf die kleine Barockkommode, dann wurde gegessen und geschwatzt. Kaum war das Abendessen zu Ende, als die ›Kinder‹ davonstoben, sie wollten die letzte Dämmerung ausnützen, um draußen Verstecken zu spielen. Alle Grafenkinder spielten leidenschaftlich gern, und auch Iso und die Gräfin beteiligten sich mitunter daran.

»Schön haben sie es hier«, sagte Onkel Hans. »Wo wachsen heutzutage Kinder noch dort auf, wo ihre Eltern Kind waren? Die Kinder von Frau Dominikus wahrhaftig nicht. Wieviel Stationen des Lebens hat sie durchgemacht, und gerade sie ist ein Mensch, der sich nach Heimat sehnt.«

»Hier, für dich«, sagte der Graf und gab seiner Frau ein paar Briefe. »Keine Rechnung. Und dies für drüben.«

»Dominikus, so hießen doch die Brüder, denen wir die Wies verdanken, die schönste Kirche der Welt«, sagte der Freund des Grafen, der den Namen gehört hatte. »Ob sie noch steht, die Wies? In Süddeutschland, bei Saulgau . . .«

»Einer der Brüder hieß so mit Vornamen. Dominikus Zimmermann. Es waren zwei Brüder, einer baute, der andere malte. Zwei schlichte Handwerker, doch in Wirklichkeit zwei Genies –« Onkel Hans sagte das mehr zu sich selbst, gedankenvoll. »Ich mußte bei dem Namen gleich an die beiden denken. Die Wies steht noch, soviel ich weiß. Die hellste, heiterste Kirche, und ist doch die des gegeißelten Christus. Dominikus –«

»Schöner Name. Elke, Jule – das paßt eigentlich gar nicht recht dazu. Ben schon eher und Lea.« Iso nahm die Drucksache an sich, die ihren Namen trug. Da hörte sie, wie der Freund des Grafen sagte:

»Du, einer von uns, von unserem Haufen da, der hieß doch auch so. Weißt du nicht mehr? Mit Nachnamen.«

In diesem Augenblick hatte Iso, die sich gerade zum Gehen gewandt hatte, das Gefühl, als schlüge ein Blitz durch sie hindurch. Ein weißglühender, messerscharfer Blitz –

»Ja?« fragte sie und merkte, daß sie kaum fähig war, es laut zu sagen. »Ja?« Und flüsterte dann: »Mein Mann hieß Richard Dominikus.«

»Nein, Richard hieß der nicht«, sagte der Graf, sich besinnend, »er war Geistlicher, das weiß ich. Immer wenn einer von uns starb – und es wurde dort in Kolonne gestorben –, hielt er die Grabrede. Er –«

»Bertram? Kann das sein?« fragte Iso mit heiserer Stimme. »Ist das möglich? Und starb er auch?«

»Nein, er wurde mit uns entlassen. Wohin, weiß ich nicht. Wir kamen auseinander . . .«

Iso hörte nichts mehr. Vor ihren Augen drehten sich Feuerräder, rot, orange und gelb, wogten durcheinander und erloschen. Als sie wieder zu sich kam, lag sie auf einem kleinen, unbequemen Sofa ›aus der Zeit‹, Mutz' Gesicht war über dem ihren.

»Was machst du denn für Sachen, Iso?« fragte diese liebevoll-barsch. »Kriegst du etwa ein Kind?«

»Nein.« Iso schüttelte den Kopf, versuchte ein Lächeln. Und fragte gleich weiter: »Besinnen Sie sich nicht?«

»Auf den Vornamen? Nein, leider nicht. Wir nannten ihn immer Domi. So, wie der schöne Name Thomas in Tommi geändert wird, so sagten wir Domi. Albern, geb' ich zu –«

»Was ist denn hier los?« fragte Ben, der eben zur Tür hereinkam. »Spielt ihr was?« Weil Iso noch auf dem Sofa lag.

»Aber wo.« Sie setzte sich auf. »Mir war bloß ein bißchen schlecht. Vielleicht hab' ich zuviel gegessen. Raus mit dir!« Es klang so, daß Ben auf der Stelle gehorchte.

»Ich bitte um Entschuldigung. Bertram Dominikus, das war mein Schwager, der Bruder meines Mannes. Ich mochte ihn sehr. Die Kinder –«, sie deutete zur Tür – »vier davon, vier von ›meinen‹ sind seine. Sie dürfen nichts wissen, ehe wir sicher sind ...«

»Sie haben recht. Es gibt vielleicht viele Leute mit dem Namen Dominikus, mehr, als man denkt. Die Enttäuschung wäre zu groß, wenn es sich nicht um den richtigen handelte.«

»Seine Frau lebt nicht mehr. Ich habe sie selbst –« Sie hielt inne. Ihr Gesicht glich einer Maske des Entsetzens.

»Begraben?« fragte Onkel Hans sanft.

»Nein, nein. Nicht einmal das.« Isos Stimme war heiser, fast tonlos. »Stehenlassen – liegenlassen – im Schnee verlassen ...« Sie weinte jetzt haltlos. Mutz nahm sie in die Arme. Die Männer traten still beiseite. Iso keuchte, es keuchte aus ihr heraus, sie durchlebte es noch einmal. Mutz hielt sie an sich gedrückt, selbst weinend, selbst außer sich in dem verzweifelten Bemühen, sie zu trösten. Bis Isos Schluchzen nachließ.

»Ich hab' hingeschrieben, in das Dorf, wo er Pfarrer war. Der Brief kam zurück: Adressat verstorben. Aber das muß ja nicht stimmen ... Ich muß hin – oh, wenn er es wäre! Ich muß da hin, mich selbst überzeugen ...«

Mutz blieb die ganze Nacht bei Iso. Die Kinder wurden ausquartiert. Ihre Mutter sei krank. Sie verdrückten sich, erschrocken, bockig, wie Kinder oft sind, wenn ein für sie unverständliches Unwetter über ihnen hängt. Sie taten Iso leid, aber sie konnte es nicht ändern. Am nächsten Tag sprach sie mit Jule.

»Ich muß was erledigen, paß mir gut auf die anderen auf«, sagte sie, nun gefaßt und entschlossen wie sonst, wenn es etwas zu entscheiden gab. »Ich komme wieder, sobald es geht. Mutz hat versprochen, das Baby so lange zu sich zu nehmen. Trotzdem kannst du immer mal fragen, ob du es dir mal ausborgen darfst. Leo ist jetzt –«

»Ausfahren darf ich ihn aber«, rief Lea, Iso unterbrechend, »immer darf Jule alles –«

Iso lächelte blaß. Was sie erlebt hatte, erschien ihr wie ein Traum, an dem sie die Schuld trug. Von Anfang an hatte sie sich immer schuldig gefühlt am Geschick von Gundis Kindern. Vielleicht wäre Gundi am Leben geblieben, wenn sie sie nicht mit auf die Flucht genommen hätte? Vielleicht. Es gab wohl Deutsche, die in Ostpreußen geblieben und nicht getötet worden waren. Getötet – oh, nicht dran denken, wie. Überhaupt nicht denken. Es war damals verboten gewesen, auf eigene Faust davonzugehen, und die unsinnigen Verbote hatten alles noch schlimmer gemacht. Als ob jene Hölle noch hätte verschlimmert werden können ...

»Du, die lassen wir nicht allein losfahren«, sagte Onkel Hans am Morgen zu Mutz, »unmöglich, so vernünftig sie sonst ist. Ich fahr' sie hin. Sie will in das Dorf, in dem ihr Schwager damals Pfarrer war.«

»Ja, und ich finde das richtig. Dort weiß man vielleicht etwas. Ich habe keine Vorstellung davon, wo es liegt. Auf jeden Fall aber im Westen.«

»Laß mich das machen.«

Sie fuhren zuerst zu Hans Heiders Mutter. Dort bekamen sie noch Marschverpflegung und studierten die Autokarten.

»Von Laar aus ist es nicht mehr weit«, erinnerte sich Iso.

»Taubergießen, ich weiß«, sagte Onkel Hans. Dann fuhren sie los. Bald tauchten die ersten schönen Fachwerkhäuser auf. Iso wurde ganz still. Sie wagte nicht, die Gedanken, die sich unentwegt in ihr stritten, zu Ende zu denken. Wenn es Bertram war – oh, es war nicht auszudenken. Und wenn er es nicht war?

Da, das Schild Mönchsweier. Onkel Hans sah, wie sich Isos Hände zu Fäusten ballten, er wagte nicht, ihr Gesicht anzusehen. O Kind, Kind, könnte ich dir helfen, dich stützen, dir das Gefühl geben, du seiest in guter Hut, wie das Schicksal auch entscheiden mag.

Das Pfarrhaus war leicht zu finden, neben der Kirche, deren Turm man ja sah. Ob die Schleiereulen noch dort hausten? – Iso vermochte kaum auszusteigen. Onkel Hans schob seinen Arm unter den ihren. Sie traten zur Haustür, wollten läuten, aber die Tür stand offen wie früher – jeder konnte hier aus und ein gehen, der zum Pfarrer wollte. Hilfe suchen, Trost, Beistand – oder etwas Schönes berichten. Iso fühlte sich schwindlig und schwach. Sie klopfte an die Tür, hinter der die Küche lag, damals. Es war immer noch die Küchentür, und vor dem Herd kniete ein Mann.

Ja, es war Bertram. Schlampig angezogen, noch immer dicklich – oder was man damals dick nannte, jedenfalls nicht abgemagert bis zum Skelett –, das Haar unordentlich und nicht mehr voll. Grau, an einigen Stellen weiß. Er wandte den Kopf.

»Bertram«, flüsterte Iso, »Bertram –« Und er, halb fragend, halb außer sich: »Iso!« Onkel Hans schob sie dem Schwager entgegen und ging still hinaus.

Iso weinte und weinte. Bertram hielt sie fest, er hatte die Arme um sie gelegt, ihr Gesicht ruhte an seiner Schulter. Kaum konnte sie stammeln, kaum konnte er sie verstehen:

»Deine Kinder leben, alle vier. Sie sind bei mir.«

»Und Gundi?«

Sie antwortete nicht. Er hielt sie so fest an sich gepreßt, daß sie kaum Atem bekam. Später kam Onkel Hans wieder herein. Iso wischte sich mit den Handballen die Wangen ab.

»Das ist mein guter Geist, mein getreuer Eckehard«, stellte sie Onkel Hans vor. »Und das ist Bertram.« Wieder liefen ihr die Tränen übers Gesicht. »Hier war ich eine Zeitlang zu Hause –« Ihre Stimme brach. Zu Hause? Wo ist man zu Hause? Wo man geliebt wird und liebt ...

Dann brachte Iso den Herd zum Brennen, und Bertram schleppte heran, was es an Eßbarem gab. Onkel Hans tat Handlangerdienste. Es sah schlimm aus ringsum. Ordentlich war es in diesem Hause nie gewesen, jetzt aber sah man, daß hier ein Einsamer hauste, der einfach nicht nachkam mit dem, was er hätte leisten müssen.

Sie erzählten und schwiegen dann wieder. Gundi fehlte. Richard fehlte. Sie sprachen vom Grafen und von anderen Kameraden aus der Gefangenschaft. Iso erzählte von Bertrams Kindern und von ihren eigenen: daß Nikolaus fortgegangen sei und eine tiefe Stimme habe, wie tüchtig sich Jule und Elke zeigten und wie liebevoll Lea mit dem Kleinen sei. Sie weinte nicht mehr, aber manchmal brach sie mitten im Satz ab und fing an, von etwas anderem zu berichten. Onkel Hans hielt ihre Hand, wenn ihre Stimme strauchelte, und ging immer wieder einmal hinaus, um die beiden allein zu lassen. Es war wie ein Film oder wie ein Theaterstück, in dem sie gleichzeitig Zuschauer und Handelnde waren.

Am Nachmittag schlief Iso plötzlich mitten in einem Satz ein. Die beiden Männer sahen sie zärtlich-besorgt an.

»Kein Wunder«, sagte Onkel Hans. Bertram ging hinaus. Er blieb lange fort. Onkel Hans wurde schon unruhig. Als der Pfarrer endlich wieder hereinkam, sah er, daß dessen Augen rotgeweint, aber jetzt trocken waren – mit einem Funken, der vorher nicht darin gewesen war. Da wußte er, das Leben würde weitergehen. Mochte es eine abgeklapperte Weisheit sein, oft gehört, schnell abgetan, aber herzerwärmend, wenn man sie erlebte.

»Ich geh' jetzt telegrafieren«, sagte Onkel Hans und ging hinaus. Diesmal war er es, der lange nicht wiederkam. Aber Bertram und Iso wunderten sich nicht. Sie sprachen und weinten dabei nicht mehr. Der vorhin aufgegossene und so kostbare Kaffee wurde kalt. Der Herd erlosch. Es wurde dämmerig und dann dunkel. Einmal sah Iso noch den Kalender an, ehe die Nacht hereinbrach. Sie erkannte nur die erste, die linksstehende Zahl, eine Fünf. Mehr als fünfzig Jahre nach jener Silvesternacht, von der Großmutter so oft erzählt hatte, mehr als fünf Jahrzehnte, mehr als ein halbes Jahrhundert. Wie gleiten, gleiten die Jahre ...

So stand es in Großmutters Märchenbuch. Friederike hatte das Buch gerettet und Bine das Pferdel. Und sie die Kinder, ihre und Bertrams, die auch die ihren geworden waren. Nun war sie selbst bald Großmutter.

O ja. Schon Trixis kleiner Ulrich war sozusagen ihr Enkelkind, und Leo ja auch.

›*Du mußt von einem Licht*
fort in das andere gehn –‹

hatte Angelus Silesius gesagt. Ein Schlesier. Schlesien war noch überall, wo schlesische Herzen schlugen, das wußte sie doch. Trotzdem weinte sie wieder.

»Wein ruhig. Ich bin ja bei dir«, sagte Bertram leise und nahm ihren Kopf an seine Schulter. Als Onkel Hans wieder hereinkam, schlief sie fest. Die beiden Männer sahen einander an, nickten sich zu und hoben sie behutsam auf, trugen sie ins Schlafzimmer und legten sie in das alte, riesige Familienbett, dessen eine Hälfte mit Wäsche, Kartons und tausenderlei Kram vollgetürmt war. Obenauf lag ein Schnuller, rosarot. Er rollte herunter und blieb auf Isos Brust liegen. Bertram nahm ihn, leicht geniert, von dort weg und steckte ihn in die Hosentasche. Er deckte Iso zu.

»Und wohin nun mit uns?« fragte er und lachte ein bißchen. Es war das erste Mal seit ihrer Ankunft, daß er lachte.

Onkel Hans sah ihn an ...

»Ganz egal. Hauptsache: Sie ist zu Hause.«